夏日陷情

XIA
RI
XIANQING

随侯珠 著

长江出版社
CHANGJIANGPRESS

认识江川尧以后，她开始喜欢看美好的夕阳，开始尝试不同美味的食物，她也开始体验爱上一个人的心动感觉。

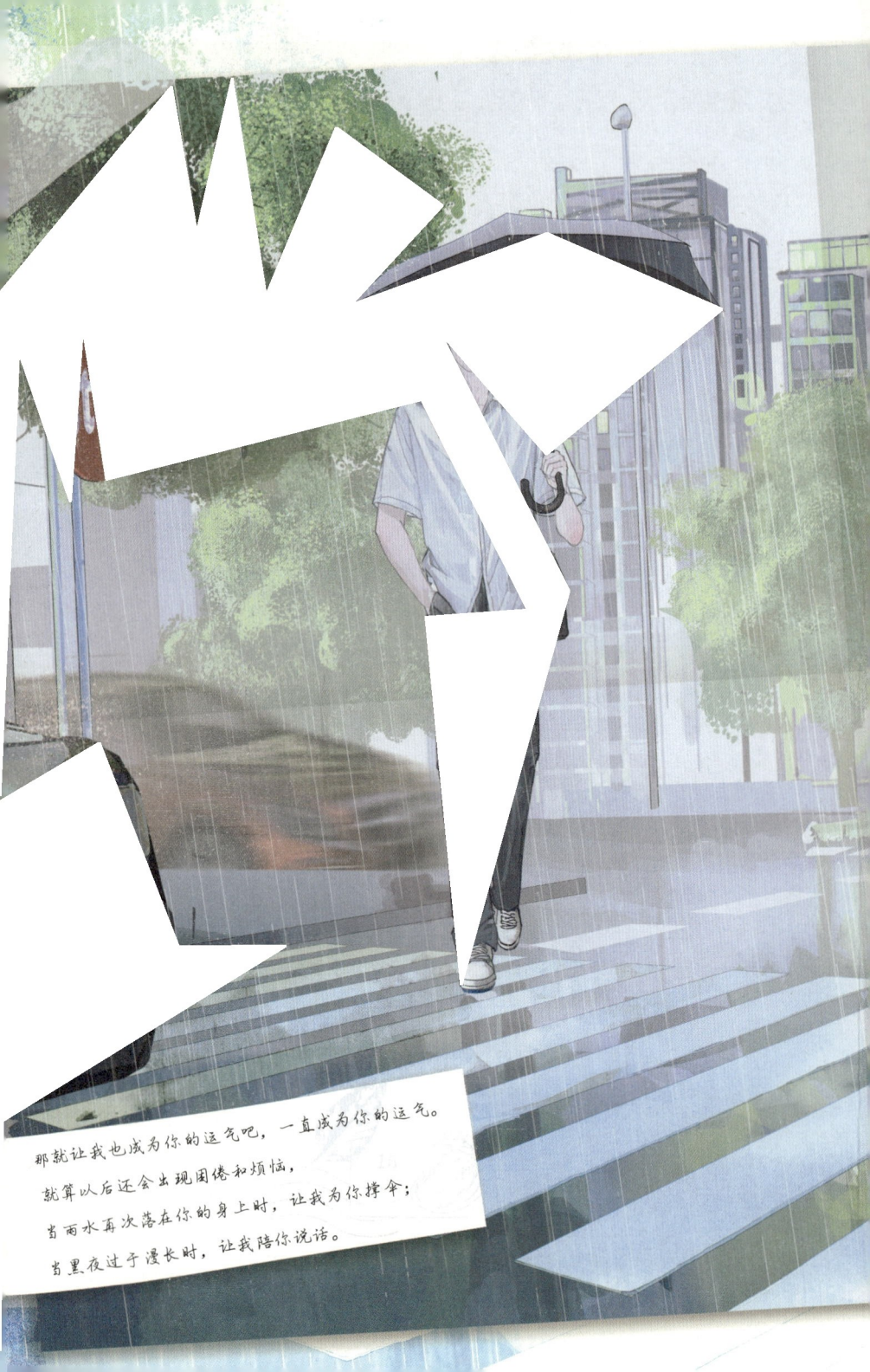

那就让我也成为你的运气吧，一直成为你的运气。
就算以后还会出现困倦和烦恼，
当雨水再次落在你的身上时，让我为你撑伞；
当黑夜过于漫长时，让我陪你说话。

白芒心里无数次因为那七年的分开而不甘，
可在他带她回云城之后，
所有的不甘都被填补，所有的遗憾都被化解。
所有的爱，又全都被保留。

与其耗尽一生的
骄傲和努力去窥见
所谓的天光,
或接近天光。
不如——
去成为天光。

白茫 Bai Mang

XIARIXIANQING

目录

- 第一章：夏日.骄阳　001
- 第二章：夏日.玫瑰　025
- 第三章：夏日.霞蔚　049
- 第四章：夏日.星光　070
- 第五章：秋日.晚风　090
- 第六章：秋日.明光　115
- 第七章：秋日.大雨　141
- 第八章：秋日.白昼　166
- 第九章：冬日.情生　187
- 第十章：冬日.秘密　210

第十一章：冬日．停滞　229

第十二章：冬日．寒烈　250

第十三章：四季．缤纷　271

第十四章：四季．清明　294

第十五章：四季．一生　314

第十六章：四季．坚定　331

番外一：人间．妄想　348

番外二：人间．春和　355

既见你，春夏也不敌今朝。

第一章
夏日·骄阳

日光也许有偏见，
但命运无偏见。
我们都站在太阳底下，
眼泪汗水火辣辣。

6月底，气温陡然升高，澜市已经炎热得不行，火伞高张，即使走在树影掩映的聚力路上，地面的热气也依旧攀着行人的腿往上爬。

入眼的是一双白皙长腿，又白又直，没有丝毫赘肉。往上是夏日牛仔短裤包裹紧实有型的臀，搭配柠檬黄灯笼袖衬衫，露出若隐若现的小腰。身形消瘦纤长，胸部却鼓鼓的，裸露在外的皮肤细腻柔白。不用看脸，这身材这打扮，一看就是所谓"妖艳"的类型。

白芒一路低着头玩手机，走到一家名为"喜事多"的火锅店前，即将撞上店门的时候，她收住了脚，腾出一只手推开门，等人走进来，注意力才从手机上收回。

一张笑意盈盈的脸扬了起来，好……清纯好干净的一张脸。

"老板，还营业吗？"女孩的声音淡淡的，带着一丝甜。

"营业。"老板快速上前，客气又热情地发问，"一个人吗？"

"嗯，一个人，还有……"白芒回答。

"什么……"老板张望了一眼。

说话时，焦扬已经携带着一身未散的热气，推开玻璃门进来。

焦扬身穿衬衫、长裤，脸色白里透着一点殷红，嘴唇抿着，看起来很热、很闷的样子。

就是这个男人，前两天给白芒发了分手通知。

我们分手吧。

一条简短的通知短信，没有任何理由。

001

白芒和焦扬是在交通职业技术学院的图书馆认识的,她在图书馆勤工俭学,焦扬每天过来复习,两人抬头不见低头见。

刚开始,白芒以为焦扬是交职的学生,没想到对方是澜大的高才生。因为澜大的图书馆需要提前抢位,交职的图书馆却都是空位,焦扬就特意找关系办了一张交职的图书卡,每天骑单车来交职学习。

在对彼此颜值认可的前提下,白芒和焦扬约在交职的食堂吃了三顿饭。

白芒有交职的食堂卡,前面两次都是她刷卡,焦扬再转钱给她。第一顿是偶然,第二顿就是蓄意了。第三顿,焦扬就跟白芒提出了交往。

白芒想到自己的饭卡余额还有上千块,想也没想就答应了焦扬的交往请求。结果一确定男女朋友关系,焦扬就再也没在交职的图书馆出现过。

他消失了,一个星期后,焦扬提出了分手。

果然,"包养"男人没有好下场。

白芒漫不经心地涮了一片肥牛卷。

"对不起啊,芒芒。"焦扬开口道歉,眼里却没有多少真心实感的歉意,只是做作地表示一下自己的风度。

白芒冷冷地哼了一声。

焦扬扯了扯嘴角,舔了一下唇,接下来的话有些难以启齿,但他还是启齿了,他说:"我们在一起的时间并不久,但你也知道了,我是澜大的,你是交职的。不是我看不起交职,而是我们的差距实在太大了。你也不希望我只单纯因为你的脸跟你在一起吧。"

白芒被这番厚颜无耻的话,震得漂亮脑袋直冒问号,她晃了一下头。

焦扬却只当白芒听不懂他的话,又说:"你别介意,我说这些,其实是为你好。"焦扬说这句话时,无论是语气还是神色,都很真诚的样子。

白芒轻轻地"嗯"了声:"为我好?"

此时,她仍然是一副温柔而乖巧的样子。

焦扬点头,还朝老板绅士地扬了一下手,要加菜。

看着焦扬点菜,白芒心里暗笑,她十分清楚焦扬为什么突然分手。

前阵子,焦扬问她是哪里人,她说云城。

一个十八线的小城市,落在地图上只有一个小小备注的山水小城。

她给焦扬介绍云城的美食,电话中焦扬说他累了,要睡了。结果半夜,她在大学城垃圾街看到焦扬和一个漂亮女孩一起吃烧烤。

白芒陷入沉思,不知道这样的分手戏,怎么走比较好。

焦扬用手指敲了两下桌面,见白芒仍一副困惑不解的样子,只觉得无趣。如果说何荔嘉是典型的"白富美",白芒则可以说是"傻白美"。

他刚刚说的实话虽不好听,但好歹也是实话。对于像白芒这样的傻白美来说,说实话反而是帮她,如果他吹捧她,那她以后只会遇到更垃圾的男人。

"你的脸我很喜欢,但是两个人要想长久地在一起,很多地方都要匹配。"焦扬说得更具体。

"你的意思是我们两个人不般配啊?"白芒抬起自己的脸,清澄明亮的眼中露出明显的受伤的神情。

焦扬说:"我也不是这个意思……"

"别抬举自己了。"白芒脸上的神情突然变成奚落,前面的乖巧和温柔都化作了犀利的嘲讽和不屑。

"我的脸,你还配不上。"

"是,我配不上。"焦扬附和道。

他虽然说了自己配不上白芒,但他脸上的神情却不像说的话这般,他的脸上满是骄傲。

要知道,他不仅仅是读的学校好,他还有优越的家境,优秀的处事能力。毋庸置疑,他的条件是远远好于白芒的。

眼前的白芒,全身上下都是廉价货,鞋子虽是年轻人最爱的潮牌,但不用多看就知道是假货。

当然,她很美,也很有资本,这样穿仍然好看到不行。

火锅店里的凉气,吹着坐在对面的白芒,冷风灌入她小衫的领口,露出诱人的锁骨。焦扬劝自己转移视线。

两人简短的一段恋情,在白芒这里的故事是"包养小白脸"失败。

可在焦扬眼里并非如此,他和白芒交往,只是一时气不过,气不过何荔嘉常年将他当"备胎"。

"如果你觉得很吃亏,我可以给你一些补偿。"焦扬在骄傲地思忖过后,提议说。

"补偿?"白芒反问。

"是的。"焦扬推了一下鼻梁上的眼镜,极有涵养地说出自己的方案,"我可以给你买个包,或买双鞋,作为交往期间我补偿你的情感损失。"

"什么包,什么鞋?"白芒问,浓密的睫毛微微一动。

焦扬说:"1万元以内,都行。当然,你也可以要求折现。"

"噢,1万元啊。"白芒身子往后一靠,不带一点犹豫,"行,折现吧。"

焦扬耷拉着眼皮，不说话了，不一会儿，他从口袋里拿出手机，找到白芒的微信号。

白芒的微信头像是一个脑袋上冒着问号的小孩。一个漂亮女孩子用这种黑炭般的头像实在让人难以理解，就在焦扬要转账过去时，白芒提前给他发来一个红包，焦扬有强迫症，不小心点开了红包。

3.8元。

"这是我给你的。"白芒忽地脑袋一抬说。

焦扬不为所动，正准备转账，才发现自己已经被白芒拉黑了。

白芒站了起来，亭亭玉立在焦扬视线上方。临走前，她弯腰拿上帆布包和手机，腰身轻巧一弹，对着焦扬的漂亮眼睛中写满了利落的帅气。

"那1万元，你就不用给我了，这3.8元是我给你的，既然收下你也别客气。"白芒眼睫微垂，仿佛这样就盖住了她所有的情绪。

"这钱拿着买糖吃吧，姐姐请你。"

姐姐……

请你吃糖……

焦扬顿时恼怒地抬起头，脸颊涨红，直至耳朵。

白芒转身走人，临走前，嘴巴弧度微微一翘，像突然想到什么似的回过头，对火锅店老板说："这个小白脸吃了我好几顿饭，这顿他买单。"

老板的样子更热情了，连忙答应："好，好的。"

走出喜事多火锅店，白芒骑上共享单车，顶着热烈的午后阳光，穿梭在东南大学城。

东南大学城位于澜市的东南新城，这里坐落着五六所综合大学。大学多，学生就鱼龙混杂，有澜大和理工大学这种知名的重点院校，也有像交职这样的大专院校。牛骥同皂，却也泾渭分明，整个园区分成南北两个片区。南区都是好学校，北区都是差学校。

白芒从云城来到这里后，一直混在北区。

横穿过两条马路，白芒回到一家名为"浪漫满屋"的小旅馆。

推开会自动叫"欢迎光临"的玻璃门，坐在客厅吧台打盹的老板挪了挪肥胖的身体，继续闭眼午睡。80元一晚的房间，不需要什么服务态度。

白芒手里提着奶茶和在敬业路一家叫"串串香"的麻辣卤味店买的一些小吃。

她住二楼，却走上三楼。

敲门敲了好一会儿，门终于打开，屋子里的主人身体"砰"地一靠，一个昏昏沉沉的脑袋随意地贴在门框上方，乱糟糟的发型底下，一张冷淡的脸蛋十分漂亮。

"妈。"白芒轻轻地叫了一声，然后讨好地送上自己在路上买来的吃食。

高考结束后，白芒跟着母亲白蕙来澜市采风，白蕙嫌她烦，用唯一的朋友关系给她找了一个图书馆的兼职。

白蕙是个作家，出过不少书，笔名叫白千希，她喜欢清静，最近又在写稿，没时间搭理她，她就用自己的方式引起白蕙对她的注意。

可惜，这个刚分手的男朋友实在没有提起的必要。

傍晚，黄昏的暮霭晕染成柔和的红，渐渐压低，旅馆旁的一排排笔直的路灯依次亮了起来。

白芒洗了个澡，换了一套更宽松的休闲服，出发去电影院。

东南新城的高校园区的东边，有一个大型的综合商场，商场的六楼是一家全国连锁的IMAX影院（大银幕影院）。

下午6点，白芒买了一张科幻片的电影票，在最后一排找到自己的位子坐下来。她买的是情侣座。

不是她打肿脸充胖子，特意买情侣票安慰被分手的自己，单纯是因为地方宽敞。如果电影不好看，她可以半躺着看，不累人。

白芒来得早，玩了五六分钟手机，电影开始了。等她抬起头，电影厅大约坐了一半的人。她戴上3D眼镜。

来这个商场的IMAX影院看电影的人，基本都是大学城的学生，只不过6月底了，部分不知名的二本院校和大专的学生都放假了，因此留在大学城的，基本都是理工和澜大的学生。

好学生比较正经，没人选择情侣座。最后一排的情侣座只有白芒坐着。如果白芒乐意的话，可以从这一端换着躺到另一端。

电影放了五六分钟，仍没有一对情侣过来，白芒随便坐在最中间的情侣座上。

电影进行到一半，即将进入高潮，就在白芒看得最投入时，一道礼貌又矜持的声音传入她的耳朵。

"这位小姐姐，不好意思，你坐了我们的位子。"

白芒的注意力被打断，她下意识地抬起头，入眼的是一对极其养眼的年轻情侣。

两人的颜值都很高。女孩长相好看，女孩旁边站着的男朋友，更是一位夺人眼球的大帅哥。个高体正，肩宽腿长，最让人叫绝的是他身上的气质，淡淡的，带了些疲倦。即使脸上表现出了一些不愉快，也不招人讨厌，还很吸引人。

白芒移开了视线，却注意到女孩看她的眼神有点不开心，赶紧从中间的位置滚到了一边去。

巨大的银幕泛着幽幽的银光，立体环绕音响不停发出"砰砰砰"的紧张BGM（背景音乐），然而哪怕是电影中最精彩的场面，也不及中间这对情侣好看。

这对惹眼的情侣原本还坐得好好的，没一会儿，女的直接整个身子半挂在了男的身上。男生身上的衬衫解开了两颗纽扣，只露着修长的脖子，锁骨若隐若现，清秀帅气的脸上同样戴着一副3D眼镜。

女朋友这般投怀送抱，大帅哥的目光却落在前方的电影屏幕上，而不是落在怀里的人身上。他的气质落拓随意，仿佛毫不在意。

突然，男生伸出一只手，放在空中又落下，随意地搭在情侣座一侧的扶手上，一点扶一下女友的意思也没有。骨节分明的手指，微微动了一下。

电影厅的光线晦暗不明，暧昧丛生。白芒已经摘掉3D眼镜，从她的角度，可以看到大帅哥流畅有型的下颚，一路往下，是突出的喉结。他的喉结不经意间动了动。

漂亮女生仰起头，似乎对他说了什么，他无趣又散漫地往后一靠。女友伸出手，想要在他性感的下巴上碰一下。他按住了女友的手，阻止了她的动作。电影剧情正好放到最精彩的一幕，BGM仿佛在击鼓。

好看，白芒想。

其实，他们并没有做什么出格的事，只是因为长相出众，而男的又是这番欲拒还迎的操作，就更有看点了。白芒感觉今天的情侣票买得很值，一边看了科幻大片，一边又看了"小电影"。

"好看吗？"

江川尧忽地拨开半挂在他身上的何荔嘉，动作流畅不带一丝犹豫。他腾出一只手，举起手机，对准不远处的偷窥者，毫不迟疑地拍下一张照片。

手机摄像功能里拍照的自动响声被关掉，拍照时没有发出一点响声。但对准白芒的摄像头，却闪烁了一下微光。

被拍了。白芒因为偷窥，被"小电影"里的男主角给偷拍了。

手机放下，男主缓缓地偏了一下头，眼神随意地落在白芒脸上，定了定。

白芒也是挺在意自己形象的人，一时没有反应过来，她的心情复杂，不知道自己被拍下的照片是什么样的。

不用多猜，大概应该就是猥琐男人……看小电影的样子吧。

拍什么照啊，直接杀了她吧。

电影结束，影厅的白灯亮起，白色光芒将前排站起来的男男女女每一个都照得清晰明白。前排的观众很快散了。

白芒坐着不动，一点也没有要起身的意思，大帅哥和"女朋友"也没离去。

女孩瞥了白芒一眼，眼神不是很友善。

白芒低垂着头，无辜极了。

"走吧。"何荔嘉软软地拉了一下江川尧的手。

江川尧不动声色，收回手。

何荔嘉漂亮的脸蛋上闪过一丝明显的不悦，但忍住了。男女交锋，何荔嘉在焦扬那边占据主动权，不代表她在江川尧这里也是。

江川尧抬起眼，自顾自慵懒散漫地整了一下衬衫袖口，平静无波的眼中露出一丝明确的倦意。

"就这样吧。"口吻不轻不重，意思却很明确。

"什么意思？结束的意思？"何荔嘉诧异地反问道，这时她眼底的神情已经不是意外，而是震惊。

"对，结束。"男生的口吻更加明确。

他脸上带着一点笑，瞧起来又很冷淡。

何荔嘉倒十分想笑，却笑不出来，火气无论如何都克制不住，跟着话一起从嘴巴里冒出来："江川尧，你知不知道，今天是我们在一起后第一次约会。"

第一次约会就被甩了？这已经不是伤不伤心的问题，而是颜面尽失了。最关键的是，因为江川尧，她还明确地拒绝了焦扬。

"你说真的？"何荔嘉保持冷静，想再给江川尧最后一次机会。

江川尧嘴巴一翘，仿佛心情极好，面带笑意地打量了一下何荔嘉，吐出两个字："假的。"

何荔嘉神情一松。

江川尧放松了一下自己的一双长腿，姿态带点惬意，可他脸上没有一点可以称之为善意的神情，如果说有，也只是轻轻提起何荔嘉放在座位一旁的包，高高拎起——丢到了何荔嘉的手里。

何荔嘉怒火中烧，气血往上翻涌，她拿过包，直接朝江川尧宽阔的肩膀重重甩过去。

江川尧抖了抖肩，仿佛抖掉落在他肩上的灰尘。这副无所谓的样子，让何荔嘉更加气得牙痒。

"江川尧，我祝你这辈子都不会好过！"咬咬牙，何荔嘉完全发泄出自己的怒气，"你这种人，永远不配得到女孩真心的爱，你就是一个大渣男！"

江川尧没回话，很安静地听着。

何荔嘉深吸一口气，继续骂道："今天，你是可以很嚣张，但别以为你有点钱，长得帅，就可以一直很了不起。总有一天，你也会体会到什么是阴沟里翻船。

"最后，我祝你永失所爱。"

好狠，好带感。白芒想。

只不过永失所爱这个"祝福"有点不行啊，还不如祝他早日瞎了眼，断了腿，毁了容，没了钱。

影厅的保洁阿姨进来打扫卫生，为下一场电影做准备。

白芒站起身，一步步地走向过道中间。

江川尧也站了起来，他看都不看白芒一眼，直接走在前面。他真的很高，一米八五朝上，走在前面，仿佛一道山，堵在了白芒前面。

渣男站起来，白芒才注意到他穿的不是白衬衫，而是一件泼墨衬衫，整个后背像是被淋上了水墨，墨汁蜿蜒，沿着衬衫褶子一路往下，半遮着深色牛仔裤包裹的臀。

不得不说，这个渣男的身材是真的好，虽说他穿着休闲的牛仔裤和衬衫，但从后面看过去，不管是后背，还是笔直的大长腿，都能看见那性感有力的曲线。

好看是好看，但不是她会喜欢的小白脸类型。

"好人。"

突然，一道诚恳的声音带着某种目的，从后面绕到了江川尧的面前。声线娇柔，带着一点青橘柠檬水的清爽感。

谁在叫好人？谁又叫谁好人？

"好人？"白芒又叫了一声，前面的人仍充耳不闻，来到影厅外面的过道，白芒直接伸手拍了一下江川尧的肩膀。

有事？江川尧转过头，挑了挑好看的眉头，眼底闪过一丝不解的神色。

不管是脸色还是气质，都冷飕飕的，但也表现出了陌生人社交的礼貌。他甚至还带了点笑。

"叫我吗？好，人。"他问。

"好人"两个字的发音轻飘飘的，人字的尾音巧妙一转，仿佛在询问她好人是谁，又像是把好人两个字还给她。

白芒也不跟他继续装傻，索性直说了："这位同学，你可以把你前面拍的照片删掉吗？"

"什么照片？"他疑惑极了，似乎有点替她觉得搞笑。

白芒嘴巴一抿，直白又磊落地说："我的照片，晚上8点34分，你拿着你的手机朝着我拍的。"

"朝着你拍什么？"神情嘲弄，他反问她，"说说，我为什么要对着你拍照？"

"嗯？"

白芒微咬了一下牙，他以为这样说，就能逼她承认前面她在偷看他吗？

"如果你不删，我就告你侵权。"白芒说着，脑袋微扬，不输气场。

"告我？"

江川尧脸上露出一点害怕的神色，转眼又化作十足的嚣张。

他又帅又痞地站在她的眼前，他还上前一步，堪堪地将两人的距离保持在20厘米。

蔫坏的样儿，又带着强势的压迫感和高高在上的打量，像严密的阴影压在她的眼皮上方。

"我叫江川尧，澜大法学院的。如果你要告我，可以来澜大找我，我可以帮你联系一下法律援助。"

自我介绍一番，他的视线又落在白芒胸前的潮牌logo（商标）上，顿了顿。

"这件衣服很不错，下次别穿了。"

说完，他挥挥衣袖，直接迈着长腿走了。

白芒眼皮抽了抽，胸部被气得鼓鼓的，随着呼吸一起一伏。不过，她也只气了两秒。

"等——下。"

白芒叫住对方，声音蓦地软了下来，仿佛鼓鼓的气球一下子被放了气。

江川尧走到一半，迟疑片刻，还是转过身，嘴角弧度不是往上，而是往下扯，颇为不爽地问："怎么，还有事儿？"

白芒摇摇头，一步步走到他面前。

白芒有一双极其富有感情的漂亮眼睛，往上扬，媚眼如丝；耷拉低垂，就楚楚可怜；如果像现在这样仰着脸蛋儿，红着挺翘的鼻尖，眼眸清亮水灵，简直就是一个我见犹怜的大美妞。

谁看了都会失神几分。江川尧虽说没有失神，但也收住了脚步，没有继续走人。

"我今天，也刚和男朋友分了手。"白芒站到江川尧面前，说了一句无关紧要的话。

所以？江川尧轻挑了下眼皮，样子多了分耐心，似乎在等她说出什么话来。

"我……我本想看个电影安慰一下自己，结果又看到你和你女朋友分手，我就……"白芒说着，眼圈微微泛红，几乎要落下泪来。

就什么？就很来气啊！大渣男！

下一刻，白芒直接提起笔直修长的长腿，小腿一弯，膝盖往前一推，直击对方要害。

江川尧反应很快，立马避开要害。

他是真没想到会有这一出，现在动嘴的女孩很多，会动手的几乎没见过。

难不成是警察学院的？

沉思之际，膝盖传来剧痛。他瞬间抽了一口气，不设防地弯下腰来，他抬着头，黑亮的眼睛直勾勾地盯着她。

不好意思，前面只是一个假动作。

白芒回应对方的视线。

随后，一句冷淡嘲弄的话，不紧不慢地从她嘴里吐出来——

"我叫白芒，我是交通职业技术学院挖掘机系的大一新生，如果你有追责的必要……欢迎你来告我。"

白芒改了改他前面的话，说完，弹了弹衣袖，疾步走人了。

江川尧站在原地，一脸愕然。

白……mang？白忙？白莽吧！

旅馆里，白蕙一口气灌了半杯咖啡，手指在键盘上起飞。

"妈。"

白芒轻轻地叫了一声，白蕙没理会她。

"妈！"

白芒又叫了一声，仍然没有被理会。

白芒不吭声了，可怜兮兮又烦躁地坐在床边，一双长腿耷拉着，笔直修长的腿划了划木质地板，发出橡胶底摩擦地面的声音。

唧唧，唧唧唧唧……

"回房休息吧，别打扰我。"白蕙头也不抬，出声警告女儿，眼睛完全钻到电脑屏幕里。

"我不想打工了。"白芒哼哼唧唧，用最烦人的腔调说话。

没有被理睬。

"我不想打工，我想出去玩。"她的声音又重了一点。

"我不想打工，我想玩！

"我想出门玩！

"我想玩！"

一道轻微的叹气声在房间里响起，仿佛面对小孩频繁无赖的请求感到无可奈何。

刺啦一声，白蕙扒拉椅子，整个人转过身，跟白芒面对面。白蕙长得跟白芒很像，不，应该说是白芒像白蕙。

两个人都是美人坯子，但气质和五官略有不同，白蕙慵懒冷淡，白芒鲜艳生动得像是盛夏摇摇欲坠的红果子。

"过两天，我要去京市，跟一位老板见面。"白蕙说着自己的事。

"哦。"白芒点头，顿了下，"可以多留点钱给我吗？"

白蕙眸光一凝，想了想，开口说："要不你去宁市找丁景凯吧。"

宁市？丁景凯？

丁景凯是白芒的亲爹，不太熟悉的亲爹。

年轻时，白蕙玩起现在流行的去父留子这一招，被离婚的丁景凯离开了云城，独自去宁市发展。从懂事起，白芒就一直跟着白蕙生活，成长过程也算顺遂。

直到长大后白蕙才告诉她，原来她不是社会精子捐献得来的，她有亲爹，她的亲爹，不仅活着，还活得相当不错。

第二天一早，白芒收拾行李，在一楼客厅退房。旅馆老板是一个留着平头，身材肥胖的大叔，大清早啃玉米，嘴里叼上一根牙线，一边剔牙一边算白芒入住的天数。

"一共1280元，抹个零头，1200。"大叔说完，给了白芒一个笑容。

白芒也不着急，没付钱，慢吞吞地从口袋里拿出一大团纸。纸团散开，一窝死蟑螂一只只掉落在收银台前。密密麻麻的蟑螂，一只一只掉在眼前，让人脑袋都大了,汗毛直立。

胖大叔发出一声低低的"啊",肥胖的身体吓得往后一颠,极力稳住。他愤怒地看向白芒,吼道:"小姑娘,你找事啊!"

"没呢。"

白芒笑了笑,自顾自半坐在高脚椅上,跷起二郎腿,伸出白皙的手,一只只数起蟑螂来。

她看起来一点也不怕,收银台的蟑螂仿佛是她修长手指之间的小玩具。

"1只,2只,3只……18只。"白芒认真数完,眉眼弯弯,朝着老板说,"我入住期间,一共替老板抓了18只蟑螂。老板你要不行行好,再给我打个折,便宜点。"

老板抬起头,惊恐地看着白芒。

神……经病啊!

"1只20元,怎么样?"白芒的口吻有商有量,绝对是讲道理的人。

早上7点,准时退房。早上9点30分,白芒从宁市的汽车站出来。

她提着一个大大的蛇皮袋,来到宁市北城某别墅小区外面的一家看起来相对平价的早餐店,解决今天的早饭。

早上10点,白芒走出早餐店,她将蛇皮袋扛在后背。

女孩长得漂亮又精神,蛇皮袋却扛得那么嚣张自然,连别墅保卫亭的保安都震惊至极。

现在这世道那么难了吗?收破烂的都长得那么好看了吗?

就在这时,白芒扛着蛇皮袋走到保安小哥面前,笑容灿烂,像是迎着阳光的玫瑰。

好积极乐观的人啊。保安顿时被女孩感染到了,挺直了背。

"小哥哥……我找丁景凯,丁董事长,他住在哪一栋楼?"白芒开口问,声音清甜,态度礼貌。

保安小哥忍不住惊讶道:"你找丁董事长?"

即使眼前的人又美又有礼貌,保安小哥也还是嘴巴一撇,客气地发问:"你和丁景凯董事长是什么关系?"

白芒也直了直背,回答说:"血缘关系吧。"

还挺幽默,亲戚关系说得那么绕。

就在这时,一个霸气又急促的身影从别墅小区疾步而出,朝着保安亭喊了一声——

"芒芒。"

"爸！"白芒扬头回应。

别墅小区，绿荫掩映。

白芒跟着丁景凯穿过半个小区，来到一栋三层半的新式现代别墅前。从大门进来，丁景凯替女儿拎起了行李——一个偌大的蛇皮袋，也不知道里面装着什么东西，沉甸甸的。

养尊处优许久的丁景凯，把蛇皮袋从大门口拎进别墅，费了好些力气。

"昨天你妈妈跟我说，我就让阿姨把你房间收拾出来了，这个暑假你就好好待在这里。"丁景凯望着这个不太熟悉的女儿，沉默半秒，补充一句，"你能过来玩，爸很高兴。"

"我也很高兴。"白芒扯了扯唇角，随口一答。

"你方阿姨这两天有活动，不在家，不过，她在电话里说了，很欢迎你过来。"丁景凯又说。

哦。

白芒的房间在一楼。丁景凯带她参观，白芒跟着走进房间，目光转了一圈，整个卧室的装饰和摆设都一览无余。20平方米左右，带独立卫生间，蛮好的。

"太匆忙，来不及好好准备。"丁景凯略感抱歉地说。

"挺好的，比我之前住的地方好多了。"白芒回答。她说的之前，指的是澜市大学城的破旅馆。

丁景凯下意识转过身，看向白芒的眼神有点复杂，里面有抱歉也有遗憾。

尴尬。

白芒接不住这种眼神，自顾自地走到客房洗手间，打开颇有质感的金色水龙头，洗手。

"我等会儿还要去趟公司，你待在卧室休息……中午和晚饭有阿姨做，想吃什么，直接跟阿姨说。阿姨姓王。"

白芒点点头。

丁景凯又说："中午可能你一个人吃，等后天方阿姨回来，爸爸再带你到外面吃，大家聚一聚。"

白芒再点头。

丁景凯临走前，又交代一句："别拘束，就当在自己家。"

白芒又点头，顿了下，拉长语气应道："噢。"

丁景凯走了，王阿姨也出门了，说是出去买菜。

白芒关上门，修长的身子往柔软的床上一躺，双手交叠枕在脑后，终于缓缓地呼了一口气。

白芒有一个优点，只要躺在床上，就很容易睡着。

卧室开着舒适的空调，她眼睛一闭，不到1分钟就睡着了。等醒来时，已经过了午饭时间。

手机时间显示，下午1点30分。客厅外面传来各种声响，还有人正在说话，都是女孩的声音。声音清脆，像是拨算盘般。

"欣子啊，你真的要跟谢思邈分手啊？"

"分分分，不分能怎么办，留着硌硬人啊。"

"他怎么你了？"

"他让我很不爽！"一道极其生气的哼声。

"到底怎么了？"

"这次回来路上，他不知道是脑子缺根筋还是怎么，主动跟我聊起何荔嘉，还跟我说何荔嘉很漂亮，长在他的审美点上……他明知道我最讨厌的女人就是何荔嘉，还故意恶心我！"

"他可能也是过一下嘴瘾啦。"

说话的人，应该就是方子欣，方玉环和丁景凯再婚带过来的女儿。

不过，何荔嘉这么有名吗？这是白芒比较困惑的问题。

哐当一声，门开了。

白芒住在一楼，一楼卧室的门正对着大客厅，客厅里坐着两个女孩，一个胖，一个瘦。哪个是方子欣，胖的还是瘦的？前面说话的女孩肝火旺盛，应该是瘦的这个吧。

卧室里走出来一个又白又土的美人，外面的两人也双双抬起头，一动不动地望向从卧室里走出来的白芒。

胖女孩不停地眨巴眼睛，看起来非常震惊。瘦的也随即站了起来，身上套着松垮的短袖短裤，走向白芒。

坐着皮沙发上更为显眼的胖女孩，穿着一身夸张的碎花连衣裙，像是一只巨型蝴蝶停歇在这间客厅，胖脸蛋红扑扑的，不停眨着大眼睛。

王阿姨从餐厅小跑过来，冲白芒和方子欣尴尬地抿嘴巴。

"欣子啊，这就是白芒。"王阿姨先朝方子欣介绍。

顿了顿，她对白芒说："真是凑巧，欣欣的大学也是今天放假，提早了一天回来。"

"你好，我是方子欣。"消瘦的女孩已经朝卧室这边走来，站在白芒面前，上下扫了对方一眼，伸出手，目光骄傲但也明净，说，"回来的路上，爸爸有跟我说起你……欢迎你来我家玩啊。"

欢迎来我家玩啊，方子欣已经通过自己的方式展现了领地意识。

白芒站着，安静得如同一尊雕像，没有一点反应。

对方子欣来说，她的确是一个外来的入侵者，而且还是一个敏感强势的入侵者。

白芒自然也是知道这一点的，所以在推开门之前，她用了几秒时间，琢磨自己要以什么样子在这里住下去。

方子欣的性格直接干脆，丁景凯不太管家，方子欣性格可能跟妈妈方玉环相似。至于那个跟她同父异母的未成年少年可以忽略不计。

她最好还是表现得老实一点。

"你好……"白芒收敛了自己的锋芒，低了低头，视线落在方子欣主动伸出来的手上，握了上去。

这份忐忑，让方子欣立刻多了一些友好。但，她又藏了藏。

"打扰你们了。"白芒小声道，没有任何刺耳的话，带着紧张和不自然。像是一个胆小的……"社恐"。

"我叫白芒……颜色的白，芒种的芒。"

本以为剑拔弩张的气氛，顿时烟消云散。

方子欣昨晚就接到了爸爸丁景凯的电话，跟她交代这个暑假家里要多一个人，所以今天她才从学校赶回来。

说实话，方子欣并不排斥外人来到自己家，只是对方是丁龙泽同父异母的姐姐，丁景凯的亲生女儿，这感受就不一样了。

在她没见到白芒前，她对白芒有一万种不好的猜测，但此时此刻，一万种不好的猜测都变成了具体的感受：真是一个好看的女孩子啊，除了好看，人看起来还挺不错，礼貌胆怯，就是土里土气，白白浪费了脸和身材，不过也难怪，毕竟是小县城来的人啊。

比起自己在这个家享受优越的物质条件，她在小县城和母亲相依为命的生活一定比较窘迫。

"不打扰，一点也不打扰呢。"方子欣爽利道，一下子流露出自己昔日大姐大的气度来，"以后你就跟着我混，不管在这个家，还是在外面。"

女孩子的感觉是相互的。白芒对方子欣的印象也很不错，她微微扬起嘴角，露出一个更加腼腆的笑容。

真是一个好乖乖。方子欣拍了下白芒的脑袋，揉乱了对方土里土气的发型。

乖乖。白芒更想拍方子欣的脑袋。

方子欣拉着白芒坐了下来。

王阿姨笑容满脸，擦了下围裙，插话进来问她们："你们想吃什么呀？我去做。前面你们一个刚回来在聊天一个又在睡觉，我就只准备了甜品，要不先给你们端来？"

方子欣说："甜品端来，饭就不用做了。我带白芒出去吃，转一转。"

王阿姨应声说："那也好。"

三份甜品端上来，燕窝炖木瓜。

白芒拿到的时候，用勺子舀了一下碗里水润银白的燕窝丝，认真地看了一眼。

"这是燕窝。"方子欣说，没有看不起白芒的意思，就是单纯告诉白芒。

"嗯。"白芒点了下头。

"对了，忘了给你们介绍。"方子欣放下燕窝木瓜粥，一只手按在白芒消瘦的肩上，另一只手揽住胖女孩，像是大爷似的给她们相互介绍起来。

"嘿嘿，你好啊妹妹。"胖女孩介绍自己道，"我叫王伊萌，她们都管我叫大萌。"

"伊萌。"白芒叫了一下对方的名字，夸赞一句，"很好听的名字。"

"是的，我妈没把我养胖之前，一直觉得我会长成一个大美女。"王伊萌开朗道，眉眼弯弯。

"哈哈。"方子欣笑咧咧，立马吐槽王伊萌的母亲是一个饲养员。

白芒低着头，嘴巴也不自觉翘了翘。吃完甜品，三个女孩一起出门，打车去市中心。

宁州比起大都市澜市，新城建筑同样辉煌大气，但老城还是留下了浓厚古雅的古城风格。

老城湖边，白芒跟着方子欣吃了一顿日料。饭后，白芒和王依萌一块去洗手间，立在盥洗台前，王依萌拍了两下自己的胖脸。

白芒思忖之际，手机铃声响起，她从破旧的牛仔短裤里拿出手机。手机屏幕上显示的是一个未知号码，号码归属地是宁市。

白芒不知道是不是骚扰电话，犹豫着按下接通，不等反应，一道中气十足的声音几乎冲破她的耳膜。

"白芒啊……我玉环啊你方阿姨。"

方玉环!

"方阿姨好。"白芒连忙问好。

"我打电话到家里,王阿姨说你和欣子在外面玩,真的很sorry(对不起)噢,我今天在外面做好事,赶不回来,对不住啊。阿姨问你啊,这个手机号可以加你微信吗,阿姨加你微信,给你转点钱过来,你和欣子好好逛逛街美美容,把自己打扮得漂漂亮亮的。阿姨后天才能回来,sorry噢。"

"没事。"

事情一口气说完,电话挂了,白芒还没好好体会这热情洋溢又抱歉万分的话语,方玉环已经在微信添加她了。白芒点击通过,方玉环的头像是可爱的肥胖版本的杨贵妃Q版画像,白芒看了一下,发现她朋友圈一天发三四条。下一秒,方玉环发来一笔转账,显示金额8888,白芒手一抖,没立马收下。

方玉环发来一条语音,仍是带点宁州的口音,但蹦出的每个字都带着鲜活气儿:"这是阿姨给你的见面红包,你不收就是跟阿姨过不去。"

这话真的让人好为难,白芒的手肘被王依萌温柔地一推。

"收下吧。你不收方阿姨会觉得你看不上她。"王依萌朝她说这话时,大眼睛闪烁了两下,十分真诚。

有钱人的确不太一样啊。白芒收下了钱,低垂着脑袋,慢慢打字回复方玉环:谢谢方阿姨。

方玉环回她一个表情包,一个春风和阳光都祝福她每天快乐的表情包。白芒看着闪烁跳动的祝福表情包,心里突然有点后悔,后悔没有早点过来投奔丁景凯,是吧,超后悔!

白芒和王依萌从洗手间回来,日式的榻榻米上,方子欣盘腿而坐,百无聊赖地玩着手机。她的眼中写了一点鄙视。

方子欣有何荔嘉的微信号,可以看到何荔嘉每天发的朋友圈。一直以来,何荔嘉的朋友圈都是高不可攀的风格,这两天倒是很不一样,有一种失恋的怨妇味。

"你们帮我品品这句话啊,想想也真是遗憾……"方子欣抬头道,咂吧两声。

王依萌问:"说完啦?"

"嗯,完啦。"

"品不出。"王依萌摇摇头,坐下来,语调极慢道,"不过这种看不明白的话,八成是失恋了。"

"失恋了?何荔嘉也能失恋啊!"

方子欣一脸难以置信,眼睛里却露出一点幸灾乐祸来。

白芒脱掉鞋,走到榻榻米上坐下来,双腿合并,随意地往榻上一屈,白皙的小腿线条流畅。

方子欣的眼睛像极了臭男人,不停地看向白芒的美腿,转移视线,又看过去,假装只是在欣赏美景。日料包间环境高雅,每一处都透着亲和舒适之感。

"何荔嘉在澜市读大学?"白芒突然出声问。

"是啊。"

"直发?"白芒又问。

"是吧。"

"澜市理工大学外国语系的?"

"对。"

那就是同一个人了。

"我知道她……"白芒温声道,睫毛翘起来。

王依萌和方子欣不为所动,一点也不为白芒这句话感到惊讶。

"你们就不好奇……我为什么知道何荔嘉吗?"白芒忍不住发问,微扬着眉头。

"不好奇啊,很多人都知道何荔嘉。"说着,王依萌朝她露出一个笑容。

方子欣面无表情地点头,是的,这是一个事实,虽然她不想承认。

"为什么?"

方子欣叹了口气,将手机丢过去,给白芒看了眼何荔嘉的微博。好家伙,粉丝160万。

"何荔嘉是澜市理工大学的女神,也是我前男友谢思邈念了好多年的女神。"方子欣从鼻子里发出一道哼声,冷冷的,酸酸的。

原来何荔嘉不是普通美女,白芒想。

整个下午,白芒托着下巴,懒散又乖巧地靠在榻榻米上,听着大萌和方子欣说起宁市高中的一些风云和八卦。

有人的地方就有江湖,有八卦的地方就有话题人物。白芒这才知道,原来那个叫江川尧的嚣张家伙曾是宁市高中八卦圈的中心。

大萌说,她们九高那几届校友女生之间流传这样一句话:九高有三宝,顾言锡,邹瑞泽,还有江川尧。

白芒弓着身体，双肘抵住木质方桌，毫无形象可言。包间内丝丝的冷风从空调口冒出来，外面的阳光清透地落在街上的每一张面孔上。

大萌找出一张照片，快速拉了一个小群，分享了一张照片。

那是一张三个男生一起打球的照片，照片应该被人分享过无数次，滤镜一层又一层地加上去，加上三个男生都是高大帅气的类型，白芒粗略地看了一眼，的确像是大萌所说的，有些绝。

照片是抓拍的，背景是夕阳下校园的篮球场，夏日晚霞弥漫半空，教学楼空旷寂静，照片里的人却给人一种残阳热血的感动。

大萌一一告诉白芒，这张照片里谁是邹瑞泽，谁是顾言锡和江川尧。照片里，顾言锡一张泛红的俊脸直接对着镜头。他的身后，邹瑞泽应该是打球有些热，直接掠起T恤擦汗，在照片上，肌肉线条流畅的精窄腰身清晰可见。

最后，背景自动虚化，江川尧最为模糊，也最抓人眼球。即使脸被虚化了，那一跃的身姿和长腿也还是很吸引人。

难怪，宁市九高的女孩会流传这样的话。

这张被抓拍的照片，表现出了动感十足的帅气，充满了年轻的荷尔蒙。少年的气息，冒汗的肌肤，像是泛着光亮的白，又晕染出了柔和的红。

照片不错，里面的人不错，江川尧的腿也很不错。

白芒客观评价。

几人从日料店出来，白芒又从王依萌这里得知，方子欣也不是无缘无故讨厌何荔嘉，而是因为何荔嘉初中高中时很喜欢欺负女孩子，尤其是那些长得不好看学习也不好的女孩。

"霸凌？"

大萌低了低头，没了前面的朝气，怏怏地说："你说把人拉到厕所拍照算吗？"

"算。"白芒拉上大萌软乎乎的手，出声问她，"大橘猫是不是很可爱？"

王依萌看向她，大眼睛亮晶晶的。

"但一直都存在刻意虐待它们的人。"白芒说，她轻软低语着，像是夏日最温柔最清凉的风，不经意吹入了人的心里。

"可爱不是它的错。

"不是每一次被欺负都有被欺负的理由，错的是施暴的人。

"不需要因此感到不安，难过。

"一时的软弱不代表永远软弱。"

白芒的声音淡淡的，软软的，整个人也毫无半点凌厉和锋芒，却给人一种笃定的力量感。从见面到一起吃饭，再到分享了一整个下午的少女八卦，白芒给王依萌的感受是又美又老实，偏偏此时此刻的白芒，又流露出了一种正义的温度和气概来。那感觉仿佛给一个原本平庸的灵魂注入了一分灵气。

从日料店出来后，方子欣接了一个电话，挂了电话，方子欣气急败坏地跺两下脚，显得十分恼火。

"怎么了？"白芒问了声。语调温和轻柔，无意中透露着一份镇定。

方子欣控制不住的烦躁，她蹙了一下眉头，沉了沉年轻气盛的小方脸，朝着白芒开口："咱弟出事了。"

咱弟？白芒眉头微微一抽。谁啊？是丁龙泽吗？他怎么了？

"他……被人给打了！"方子欣愤愤道。

白芒站在原地，不知道该说什么好。

按血亲关系来算，白芒和丁龙泽的姐弟关系，同丁龙泽和方子欣的一模一样。前者同父异母，后者同母异父，都有一半至亲至真的血缘联系。

只是，白芒还没见过丁龙泽，就连照片都没见过……所以前面方子欣说咱弟的时候，白芒着实没反应过来。她的第一反应是，这是哪个大冤种？但，咱弟被打了，这个事的性质就严重了，很不一样了。

方子欣忍不了，白芒也忍不了。

出租车里，方子欣生完气，很快就琢磨起对策来，她开始拨打一个个电话。

"喂，大力啊，暮色网吧，你立马带一帮人过来。"

"什么，你还在北市？你们大学还没放假啊？你上的什么垃圾学校！"

"白头，在哪儿呢？如果你那边有弟兄，都带来吧。"

"你还在拉屎？……拉肚子？算了算了，每次有事你都来不了，最指望不上的就是你，挂了挂了！"

"Hello,Tom？（你好，汤姆？）"方子欣中文改英文，生硬问候对方，"What are you doing now？（你现在在做什么？）"

一同坐在出租车后座，比起大萌的处之泰然，白芒真的大为震惊。没想到，方子欣还有国际友人，厉害了！

不过，方子欣这样的性格广结善缘或孽缘都很正常。

"Tom是丁爸爸以前的一个业务员，黑大个，帮欣子撑过场子，遇到棘手的事，欣子都找他，每次都按出外勤结算劳务费。"

哦，这样啊。白芒了然地点头。

可惜，今天 Tom 也没有时间，方子欣磕磕绊绊地说了几句英文之后，磨了磨后槽牙，然后发音最为准确丢出一句——

"So bad！（太糟糕了！）"

市中心过来半个多小时，出租车穿过待开发的城郊，到达了目的地。暮色网吧位于城北拆迁小区的一条商业主街，街道两侧是枝繁叶茂的宁城市树。

这间网吧虽然和教学楼隔了两条街，但距离城北八校的操场很近，不远处可以看到操场升起来的五星红旗。

日头微微下沉，天际有了傍晚霞光，像是从遥远天边开出了大片橙黄色的花。鲜红的旗帜，在风中摇曳飞舞。

三个人下车后，方子欣不让白芒跟着，只带着大萌进了网吧。网吧朝正街的一面墙，窗户玻璃开得很大。百叶窗没有闭合，即使隔着宽阔的马路，白芒也能看清里面的情况。

整个网吧里没几个人，对准白芒视线的是这样一幕：一个顶着一头凌乱发型的脑袋被死死地按在了电脑桌前，少年扒拉着桌面，试图从三四个年轻小哥手里挣脱出来。然而没用，他挣扎一番，又被老老实实地按住脑袋动弹不得。

方子欣带着大萌走进去，少年立马苦瓜脸似的叫了方子欣一声："姐……救我。"

丢人。方子欣嫌弃地看了眼丁龙泽，转过头看向窗外。白芒呢？那么快就躲起来了？算了，跑得快至少证明她不傻。

"田老板呢？"方子欣观察了一下情形，巡视一圈，试图寻找还算熟悉的田老板。

"在这儿，没什么田老板。"几个小哥中的一个，有脾气地回方子欣的话。

真是马有失蹄，人有失算。方子欣这次也是估算错了。本来这家老板跟方子欣认识，如果没办法将丁龙泽从他们手里捞回来，老板也可以上来帮她拉个偏架，无论如何也输不了。

只是没想到，她上了一年大学回来，田老板就因为经营不善将网吧转让给其他人了。现在，这家店的老板，姓詹。他们全都是一伙的。

方子欣第一次感受到身处劣势是如何的被动。

"把人放开吧！"方子欣冒了点社会气，对几个人说，"有事说事啊，欺负小孩，算什么男人。"

全场，没一个人听这句话。

"你是他什么人？"

方子欣眉头一扬，高声道："我是他姐！"

"你弟啊。他可不能随便放了。"老板小哥道。

方子欣冷眼。

老板还算客气，非常讲理地和方子欣交代因果："你弟搞坏了我们的晋级赛，还打了我的人。两件事加起来，都没办法轻易算了。"

"我们不欺负小孩，让他叫家长来，商量赔偿的事。"老板拉了张椅子坐下来，继续说，"把你们叫来，也是想要个解决办法，是掏钱？还是掏钱加道歉？"

方子欣白了对方一眼。

"掏钱，赔五台电脑的钱。道歉，就好好叫声哥。"

"我呸！"方子欣啐了对方一口，"做梦！"

旁边，王依萌偷偷地拉了一下方子欣的衣服。别冲动，别冲动啊……

对不住，方子欣这辈子就没收敛过，正决定动手，然后上来了两个小哥，直接架住了方子欣。

"姐。"丁龙泽前一秒还充满希望，见方子欣瞬间被制服，顿时绝望地闭上了眼。

王依萌低声道："我就是陪着过来的。"比嘴巴更自觉的是她的腿，她说着，往旁边站了站。

"我跟你们道歉可以吗？"半晌，大萌出声，弱弱地和对方协商。

老板没有理她。他从桌上拿走丁龙泽的手机，打开人脸解锁，一手扒拉丁龙泽被按在桌上的小白脸，晃了晃。解锁，准备拨号。

"别！"这个字几乎是冲口而出。

"不要！"

这反应就对了……

号码，仍拨了过去。嘟嘟，嘟嘟——

"挂掉……快挂掉！我赔钱，我道歉……"丁龙泽立马认输了。

老板微微一笑，挂断手机。

"等一下。"

一道掷地有声的清冽女声从网吧门口传来。众人抬了抬眼。一双双眼睛写满疑问，又闪过一丝明明白白的惊艳。白芒从外面进来，来到这群人面前。她有一张漂亮的脸，身形却略显萧条。主要是因为她的肩膀平整消瘦，人又白净，几十元的条纹短袖穿在她身上，让人感觉简单到不能再简单。直白的说法：幼稚！

方子欣立马喊起来："白芒，你别管，快出去！"

白芒无动于衷，继续走到老板小哥面前。她笔直地站着，目光朝下一瞥，完全接住了老板的目光。

"呵。"老板轻轻地呵了一声，带着轻蔑。

白芒不予理会，拉开一张电竞椅，从容地坐了下来。

"条件都没谈，就要叫家长，你们是教务处吗？"白芒轻飘飘的一句话，夹着嘲讽，直接丢了回去。这个气势，还挺厉害。

"你是谁？"

"我是他们的朋友。"白芒道，简单交代了自己的身份，然后她从口袋拿出手机，打开录音功能，睁着清澈黑亮的眼，嘴角下沉道，"可以谈了。"

"录音是什么意思？"身后的人提出质问，语气十分不友好。

白芒抬了下头，随口答："没什么意思，必要的时候做证词。"

啧啧，这架势，还挺像那么一回事。方子欣震惊于白芒的胆子居然那么大，面对那么一大帮人，说话都不带喘气的。

白芒换了脸色，一板一眼地朝老板说："我们也是学生，都没多少钱，我这里有八千，可以加个微信转账给你。"

老板小哥瞧了瞧她，犹豫片刻，对旁边的人道："你加她。"

噢。微信一加，白芒也没有任何套路，直接在微信转了八千过去。

真把钱转过去了……方子欣眼皮一抽，气得不行。本以为白芒进来是送人头，没想到她是直接来送钱的。气死她了！

"好，你们可以放人了。"白芒说。

"剩下的呢？"

"剩下的我们……"白芒忽地咬了一下唇。

"你们在干什么？"外头突然冲进来两个制服警察。

"警察叔叔！"第一个发声的是方子欣，然后是大萌和丁泽龙……白芒也站了起来，快速走到警察旁边指控这一群人。

"他们敲诈我们。"她说。欺负可不算事，敲诈才是。

老板小哥眯了眯眼，心里暗道不妙，只觉得中计了。不仅人赃俱获，还有微信转账记录。

"有录音！"老板的小弟底气十足地开口，"前面录音了，这钱是她替朋友赔偿我们损失的钱。"白芒一笑,打开录音,响起来的是软件里的一段摘录下来的法治知识。

"法安天下,德润人心……"字正腔圆的朗读声,在傍晚昏暗的网吧里响起,众人都有些无语。

下午5点30分,白芒走出网吧。视线里,流云奔涌,淡橙色的晚霞像是一幅巨大的油画,夸张而绚丽地在天际铺展。穿过操场袭来的第一缕夏风,像是少年的拳头,有着令人猝不及防的猛烈。丁龙泽眨着不安的眼,朝着白芒看了看,很是别扭。

白芒可一点也不别扭,轻轻地歪过头,嘴巴愉快一扬,冒出三个字:"叫姐姐。"

身后,方子欣钩上白芒和丁龙泽的肩膀,身体往上跃起:"走嘞!"

目光也许有偏见,但命运无偏见。我们都站在太阳底下,暖洋洋,或火辣辣。

丁龙泽眉头直皱，不满地问："为什么我也要补偿她？"

丁景凯回儿子道："如果早点知道她的存在，可能就没有你了。"

丁龙泽白脸一撇，说："你吓唬谁，拴不住裤腰带的人又不是我。"

丁景凯又气又尴尬。

关于白芒的身份，丁景凯曾开过一次家庭会议，以故事的形式交代白芒是他在云城那段短暂的婚姻里留下的"爱情"结晶。听完故事的丁龙泽第一反应是："老丁，你不会是被骗婚生子了吧？"

丁景凯断了丁龙泽两周的零钱。

今天是周末，丁龙泽不需要上学。但他走体育生的路子，考的项目是游泳，所以周末也要找教练训练。如果丁龙泽不说自己练游泳，白芒是看不出来的。主要是因为丁龙泽个子不高，目测身高只有175厘米左右。

"那是我还没发育。"丁龙泽气不顺地说。

"噢。"白芒略有困惑地点头，认真地问，"你发育那么晚吗？"

丁龙泽气得跳脚，跳上车，骑在了白芒前面。

上午的日头还算温柔，30度出头的气温骑车出门，额头微微冒汗，迎面吹来的凉风让人神清气爽。白芒跟着丁龙泽骑上了共享单车，出门逛一逛宁城。丁龙泽在前面骑，他放慢了速度，等了等白芒。

"喂。"丁龙泽叫她。

白芒瞟了他一眼。

"我不叫你姐可以吗？"丁龙泽出声商量，别扭极了，仿佛好不容易气消了主动找她说话。

白芒的刘海被风往后拨，露出发际线流畅的额头，光洁白皙，她拉长声线，无所谓地丢出一句："可以啊……"

"那我叫你什么？"少年的语调很调皮，很刻意，"芒芒？芒芒冰？"

"叫老大吧。"白芒毫不客气道。

丁龙泽一听，对白芒的认识又深了一层。

来到体育场中心，丁龙泽又转头看向白芒，故意装作无所谓的样子邀请她："我就在那边练游泳，要不要去看看？"他想在白芒这里展示一下泳技。

白芒点头，同意参观。

"里面有泳衣卖吗？我也想游泳。"

"你会游吗？"

"小时候在湖里玩过。"

"你们县城的湖,干净吗?不会重金属超标吧。"

"不干净,专门毒鲻鱼。"白芒笑眯眯地回答。

"yong鱼?"丁龙泽不知道是什么鱼,"什么鱼啊。"

"鱼字旁加庸俗的庸,鲻鱼。"白芒教丁龙泽识字。

"长啥样?"丁龙泽更加好奇了。

白芒瞥了一眼丁龙泽,放低语速,口气玩味:"头,大而圆。鱼眼狭长,黑溜溜的,嚣张又呆傻……不过,游得还蛮快。"

丁龙泽表情有些僵硬,憋足了气,好一会儿,才将一句凶狠的冷话说出口:"我要告诉老丁,你说我是胖头鱼!"

不傻嘛,终于知道鲻鱼是胖头鱼了。白芒露出欣慰的笑容,阳光落在她长长的睫毛上,一闪一闪,仿佛光晕在她的眉眼里。

去游泳训练馆的路上,丁龙泽没有再跟白芒说一句话。

这家游泳馆规格很高,是会员制,白芒不是会员,不能进去。丁龙泽虽然是一个喜欢惹事,性格又别扭的少年,但还算男人,替她充了新会员,还付钱给她买了一套泳衣。

丁龙泽"邪恶"地选了一套最丑最黑的儿童款大号泳衣给白芒。女孩子都爱美,那些花里胡哨的少女泳衣他故意装作看不到,只选最丑的。

白芒不说什么,拿到泳衣还对他说了一句"谢谢"。不过,她给自己加了一副胸贴。

丁龙泽不理解胸贴的作用,两个字脱口而出:"虚荣。"

白芒没理会,只留给丁龙泽一个虚荣的背影。

专业训练馆在三楼,二楼是高级会员馆,一楼是大众馆。

丁龙泽给她办的是高级会员。白芒上了二楼,感觉大城市的游泳馆分会制就是好,水质清澄,水波微微荡漾,不像她在云城,热热闹闹一起下饺子。

白芒在换衣间换上泳衣,看了看镜子里的自己,不说不说,丁龙泽眼光真好,这件纯黑连身长袖的少儿款泳衣还蛮好看。白芒皮肤白,身材修长,屁股翘,胸部也不扁平,加上胸贴,简直前凸后翘,儿童款泳衣有长袖,贴身的布料到大腿,露出笔直的长腿,线条柔美,泛着健康白皙的光泽。

白芒对着镜子看了眼,自己都看呆了,比起露胸露腰的少女泳衣,她穿儿童款才是不露重点又性感到极致。

高级会员制游泳馆,人不多,只有两个人在泳池中间游,一起一伏,戴着黑色泳帽的男人脑袋偶尔冒出水面换气。手臂线条顺畅，肱二头肌突出。

阳光从大片的窗户落进泳池，波光粼粼，沾着水的肌肤，泛着光泽。

泳池里的两人似乎在比赛，游得极快。永不认输的白芒，顿时被激起了斗志，晃动手臂，准备跳下泳池，暗暗较量一番。

突然，一道炽热的、带着探究的目光盯在了白芒脸上。

白芒下意识转过头。身穿泳衣的焦扬，一脸不可思议地看着白芒。他的目光似乎极力想从她身上移开，却又牢牢地盯着她。

白芒恨不得将这位前男友的眼珠子挖出来。

就在这时，一道清纯又妩媚的声音从她身后传来，对站在正前方的焦扬招呼："嗨，焦扬！"

这个声音……有点耳熟。

白芒偏过头，何荔嘉从左边的女换衣间走出来。

焦扬的视线又从白芒这里转回何荔嘉身上，眼底残留的惊艳变成习惯的欣赏。昨天焦扬和何荔嘉一起从澜市回到宁城。今天一早，何荔嘉约他出门游泳，一个电话就把他从床上叫起来，焦扬当了何荔嘉多年的备胎，自然陪同。

好端端的，何荔嘉为什么要出门游泳，焦扬不清楚但多少也能猜到。何荔嘉做事情有很强的目的性，她跟江川尧分了手，丢了面子，自然要找回来。

十分钟前，江川尧已经跟好友顾言锡较量了一千米。两人都游出了相对应的水平，顾言锡以前还参加过青少年游泳赛。游到最后，水花更是激烈，明明只是两个人的战场，可整个泳池似乎都要沸腾起来。结果还是江川尧领先几秒。

戴着黑色泳帽的江川尧率先从泳池中冒出头，哗啦一声，他半个身子斜斜地躺靠在池边，晶莹的水珠从脸上、脖颈、宽阔的胸膛顺着滑下来。

这样的他，在阳光下熠熠生辉。这样的江川尧，看起来危险又迷人。然而，还在泳池边的白芒并没有发现这个泳帽、泳镜配套齐全的大帅哥，就是电影院那个招人烦的家伙。

扑通一声，水花四溅。白芒以漂亮的姿势跳入水里。空中炸开的水花飞溅到江川尧的身上。

薄薄的眼皮轻微合拢，还没来得及看清岸上的人，只见一个轻巧的身子跃入泳池里,像是一条银鱼,从他的左侧一晃眼就蹿到了好几米之外。

好家伙。这个不长眼的好家伙,是谁?!

白芒游得畅快淋漓。会员制的泳池就是好,人少,水质干净,还没有人挡着,可以尽情发挥。

白芒游了一个来回,缓缓上岸,发现上面的气氛有些奇怪。她靠在泳池边轻轻喘气,旁边是一个身材高大的年轻男生。白芒抹了抹残留在自己脸蛋上的水迹,发现这个男生正在看她。

男人戴了泳镜、泳帽,五官突出。沾了水的嘴巴,红艳艳的,看起来就很有感觉。

"白mang?"

他突然出声,叫她的名字,声音清澈、低沉,给人的感觉像是泳池底下的水波在拱人。

白芒诧异,挑了一下眉,问:"你谁啊?"怎么知道她名字?

男人摘掉泳镜,双眼微微下垂,细密的睫毛垂着,情绪不明的眸光底色是沉郁的。泳镜的橡皮圈长时间压在鼻梁上面,秀挺的鼻梁上方留有通红的印子。看着有点吓人。

她想起来这个人是谁了……大名鼎鼎的江川尧!

白芒钻入水里,一个蹬腿,试图用最快的速度逃到对面,上岸走人。她的动作很快,简直让人猝不及防。只是这次不比上次,江川尧一个伸手拦住了她。白芒继续蹬腿,换了一个方向逃,如果某人不跑,江川尧也不会出手抓人,但有人跑得如此之快,就容易激发出人的追逐欲望。

江川尧抓住白芒的手,啪的一声,水花四溅,两人一同沉入水里。

白芒的水性不错,能在水里憋很长时间的气,但她没办法一边挣扎一边憋气。

江川尧的水性不比她差,加上他长腿长手,个子又高,力气又大,白芒就算灵巧如银鱼,也没办法脱身。糟糕!她还出现了可怕的状况——因为她强烈挣扎,现在她的腿抽筋了。

白芒绷直了小腿,触电般的刺痛感沿着小腿传达到脚趾的神经末端。

白芒的眼皮微微颤动,她试着弓起身子,伸手抓住小腿,为了自救,她推开了江川尧。

水下的江川尧没有戴泳镜,水波划过他细密的黑色睫毛,浸了水的脸色冷意明显,仿佛随时要踩她一脚,白芒只能拼命地划动手臂。就在这时,她另一只手臂也被抓住,像是被深湖里最令人致命的水草死死缠住。

长时间在水中憋气，她整个人仿佛要爆炸，身体里的氧气也快消耗完了。

完了……

下一秒，腰身被一只强有力的手托住，轻轻一抬——白芒被江川尧快速带了上去，浮出水面，她浑身湿透，身上挂着水，还有冒出的汗。

极力憋气之后，胸腔剧烈颤动，连带整个肺部都生疼。平息之后，白芒仍大口大口地喘着气，身体的每一处还在迫切地需要氧气。她的小腿已不再抽筋，但微微发麻的感觉还停留在每个脚指头。

"还有力气吗？"江川尧问，但语气听着不太善良。

白芒没吭声。

他又拍了一下她的脸。

白芒瞪眼，在池水中浸泡过的眼睛，又红又水灵。

江川尧扯了扯嘴角，他还不如救一个死人上来，死人可能还会配合一点。

"握住脚指头，用力往上拉。不感觉疼，就好了。"

白芒自顾自地从泳池边爬了起来。

不远处，何荔嘉冷眼旁观了好一会儿。

她已经认出白芒就是那天在电影院同排而坐的女孩。电影院的事对于何荔嘉来说就是人生的耻辱，恰巧她的耻辱还被一个在相貌上可以威胁她的人全程看到了，所以不管是电影院那天，还是现在，何荔嘉都不喜欢白芒。

白芒换上原先的衣服，从换衣间出来，老旧的短袖搭配松垮的牛仔裤，没个正型。好身材还是需要衣服来衬的。虽说美人披麻袋也是好看的，但美色只是滤镜，不是马赛克，可以挡住衣服散发出来的寒酸气。

何荔嘉打量着立在盥洗台前的白芒，奇怪于这个分层的会员制泳池，怎么会出现这样的人。

"嗨，我们是不是见过面呢？"何荔嘉缓缓地露出一个温柔的微笑，看起来很友好。

白芒觉得自己也挺能演的，没想到遇上对手了。

收起原先的不爽，白芒淡然安静的脸，也扬起一点笑。腼腆、害羞又拘谨。

"你是在跟我说话吗？"白芒的声音也透着一点怯意，像是不会社交的自卑女孩。

何荔嘉的样子更加大方。

"是啊，那天电影院，我看到你了。"

"噢，你就是那天……和男朋友约会的漂亮姐姐？"

"对啊。"何荔嘉不想提这件事，转移话题，"我叫何荔嘉，澜市理工大学的学生，你呢？"

白芒眼睛一眨，问："理工大学的啊？"

"是啊。理工大学的。"何荔嘉说，"我们学校没有澜大有名气，不过录取分也不低……就那样吧，跟一群理工男一起上学，很没意思。"

好多废话。白芒归纳理解了一下：理工大学分很高，我是重点大学的学生。

"噢，那你很厉害啊。"白芒赞美道。难怪焦扬之前嫌弃她是交职的。

交职和理工，一个录取分数300多分，一个录取分数600多分，相差出两个脑袋瓜子。

"你呢？叫什么名字？"何荔嘉问白芒。

"白芒。白色的白，芒种的芒。"白芒开口。

"真名啊？"何荔嘉不太信。

白芒点头。何荔嘉又问："你读的是哪所大学啊？"能在东南大学城的电影院遇上，肯定是附近的大学生。

"我还没读大学。"白芒一脸老实地说。

"没读大学？"何荔嘉无意笑了下，开玩笑道，"都说交职学院的女孩子最漂亮，你不会是交职的吧。"

白芒一脸问号。

"我之前在交职学院待过。"

何荔嘉露出"果然如此"的表情，仿佛知道自己猜对了。

何荔嘉再次向白芒示好，主动说："交个朋友吧。"

白芒扯了扯嘴角，有点演不下去了。

"为什么要跟我做朋友？"她问。明明何荔嘉话里话外都看不上她。

"我们能遇见两次，也算很有缘分。"

白芒忽地一笑，低声问："你不嫌弃我是交职学院吗？"

"不会呀。"

"就算……我看到你与男朋友的尴尬场面也没关系吗？"白芒说着，笑得更纯善，眼睛里的光像是能迷惑人一般。

何荔嘉的脸色瞬间难看下来。她盯着白芒这番故作天真的表演。

"怎么会？"好一会儿，何荔嘉露出更完美的笑容。

"对了，这个送给你。"说着，何荔嘉从化妆包里拿出一瓶开过封的大牌香水，"我没怎么用。"

这样的小恩小惠，如果收下，一定是目光短浅又贪婪虚荣的女孩。如果不收……

白芒接过了何荔嘉递来的香水，没有一点迟疑。

"给我？"

何荔嘉短暂地笑一下，说："是啊，给你。"

"你不要了，对吗？"白芒又问。

是，她不要了。

"既然不想要了……丢了就好啊。"白芒说。

吧嗒一声，香水落入垃圾桶。

"以后不想要的东西，丢了就好，不要随便送人。"白芒非常礼貌地提醒这位何同学，直白、冷淡、不屑一顾。

"对了，我不想跟你做朋友，再见。"白芒更礼貌地收场告别。

回到丁家，白芒整理包裹时发现了一件糟糕的事情——她的身份证不见了。

她很确定，身份证不可能丢在泳池里，但，又会在哪儿？

坐在床边，白芒开始头脑风暴，从宁市车站下来到目前为止，她去过的所有地方，以及出现的所有状况。大脑的记忆在每一个事件的细枝末节里搜索、逗留，直到，她想起从暮色网吧离开时，她被人轻轻一撞。当时她以为是对方不服气。

楼上的方子欣还在睡回笼觉，白芒又出门了。

白芒来到了网吧，刚踏进去，麻辣香锅的香气入鼻，整个网吧，上下两层，一楼居然一个人也没有。这生意，可真够惨淡的。

二楼是单独的包间和老板办公室，白芒踏着铁楼梯上了二楼，此时，老板办公室中，热热闹闹地围坐了一帮男生，空调扇丝丝吐着冷风。凉爽的男性荷尔蒙气息夹带着麻辣味，充盈着整个房间。

"小江总，再来碗饭不？"有人开口。

这个被称小江总的人没回应。

白芒敲了两下门，然后明目张胆地杵在他们眼前。

突然进来一个不速之客，里面的人都看向了她，一个个目瞪口呆，仿佛她是过来抢他们的食物的。

白芒和他们都打过照面,包括那个在中间的沙发上坐着,一双长腿嚣张地伸着仿佛无处可放的江川尧。

真是巧又巧啊。

江川尧也偏过头来看她,在她的脸上瞥了一眼,随即低下头。一次性筷子握在他骨节分明的手指中,手在空中停了停,放下。似乎,没了食欲。

"怎么又见面了?"江川尧启齿,声音拖了拖。

白芒莞尔一笑,轻松地立在这帮人面前,礼貌又不失客气地说:"打扰你们吃饭了……我来拿回我的身份证。"

他们之间有人笑了。

"就是这个女的,演技炉火纯青,厉害着呢。"

白芒谦虚一笑。别这样夸她……演技只是她身上很小的一个闪光点而已。

江川尧虽坐在沙发上,强势的气场,却很难掩盖。

"身份证可以还给我了吗?"白芒问。

"你怎么知道身份证,在我这里?"问话的是之前的老板小哥,詹宇。

"我的记忆力还可以……"说着,白芒淡淡地笑了下。她没有提那天有人故意撞她,拿她身份证的事。

江川尧不接茬儿,也懒得装,直接从口袋里拿出一张身份证,丢在了桌上。身份证上的信息,他半个小时前就看过了。

名字:白芒

性别:女

住址:A省云城清水街道清风小区3幢201室

居民身份证号码:XXXXXXXXXX09290001

江川尧站起身来,朝着白芒走了两步,他高高地立在她面前,斜下眼,说:"我们三番两次遇上也是缘分,我不为难你,身份证你可以拿回去。不过——"

江川尧尾音一转,接着说:"电影院的事加上你朋友砸了我电脑的事,没办法算了。道个歉,我把身份证还给你。"

那么简单?真是出乎她的意料。

"好。"白芒同意。

下一秒,不带任何犹豫和为难,白芒朝着江川尧弯腰九十度道歉——

"对不起,江大老板!"她知道了,原来他才是这里的小头目,那位臭名昭著的黑心老板。

江川尧有些无语。

白芒再次弯腰,声音比前面更大了一些:"对不起,江高才生!"因为他说他是澜大的。

江川尧微微倒吸一口凉气。

白芒站直了腰,眸子清润,望了望江川尧,又朝他弯腰,高声道:"对不起,江大帅哥!"

她换了三个称呼,整个人有着力吞山河的气势。就在这时,白芒弯着腰轻巧一转,长手一探,直接从江川尧的桌上拿回了自己身份证。她速度极快,拿到就跑。

在座的五人,除了江川尧,谁都没有反应过来,不比上一次在电影院,江川尧长腿一迈,追了上去,留下一屋子的"吃瓜群众"。

白芒跑出了网吧,她的性子爱玩爱闯祸,这次遇上江川尧算碰上对手了。江川尧拦住她的去路,年轻的荷尔蒙气息猛烈地朝她袭来。

"你属猴的吧,真能蹿。"

某人的气场太足,男性气息又强烈,白芒感受到了强烈的攻击感,本能地做出防御手势,眼睛直直地盯着江川尧。

江川尧一笑,终于明白为什么眼前的人会那么嚣张了,敢情是真有一手。白芒的防御手势,是咏春拳的招式,这个年代,练武的小男孩都很少了,结果他遇到了一个会咏春拳的女孩?现在这个世道那么不好了吗?女孩都自我保护成这样了?

江川尧从来没对女孩动过手,但今天例外,他出手了。每一次,白芒都以更快的速度避开,再出手,又轻巧避开。每一次,白芒都只能躲避,没办法做到借力打力地还击江川尧。江川尧个子高,有着身高和力气优势,她很容易被他制服,要不……还是赶紧跑吧,白芒想。

奈何某人实在可恶,仗着腿长,一个反手,擒住了她。人都要跑了,江川尧才不要脸地困住她,强劲的男生气息瞬间紧紧包裹而来,密不透风。

"好好说话,别跑,我就放了你。"江川尧提出两个要求。

白芒眼睛闪烁,点点头,乖巧极了。

江川尧正准备松手。

不幸的是下一刻,怀里的美人发出了委屈至极的号叫声——

"救命!

"大流氓!

"警察在哪儿！我要报警！

"有大牛（流）……蟒（氓）——"

白芒急得连家乡话都飙出来了。

虽说暮色只是一家街头网吧，不似商场人那么多，但街上的路人已经探头探脑地往这里看过来，关键是，楼上还有五个脑袋，齐齐地看向街上的场景。

很快，两个正义的路人走了过来。

怀里的人一边抓着他的手臂，一边对着路人求救，连呼吸都变得热了，从嘴巴和鼻子里呼出的热气全覆在江川尧手背的皮肤上，酥酥麻麻的。某一刻，江川尧真的觉得自己是一个冒犯女孩的流氓。

白芒喊得很像那么回事，可正义的路人却看得很困惑，心里很奇怪！他们是想上来见义勇为的，只是眼前的场景，瞧着不太像。他们看到的画面是漂亮夺目的女孩被男友亲密地圈在怀里，男友的嘴角还扯着一点笑。这不是偶像剧里常拍的，我在闹他在笑？

可万一不是呢……

江川尧已经松开白芒，整了整衣服。

"人也被你喊来了，你说，我怎么你了？"江川尧好整以暇地说，看起来脾气很好的样子。

白芒瞧了瞧路人的反应，心里知道，她没办法指控江川尧，要不然可能还会被他反咬一口。前面交手的过程中，他没有任何伤到她的行为，相反的，她踢中他好几脚，他原本整洁的衣服和裤腿，还留下她的脚印，就连手臂都被她抓红了。

"你刚刚是没怎么我……"说着，白芒哼了两声，抬了抬脑袋瓜子，"我找你算账，是因为你那天偷拍我的照片！"

话音落下，白芒又对路人说了一遍："他偷拍我，他的手机里有偷拍的我的照片！"

她要指控他是流氓，是偷拍狂。

江川尧微微摇头，乐不可支地望着这个颠倒黑白的人，她怎么不说一说，是她自己的眼睛不老实呢！在电影院，她是如何给力地踢了他一脚，前面又频频朝他拳打脚踢……

"她是我妹妹，亲爱的妹妹，正跟我闹脾气呢。"江川尧开口，也学着对面的人颠倒是非。戏谑又冷淡的口吻，让人恨得牙痒痒。

还妹妹……还亲爱的！她这辈子都没见过那么厚颜无耻的人！

"我呸！"白芒不顾自己超级大美妞的形象，恼怒地啐了江川尧一口，像是雪碧汽水被揭开盖子，"你这个大渣男，大流氓，你配当我哥吗！"

她越骂，他越笑，接受她的每一句"侮辱"。

"是的，我大渣男……我大流氓……"江川尧嘴角上扬，一双好看的眼睛在中午日光的投射下，黑亮又闪烁，笑得愉快，笑得"宠溺"。

正义的路人走人了。此情此景，如果不是小情侣或小兄妹闹脾气吵架，那他们就是傻子。

白芒内心尖叫，你们别走啊！

网吧的大门口，只剩下白芒和江川尧两人。

正午的阳光猛烈，日头从枝繁叶茂的树冠上洒落下来，仿佛装入银瓶里使劲摇晃过，斑驳的阳光照在白芒身上这件普通的短袖T恤上，颜色是温柔亮丽的柠檬黄。

矛盾焦点又回到最初碰面的冲突，江川尧开口解释："那天我没有偷拍你。"

白芒心想：你逗我呢？漂亮的脑瓜子晃了晃，她不信。

"我只是开个闪光灯。"江川尧口吻无奈，具体解释起来。

白芒的眼睛轻轻一眨，似乎在思考。她像是一头小豹子，天性就是对危险的人充满防备和警惕，可她又有点自信和臭屁，不怕事儿。所以，这个人的话能信吗？

江川尧上前，把手机递给她。嗯，自己看吧。

这年头，把自己的手机交给对头，真的是……无所畏惧了。白芒拿过江川尧的手机，进入相册，检查起来，上下翻了翻，相册里的确没有她的照片，连她的一片衣角都没拍下来。

白芒哼哼，斥责道："是你自己没公德，公共场所勾勾搭搭，伤风败俗。"

"是的，我没公德，我伤风败俗。"他说得毫不在意。

中午日头还是有点儿大，江川尧带她往网吧正门口站着，让里面空调拂出来的冷气，可以吹在她身上。

白芒浑身不自在，证据没找到，反而把渣男的隐私看得一清二楚。这人看着女朋友谈过很多的样子，相册里居然没有一张女孩的照片。长得帅，本人却连自拍照也没一张，相册和备份居然还有学习笔记……还挺能学的！

白芒微微低垂着脑袋，转了转眼珠子。等反应过来，江川尧已经从她手里拿走了自己的手机。

同时，他拉上她，迈开长腿。

"你要干什么！"白芒试图甩掉对方的手。

"报警。"江川尧改口道，口吻很正义，仿佛一定要维护自己的权利似的，"报警抓女流氓。"

白芒自然不会真的跟江川尧走人。

"我请你喝奶茶……给你赔礼道歉，可以吗？"白芒开口，态度180度翻转，看着诚意满满。

请喝奶茶……这是小学生的道歉方式吧。

"只有请喝奶茶的钱了？"他问她，语气带了点奚落。

白芒心想：倒也不必将她想象得那么穷。

江川尧明亮的目光看着白芒清澄的眼睛，他缓缓丢出两个字："可以。"

方玉环拎着大包小包回来了，她的体重加上这堆东西，看起来有300多斤。

方玉环出门前还不到200斤，然而，这次联谊活动在外面吃吃喝喝，一下子就超过了200斤。她站在客厅的电子秤上方，望了望坐在沙发上的白芒和方子欣，胖胖的脸上泛起老母亲的亲切光泽。

电子秤很智能，发出体重超标的警告声——滴滴，滴滴滴。

"没事，没事儿。"方玉环从智能体重计上下来，优雅地走到沙发上坐下来。沙发从中间陷了下去。

白芒觉得老话诚不欺人，越胖的女人越旺家，丁景凯现在过得么好，一定有方玉环的功劳。

方玉环也看着白芒，眼底的笑容越来越浓。

"芒芒，小芒，芒儿？"一个词儿接着一个词儿地从方玉环的嘴里蹦出来，她拉上白芒的手，温和地询问，"喜欢阿姨怎么叫你呀？"

说着说着，方玉环自个儿又乐了好一会儿。

这母子两人真是……给人取的外号都一模一样。

白芒抬起头，看向方玉环，开腔："方阿姨，您叫我白芒就可以了。"

"白芒……不错。"方玉环点点头，又说，"不要跟阿姨生分好不好呀，阿姨叫你芒儿怎么样？"

"好不好？"说着，方玉环的眼睛眨了眨，拉着的手，还抖了两下。

白芒这辈子最难抵挡的就是女人的撒娇。更何况方玉环还有着两个女人的体重。

"阿姨怎么样都好。"说着，白芒颤了颤。

"真乖。"

方玉环目光灼灼。

旁边，方子欣受不了地撇过头去，这两天方玉环没回来，她心里就希望方玉环晚点回来，晚一点丢人现眼。

物极必反，方玉环和方子欣母女两人有相似的地方，也有完全不同的地方。方子欣好好的小苗子，为什么会成为"社会姐"，可以说方玉环功不可没。偏偏方玉环自己完全意识不到。

自从发了家，方玉环就天天往方子欣学校溜达，200多斤的女人，浑身散发着暴发户的气息。

方子欣在学校以酷妹自居，方玉环来一次，她的人设就崩塌一次。面对同学无尽的嘲讽和奚落，方子欣终于学会了反击。

酷妹就这样变成了社会姐。

方玉环不知道女儿为什么会变得这般冷漠，内心时常充斥着惆怅与无奈。现在，突然多了一个白芒，方玉环觉得自己又多了一个女儿。她一向有容乃大。

方玉环做事体面又霸气，丁景凯在电话里跟她说白芒要来，她一挂电话，就在宁市最好的天锦大酒店订了一桌——邀请丁家和方家家族里关系比较好的亲友参加欢迎会。

时间就定在明天下午6点。白芒目瞪口呆地听完方玉环交代明天家族聚会的事，只见一旁的方子欣一双眼皮都要掀翻了。

"你这是什么反应？"方玉环不悦地瞟向女儿。

"没事，眼皮抽搐。"

第二天，一个小晴天。傍晚，余晖正灿烂。

丁家一楼的卧室外有个露台，出去就是北边的花园，花园里种着几株发育得奇形怪状的玫瑰，娇艳中透着两分倔强。夏日玫瑰，总因烈而艳。

第一次参加名义上的家宴，出发之前，方子欣就给白芒打了个预防针："吃饭的时候会有一个老女人不停地说话，你就无视吧。"

白芒好奇上了，老女人？

下午6点，白芒和方子欣齐齐地坐在酒店包厢里。昨夜，方子欣已经对白芒交代过她们家在宁市的亲友成员，丁景凯不是土生土长的宁市本地人，他的父母都不在世，唯有一个小姑妈大学毕业后留在宁市嫁给了一位有头有脸的土著。

姑妈叫丁明薇,大不了丁景凯几岁,算是丁景凯在宁市唯一的亲人。

这个人大概就是方子欣口中的老女人吧?

此时,她端坐在丁景凯身旁,长辈姿态很足,举手投足间都有着说不出的优越感。她的头颅高傲地昂着,脖子伸得笔直,给人一种精明又强势的感觉。

从落座开始,丁明薇的目光就一直在白芒身上打转,她的身旁坐着今年刚高考结束的儿子,两人都挺直了背,目光骄傲。

据说姑妈还有一个在澜市读研的女儿。丁景凯和方玉环会重视教育,也是托这位姑妈的福,在她时不时展开的家庭教育营造的焦虑氛围中渲染出来的。白芒被丁明薇的眼神看得不耐烦,偏转过头。

丁明薇眉头一皱,端起茶水喝了一口。

这人,不好相处啊。其他人都是方玉环的兄弟姐妹,一桌的气氛全被这位姑妈压着,动筷都看她的脸色。

"看我做什么,看这个漂亮的小姑娘啊。"说着,姑妈举起酒杯,对丁景凯点头,"还君明珠,恭喜你啊,景凯。"

丁景凯笑了笑,没有理会丁明薇的做作。

白芒低头,装腼腆。

丁明薇突然"哎呀"一声,微微一笑,说:"幸好是今天聚了,不是明天,不然我都没办法过来。"

方玉环问:"明天有事儿吗?"

随即又反应过来,接着说:"我知道的,明天是林姑父的生日!对不对?"

丁明薇摇头,直接说:"明天高考成绩出来,我们家爷爷奶奶要过来一起吃饭,给直儿庆祝。"

直儿,就是坐在丁明薇旁边的儿子,大名叫林直。

听到母亲这样一笑,不爱开口的林直嘴角一撇,给了一点反应。

好家伙,分还没有查,就要庆祝了。

方玉环尴尬一笑,丁景凯也尴尬。

"我妈夸张了,就是家里人聚聚。"林直插话,解释道。

"没夸张!"方玉环打圆场,"去年我家欣子300来分,我们也是全家庆祝。"

丁明薇转过头去,她可不想听到什么300多分。

"欣子怎么能跟林直比，两人是一个天一个地。"丁景凯咳两声，学着林直父亲说话的方式，问林直，"林直，你的目标院校是哪所？"

啧，真够酸腐的。还目标院校……方玉环抓了一只螃蟹啃起来。

"澜大。"林直道。

"澜大啊。"听到澜大，方玉环腆着笑问，"澜大录取多少分？"

林直佯装淡定地说："680分以上。"

680分……以上啊。

丁景凯想起前两天吃早饭的事情，他家三个孩子的分数一起加起来，没准可以凑个680分。

"阿直估分很保守的，跟他的性子一样。"丁明薇说。

"妈。"林直打断自己母亲的话，"我不是保守，是我爸从小到大一直教我：做人不说没把握的话，做事不做没把握的事。"

啪啪两声，方玉环带头鼓掌。

在方玉环的带动下，方家的亲戚也开始鼓掌，纷纷对林直的话称赞不已，对林局的教育思想称赞不已，对丁明薇的辛苦培养称赞不已。

林直蹙眉，他享受这样的吹捧，但不喜欢这样的吹捧方式。

啧啧，真会装。

方子撇过头，看了眼旁边的白芒，从头到尾，白芒都耷拉着脑袋，平静且呆滞。

心疼白芒啊，明天高考分数出来了，肯定要拿来和林直做对比。

就在这时，方玉环端着酒杯，高声道："今年咱们家还真是双喜临门，林直肯定能考上澜大；我家老丁呢，喜得贵女！都是大喜事呀，大伙儿来一个！"

"希望我们家越来越好，会读书的读书，会长个的长个。"

会长个的长个，方玉环一下子说到丁明薇的痛处了。她矮，一双儿女个头也不高，比不上方玉环的两个孩子，个子高高的，精神气足。

丁明薇抿了抿唇。

方玉环给丁明薇倒果汁，丁明薇将手放在高脚杯上空，挡了挡。这个动作，就是谢绝了方玉环的好意，但凡有眼睛的人，都可以看出丁明薇有些看不上方玉环。

"林太太不容易啊，能教出两个那么优秀的孩子。我们敬林太太一杯。"说着，方玉环笑起笑，又称呼起丁明薇为林太太。

方贵妃一声令下，旁边的"外戚"成员都举起酒杯，客客气气地敬起了丁明薇。

今晚的家宴，大家似乎都已经忘了这是白芒的欢迎宴，今天真正的主角白芒，成了饭桌上最没存在感的人。她虽然穿上了方玉环给她选的一身大牌衣服，可她头上却扎着最普通的马尾辫，一言不发地坐着，就像是一个漂亮人偶。

这样的白芒，给人感觉是安静、卑微、内向，很符合小城来的女孩形象。

"你叫白芒，对吧。"丁明薇说罢，像丢石子一样丢了一个眼神给白芒。

对于这个脸蛋漂亮但看起来有些愚笨的女孩，丁明薇是有偏见的。

这种偏见又是掩饰不了的，更何况，丁明薇也不想掩饰。

"我听你爸说，你今年也参加了高考……考得怎么样？"

白芒终于从餐盘里抬起脸，张了一下嘴，一时说不出话来。

"我……"

她看起来好"紧张"啊。没有大城市女孩的落落大方，也没有学霸侃侃而谈的底气。都不需要她再说什么，她的高考成绩好像已经写在了她的反应里。

"没关系，现在扩招，上大学的机会比以前多。"丁明薇安慰着白芒，皮笑肉不笑。

"白芒在云城读书，那边的教育不像宁市那么好，她能一路考上高中，已经不错了。"丁景凯作为父亲，开口道。

"是啊。"方玉环在一旁附和道，"虽说读书很重要，但每个孩子都有自己的特长。小龙读书和他姐一样，也不行，但他游泳很厉害，过几年咱们家能出一个奥运冠军……哈哈！"

咳！哪壶不开提哪壶。方玉环提到丁龙泽，丁景凯的头就更大了。

"你们云城一中这几年有考上澜大的学生吗？"丁明薇问白芒。

白芒仍是慢吞吞地开口说话："有的，每年也有一两个。"

丁明薇不再鄙夷，而是流露出一丝难能可贵的惊讶，她感叹道："那很不容易啊，现在是寒门难出贵子。你们那边能考上澜大，真的是矮子里出将军。"

白芒沉默不语，她被丁明薇认为是矮子。

"我说我的，你别有压力。"丁明薇薄薄的嘴唇往上翘。

白芒保持沉默，毫无反应，只有眸光清亮如水，在光线肆意的酒店包厢里，黑亮得更像是寒夜里熠熠发光的从深空落下的孤星。

方子欣怒了！白芒千里寻亲，丁明薇身为唯一的长辈不给个大红包说几句喜庆话，还各种阴阳怪气地说个不停，就她有嘴巴啊。

"没关系，现在大学多，都有大学读。"白芒突然开口。

她这样一说，林直笑了，嘴角嘲讽地扯起来。

"的确，女孩子吗，再混几年就嫁人了，挺好。"

白芒看向林直，林直收到白芒投来的视线，明明是不动声色的眼神，给人的感觉却像是平静的夜里的湖泊藏着一股暗流，席卷而来。她的眼神中有着沉寂的……锋芒。

林直收回了目光，他再看她一眼，白芒又微微含蓄地低垂着脑袋，就像是一个没见过世面也没有任何话语权的女孩。然而，他前面明明感受到了白芒眼神里透露出来的锋芒和嘲弄。

"家宴"快结束时，白芒去了一趟洗手间。

包厢同一层的一个宴会厅正在举办婚宴，关上里面单间的门，仍可以听到来自宴会厅的音乐。

"你看见了吗？今天江家小儿子也来了。"一句带了点宁市腔的话音，落入白芒耳里。

"江家儿子，钟灵的那位小儿子？"另一个阿姨接话。

"是的呀，真是奇怪，他怎么会来参加赵翼东的婚礼。"

"可能替他父亲参加一下吧，赵家这几年生意很好，江鹤鸣总要给点面子的。"

"不太像……"挑起话题的人，停歇了片刻，又说，"江家儿子还在读初高中那会，咳——"

"怎的？"

"小小年纪就把今天的新郎官……教训了一顿，打得还蛮重的。"

"还有这事儿？"

"私下和解了，毕竟江家有'大佛'罩着。"

"不会吧……"

"你是不知道，这个儿子钟灵可管不了的……"

女士之间的社交，有时候谁的八卦更像那么一回事，意味着谁的资源和社交圈和别人不一样。

白芒突然推开单间的门，毫不留情地打断了两人的谈话，外面的两个女人不认识她。她们身上穿着精致合身的套装，拎着大牌的包，就算面容老态、妆容厚重，看人的眼神也依旧像是一把犀利的尺子。白芒视若无睹，像是对待菜市场的阿姨一样，一一掠过她们。

白芒走出洗手间，就遇到了林直，她往林直身上瞥了一眼，又掠过他。林直因着被白芒忽视浑身冒尖刺。

　　"明天中午12点半查分。"林直突然好心，对着她的背影提醒道。

　　白芒仍往前走，仿佛这句话只是从她的左右耳畔掠过，便直接消散了。

　　林直开口："也不是所有分都有专科学校可以读的。"

　　"垃圾专业倒是很多，你喜欢哪个？"

　　啧，这人可真烦。

　　白芒回过身，温和地出声问："表叔，你是在跟我说话吗？"

　　表叔？林直因这个称呼震怒，面色一红，声音有些愠怒："你乱喊什么？"

　　"怎么是乱喊？"白芒唇边带笑，眨眼解释说，"丁景凯是我爸爸；丁景凯叫你妈妈，是叫姑妈；你妈妈我应该叫姑婆。算辈分你真的就是我的叔叔辈了……"

　　表亲叔叔四字，被白芒有模有样地说出来。

　　林直瞪了瞪眼，眼中闪过骄傲的嫌恶，十分不屑地说："我们这里没有你们乡下人那么多复杂的亲戚关系，跟狗都能沾亲带故。"

　　白芒连忙开口："我可没把你当狗啊。"

　　林直冷冷地瞧着她，仿佛看透了她。

　　"好了，我先走了。表叔再见。"白芒道别。

　　说完，白芒转身离开。安适如常，清清爽爽。

　　白芒走在包厢的酒店长廊上，中间路过了举办今天婚宴的宴会厅。双边厅门大大开着，里面传来高昂的男声合唱声，像是请了男团表演。

　　白芒若无其事地往里头瞧了一眼，宴会厅太大了，从她这边望到最前面的前台，大概一百多米，她只能看到五六个年轻男孩站在台上唱歌，面容看不清，灯光很亮，声音嘈杂。

　　"这首《男孩》……替我们的周哥……周铭程特意送给今天的新娘，水千姚小姐！"主唱的声音传来，说的话比唱的歌还好听。

　　话音落下，紧接着好几声嘹亮的口哨声响起。乱糟糟的，听不出在闹什么。至于前面的歌，白芒倒是很清晰地听到两句话：

　　"曾经意外他和她相爱。"

　　"在不会犹豫的时代。"

　　"芒芒！"方子欣站在包厢门口叫她，"走了！"

外面的天空已经彻底暗下来了，宁市的霓虹点亮了城中心的大厦、大街。连成一片的夜灯，像是星火集体坠落。酒店停车场在酒店北门的对面，有观光电梯直接到停车场。白芒从酒店乘坐观光电梯下来的时候，只觉得好多明亮的车灯骤然亮起，像是一道道刺眼的光束迎面而来。

她的视线往下，只见三辆黑色越野车同时发动，几个年轻的男生利落地上了车，高大的车身上还斜斜地倚靠着一个人。好像……他又没靠在车身，只是他个高肩宽，腿又长，停车场的灯将他的影子拉得很长，朝着夜色劈来。初夏的风胡乱地吹在他的肩头和发梢上。

车灯明亮，夜空广袤。一辆最醒目的黑色越野车就等在他的旁边，莫名地，给人一种寂静、温柔的感受，但又很寂寥……仿佛今夜最美的夜风和明月啊，都与他为敌。

随着星火明灭，江川尧的脸上多了一抹夏日夜晚的温情，他目光微垂，若有所思。此时的他，没有了在婚宴厅那股子恣意的嚣张和戾气，整个人看着顺眼不少。气场收敛下来的他，因为面庞清秀，五官疏离冷漠，反而给他人一种……这厮还蛮乖的错觉。

詹宇坐在主驾驶，耐心地等着江川尧，江川尧回过头，对着詹宇抱歉一笑。

"好了。"他开口。

江川尧利落上车，甩上车门。待他上车，这辆运动型越野车便快速流畅地从酒店的车位移了出去。车屁股一扭，留下的汽车尾气，顺着宁城的海风，迎面冷冽地拍向从观光电梯出来的一家人。

白芒和方子欣都被呛了一口，不免抬头瞪向已经远去的酷车。

方子欣看向车屁股。

"谁家的车啊！"方子欣瞪瞪眼，不服气地憋出一句，"那么嚣张……开豪车了不起啊。"

方玉环走上前，看了两眼车牌，回忆两秒开口："好像是兰博什么尼？"

方子欣对方玉环无语地翻白眼。白芒也认出了这辆车。这个品牌的车价格不菲，为什么她这个从小地方来的女孩子会知道，因为她……会上网啊。

第二天，白芒睡到日上三竿，没有人叫她。方玉环对孩子们的体谅已经到了登峰造极的地步，基本不太管孩子睡懒觉的问题，尽可能让孩子们睡个够，对方子欣是这样，对丁龙泽是这样，对白芒……一视同仁。

"林直居然真的考了 680 分！

"一分不多,一分不少!

"他是提前知道分数吗?

"气死了!下次吃饭,又要看他作秀!"

冒着火气的一句句,全是方子欣一个人的义愤填膺,一波波地传入白芒耳里。

"别酸了,他的分数除以3,刚好就是你去年的分数。"

"我们家的基因就是不会读书,我已经是受害者,你还怪我?"

好强势的反驳。

丁龙泽开始玩着手机游戏,懒懒地开口:"别带上我,我跟你只有一半的基因是相似的。"

白芒从卧室出来,在丁龙泽和方子欣的对面坐下来。

方子欣看着白芒无比淡定的样子,心想,真正的勇士根本不着急看那点零碎的破分数。不像林直那家伙,以最快的速度查分,还掐着时间官宣自己的高考分。

炫耀就炫耀,林直的朋友圈文案才让人气出血。

这次发挥失常,没考出理想的成绩,对不起家人的期待。

明明……他的家人都激动得要命。

楼上,一个胖人儿,也刷到了林家人的朋友圈。

说真的,这年头不管什么家庭,能考上名校除了自身的勤奋和读书天赋,还要看父母的教育意识和辛勤付出。丁明薇的丈夫林春生忙于工作,子女教育的事自然都落在丁明薇这里。

熬了二十年,丁明薇终于熬出来了,从今以后,她的确是一位培养出了两个考上名校的孩子的母亲。这是何等的骄傲。所以,丁明薇的朋友圈就简单粗暴许多,文案配图只有一句话——

一个母亲的荣耀。

楼下客厅,方子欣忍不住,试探地问白芒:"芒儿,你还不查分吗?"

"等下吧。"白芒说,"现在系统估计很慢。"

"哈……"

"呵。"

白芒这样一说,像是故意拖延,方子欣和丁龙泽露出不同的反应。一个仿佛是猜到了她为什么不查分,一个是猜到了还嘲笑一下。

白芒淡定地站起身,决定吃了午饭,再查分。她真的不急,林直高考估分准确,方子欣很难理解但她是理解的,但凡高考分数能上680分的学生，对自己的估分都很准确，哪几道题不会，错了几题，大致得分情况如何，都是门儿清。真正的高手，甚至能把对手的分数给算出来。

今天天气晴朗，亮堂堂的阳光从落地窗挥洒下来，开了半扇窗，细细碎碎的夏风在花园中浓郁的绿叶片里翻滚。

吃了午饭，白芒从蛇皮袋里找出准考证。方子欣蹲在旁边瞧着。

蛇皮袋里是白芒带过来的行李家当，现在里面的东西被一件件翻出来，有旧衣服、水杯、羽毛球拍……还有一个铁饭盒。这孩子……收集的是啥破烂玩意啊。

白芒没有笔记本电脑，查分用的是丁龙泽的电脑。三人坐在沙发上，丁龙泽坐中间，由他捧着笔记本，等会儿也由他来输入准考证和考生号。准考证搁在笔记本前，丁龙泽瞥了眼准考证上的照片。照片中的女孩也是梳着马尾辫，长着一张素净的脸，五官柔和而精致。丁龙泽挨个输入白芒的准考证号和考生号，要按确定查分的按钮了。紧张，莫名紧张，呸，他紧张个大头鬼啊。

丁龙泽不太情愿地瞥了一眼白芒，抱怨道："就这么点分数，兴师动众的，还要本小爷亲自给你查分。"

气氛选手方子欣已经捂住眼睛，立马摇头晃脑吆喝起来："好恐怖！好吓人！闭上眼睛，一二三！"

"等下——"方子欣又跳到沙发上，跨过丁龙泽，屁股一坐，从后面伸手捂住白芒的眼睛。

"查吧！"

"出息。"

丁龙泽摇了摇头，嘴里喊着："大吉大利，开光发财！"

"小爷我的嘴可是开过光，就祝你有380分吧。"

说话的同时，他的手指轻点键盘，按了确定按钮。今天查分的人很多，系统的确有点卡，方子欣和丁龙泽微微屏住呼吸，好一会儿，网页卡顿地进入考生白芒的查分结果页面。

页面最前面，显示白芒的考生号和准考证号以及就读学校：云川第一高中。

视线下垂，往下浏览，每一科的分数都有具体显示。

语文： 125

数学： 150

外语： 146

物理：109

化学：98

生物：82

加试分：0

总分：710

空气突然凝固。好一会儿，没声音。白芒的脸色仍然清淡，只是露出"这个分数跟她预估的也算接近"的表情……

沙发上的丁龙泽和方子欣完全是目瞪口呆。

"天啊！"

最先喊出来的是方子欣，方子欣觉得自己脑子好像有点晕了，她第一次发现自己居然晕数字。丁龙泽也有点不认识7这个数字……确定是710……不是310吗？

第三章
夏日·霞蔚

她只是她自己，一个煌煌浩大，因为不太了解也不太想了解这个世界而要充满勇气的女孩。

Summer Romance

　　白芒也没想到，自己查个分，成了家族荣耀。

　　晚上吃饭，不管是丁景凯还是方玉环，都给她夹鸡腿，还商量要不要摆酒什么的。丁龙泽更是戏精上身，装模作样地从书包里拿出一本书，指着一道题过来虚心求问："这道题，帮你老弟讲一讲呗。"

　　白芒三言两语给丁龙泽讲好了题，丁龙泽还想问两句，白芒用话堵住了他的嘴："这一题太简单了，你肯定会的。"

　　丁龙泽终于适可而止，因为他怕将自己的愚蠢暴露出来。

　　白芒将目光落在方子欣身上，方子欣站在玄关处，耷拉着脑袋，双手放在口袋，佯装无所谓的样子，然后一声不吭地走出了丁家大门。本来说好下午一起出门搞头发，因为白芒查分结果太过刺激，家里人都围着她，直到晚饭结束还没消停。前面，白芒给丁龙泽讲题，方子欣叫了白芒好几声，白芒都没理她。算了。

　　树木茂盛，夕阳落在少女的脊背上。白芒跟上方子欣。方子欣去找王依萌了，白芒仍跟着方子欣走。一路上，方子欣都没有回过头。

　　大萌已经准备好，站在家门口，腰间挎着一个精致可爱的小包包。

　　"你们可真慢！"大萌道，"赶紧出发，我都预约好了，那家店可火了。"

　　"好。"

　　白芒点头，然后她伸出手，试图牵上方子欣的手。

　　对不起——

　　方子欣撤开了白芒的手，只看着大萌说："今天我不去了，有别的事。"

"啊，不去？"说着，大萌圆眼直瞪，"我都约了。"

"这样吧，你把那家店的地址给白芒，让她自己去。"方子欣冷漠道。

大萌是个敏感的人，一下子察觉到两人之间出了问题，而且问题出在方子欣一个人身上。

"一起吧……"大萌又劝了劝。

"那你和白芒去，我不去！"方子欣的语气瞬间一冷。

"那……我……"

大萌看着一直安静不出声的白芒，和不知为什么炸裂的方子欣，心里很是纠结。

"我突然想到晚上我也有事……"说着，大萌扯起一个为难又别扭的微笑，心虚地瞅着白芒，"芒儿，要不我把定位发给你？"

方子欣手在大裤衩里握了握。

白芒全程沉默，连带着她的一呼一吸都安静极了。夏风缓缓地吹过树梢，留下的声响都比她的存在要重一点。橙红色的夕阳仿佛要随风坠落下来。

好一会儿，她点头答应："嗯……你发我吧。"

声音轻轻的，仿佛被风揉碎了一般。

真的要一个人去做头发吗？

白芒骑上共享小电驴，任肆虐的晚风砸向她的脸。她慢慢悠悠地晃荡，直到抬头看了眼北城八校后门这间叫"暮色"的网吧。停下车，走了进去。

今天收银的人还是那个老板，詹宇，他看到她来，有些惊讶。收银台里，一张躺椅上方，两条嚣张的长腿随意搭着，宽松的字母 T 恤衫，遮挡了主人宽而阔的胸膛。江川尧撑着手，很自然地起身。随即，以这间网吧的老板的口吻问她："又来找东西？"

"你们家多少钱一个小时？"白芒问。

"25 元。"

黑店。白芒从口袋里拿出一张百元的纸币。

"开 4 个小时。"

詹宇看了眼江川尧，眉头一挑，似乎在问这钱收不收。

"9 号机。"

江川尧已经安排好了机子，正对着收银台。

白芒来到 9 号机，打开电脑里已经下载好的经典战略型游戏，输入自己的游戏账号。准备进入游戏之时,她戴上耳机,快速敲打键盘,磨合一番手感,那动作……简直是老键盘手。

白芒背靠着电竞椅,半个小时过去,她还在游戏里杀得激烈。

薄雾冥冥的暮色里,一张干净漂亮的脸蛋面对游戏里的厮杀,露出一丝倔强的狠厉,女孩的动作极快,思路又清晰,杀敌毫不手软,面容却安静得像是对着电脑做数学题。

江川尧走过来,将带来的一瓶气泡水和两块巧克力放在白芒敲打的键盘旁。

白芒专注游戏,根本没时间看江川尧一眼,桌上有两块巧克力,白芒瞥了一眼,犹豫几秒,放入嘴里。很苦的巧克力,浓郁苦味里包裹着一点甜,在舌尖甜蜜炸开,这口感,是她长那么大尝过的最好吃的巧克力。

白芒看了眼手机时间,晚上7点30分,她将游戏挂机。

"这附近有理发店吗?"白芒来到吧台,问江川尧。

江川尧捧着一部手机,漂亮的单眼皮微微凝视着眼前的人,眉头一挑,什么店?

"理发!"

江川尧瞥向白芒的头,一头顺滑的长发,捆成马尾扎在脑后,挺好看啊。

"算了……"白芒道,她只是想剪个头发,回去好向方子欣交差。

江川尧扫了一眼詹宇。詹宇主动走过来,手往后面指了指,说:"网吧后面的巷子里就有一家,蛮便宜的。"

白芒道谢,走出了网吧,她买了4个小时的网卡,剪好头发,时间应该还充裕。

在白芒离去的这半个小时里,江川尧一直坐在收银台的电竞椅上,黑灰色的靠背往后仰,气定神闲地半躺着,面容慵懒带着一些倦意。直到网吧的门再次被推开,有人顶着一个新发型回来了。头发长度短至肩膀,脸颊两边平整倾斜,仿佛被老板用大刀左右各砍了一刀。什么奇怪造型,丑爆了。

江川尧抬抬眼皮。

白芒以为江川尧嫌弃她的新发型。

差不多,确实挺嫌弃。

"早点回去,这边不太安全。"江川尧开口,对进来的人说。

白芒看了眼时间,的确不早了。她回到9号电脑前,退出游戏。随后,她来到收银台,拿起手机扫了扫贴在电脑屏幕后面的二维码。

"收银台到账2元。"自动的机械报账声响起。

江川尧又抬了抬眼,看着立在收银台前的人。这2元是什么意思?

白芒神色平淡,解释道:"吃了你一块巧克力,不白吃你的。"

噢。江川尧懒得多说。

白芒转身,离开收银台,刚出网吧,她刚一抬头,便看到一个双臂都是文身的光头男朝着网吧大门走来。光头男戴着金表,浑身都透着老子很横的气场。

白芒停了停脚步,往外面走,男人挡了挡,瞧了眼白芒的样儿,白嫩的胳膊和腿,修长的脖颈……视线往下探,恨不得翻开白芒的衣服领口,往下钻。

白芒抬起头,跟光头男对视。光头男抓上白芒的手,往墙上一推,扬了扬威风。哐当一声,白芒往后退半步,撞上了墙。少女一言不发,跟光头男对峙在网吧门口。一米八多的地痞流氓,又是油光满脸的恶心样,就算女孩气场不输,单单气势还是很难压住对方。

江川尧的视线从手机游戏里抬起来,直直地瞧了过去。刚好,收拾好垃圾的詹宇站直身,望向网吧门口,心里叫着要命。这老哥们,詹宇是认识的,而且还很熟,张天雄,暮色网吧的半个房东,一个无所事事每天混日子的大龄未婚社会男青年,偏偏这样的人还有点狗屎运,早年家里拆迁起家,有了几套房和一间铺子收着租。

詹宇放下手中的吸尘器,走过来,他瞧不上这样的人,也没办法将人轰走,只好上前揽着张天雄的肩膀,假意招呼道:"张老板,今天有时间过来啊,我给你安排楼上的机子……"

张天雄本要作罢,詹宇这一声张老板叫到他心里去了,如果女孩现在露出一点害怕,他骂骂咧咧两句就算了。偏偏女孩的一双眼睛黑白分明,眸光明亮,她都被他推在墙上了,还朝他递过来一个眼神,不仅没有一点要求饶的害怕,还带着刺,顿时激发了他教训人的欲望。

张天雄再次伸手,扒拉着白芒的衣服领子,往墙上推了一把,挑衅地说:"还挺横啊。"

白芒心想,再横也没老哥你横啊。

詹宇看着两个不好惹的主,有些头大。

"野丫头!"张天雄又丢了一句脏话,捏了捏手中的烟头,砸在了白芒修长的小腿前方。

白芒眼睛一眯,上前一步,然后一脚踩住了张天雄丢过来的烟头。

江川尧还是纹丝不动，躺靠在收银台，冷漠观战。

张天雄又愤愤地骂了一句别的。

"人家一小姑娘，你较什么劲啊。"詹宇的声音不自觉提了提。

小姑娘啊！张天雄听到这句话，一句接一句的恶心话往外冒："还小姑娘呢，穿得那么少……不会看上了前台这个小哥哥吧。现在这些女孩，肤浅得很，一个个的，眼里只有帅哥。"

张天雄越说越上头。

江川尧躺在椅子上直起身，他的一双眼睛，不笑的时候本来就显冷漠，此时里面透着的寒意更像是淬了冰。寒意冲淡了他眼底的情绪。江川尧离开收银台时，顺手捡起一个塑料材质的，印着广告的打火机。

"张老板，你还真是选了日子过来。"江川尧开口。

张天雄看向詹宇……啥意思？

詹宇摇头，他本来是想化解一场冲突的，不是为了白芒，而是为了张天雄。

关门吧。要关门打狗了！

江川尧一步步走向张天雄和白芒，他故意地等了等，看某人的反应。果然，不出他的意外。

"哎呀！我的妈呀！"一道疼痛至极的惨叫声骤然响起，是张天雄发出来的。比他出手还快，一定是这位来自澜市交职挖掘机专业的……霹雳女娃。

张天雄遇上她，算他自己倒霉。白芒一个猛劲的顶膝，正中张天雄的要害……略微偏了一些。张天雄疼得蹲下身。

"看老子怎么收拾你！"张天雄疼得龇牙咧嘴。

"收拾我？你……啊。"说着，白芒扯起讥笑的嘴角，瞧了眼这个虚胖的光头狗。

"一，二，三……"

白芒突然数起数，似乎在想一个很重要的问题，她抬起头，视线掠过詹宇，对上走过来的江川尧，问："他刚刚骂了几句？"

"如果加上说你肤浅的那句，四句吧。"江川尧说。

江川尧这人，也是很坏的，不比张天雄好多少。

白芒决定要借用一下他店里的东西。视线一转，目光落在角落里，一个写着"警"字的红色钢瓶上。身后，张天雄一个起身，要从后面袭击她，举起的文身臂被人轻轻一折。

"哎哎哎！"

力道大而狠，像要断手了一般。江川尧又加重了手劲，他的身高比张天雄还高，没有张天雄壮硕，力量却完全压过张天雄。

江川尧的眸光冷淡，对着张天雄憋成青红色的脸，江川尧重复一遍前面的话："我说了，你今天来错时间，来错地方了。"

张天雄害怕了，他的害怕只会面对比他更强、更狠厉的男人。

就在这时，白芒扛着放置在角落的红色灭火器回来了。她大步离开，大步回来，肩上多了一个通体红色写着"火警119"的小型灭火器。

周遭的目光在那一瞬间几乎都变得惊恐，不只张天雄，还有名义上的老板詹宇。只有一人，冷淡里透着一点兴致。偏偏这人是江川尧，网吧真正的老板。作为投资人，怎么可以纵容肇事者在自家地盘行凶？詹宇心里那个无奈，又不能拦着。

江川尧自觉地往后退了几步，背靠收银台，双手插袋，似乎在等某人下一步行动。

嘭！嘭嘭！

响起几道气体喷射而出的闷响声，白色粉末全朝张天雄的脸喷射过去。一时间，张天雄那张油腻作恶的脸都变成了灰白色，夸张得像是白色怪物。关键是，喷出来的灭火粉让张天雄的眼睛一时间无法睁开，一个不小心，他几乎跪倒在地上。白芒对消防工具的使用非常熟悉，提、握、拔、压，都是按照使用顺序来的，没有一点操作不当的地方。她先用灭火器喷张天雄的头，然后是脸，最后是身体。

江川尧说四句，她也不多欺负张天雄一下，尽管对方品行恶劣、德行败坏，但白芒一向讲道理，绝不会白白地从他这里多占一点便宜。

张天雄彻底放弃了抵抗，连连求饶。

你看，早这样多好呢。老大不小了，好好做人不好吗？看不起女人却要被女人这样教训，被人知道多丢脸呢。

白芒突然想起什么似的，看向正对着自己的监控摄像头。随即，她又看向江川尧。

"这个监控已经坏了。"江川尧开口，声音懒懒的。

詹宇再次失去了语言表达能力。要不……今晚暮色就关门大吉吧。

江川尧看着地上的张天雄，蹙了蹙眉。他看向白芒，没有多想一秒，开口："教训好了就走人，前面交的100元网费不退了，当清理费。"

白芒看了看江川尧。

江川尧拿起烟盒，催促道："还不快走。"

白芒杵着，暂时不想走。江川尧也不搭理她，径直上前，走两步，蹲下颀长的身子，视线平等地对着张天雄，似乎下一秒要和他讲起道理来。他还好心地给了张天雄一支烟，放在张天雄的嘴里。

江川尧公允道："我们开门做生意，只要来我这里消费的客人，谁也不能被流氓欺负了去。"

年轻的声线，又冷又倦。

今天的月，只有一半圆。

江川尧将白芒送到外面，詹宇从暮色网吧的窗户看出去，只觉得水雾的月光和路灯落在两人的肩头，一高一低，明明两个人什么关系也没有，这一幕却很有氛围感。可能是因为这两个人都给人一种说不出的落寞孤绝……

白芒回到绿城玫瑰园时，已经是晚上10点。树影重重，距离丁家花园最近的一盏灯，站着一个年轻消瘦的男孩，男孩的头发烫过，五官倒也马虎，单眼皮，长得有些小帅的类型。四目相对，白芒穿过对方狐疑的目光，走上台阶，站在丁家大门输入密码。很快，门开了。就在门合上的一瞬间，狗叫声从身后响起。

"汪汪……汪汪汪！"

这厮瞎叫什么。白芒内心震惊，难道这个人的爱好那么特别吗？

随即，又响起汪汪叫——"汪汪汪！汪汪汪！"

身后的"狗"叫得太活灵活现，白芒不得不怀疑对方可能是方子欣嘴里的——谢思邈？

想到傍晚发生的事，白芒回到房间后给方子欣发了一条消息。方子欣没回。

白芒等了一分钟，还是没回，她就拿起睡衣洗澡去了，洗完澡，打开手机，看见方子欣回复了一个字：嗯。

白芒躺下睡觉，心想：方子欣真是一个傻大姐。算了，不跟她计较，白芒躺在柔软的枕头上，没一会儿，睡着了。这个世上，已经没有什么烦恼可以让她失眠，就是因为睡得好，她才能考700多分啊。

楼上的方子欣踢了踢被子，平躺在床上……怎么也睡不着。偏偏谢思邈还在楼下乱喊，轰不走。方子欣觉得自己要疯了，只要脑海里一浮现出白芒最后离开的样子，一双小鹿眼晶莹清澈，隐隐闪着波光……她的心就像是被什么揉捏着，备受折磨。

傍晚时分,所有人都围着白芒,连丁龙泽都围绕在白芒身边。她叫了白芒几声,白芒都没理她。考了700多分,就不跟她混了?所以她才故意冷声冷气,想让白芒体验一下失去她是什么感受。全程,白芒都安静地站在她旁边,像是一条可爱的小流浪狗,一点都感受不到她故意散发的醋意和怨气。直到她故意撇开她,白芒还将手放在她的手臂上,小心翼翼地试探她的态度……

呜……一阵阵心绞痛袭击而来,方子欣捂着被子闷着脸,呼吸都不顺畅了。

手机里,白芒发来消息,告诉她自己到家了,方子欣眼泪巴巴地看着消息,一把鼻涕一把眼泪,她琢磨着回复,最后删删减减,只留下一个"嗯"字。然后,就没然后了,白芒没再回她。

一大清早,白芒将常用的手机关上。今天早上她的手机被不同媒体推送的关于各个市县的高考成绩情况和天花乱坠的新闻刷屏,用词都很克制,谁谁谁获得佳绩。

云城的高中学校群,群里的人也在火热地刷屏。谁能想到一个偏远山区小城里的唯一一所高中,能考出两个700多分的人,齐齐杀进全省前十。一个是她,另一个叫周樾,她和周樾不同班,只是每次学校考试都能在最前面看到对方名字。在白芒的印象中,周樾是一个面容清瘦、干干净净的沉默少年。

今天是周六,丁龙泽在家。客厅里丁龙泽、丁景凯,包括方玉环齐齐地看向白芒,眼睛都在发光,也是,她都成家族荣光了,他们看她的眼神自然要冒光了。唯有方子欣,坐在沙发一角,低头拿着手机,神情怏怏的。

"啊!白芒的头,怎么成这样了!"丁龙泽发出怪叫,夸张地盯着她,"你不会是知道后面要摆筵席,不想出席,故意把自己搞成这样的吧?"

摆席?真的要摆席啊!

上午,丁景凯给了白芒一张银行卡,说是这个暑假她在宁市的花销。白芒瞧着这张金闪闪的卡,不知道里面有多少钱,也不推脱,直接收下了。丁景凯和方玉环夫妻多年,习惯还挺像,都喜欢用金钱奖励孩子。

下午,丁景凯带她来到一个教授的家里,请教高考志愿的事,教授姓王,主修心理学。白芒跟着丁景凯进来,大客厅里一派喜气,一个个全是今年高考结束的男女同学,大家都带着自己的电脑,蹲在客厅的红木茶几旁,围坐一圈。

王教授接待了丁景凯,他并没有着急问白芒的分数,仿佛只要看一眼,就知道她考了多少分。

今天，白芒穿了方玉环买给她的衣服，一身都是大牌，外加昨晚剪了公主切的发型，从土妹变成了酷姐。一看就是不太会学习的女孩子……

王教授让白芒跟大家伙儿一样，在客厅填写青少年心理问卷。白芒凑到同龄人堆里，几个同学相互打探起来，问起分数来。只有白芒认真地做起了心理问卷。丁景凯将她的心理分析问卷拿给王教授，王教授粗略地扫了扫，白芒的问卷心理评估分，很高。很好，排除是学习压力抑郁型孩子。丁景凯带过来的女儿，学习成绩应该也是差不多吧……

王教授问白芒："在宁市哪所高中读书？"

白芒回答："云川一中。"

说到云川一中，几个同龄人冒出声："什么云川，我们宁市有这个学校吗？"

"咳……"

"不会是那个很远的云县吧？"

"我今天看到新闻，云县今年考了两个全省前十！往年这种拔尖的分数，都是澜海和九高出来的，真让人想不到啊！"

"哇，这也太牛了，这个云川一中有点东西啊。"

"有报道吗？不知道那两位大神长什么样？"

"哎！肯定是人杰地灵的样儿呗！你瞧见没，那里的人长得多好看，简直像仙女。"特别调笑的声音，是一个男生发出来的。

"你考了多少分？"他凑过来问。

白芒实话实说："700 来分吧。"

男生扯了扯嘴角，这个姑娘长得好看，没想到还挺幽默的。

"呵呵……700 来分，我还 718 呢！"男生看了眼她的脸，笑道。

白芒不太喜欢这样的玩笑，开口道："那还是差点的。"

"白芒，你过来……"

王教授和丁景凯交流两句，看在丁景凯是老总的面子上，优先帮白芒研究大学专业。他是心理学教授，主打根据每个孩子的性格和兴趣，给孩子挑选适合的专业。

电脑台屏幕直接显示查分系统。

"考了多少分？"王教授先问了问，还没输入白芒的考生号。

"710 分！"

白芒一愣。突然出声回答的人，是丁景凯。他简洁明了地报出分数，不管是声音还是语气都做到了重、亮、沉！仿佛终于等到了——可以报出分数的这一刻。白芒作为当事人，都听得迷迷糊糊。

从带她踏入王教授家门的那一刻起，丁景凯的身上就隐隐冒着一种压抑的气焰，全程观望客厅里的家长和孩子，眼里闪着局促的光。前面，有家长问他家孩子考了多少分，他也只是微微一笑。终于，白芒明白了。原来丁老板玩起了先抑后扬的招数啊……厉害了噢。

查分系统页真的显示了白芒各科的分数，王教授激动地站起来，几乎用喊出来的声音，兴奋道："今年云县考出两个700分以上学生，一个就是你啊！"

整个客厅鸦雀无声。前面那个说718的男生，舔舔嘴巴……啥情况？真的是700多分啊！一屋子的人面面相觑。

"丁老板，这是你……亲生女儿吗？"王教授问丁景凯。王教授这样一问，不远处的家长和孩子都竖起耳朵来。

丁景凯挑眉，加重语气说："亲生的，当然是亲生的！"

王教授尴尬了……他会这样问，是因为知道丁景凯和方玉环是重组家庭，方子欣就不是丁景凯亲生的。

丁景凯看看女儿白芒，说了一句很不着边的话："我们祖上也是出过一些读书人的。"

暴雨将至，白芒从王教授的家里走出来透透气，王教授的家位于南山湖旁的一个老别墅区，红瓦白墙的别墅，重重叠叠，相互掩映，呈扇形环绕整个南山湖。入眼的都是苍翠挺拔的梧桐树，浓郁茂盛的绿连成一片，站在其中，很难看到全景，只能窥见一个个暗红色的别墅屋顶。

白芒走在刚翻新过的沥青路，闲闲地看起来。头顶乌云压抑翻滚，周遭空气潮湿，隐隐弥漫着一股历久弥新的生命气息。

突然，一辆白色跑车在她身后堪堪地刹车停下来。

白芒回过头，跑车朝着她轰了轰喇叭。接连三下，完全透露出了车里主人的不耐烦。白芒往旁边挪了挪，跑车主人嫌她慢，又按了按喇叭，白芒不走了，一动不动地站在马路的最中间，看看天，看看地，就不看身后被她堵住的跑车。

车窗倏地落下，露出一张面色精致但怒气冲冲的女人脸，目光灼灼。

外头的天，一眨眼的时间，就昏天黑地。大块玻璃的窗户外头，枫叶被狂风吹砸在地上，打着旋儿，瑟瑟发抖，仿佛暴雨已经打落下来一般。

江川尧从楼上房间气定神闲地走下楼来。他到餐厅吧台，取了一杯冰水，再来到客厅，脑袋轻轻一扭，视线往后一转——钟灵带着她的亲侄子，从外面回来了。

"表哥……"

钟若怀也瞧见了沙发上的江川尧，特别礼貌地叫了他一声"表哥"，仿佛表哥是什么尊称似的。既然那么尊重他，江川尧也不客气，视线一抬一落，招呼道："坐啊！"

江川尧这个态度，钟灵看见，狠狠地瞪了他一眼。但她不会说什么，甚至鼻孔都不会朝他哼一声。

"若怀，你记不住我对你说的话吗？"钟灵开口，话是对侄儿说的。眼里没有江川尧，从头到尾只看着钟若怀。钟若怀尴尬又为难地立在沙发旁，江川尧淡淡地瞥了一眼钟若怀，从沙发上站起身。

外面黑云密布，江家大门还没关严，被一阵卷来的风重重地吹开，仿佛外面突然裂开了一个巨大的旋涡，夏天的狂风，带着潮腥味，狂烈地席卷而入。

今天下午很闷，他仍然穿着长裤、长衣，沙发上放着一件他的休闲款衬衫外套。江川尧弯腰拿起衣服，将衬衫随意地披在肩上，径直走出了江家大门。

发绿发黑的梧桐树梢下落起豆大的雨来，白芒给丁景凯发了一条消息，提前回了丁家。那个王教授的家，她是待不下去了，也不想再走进去。

她在南山花园这个别墅区晃荡了好一会儿，来到清贵气派的大门外，而后用手机搜了一下，去了附近的公交车站。这个富贵地儿，没什么路人，也没什么公交车。她网上打车，要排队五六分钟……

白芒看着眼前密集的大暴雨，心里哀怨自己为什么不等等丁景凯。

就在这时，一辆黑色车子快速朝她冲来，在她面前又放慢速度缓缓驶过。她以为网约车到了，结果车主人油门一踩，车子飞得老远，四个车轮雨水飞溅。

这世上，但凡雨中送伞、雪中送炭的，都是带了点神光的。

过了好一会儿，网约车终于像令人心动的座驾，朝白芒赶来。

丁家没什么人，只有王阿姨和方子欣在家。方玉环去参加活动，本来要方子欣跟着一起去，方子欣拒绝了。之前方子欣心情好，还跟着方玉环讨好那些人，这两天她浑身毛刺又不得劲，应付个鬼啊。

王阿姨刚好做了一笼玉米和紫薯馒头，热切地招呼白芒过去吃。白芒尝了两口，说："我拿到楼上给方子欣吃。"

"好。"

白芒端着两个还冒着热气的馒头，上了二楼，脚步轻快。方子欣的房间在朝南的一间，比丁龙泽的房间好一些，有独立卫生间和衣帽间。白芒站在门口，只见方子欣耷拉着头，无力地坐在电脑椅上，一个抬头，眼神直勾勾地看着她。

随即，方子欣哼气。不够，又跺了两下脚。

"不欢迎我吗？那我不进来了。"白芒轻声道。

"哼！"

白芒真的不进来，但她也不走，只用目光戳着方子欣。

方子欣从电竞椅弹到卧室玄关，一把将白芒拉进来，气咻咻道："你怎么那么快就回来了？志愿选好了？王教授住的大别墅你瞧上了？"

一句又一句，啰唆一大堆后，啥气都没了。

"对不起……"方子欣道歉，"我……不是故意的。"

"我没有生你气。"

白芒微微一笑。朋友之间，不需要什么道歉。

方子欣更难堪了，替自己解释："我没有嫉妒你考得好，也没有不喜欢你来这里……是你不理我，我叫了你好几声。"

"我没……啊。"说着，白芒忽地笑了笑，眼睛亮亮地瞅着方子欣，"我给丁龙泽讲题，你不会吃醋了吧？"

啊！她才没那么小气。

"这样吧，我现在也给你讲一题，数学还是英语？"

白芒站起来，打量着方子欣房间里的书架，从一堆动漫书里找到一本高三的习题册，翻了翻。

方子欣不准白芒看自己的习题册。给学霸看习题册，不就像脱了裤子给人看她白花花的屁股蛋吗！方子欣伸手想将习题册夺回来，白芒一个扬手，又一个缩手，方子欣又蹿又跳。

外面狂风暴雨，哗啦啦的大雨像是在天上打开了一个口子，从中倾泻下来。突然，一道喊破喉咙的男声，穿过雨幕从窗户底下传来——"欣欣！方子欣！"

噢，谢思邈又来喊人了……

方子欣给了白芒一个安抚的眼神，烦躁地走了几步，拿起手机口气嫌恶地说："能不能别来找我了！"

"你讲不讲道理啊！方子欣！我都不知道你为什么要跟我分手！"

谢思邈虽然认错，但他更想要个原因。

方子欣烦死了，憋出一句："我就不想跟你谈了。"

谢思邈继续说："你给我一个理由，不然你就是嫉妒何荔嘉！因为我那天夸了……"

"我……嫉妒……何荔嘉！"

方子欣嘴都气歪了，咬咬牙，对着电话吼："好，我让你死心！我移情别恋了！"

卧室瞬间陷入了安静。白芒也安静下来，望着方子欣。

愁死了！方子欣揉揉头发，瞥了一眼白芒，心想，这么乖巧又白净的一个女孩，那么美，皮肤那么嫩，还能考700来分，如果以后每天给她讲题，不比每天跟谢思邈那个刺头好玩？

方子欣吸了吸气，从牙缝里丢出话："我喜欢上一个女孩儿了。"

"什么？"电话那边，传来咬牙切齿的声音，"方子欣，你去死吧！"

稍后——

"那个女的……你们一起去死吧！"

电话被对方愤怒地挂了。

方子欣无所谓，朝白芒解释："别误会……我就是找个理由让他死心。"

白芒觉得……方子欣还是别解释比较好。

"对不起，牵连你了。"说着，方子欣又客气起来。

白芒瞬间露出一点惊恐：原来那个女的竟是她！

分了手，还跟白芒和好了。晚饭之后，方子欣再次喊上王依萌，带上700多分的白芒，到宁市的一家造型店去理发。一路上方子欣和王依萌都钻在手机里研究适合自己的发型。

晚上10点，夏风卷着满天星光，月光揉着万家灯火。

白芒跟着方子欣和大萌玩起了夹娃娃，方子欣是夹娃娃高手，三个人夹了十几只娃娃，用两个塑料袋装着。最可爱的一只绿色小恐龙，被方子欣塞入白芒手里。

女孩们上车，开车的是考了驾驶证的方子欣，开的是方玉环的一辆跑车。心情愉悦，就连呼啸而过的风，都是快乐的。

方子欣一路呜呜呼呼，惬意极了，"哑"了一声，朝着窗外喊："我打算专升本！当个本科生！"

大萌也很开心，也对着窗外喊了一句："我要考研！"

白芒有点愣了，她要喊什么？对着车窗，嘴巴微张，风全进了嘴巴里。

"算了，学霸没有我们这种追求……"方子欣在前面道，又酸又乐，"芒儿，要不你想想，搞大钱什么来着？"

"是啊。"大萌应道。学习好不就是为了以后搞大钱吗？

"定个小目标，一个亿？"方子欣对她说，口气很大。

白芒想了想，对着外面说："等毕业了，好好工作……"

她声音不重，却很乐呵。

方子欣和大萌沉默了。好好工作……居然是白芒的梦想……

方子欣想了想，又喊出一句："那我的梦想就是毕业以后，不用好好工作也能赚很多钱！"

哈哈哈！白芒坐在后座，望向外面的河面，扬起了嘴角……

7月15日，天锦酒店的金榜题名厅，宾客如云，高朋满座。

方玉环大肆铺张筹办筵席，白芒已经用她的方式默默抗议——然而抗议无效，只好摆烂，所以今天过来当工具人。

宴会厅里面摆了三十桌，白芒站在宴会厅口，感受属于她又不只是属于她的热闹和喧嚣。

她的旁边站着方子欣和丁龙泽，身后是嚣张闪亮的LED显示屏，上面写着：恭喜丁家息女在本次高考中取得710高分，考入全省前十。

丁龙泽仰头，考了考方子欣，问道："息女？什么意思？"

方子欣嗤笑道："息女都不知道？息，是出息的息，就是有出息的女儿的意思。"

"噢。那我以后不就是息男了？"

方子欣翻翻眼皮，说："不，你是无息男。"

"呵，你厉害，有息女。"

白芒沉默在一旁，好一会儿，开口解释："息是亲生女儿的意思。"

丁泽龙愣住了。方子欣也愣住了。

好一会儿，方子欣开口："意思差不多。"

丁龙泽扑哧一声，挺了挺身板。

前方，林直跟着丁明薇和林春生正一道从电梯厅里走出来。今天除了林笙赶不回来，林家人都来了。

林直的穿着还是POLO衫（有领的T恤衫）搭配长裤，中规中矩，一身老气。他接受了白芒递过来的眼神，心情就像是蚂蚁在心里钻，密密麻麻，爬满了他的五脏六腑。

丁明薇优雅地走上前，保持矜贵的微笑，从手提包里取出一个红包，客客气气地递向白芒，说："白芒……这次你真的让我们所有人刮目相看，真的恭喜你啊。"

白芒收下了红包，目光与丁明薇平视，乖巧地说："谢谢姑婆。"

丁明薇不想听到这声姑婆，扯了扯嘴巴。

旁边的林春生很有气度地笑了笑，道："上周我也听明薇跟我说起你，你能从云县考入全省前十，真的很优秀。这个暑假欢迎你来我家，交流交流你的学习心得。"

林直冷不丁地出声问白芒："白芒，你数学考了多少分啊？"

数学是林直这次考得最好的科目，考了148，算是很高的分数了。

白芒淡淡地回答："150。"

林直不说话了。

方子欣来劲了，问了问："林直你呢，这次数学考了多少分呀？"

替林直回答的是丁明薇，她说："林直148，失误了两分。"

噢。林直拧眉。

"啊！"

"失误了啊，怎么那么不小心呢？高考都能失误……"方子欣夸张地叫了一声，带着疑惑发问，"林直你是不是觉得考满分不好意思，故意失误啊？"

噗！丁龙泽乐了乐，目光忽地落在林直穿的鞋上，又冒出一句完全无关的话："林直，你这双鞋是真的还是假的？"

林直真想一脚把丁家这姐弟俩踢开。

全程，白芒都保持着乖巧的微笑，仿佛身处陌生环境里，微笑是她唯一能做的事。可今天的宴会主角，恰恰又是白芒，任何一个人都无法无视她。

林直略微淡薄的眉眼里，已经呈现出了不悦和烦躁。

父亲林春生拍了拍他的肩膀，仿佛是在提醒他，越是这样的场合越要做到举重若轻。

林直瞪了一眼丁龙泽，跟父母往宴会厅里走去，方子欣揽住白芒的肩膀，叹气地说："有人考148分是他只能考148分，芒儿你考150分，是因为卷子总分就是150……"

白芒不谦虚地点了下头，仿佛官方认可方子欣的话。

不远处，快要走进宴会厅里的林直脚步一滞，胸腔里都是滚动的愤怒和火气,他清楚地听到了方子欣说的每个字。

今天,白芒收了很多红包。本来今天只要白芒露面就好,结果方子欣蹭过来沾光,然后丁龙泽也来了,也赖着不走了。三个人一起露面。

这三个人,姐弟、姐妹关系跟牵线搭桥似的,感情倒是像亲生的一样。

方玉环带着三个孩子进去。

老丁这几年在宁市混得好,在宴会厅来往的都是体面人,座位的安排很有讲究,宁市说大不大,说小不小,人和人之间像是大树之间扎在地底下的根,根系交错,错综复杂。丁明薇和林直是丁景凯的亲戚,因为林春生的身份关系,安排到了第一桌。

这一桌,除了丁明薇一家人,还有上次帮白芒做心理测试的王教授,王教授旁边坐着一位颧骨微突、面容霸气的中年女人。

"她叫陈洁……是我们宁市排名第一的女企业家。"方子欣暗暗地对白芒嘀咕,"她旁边就是王教授,你见过的……她能坐这儿,算是嫁对了人。"

白芒瞧了瞧,林春生居然对陈洁很客气,主动敬酒。

宴会开始了,丁景凯首先上台讲话,然后再是方玉环。两个都是摘桃子的人,不过,方玉环比较有摘桃子的态度,方玉环上台,肥胖的身子往下一折,朝着大家弯了弯腰。

比起丁景凯的洋洋洒洒,文艺范儿,方玉环是走心派,她从一个母亲的角度,讲述培养一个优秀孩子的不容易,并且对丁景凯的前妻表达了赞美和欣赏。

作为丁景凯多年的妻子,白芒亲弟弟丁龙泽的母亲,她希望白芒走进这个家,也可以走进她的怀里,另一个母亲的怀里。

方玉环热泪出来了,沉默片刻,开口:"我相信血缘阻止不了,来自另一位母亲的爱。"

情真意切,掌声如潮。方玉环战术性地弯了弯腰。

底下,丁龙泽夸张地抖了抖肩膀,低声道:"方玉环她疯了吗?朗读诗歌吗?"

方子欣说:"她是居心叵测。"

白芒抬起头,与方玉环投下来的目光触碰,突然有了不好的预感,果真下一秒,方玉环响亮开口:"接下来,让我们家白芒上来说几句!"

方玉环话音落下,全场的人几乎都看着白芒。丁明薇心里对白芒多了一点嘲笑:会读书又怎么样,还不是一个登不上台,说话会结巴的女孩。她的林直、林笙……才是人前光鲜、人后努力的好孩子。

在众人的注视下，方玉环走下台，白芒从椅子上站起来，走上台。底下，方子欣和丁龙泽绷直了脖子，替白芒紧张。

白芒低头，试了试音。呲呲啦啦的杂音响起。

"呵……"底下的林直在心里嘲笑白芒。

方子欣要上来帮忙，白芒握住话筒，调节了音量和位置，好了。

白芒轻松地站着，望了望台下，出声道："大家好——"

晚上6点30分，天锦大酒店停车场。一辆黑色运动款跑车停泊在仅剩不多的酒店露天停车位，一个外形帅气高大的年轻男人，从车里下来。

被他一块儿从车上带下来的，还有一个写着"招福"的纸壳红包。

近日，南方的城市都处在高温里，只有入夜了，宁市的海风才能冲散暑气。一下车，风就将江川尧的衬衫外套吹翻。他穿着短袖，薄衬衫，长裤，个子高高的。整个人像是入夜的风，很随意。

江川尧打开红包，数了数钱，800元。

江川尧打开邀请函，里面写着：为了庆祝息女白芒考取710高分，特邀江鹤鸣和钟灵夫妇来天锦大酒店金榜题名宴会厅参加宴席。

白芒……这个名字不常见。710分，还……真高啊。这是一个不把其他考生放在眼里的分数。江川尧数完红包，又从车里的置物箱取了一叠现金，原本还略感薄瘪的红包立马变得厚实、饱满。

里面的份子钱原是钟灵给不熟的人准备的钱，意思一下。这样的场合，钟灵本人一般不会来。而他为什么会来？当他告诉钟灵他会替她参加这个邀请宴时，钟灵脸上的表情仿佛他叫了她一声亲爱的妈妈。

从宴会厅大门进来，江川尧望着台上的人，的确是他认识的那个女孩，她穿着一身白衬衫裙，乖巧动人，也俏丽明亮。

真的是她啊，一个人最好的状态，永远是放松的状态。江川尧随意地站着，很放松，最前面的白芒也是。

此时，她轻松又镇定地站在台上，即使台下这三十桌，她最多只认识一桌的人。他们个个光鲜亮丽，比她在云城见到的中年家长有着更稳妥的样子，一点也不像云城校门口那些着急忙慌的辛苦人。

她刚读高中的时候，班主任就说这个世界是分层的。云城教育不好，是事实。就像那天高考分还没出来，丁明薇就理所应当地发表了自己的观点——寒门难出贵子。

现在她站在这里，难免想起那天的话。丁明薇说的寒门，白芒并没有想到自己,而是想到了周樾,那个干干净净的贫寒少年。

高考前,百日冲刺大会,周樾在操场说了一句话:"乾坤未定,你我皆是黑马;乾坤已定,我也要逆转乾坤。"

这些家境不好的少年,有着坚韧的生命力,还有气势如虹的野心。可……总有一些人觉得,他们不配战斗。

白芒平淡的目光往前面投去,落在林直和丁明薇这一桌。他们这一桌,刚好对着讲话台。她的睇光微微往下沉,接住他们往她身上投来的目光,这些目光仍然是奚落的,想看她笑话。

仿佛她只能说前面那些开场白,猜想,她此时此刻站在台上一定是故作镇定,紧张极了。

白芒再次开口,结束开场和铺垫,说起正题:

"我上高中的时候,我的班主任是名校毕业分配来云城教书的,他有点郁郁不得志,但也十分诚恳地告诉我们,他说高考是我们人生中遇上的最公平的一次较量,也是我们走向成人世界的一场战争。

"教育或许还存在不公平的地方,然而,高考是相对公平的。

"但最公平的,这世上最公平的较量——永远还是一个人的心智、心气、野心和欲望。

"他说,以后我们每个人都会处于往上爬的阶梯上,高考的分数,极有可能决定以后的我们会处于什么台阶,跟什么人对话,感受什么样的人生规则。

"300分和400分不一样;400分和500分不一样;500分和600分也不一样。

"如果能考上名校,就有机会窥见天光了。如果能考入一等的名校,还能看到更多的天光。

"可是,看见所谓的天光是为了什么?这样努力的意义又是什么?

"我不解,然后我问他,如果考上700分,会有什么不同吗?

"他说,那你可能会接近天光。更幸运一点,或许还能被天光笼罩。

"是吗?对吗?对我来说,与其耗尽一生的骄傲和努力去窥见所谓的天光,或接近天光。不如——去成为……天光。"

白芒终于说完了她要说的所有话。她的声音并不澎湃,甚至有点倦意,但她的声线清透、语气平缓、落字精准,音尾有落点。

随着宴会厅里的一道道安静的呼吸,中央空调里吹出来的丝丝凉风,女孩清晰而干净的声音落进每个宾客的耳朵里。

他们的眼里仍有未消散的不屑、奚落或敷衍，这些傲慢，或许永远不会消散。

这世上，大多数人都像丁明薇这样，对一个人的出身、性别和地域存在着偏见。明明心怀偏见，还要装作是不当一回事的高傲。

但，她不管考多少分，都不是为了得到他们的认同，感受他们高高在上的褒奖或肯定。

他们中的大多数人，对她而言，只是模糊成一团的黑色影子。她对他们的声音充耳不闻，对他们的目光自然更加无所谓。

她只是她自己，一个惶惶长大，因为不太了解也不太想了解这个世界而要充满勇气的女孩。

最后，白芒简单地介绍了一下自己的名字："我叫白芒，来自云县，云川第一高中。"

随后，她望了望台下，转身下台。

"好棒！"

"这也太棒了吧！"丁龙泽第一个出声，激动得快要从椅子上摔下来。然后，他直接站起来，面朝白芒用力鼓掌。

方子欣也站起来，满脸通红。前面的一分钟里，白芒的每一句话都仿佛抖落在她心间，在她心上打鼓，让她的心脏血液循环加快，心跳加速跳动。以至于她都忘记鼓掌了。

随即，她用力拍手，方子欣是气氛选手，除了拍手，她还欢呼、雀跃。气氛被方子欣和丁龙泽这样一带，现场的孩子和年轻人都情绪高涨。除了两个人——林直和江川尧，一个是如芒刺背，一个无波无澜。

前面，方子欣和丁龙泽都以为白芒会因为紧张，简单说两句，但白芒没有。她讲得太完美了，让人听得热血沸腾。棒极了！

全程，她的目光都注视着整个宴会厅。

明亮的眼瞳仿佛带着锋芒的刀刃，可以穿透丁明薇、林春生这样的人，在他们虚伪又做作的老脸上，用力地划了一刀，毫不留情。

白芒没有特意打脸，而是借刀杀人。手起刀落，见血封喉。

一场热闹散去，留下的是疲惫和沉寂。乘坐商务车回到丁家别墅时，已经晚上10点多了。

白芒回到房间，洗了个澡，躺下就睡了……翌日早晨，白芒起床，推开门，客厅里，方玉环和丁昱凯在说事儿，关于昨天宾客送来的红包。

"怎么会有钟灵的红包啊……昨天她没来呀。"

"难道委托别人送的？

"不会，如果是别人，都会提一提钟灵。"说完，丁景凯顿了顿，"钟灵包了多少？"

"5800……"

"她跟你关系很好？"

"不好。"方玉环的口吻明确。

"那她可真客气。"

"不对……钟灵的名字下面，还有一个名字……"

白芒走出房间，除了方子欣，大家都在场。丁龙泽也在客厅坐着，吃着早饭。

方玉环招呼她过去。然后，她将这一桌像一座山似的红包，推到她面前。

"芒芒儿，这些都是你的——"

白芒震惊！她的呼吸微微一凝。这些红包，昨晚有些是直接送给她的，有些则送到了方玉环和丁龙泽手里。她对钱的记忆力很强。

昨天经她手的红包，大概就有六七万了。所以昨夜回到家，她全还给方玉环了。

对的，昨晚方玉环收下它们，只是为了记一记里面的数额，今早记好了又把钱全额塞回红包。一个红包都没多留，一张钱也不少，全数给白芒。

这……这！也太豪气了吧。白芒都不知道怎么收这笔钱了。

方玉环声音洪亮，眼神逼人地朝她说："拿着！这些钱比起你爸这十几年欠你的，都是毛毛雨。"

丁景凯心里尴尬又不好反驳。白芒也露出一点尴尬，眸光低了低，怪不好意思的。要不他们再说几句劝她的话？

丁景凯劝道："昨天的筵席就是为你办的，这些礼钱本来就是你的。"

"对的，本就是你的。"方玉环也附和道，再次拉拢人心。

"欸欸！赚死啦。"丁龙泽躺在沙发上，双腿跷着，偏过脑袋瞄了眼，贱兮兮地开口道。

"如果你考700来分，你也可以赚这个钱。"说着，方玉环瞪了儿子一眼。

"别动不动700分，那是正常人能考出来的分吗？这么说吧，如果我能游个冠军给你。这个钱给不给赚？"

"给，不用全国冠军，省冠军就行。"

丁龙泽哼哼，整个人站起来，很有劲地说："今天，小爷我话就放在这儿了,过几年就给你们赢一个青年奥运会的金牌。"

"哈哈!"丁景凯畅快大笑。

方玉环感叹道:"出息喽,咱家人都出息了。"

上午,丁景凯拿着公文包去厂子里看看,方玉环也要出门拜访几个太太,顺带将丁龙泽带出门上辅导班。

白芒回到房间,数红包了。她也看到了那个叫钟灵的人包过来的红包,很厚实。她数了数里面的钱,一共5800,是宾客里给的数额最多的人。

昨晚的宾客大多数给的份子钱都在600元到1000元之间,多一点就是两三千。陈洁也只给了5000,毕竟只是孩子高考的人情份子钱。

这个5800……白芒拿起这个写了"招福"的红包,看了眼红包后面,一共写了两个名字,钟灵以及写在钟灵下面的另一个名字——江川尧。

无论是钟灵还是江川尧,字都写得很好看,字迹瘦劲、清峻,力透纸背。尤其是江川尧三个字,给她一种刚劲的感觉,一点也不像本人那种吊儿郎当、无所事事的样子。

昨晚,她在台上的时候,好像看到他了。

他站在宴会厅最后面,深刻而透亮的目光穿过一桌桌宾客,与她对视了一眼。她再次看了看红包上的钟灵两个字。

钟灵……江家小儿子。噢,想起来了,他就是那个……读中学的时候就把那天的新郎官打了的混账儿子啊!

第四章
夏日·星光

藏在心里的喜欢，
像是一颗种子，
只有在黑暗的泥土里
才能生根发芽。

转眼间，到了8月中旬。

连续几日，宁市都是台风天。几场台风之后，宁市所有道路上的树木花草都残败一片，满城凌乱，经过道路工人的连日修整，整个城市才又恢复了整齐、清爽。猛烈的暴雨狂风也冲散了夏日热气，连续几日，都是清新舒爽的小晴天。

方子欣的生日到了。往年生日，方子欣都是呼朋唤友地庆祝，这一次，方子欣只邀请了初中朋友圈里的几个人。其中有一个男生叫蒋戈阳，是方子欣的初中同学，也是大萌的高中同学。这个人，是方子欣特意为了大萌叫来的。

"大萌这傻货，暗恋对方七年了，手都没牵上……

"我见过胆小的，没见过她那么胆小的。"

大萌被方子欣揶揄，涨红了脸。

白芒很纳闷，问："大萌不是喜欢邹瑞泽吗？"那个什么九高有三宝？其中的一个……宝？

方子欣不太清楚，可能一个是假喜欢，一个是真喜欢吧。

白芒望向大萌，浅笑着揶揄："花心。"

大萌笑了，吸了吸气，看起来轻松了不少。

女孩的喜欢，是分类的，有很多的不同。白芒在大萌今天的表现上感受到了两者的不同：对邹瑞泽，大萌可以大大方方地说出来，甚至为他尖叫，对蒋戈阳，则是藏在心里的喜欢，像是一颗种子，只有在黑暗的泥土里才能生根发芽。藏在暗处的爱，渴望感受阳光，但在破土而出的过程中，一定是煎熬且忐忑的，就像王伊萌现在的样子。只要蒋戈阳的名字被方子欣说出来，她就目光闪烁，连握着水杯的手，都会颤抖。

为了这次表白，大萌整整一个月饿着肚子跑步，瘦了三十斤。现在坐在白芒对面，紧张到呼吸都要停滞的王依萌，已经不是之前的胖女孩了，而是体型正常的女孩，只是圆脸难消，脸上还有点婴儿肥。今天的大萌，圆脸，眼睛大大的，化了漂亮的妆，很好看。

方子欣将小腿收一收，用牙签剔了剔牙，一开口就似狗嘴吐不出象牙："大萌啊，你把脸搞成这样，你家狗都认不出你，你确定蒋戈阳能认出你？"

大萌被方子欣这样一说，看向白芒，问："很夸张吗？"

白芒摇头，她觉得妆容完美，很精致。

呵！只有白芒会说话。

方子欣又说："蒋戈阳能接受素颜的你才是真的爱你。"

大萌想了想，拒绝道："我不想要这样的爱。"

方子欣受不了，说了一句："出息。"

就在这时，手机响了两声，方子欣瞥了眼大萌，按下接听键，说："嗯……就在里面小院，你们往里走。"

"来了。"说着，方子欣撂下脸，朝大萌点了点下巴。

因为方子欣的一句"来了"，大萌更紧张了。白芒坐在角落，心里叹叹气，方子欣是没办法理解大萌的。不过，为了帮大萌，方子欣这次也是煞费苦心。

今天生日宴的地点，特意安排在大萌就读过的九高附近。这是一家环境很清新，主打西餐简食的私厨小院。露天小院的布置很有情调，支着白色幕布，底下是古朴文艺的长桌和简易木布椅，桌上已经摆好了蛋糕、零食、水果、烧烤，氛围感妥妥的。等夜深了，还可以将桌上的白蜡烛点上。

"哎！这个地方变化好大。"

"是啊，欣子还挺会整，挑了这家店。"

很快，男女说话声从外面传来，两扇玻璃门被推开，几个年轻男女推门而入，走入小院。幽静而又富有情调的小院，瞬间热闹起来。六七个人，都是熟悉的同学，不需要相互介绍。循着大萌偷偷摸摸的目光，白芒一眼就看出谁是蒋戈阳。少女的心意很难隐藏，任何风吹草动，都是波澜壮阔。

今天来的人当中，蒋戈阳算是长相最出众的一位，个子高，平头，五官面容不算漂亮,却极其顺畅,给人一种自信如风的自适感。不过,方子欣前面说,蒋戈阳家里条件不好,所以蒋戈阳的阳光帅气里藏着一份黯淡。

他在长桌上兴致盎然地说话,表现得磊落帅气,但又多了那么一点在意。这样的蒋戈阳,让白芒想到江川尧,两人有相似的顺畅感,却不一样。江川尧不故作阳光,也不经营大方,所以更加自在松弛。不管是表现得意还是抵触,他都处于一种轻松的状态,仿佛在他这个年纪里,他已经能掌握住自己的人生和情绪,万事都顺着他的心意来。

蒋戈阳还挺会释放魅力。他应该知道大萌对他的喜欢,说起好玩的事,目光会不经意间在大萌的身上逗留,趁没人注意时,朝着大萌笑一笑。

真的太擅长营造男女暧昧了!难怪大萌会深陷其中……

今天要表白的人是大萌,按理说,她应该属于主动的一方。现在白芒觉得,蒋戈阳才是真正的猎手。还是……全场猎手。

"伊萌,你变了好多。"蒋戈阳突然开口,微笑地看向大萌,眼睛里带着光,"变漂亮了。"

蒋戈阳这样一说,大伙儿自然把焦点放在大萌减肥这件事上,问大萌怎么瘦了那么多,是不是恋爱了。

"我……"大萌握着杯子,颤了颤,玻璃水杯掉在桌上,水全洒在上面。

"大萌你是最近游戏玩久了,手抽筋了吧。"

方子欣替大萌解围。

"我去一下洗手间。"说着,大萌站起来。

一桌子的人面面相觑。前面刻意强调大萌减肥这个话题的是一个染着冷色调卷发的女孩,她的嘴角不经意勾了勾,拿起水杯,喝了一口水。像是想到什么好玩的,她将大萌倒在桌上的杯子举起来。

"大萌的口红是什么颜色,你们来猜一猜?"

女孩脸上带着亲和力极强的笑容,像是兴致来了玩一个小游戏一般,她将大萌的玻璃杯杯口朝向男生们。

"姨妈色!"

"不对!"

"我知道……这是什么珊瑚粉。"

"你们这些大直男,就只知道这几种口红颜色吗?"女孩语带娇嗔,撇嘴笑了笑,背靠着椅子,很是生气的样子。

这个女孩,真的太会互动了。她跟在场的四个不同性格的男生,都可以轻松愉快地互动。前面她让他们猜测大萌留在杯沿的口红印子,也只是随意的一个毫无恶意的玩笑。她的确也没做什么，只是在大萌不在的时候，活跃一下同学之间的气氛。

方子欣莫名不爽，双手抱胸，按捺不住胸膛冒出来的火气。

白芒坐在角落，用手机发消息，发给独自去洗手间的大萌。今天参加方子欣的生日会，白芒穿得很简单，一身休闲运动风，头发扎成简单的马尾，长相漂亮但气质收敛，好身材被宽松的衣服遮住了，只给人一种乖巧但不惹眼的感觉。

今天这一桌，不管是长相还是性格，最显眼的还是这个叫莫向彤的女孩。比起方子欣这个只擅长营造喧闹气氛的选手，莫向彤简直是话题选手，一桌子的话题全由她操控。蒋戈阳也很配合她，两人的眼睛都像带着钩子，吸引其他人的注意力。

突然，莫向彤看向角落的白芒，突然发问："你和欣子是什么关系？"

顺着莫向彤的话，众人都看向白芒。

"我……吗？"

白芒似乎才反应过来，慵懒地往前撑了撑身子，随即单手托住下巴，微笑地看向对面的人。不经意间，她还朝着莫向彤放电般眨了眨眼，以温柔又令人难以琢磨的语调反问："你猜一猜呀。"

白芒的气势张扬，撩人的眨眼动作，加上轻托下巴的慵懒，懒懒散散里透着一丝迷人。

黄昏中，天际残留的霞光像是一株热烈盛开的金盏花被浓郁的黑暗吞噬。逐渐消散的华彩，像是白芒脸上若有若无的微笑。

莫向彤瞬间没了反应……

白芒握着玻璃杯，脸上的笑容更明显，只听她自我介绍道："我是欣子和大萌的姐妹。"

"噢。"

方子欣怔怔地瞅了瞅白芒，在心里赞叹一句：好茶艺！此处的"茶艺"，不是贬义。

莫向彤感到无趣了，看起了手机，气氛多了一种欲盖弥彰的微妙。

大萌整理好裙子，回来了。大萌在洗手间看到了白芒发给她的几句话，其实道理很简单，只是旁观者清当局者迷。白芒几句话，将她从不自然的紧张状态里摆脱出来。

"大萌，你今天的口红颜色真的很好看啊。"莫向彤突然夸起大萌。

大萌扬起少许微笑，礼貌回应："谢谢，某香细管豆沙色216，推荐给你。"

莫向彤愣了愣，应了一句："噢。"

大萌又是一笑，接着说："不过，我觉得你本人更适合艳一点的颜色，214色号更适合你。"

大萌又站起来，给每个人倒水，周到又贴心地照顾每一位同学，十分博好感。方子欣跷起腿，欣慰地看向大萌，觉得大萌去了一趟洗手间，脑子回来了。什么是主场优势，这就是。今天大萌作为方子欣生日会安排的人，原本很有主场优势，只是太在意生日会结束之后的表白，将优势拱手让人。

"哎！酒忘了！"方子欣突然夸张地拍拍大腿，影帝上身似的，看向蒋戈阳："蒋帅，要不你帮忙去一趟？"

蒋戈阳问："酒在哪儿？"

方子欣说："大萌知道，让她带你去。"

蒋戈阳看看方子欣，又看了眼大萌。他有一双看起来很聪明的眼睛，似乎一下就能看穿他人的心思。他淡淡地微笑，配合着所有人。

"算了吧……很晚了，我们等下就走了。"说话的是莫向彤，不是很乐意方子欣这样的安排。

"就算你们不喝，酒还是要拿过来啊。"

方子欣望着蒋戈阳，接着恳求道："帮个忙吧，蒋帅哥？"

"小事，依萌带我去吧。"

蒋戈阳好脾气地答应了。

大萌偷偷地看了看方子欣，又看看白芒，屁颠屁颠地跟上了蒋戈阳。两人一块儿走出了小院。蒋戈阳很贴心，走出小院，推门时，特意停步，周到地替大萌拉开门，矮一截的大萌几乎从蒋戈阳高举的手臂下穿过……大萌抬起脑袋，蒋戈阳朝她一笑。这……该死的暧昧！

那一箱酒，其实是方子欣提前订好，故意不带来的。

小院外面，停了一辆电摩托。大萌坐在后面，揽着蒋戈阳的腰身奔往酒庄，一来一回，这个时间足够让大萌表白了。

蒋戈阳上初中时，家道中落，贫困到全班捐款的地步，大萌是捐款最多的同学，她捐出了自己过年期间收到的全部压岁钱。因为这事儿，上了大学后，蒋戈阳时常主动联络大萌。如果没有无缘无故的暧昧，大萌也不会心痒难耐。只是什么表白……要那么久时间……

同学们等不到大萌带回来的酒，找了理由走了。最想走的就是莫向彤，她重新组了局带同学玩剧本杀。方子欣高冷地送走同学。

白芒坐在方子欣对面，吃剩下的蛋糕。

方子欣正在喝水，突然一道带着哭腔的声音，从身后飘来——"欣子，芒儿，我回来了……"

白芒转身，只见大萌独自抱着一箱酒站在门口，看到小院里只有她们，扬起一个比哭还难受的笑容。

方子欣眼睛睁圆，高声道："蒋戈阳呢？！"

"走了，我自己骑车回来的。"大萌低声道，垂着脑袋。

白芒眨眨眼，心里已经清楚大概发生了什么，她走上前将大萌怀里的一箱酒接过来。

如果说，一个少女的人生中还有什么惨烈的事情，那么，基本就是表白失败导致的。蒋戈阳是一个聪明的男孩，也有可能，这个男孩早成了男人。在蒋戈阳释放出来的魅力里，总有几分造作，几分不成熟的少年气。王依萌不爱蒋戈阳身上的少年气，让她心动多年的，是蒋戈阳故意遮掩的成熟和世故。然而，这份喜欢，不是蒋戈阳想要的。人间总存着少许遗憾，可能是夏夜迟到的凉风，也可能是春日早至的骤雨，或是最好的年纪的喜欢给了最不好的一个人。

"我想喝酒……"大萌难得提出要求，"你们陪我。"

恰好这时，方子欣收到今天参加生日会的一个朋友发来的消息：*你们没看出来，莫向彤也对蒋戈阳有意思？*

方子欣冷冷地回了一句：*哄抬猪价。*

三人来到九高主教学楼的篮球场外，失恋的大萌很想在这个操场里喝酒。篮球场挨着一个市政绿化项目工地，周边的路都被挖坏了，原本通向里面篮球场的小门也被封了，砌了一道围栏和墙。望了望围墙的高度，方子欣开始安排：她先翻过去，大萌把酒、零食和烤串递给她，白芒第二个上。

大萌点头应声："没问题！"

随后，想到什么，又沉默两秒，问道："我呢……最后一个怎么上来？"

她们都上去了，谁管她？

方子欣说："你长得成熟，扮老师走正门。我和白芒一脸学生样儿，不好混。"

原来今晚最狠的一刀在这里。

"我不要……"

大萌蹲了下来，反对这个方案。

"子欣先上，然后大萌。我托大萌上去。这个墙，我一个人也能翻过来。"

说着，白芒将大萌拉起来。

大萌眼巴巴抬头，委屈巴巴地说："没事的，我可以在外面蹲着哭。"

白芒只觉得好笑。

方子欣看白芒信誓旦旦的样子，点头答应，然后她打样似的翻起墙来，轻巧地翻墙成功。

方子欣趴在墙头，朝大萌伸出手。大萌像是一只树懒，噌噌往上爬，双手双腿扒着墙，底下还有举重般托着她的白芒。白芒几乎一人扛起大萌，真的费了好大力气，大萌才顺利地趴在墙头。

像是看到什么，大萌忽地惊叹出声："邹瑞泽在里面打球……江川尧和顾言锡都在！"

大萌收藏多年的那张"经典照片"跟眼前的画面重叠了，三个荷尔蒙满满的年轻男生在操场打球，热烈的青春，恣意的少年气。神仙画面啊！

大萌忘了失恋的悲伤，想掏出手机拍照……如果不是踩着白芒，她整个人都要蹦跶起来。

方子欣不认识什么邹瑞泽，第一反应是……太好了，有人帮忙。

"江川尧，邹瑞泽……过来帮个忙啊！"方子欣朝操场打球的三人，喊了一嘴。

挂在墙上的大萌有些尴尬。托着大萌的白芒也觉得很尴尬。

"江川尧，有女的叫你。"

没一会儿，里面操场便传来一道男声。

"砰！"回应邹瑞泽的是篮球撞向篮球筐的重击声，稍后，落下一道略微熟悉的清冷声线——"你听错了。叫的不是我……是你。"

今夜的月亮，黄澄澄，明晃晃，像是独自流浪在夜空的曲奇饼干。

方子欣翻墙成功，在她叫过来的邹瑞泽的帮助下，王依萌也顺利落地。全程，邹瑞泽帮着方子欣，一块儿托住王依萌。王依萌的心脏扑通扑通地跳，紧张又刺激。谁能想到，蒋戈阳拒绝她告白的这个晚上，她在九高操场遇见了邹瑞泽。这是老天对她失恋的安慰吗？

"姑娘，你还真有点重量啊。"邹瑞泽道。

方子欣打断他，说："是你弱！"

邹瑞泽："你这女孩脾气不好啊，我帮你们还被说弱。"

方子欣抬头说："你眼睛挺毒，我这人脾气就是不好。"

王依萌笑咧咧，朝邹瑞泽道："我还在减肥，很快就会瘦下来的。"

邹瑞泽有些无语。这又是什么脑子，这是没脑子。

方子欣也很无语，深吸一口气。想到什么，方子欣朝外面的白芒问："白芒，你可以翻过来吗？"

"还有一个啊……"邹瑞泽嘴角一翘，乐了，面朝江川尧和顾言锡说，"我已经帮了一个，还有一个，算你们的。"

说话之际，一个穿着白色运动服的女孩，像是踏着皎皎月光，敏捷地从墙头翻身下来。远处的江川尧高抬着眼，落在女孩的身上。旁边的顾言锡也认出来，翻墙过来的女孩有点眼熟，这不就是游泳馆里的那个被江川尧救上来的性感少女？

"你们玩吧。"

邹瑞泽展现了自己的性格魅力，大萌的视线追寻着他。

方子欣看了眼大萌，觉得今晚歪打正着，大萌的失恋已经被治好了。

邹瑞泽留下一个往前走的背影，球服穿在他身上，略显松垮。他们三个人中，只有邹瑞泽穿着球服，江川尧穿的是白色运动 polo 衫，搭运动裤，他是他们三个人中个头最高的，肩膀也宽，显得人大了一点。他的身材比例极好，没有大高个儿的迟钝感，露在外的手臂和腿，有型又不失力量。顾言锡……可能是一个神经病吧，穿着花衬衫来打球。

大萌走向篮球场中间，突然，她发出一道更惨烈的叫声。众人闻声看过去，见大萌被篮球砸到了脑袋，砸中大萌的人是顾言锡。不知道为什么，顾言锡的球突然转了一个方向，直直地拍到了穿过球场的大萌的身上，硬生生地拦住了她。今夜几乎每时每刻都充满了转折。

顾言锡主动提出请她们吃校门口的冰豆腐，来弥补自己的无心之失。学校附近的冰豆腐店，就在九高出来的学区房里的巷口。

"你们怎么会买那么多酒？还要来学校喝酒？"邹瑞泽问，他认出了白芒，但也不多提一个字。男生有男生之间的默契，就像女生明白女生的心思。

大萌望着他们三人，还是觉得今晚有点不可思议，抬了抬眼皮说："我们过来缅怀青春……"

呵，现在怎么不承认是失恋了。

"等会儿你们怎么回家？"邹瑞泽又问自己的校友王依萌。

大萌答："我们有车……"

大萌说的车，就是那辆停在店门口的电摩托，这还是今天方子欣特意骑过来的。现在很晚了，方子欣完全可以一车载两人。路上应该没有什么交警抓她们。

"这样不行，被抓了你要吊销执照。"邹瑞泽说。

方子欣摇头，真挚道："我没执照。"

顾言锡乐死了，没执照还敢这么玩，真勇士也。

"等会儿你们帮忙送一个？"邹瑞泽问江川尧和顾言锡。

倒也凑巧了，今天江川尧和顾言锡都是骑摩托车来九高打球的。不比邹瑞泽住在附近，走几步就回家了。

江川尧喝了一口水，一双无波无澜的眼睛看着白芒，问："住哪儿？"

"绿城玫瑰园。"

"顺路。"江川尧没犹豫，直接说，"等一下，你坐我车。"

敢情这人还挑三拣四，在大萌和白芒这里选了白芒？

方子欣看向白芒，本以为白芒会拒绝，没想白芒答应下来——"好啊。"

方子欣大大咧咧的性格里，还是有一份精明的。她的目光狐疑地打转，看向白芒和江川尧。刚刚那个男生的话，典型的相互配合给女生下圈套。只是，这种伎俩她都能看出来，聪明的白芒为什么会答应？

夜风收拢乌云，稀疏的月光，零落的星点。

江川尧的车是比较重型的摩托车，比方子欣的可爱型电摩托要大上两圈。方子欣搭上大萌，摇摇晃晃地骑在前面，白芒长腿一跨，骑上了江川尧的摩托车后座。

"真是巧……"江川尧的声音从前面传来。

"是有点儿。"白芒回答。

江川尧问："你真的是丁景凯的女儿？"

白芒想了想："应该是真的吧。"

江川尧笑着说："这次高考成绩很好啊。"

白芒说："还凑合吧。"

"现在的小孩都是像你这样的吗？"

白芒主动圈上江川尧的腰，为了安全考虑，她的双手抓牢江川尧的后腰，手心紧贴着江川尧的腰上肌肉。一点也没有正常女孩子的羞涩之心，但也不是故意占江川尧的便宜。

"小孩应该不像我这样。"顿了顿，白芒问了一个问题，"江川尧，你为什么包那么大的红包给我？"

"没什么原因，就是觉得挺难得。"

"噢……我还猜你是不是对我有意思。"

街风像是有节奏的呼吸，频频恣意地从两具紧贴的身体上穿过。都是桀骜孑然的灵魂，不需要过多接触，也知道对方是什么类型的人。就像前面在冰豆腐店里，即使触碰的目光安静而沉默，也不影响无意碰撞时的激烈。

江川尧弯着身体骑摩托车，好一会儿，才回答了白芒前面的话。

"没有。"他说。

"没有啊……"

"那就好。"白芒答，口气中满是庆幸。

重型摩托车发动机启动时，火花四溅，混动的轰鸣声像是原始猛兽困倦的低吼。

江川尧感到有一点好笑，从他喉咙深处发出的一点笑意，像是细碎的浪花消散在迎面吹来的夜风里。

"好什么？"他问她。

白芒的理由很正当，也不避讳，她直接说："我不喜欢你。"

"两者的关系呢？"他又问。

"我怕麻烦，不喜欢男人对我穷追不舍。"

一口一个男人。江川尧只觉得好笑，即使被说成穷追不舍的男人，他也没有感觉到自尊心受损，今晚的心情反而还因此达到了顶点，像是打完球最畅快淋漓之际，迎面扑来的最舒爽的风。

"女孩太自信了，不太好。"

江川尧连续猛踩油门，发动机在身下震动，摩托车飞速地飙到了方子欣可爱的摩托车前面，一路飞驰。白芒比方子欣早十多分钟到达玫瑰园。

"你住哪儿？"白芒跳下车，问江川尧。她想知道，是否真的顺路。

"别太关心一个你不喜欢的男人。"江川尧瞧着她，回她一句。

白芒扯动嘴唇，掀起微笑，问道："原来这就是关心？"

江川尧的脸上没有任何笑意，十分平静甚至是有点深沉地面对她，说了一句极其冷幽默的话："我也是很自信的男人。"

白芒被逗笑了，她把头盔还给他，表达谢意："谢谢你送我回来。"

江川尧也没多说，跨上摩托车，伴随两道猛轰声，消失在浓浓夜色里。

白芒在原地停留片刻，抬抬头，今晚的月亮太大了，遥远又明亮，落入她的眼底，沉默的苍穹似乎兜不住它的辉煌，仿佛随时会坠落下来。

白芒伫立在大萌家门口，等她们骑回来。

十分钟后，大萌从方子欣后座爬下来。

"今晚要不在我家睡？"大萌提议道，她似乎还想再聊一聊情感的事。

"不了，老子受不了恋爱脑。"方子欣果断拒绝。

"下次吧。"白芒也微笑拒绝，自然地坐在方子欣的后座。

方子欣又风驰电掣地载着白芒回家，在回小区的路上，方子欣问了白芒一句："芒，你是不是也想谈恋爱了？"

白芒答："暂时不想。"

方子欣欲言又止。

白芒想了想，说："我想谈，会谈的。"

这话听着像是那种无论是恋爱还是学习都不需要家长操心的人。

到家时，方子欣突然想到一个问题，问白芒："芒儿，你有微博吗？"

白芒说："有的……"

"你微博名叫什么，互关一下。"

白芒好久没玩微博了，想了一下自己的ID（账号），说："叫芒芒苦海。"

"啥？"

芒芒苦海？这个名怎么有一种中年丧妻老大爷的即视感。

方子欣搜索着白芒报给她的微博账号名称，不搜不知道，一搜吓一跳。粉丝30多万，不过评论极少。买粉了？

"你怎么会有那么多粉丝啊？"方子欣疑惑地问道。

30多万，买粉也要花钱呢，感觉白芒不像是会买粉的女孩。

白芒答："我以前在微博分享过一些学习资料，所以关注我的比较多……算不上粉丝。"

方子欣打开白芒去年发的最后一条微博，底下还有两条评论。

一条是：好人一生长命。

另一条：加V13456079082

方子欣大开眼界，这一点儿也不像女孩子的微博。

"你家欣爷"和"芒芒苦海"已成为好友。

王依萌的微博账号"萌心萌动"也被系统自动推荐给了白芒，白芒一眼看出这是王依萌的微博账号，顺手也加上。

两天后，丁景凯出差回来了，出去考察了一个月的西部地区农牧产业，他回来时都变了样，黑不溜秋的，如同西部地区的男人一般，黑黢黢的，看起来很有干劲。

方玉环则开始准备带两个女孩去参加一个夏日宴会，名为"夏日星光私家音乐会"。方玉环买了三张私家音乐会的入场券，准备带上白芒一起，要不然她可就成了《灰姑娘》里的后妈。白芒不是灰姑娘，她自然不能当黑心后妈。

周六，方子欣破天荒地在中午之前起床，开始选衣服、做造型。除了给自己选衣服外，她还操心起了第一次参加这种活动的白芒。

王依萌得知白芒和方子欣要参加这次音乐派对，也找自己的姑妈要了一张入场券，跟着欣子她们一起凑热闹。王依萌的姑妈和主办方认识，搞几张票轻而易举。

王依萌是个化妆达人，选好衣服，方子欣带白芒到大萌家化妆。表白失败，消沉了几天，方子欣觉得大萌似乎变得更自信了，性子也更沉静了。

傍晚，出发前往南山花园的路上，大萌感慨地说："如果我为了一颗得不到的星星流泪，那么我终将失去一个夜空的繁星。"

方子欣听不了这种酸话，偏过脑袋。

白芒倒觉得很有道理，点着头。

方玉环微笑地看着车里的人，瞅瞅外面，问："那么早，就有星星出来了？"

此时此刻，外面的天很美。沉甸甸的云层透着淡淡的橘红，仿佛镶上了一道金色的边，饱染颜色的云朵，在晚风的徐徐吹拂下，轻轻聚拢，又微微散开……

车子停在南山花园外的停车场，方子欣还未下车，就看到了丁明薇的红色轿车。

"林笙回来了，她是今晚音乐会的主持人……"方玉环告知女儿们这件事。

林笙是谁？白芒不太记得人名。

"林直的姐姐。"方子欣眼皮抽了抽，提醒道。

漫天星光沿途散落，长路尽头总有灯火。

这是写在星光音乐会入场券后面的一句话。

肖宅位于南山花园最高处，原本是一处私家房产，主人迁居海外，委托给同宗亲友负责管理。这位亲友是一位高校的古典音乐系的女教授，在海外获得了众多奖项，资历优越，常常被邀请作为各类乐器比赛的评委嘉宾。

因此，宁市的不少家庭，为了自家孩子学乐器都想尽办法找这位肖女士指点一二。林笙就自称是肖嵘的关门弟子，是肖女士收的最后一个学生。她看起来规矩而客套，长相气质也是很规矩的样子，脸型略方，额前留着齐刘海，一身殷红V领的长裙，穿在她身上没有任何妩媚之气，反而很高洁，略带英气凌厉的眉眼，增添了一丝严肃感。

"老实说，我以前一直挺怕林笙的。"方子欣暗暗对白芒说了一句心里话。

即使是现在，她和林笙也几乎不说话，只偶尔跟林直聊两句。

大萌来到这个私家别墅就明智地坐在角落，拿出手机玩游戏，只要别人不关注她，她可以从头到尾只打游戏不出声，方子欣也是这样做的。牛羊成群结队，猛兽总是独行。她和白芒还有大萌，在这里绝对算不得什么猛兽，她们不是林直他们那种成群结队的肥羊，反而像是三只圈地自萌的小牛小羊。

音乐会在一楼大堂举行，夜里在草坪组织烧烤。提早过来的孩子，去了地下室的娱乐室。几个都上了大学的少年围坐在一张长桌旁玩桌游，另一个休闲活动区域，更年长一些的哥哥们正在打台球、玩桌上冰壶，时不时发出欢呼声和掌声。

焦扬和何荔嘉也在里面。焦扬今天是跟着母亲来的，何荔嘉也是跟着焦扬的母亲来的，之前焦扬不爱参加这种活动，他的母亲都是带着何荔嘉过来。

何家跟他家的交情好，只是家境比他家差一些，但何荔嘉本人很争气，无论是学习还是才艺，或是做人做事的技巧和心眼，都让焦扬的母亲很满意，因此，很早之前就认何荔嘉当干女儿。焦扬无比了解何荔嘉，除了江川尧，他一直是她的最优选择。可是，他的最优选择是她吗？

焦扬视线偏转，就看到了噙着淡笑而来的白芒，她的状态自然轻松，浑身上下不见一点拘束，仿佛她早已脱胎换骨。

6月份，高考结束后，他在澜职图书馆遇到了勤工俭学的白芒，他的自傲和偏见让他一叶障目。等他回过神，微信……他早就被拉黑了。

音乐会开始了，首先上台的是肖嵘。肖嵘是一个清瘦高挑的美人，皮肤冷白，脸庞的线条利落有型，有点像白蕙，她们俩是同一个类型的女人。肖嵘的声音清淡，语气缓慢，简单说了两句话，就将主持的话筒交给了林笙。

林笙优雅地走上台，今夜是自由音乐会。他们这种家庭的孩子，谁都学过一两门乐器，连方子欣都会架子鼓和钢琴，像何荔嘉这种小有名气的女神人物，更是能唱能弹。何荔嘉站在人群里很是耀眼，林笙的目光投向何荔嘉，邀请何荔嘉第一个上台表演。何荔嘉也不谦让，她和焦扬一同表演了四手联弹。

方子欣在白芒的耳畔轻声吐槽:"她们俩是对家。"

两人的气质也完全不同,林笙清贵冷傲,何荔嘉清纯妩媚。

不远处,丁明薇看向坐在一起的白芒和方子欣,再看看台上主持得体大方,把握全场气氛的女儿,又开始欣慰。

何荔嘉表演结束后,林直又上台吹了一曲萨克斯。站在舞台中间吹奏古典名曲的林直没有面对丁家人的冷漠和不屑,而是彬彬有礼,如同贵族般有优良教养。人都有很多面,面对不同的人有不同的面。

林直赢得了满堂喝彩,丁明薇面上有光,整个人精神焕发,她对白芒递过来一记眼神,笑意里,带着一点威胁。

"下一个,是谁呢?没有的话,我们就中场休息,去草坪BBQ(自助烧烤)喽!"林笙手握话筒,像是掌握了所有权利的人。

"我吧。"一直安静地欣赏他人表演的白芒突然出声,站了起来。

在方子欣和大萌无比紧张的目光中,白芒目光含笑地一一落在她们的脑袋上方,附加一句:"我们三个人一起。"

"真是热闹啊。"

江川尧、顾言锡和邹瑞泽三人也来了,径直狂妄地穿过草坪。如果说,有谁的到来瞬间打破了今夜的体面氛围,那么就是江川尧他们。

姗姗来迟,又明目张胆,吸引了众人全部的目光。

台上,话筒和主场都还在林笙手里,她的视线在人群中来回穿梭,从江川尧这里掠过,又落在主动刷存在感的白芒那里。林笙没有她母亲对人的那种偏见,但也不热衷于迎合与讨好。那天丁家筵席结束,她接到了母亲打来的电话,聊起丁景凯这个莫名多出来的女儿,母亲语气紧绷,无意中说了两句"好厉害"。

她欣赏厉害的人,却讨厌有人故作声势。为了见见这个厉害的女孩,这次肖嵘老师牵头的私家音乐会,她特意从澜市赶了回来,并自告奋勇当这次音乐会的主持人。

她不想为难她们。

偏偏……

"你们要演奏什么乐器?"林笙握着话筒,面带微笑地问,"或者是一起唱个歌?"

白芒笑着回应林笙看过来的目光,有所思忖,她拖延了一秒,开口:"我们还要商量一下。"

"难道没有准备过吗?"说完,林笙挑眉,有点难以置信。这样的活动,一般每个被邀请的人,都会在家好好准备一番。就连林直那么不可一世的人,都在家努力练习吹了好几天的萨克斯。

"没呢……就是看大家都踊跃参与,我们也跃跃欲试。"白芒回答得轻松镇定,不卑不亢,仿佛初生牛犊不怕虎。

女孩恬静的脸上泛着谦虚的笑意,就算等会儿表现不好,似乎也能被原谅。可这样的活动,方子欣已经丢过几次脸了,所以她今天才拼命地收敛自己的好胜心,大萌也是,如果有拿得出手的才艺,谁愿意成为台下鼓掌的人。但关键是,比起她们,她们更不知道白芒有什么才艺。

白芒微微抬头,一点儿也不在意他人落在自己脸上的目光,仿佛只想玩一场。

"好的。"林笙朝白芒放下话,"我们先去烧烤,你们慢慢想。"

白芒点了下头。

方子欣忍不住瞥了白芒一眼,这回她真的觉得白芒是拆袜子补鞋子,顾面不顾里。大萌的想法与方子欣一致,两人互相看了眼对方。

夜幕像是黑绸子缓缓扯开,繁星闪烁。晚风徐来,草坪上放着两台鼓风机,风声呼呼,加上草坪还有落地屏投影,音乐响动。

一楼大堂里的人基本散去,只有晚到的江川尧一行人还坐在茶歇台的另一端,眼神时不时地看向她们,似乎很期待她们会折腾出什么名堂。

方子欣和大萌,大眼小眼齐齐地瞪着白芒。

白芒开始给她们做心理建设,问:"你们真不想试试吗?明明也练习过。"

方子欣和大萌的确练了一首歌,是一首简单又老掉牙的曲子《恰似你的温柔》。如果强行被点名,可以硬着头皮演奏。

可眼下,既然林笙和其他人都忽略了她们……又何必自取其辱。此时,连方子欣都认为是自取其辱了,大萌的脑袋更是摇晃成拨浪鼓了。邹瑞泽来了,她不想丢人。

白芒比她们任何一个都有信心,高声道:"还没演奏,怎么就觉得我们会丢人、会输?"

这样的白芒,这样的话,太打动她们了。她们的忐忑和胆怯,在撞入白芒平静而漆黑的眼眸的那一刻,便荡然无存,甚至还因此滋生了无端的勇气和想法。

"她们真的不重要,一点都不重要。"白芒道。

因为别人表现得好,风光太甚,选择低头或者止步,以后回想今晚只会遗憾。今晚的音乐会的主题，本就是自由——白芒主动找了乐器收藏家肖嵘女士，希望肖嵘女士给她布置场景，对人一向清冷的肖嵘对白芒微微一笑，让两个工作人员将架子鼓和电子琴都拿到了外面草坪的一隅。同时，她从二楼取来一把私藏的电吉他，提供给白芒。

"好好表现。"肖嵘说着，对白芒露出一个鼓励的笑容。

方子欣和大萌之前还有点犯怵，但因为白芒也加入了，所以她们就没什么顾虑了。

她们至少还练习过，白芒甚至都没有排练过……不过，大家一起丢脸，总好过一个人独自丢脸。她们临时组了一个三个人的乐队。白芒弹奏吉他，方子欣敲鼓，大萌弹电子琴。

这首《恰似你的温柔》，她们弹唱的是改良过的轻摇滚版本。方子欣和大萌之所以选择这首歌是因为曲调简单。可是，越是简单的曲调，越考验唱功以及白芒作为吉他手的配合。

漫天星光沿途散落，长路尽头总有灯火。

眼前的画面，呼应了音乐会入场券上的话。灯火亮起，星光点缀。

所有人都来到草坪，大家一起看着白芒、方子欣、王依萌有模有样的，像乐队一样搞起组合，有不屑、有期待，但更多的是觉得白芒很有心机。

这样折腾肖嵘老师布置场景，无非是没有硬本事瞎闹腾。她们一旦翻车或者唱得磕磕碰碰，只会让人更笑掉大牙。

夜风吹来自由，星光闪烁希望。

这首摇滚版的《恰似你的温柔》，白芒虽然没有跟方子欣她们练习过，但是她和她们一起哼唱过。也是在一个晚风轻拂的晚上，她们三个人开着方玉环的车，在玩了夹娃娃之后回去的路上，车辆行驶在宁市的高架桥，凉风灌入车厢，混杂着夏日的情调和浪漫。

"某年某月的某一年，

就像一张破碎的脸……"

女孩们的声线各有不同，白芒清冽、方子欣沙哑、大萌温柔，组合在一起，效果居然出奇动听。关键是，她们是真正的好朋友，配合极好，谁也没有想要掩盖对方的想法。

一旦大萌忘词，操作轻微停顿，方子欣便重重地敲打架子鼓遮掩。至于白芒，她没有跟她们一起训练过，却是表现最完整的一个。她怀里抱着吉他轻弹，唱得随意而悠缓，享受的状态，像是文艺酒吧里专业弹唱的美女歌手。

今晚是以自由为主题的音乐会。不管是《恰似你的温柔》这首歌，还是女孩们临场组乐队的演奏，都恰如其分，因为这份恰到好处的随意，才有了惊艳的效果。在年龄跨度很大的活动聚会中，越是经典的老歌，越能勾起每个人的共鸣。

演奏结束，看了看一圈人的反应，白芒就知道，效果达到了。

江川尧和邹瑞泽他们，一同来到草坪，三双长腿站在人群的前面。比起沉默的林直，正在思忖的焦扬，顾言锡和邹瑞泽直接欣赏地鼓掌。

"真酷啊！这三个女孩……"

江川尧微微一笑，单手插兜，在草坪探灯的照射下，一双盛满情绪的眼睛明明灭灭，独独地望向对面坐在高脚椅上，手捧吉他的女孩。她们中的某个人，想要的效果绝对不只是这样，这件事没有那么简单，是女孩的游戏，还是别有目的？

哗哗作响的鼓风机，闪着光亮的草坪霓虹，周围的男女面面相觑。浑身发热的躯体，一张张俊美和优雅的脸……隐藏的心思和猜忌，明明白白。

"我们下去玩桌游吧。"何荔嘉突然提议道。

"好啊。"

何荔嘉在参加音乐会的人中，家世不算好，只能跟着焦扬的母亲来参加音乐会，但她微博有人气，在他们这一圈同龄人中也很有人气。颜值既正义，即使成不了正义，如果能发挥脸蛋上的优势，也可以成为大家的关注点。

"去吗？"

邹瑞泽也跟上了，脚步停留大萌这里，要把大萌一块儿捎上。旁边的顾言锡的目光若有若无地落在一圈人身上，悠悠开口："那就去吧。"

大萌下意识地看向方子欣，欣子和何荔嘉不对盘，欣子是一定不会参与何荔嘉组的游戏局的。没想到的是，方子欣将手搭在白芒和大萌的肩膀上，毫不在意地说："走。"

白芒和江川尧跟上。

活动室分为好几个区域，何荔嘉、林笙她们在长桌玩牌。第二波下来的人去了台球桌。焦扬突然提出要跟江川尧打一局，江川尧犹豫了一秒，给面子地答应了。

白芒、方子欣和大萌都留下来观看焦扬和江川尧的对战，牌桌上，何荔嘉的眼神一直往台球桌这边瞟。

牌桌这头，人人兴奋。球桌那边，也非常热闹。

江川尧和焦扬各站在台球桌的一边，手持着长球杆。

"打什么？"焦扬问江川尧。

中式？九球？

江川尧答："斯诺克（障碍台球）。"

邹瑞泽是一个喜欢看热闹的人，主动担当裁判，整理桌球。顾言锡站在旁边抱胸发笑。他真的不知道焦家的儿子为什么要对江川尧发起挑战，焦扬打台球的水平如何他不知道，但对手可是江川尧！

斯诺克的规则，是将一个红球、一个彩球依次击中落袋，不同颜色的彩球分值不同，最高分是击中黑球七分，最低分是击中红球记一分，总分最高者为胜。

"五局三胜？"焦扬又问。

"麻烦，三局两胜。"江川尧道。

定好规则。

"你先？"焦扬谦让地说。

"你先吧。"江川尧无所谓地回一句，他对占先机的事，不太感兴趣。

焦扬开始表现。不得不说，他前面打得还挺顺畅，差点要清场，对手江川尧则懒洋洋地握着杆子很有耐心地等着。直到轮到他上场，他的目光笔直地落在球杆的那一端。不比焦扬计较每个球数值的打法，江川尧的打法更精准，也更轻松。

江川尧轻轻打了一杆，红球顺利进袋。又是一个挺身，那个被放回原位的粉色球，也进袋了。他抬眼，冲焦扬轻轻一笑。半分挑衅，半分痞气。

目前还剩十多个红球，以及最后一个得分最高的彩球——黑球。

江川尧帅气又性感地俯下身，一个又一个地将红球依次打进袋里，中间全程没有碰到黑球。这考验的不只是他的技巧，而是战术。

打到最后，江川尧的总分，已经完全超过了焦扬，在时间上，却只用了几分钟。

围观台球桌的人愈来愈多，连何荔嘉、林笙她们也都从牌桌那边来到台球桌旁边，等着看江川尧将最后的红球和黑球打进袋，完美收尾。江川尧一手握杆，一手撑在球桌。他个高肩宽，整个人弯腰幅度很大，更显得气势逼人。

他打球时将手撑在台球桌上，手臂修长，肌肉流畅，吸引了不少对他心驰神往的女孩。

"710……最后一球你来打。"收起球杆，江川尧开口道。

他给她取了一个数字外号,不是刻意叫她。但这里,能这般被叫的人只有她。

江川尧这样一称呼,一下子,台球桌周围的人齐齐看向白芒。

白芒伫立在大萌和方子欣中间,这里只有她一人身着短裙,露着修长笔直的腿,本就相当惹眼。被某人这样一称呼,大家的目光都集中在白芒身上。由于长期运动的关系,白芒的腿,修长但却不是像竹竿那般纤瘦。大腿和臀都具有肌肉支撑的饱满度,小腿弧线流畅,漂亮又性感。

"我不会。"白芒粗暴地拒绝江川尧,口吻平静,面上没有一点表情。没有令人遐想的害羞,也没有让人看笑话的羞愧和自卑。

"很简单,我教你。"江川尧又说,好商量的口气。

他的脸上也没有被拒绝的怒意和不自然,他曾经对他人的不善和坏脾气,在这一刻都荡然无存。即使他脸上没有对女孩子的宠溺,可他的举止却像极了一个翩翩公子哥,落在她身上的目光,全是耐心和温柔。

一时间,大家只觉得江川尧真的要跟这个高考分数710的女孩扯上关系。

"我来!"方子欣突然出声。

她替白芒收下了众人的目光,抬头,朝着江川尧做了一个击毙的动作,拿过旁边多余的球杆,轻趴下身,细长的眼睛眯着,神情专注而帅气。然后,方子欣朝着目标,对准球桌上的黑球,轻轻一击。

啪嗒!一道重击声。

方子欣看似击球的动作很轻,力道却不小,黑球受力之后,立马朝着左侧的袋子滚去。很不幸,差了两厘米。黑球碰到了球桌的边框,又发出了一道撞击的响声,十分清脆。

何荔嘉神情傲慢,却身姿漂亮地站在地下室的采光天窗旁,嘴角忍不住讥讽地一翘。然后——就在她没有注意看台球桌,视线落在江川尧散漫轻斜的身影上时,四周响起喧哗的喝彩声。

何荔嘉再看向台球桌,那个碰到对面左侧边框的黑球,借着反作用力再次往右边滚去。滚到右边往下的边框,又再次借力,缓缓地滚入靠近球桌最右侧下方的球袋。

"牛啊!"一旁的邹瑞泽忍不住赞叹道。

"厉害了!"顾言锡也说。

场上最开心、最得意的人,是方子欣。

江川尧气势夺人,吊儿郎当地单手插在口袋,违和感极强地朝她颔首道:"谢谢你帮我赢了比赛。"

白芒利索地归还球杆,回道:"不用谢。"

客气道谢的同时,她还想送江川尧四个字——坏坏君子。

夜深了,肖嵘举办的私家音乐会逐渐散场。白芒坐在车厢后排,旁边是靠在她的肩膀上呼呼大睡的方子欣。

夜空湛蓝,高远莫测,一轮皎月,落入不远处波光粼粼的南山湖里。车厢里氛围寂静,能听到从梧桐树叶间掠过的微风,像是不知名的昆虫长了翅膀扑扑扇动。

白芒突然想到,再过一个月,她就十九岁了。

她的胸口像是突然冒出一簇火苗,烧了起来。她来宁市就像是一个夏日插曲,她第一次觉得自己很幸运,认识了方子欣和大萌,也认识了方玉环和丁景凯。虽然这里不是她的家,但她却在这里感受到了亲人和朋友带给她的感动和快乐。

跑车一路往南边行驶,凌晨的城市灯火已经黯淡,唯有一盏盏飞驰往后倒退的路灯,白芒斜歪着脑袋,抵在车窗。

手机微信里,白蕙给她发了一张照片,是澜大的录取通知书。

给你寄过来了。

她真是谢谢自己的亲妈,还能想到把通知书给她寄过来。

第五章
秋日·晚风

感情在现实面前，就像是漂亮的绸缎上爬了虱子。

　　收到澜大的录取通知书，白芒也要准备去上大学了。

　　丁景凯本想亲自送白芒到澜市开学报到，只是西北那边的项目传来好消息，需要他尽快启程，签订合同。方子欣把白芒报到的事揽在自己身上，拍拍胸脯说："我会为芒芒保驾护航，老丁你就放心走吧。"

　　丁龙泽从二楼下来说："小爷我也可以送啊，就当提前熟悉一下澜大。"

　　丁景凯看着三个孩子，觉得自己还真有点福气在身上。公司的车已经在外面等，丁景凯器宇轩昂地走出别墅。凑巧，院子里种植多年的合欢树开花了，枝上棱角，一簇簇夏意正浓的酡红，瞧着很入眼，热烈又漂亮。

　　丁景凯想了想，折回身，招呼孩子们来院子的合欢树前合个影。这是白芒第一张类似全家福的照片。她站在丁景凯和方子欣中间，她的肩上还有一只手，是丁龙泽的。照片中，白芒脊背笔直，目光清澈又明亮，嘴角忍不住微微上扬。

　　两个月的夏日插曲，她不仅有了朋友，她还有了家人。合影是用白芒的新手机拍的，照片是 live（生活照）样式，动态地记录合影过程。她和方子欣、丁龙泽，还真像那种一起长大的兄弟姐妹。

　　客厅里，白芒把挑选好的一张合影发给白蕙，白蕙回她：恭喜。

　　恭喜她认亲成功？

　　白芒在微信询问白蕙：你什么时候回来？

白蕙：还要过一阵子才能回。

白芒低垂着脑袋，手指轻点手机输入，一字一字，删删减减，最后发过去：我今年生日，你可以陪我过吗？

惜字如金的白蕙，第一次给她发来长长的一句话：都成年了，生日还要妈陪你过，丢不丢人啊？

旁边的方子欣凑过脑袋，想看白芒跟谁聊天。白芒快速把屏幕关掉，手机朝下，放在沙发上。

"芒儿，你想你妈妈陪你过生日啊？"

不好意思，方子欣已经看到了聊天内容。

啥！对面的丁龙泽震惊得脑袋一抖，他第一次找到能嘲笑白芒的地方，不可思议地挑起眉头，说："芒芒冰……你至于吗？"

方子欣更是摸了摸她的脑袋，认真地问："芒儿，你是不是有点……'妈宝'？"

嗯？妈宝不丢人噢。

夏日星光音乐会之后，林笙拉了一个大群，将方子欣拉进去了，方子欣又将白芒、大萌拉进去。白芒看了看群组成员，好家伙，她又跟焦扬一个群了，除此之外，还有何荔嘉。就连邹瑞泽也在里面，这厮没有女朋友，却是一个货真价实的社交狂人，白芒没有江川尧的联系方式，却和邹瑞泽加了微信。

那天在操场打完球，去吃豆腐时，他就加了她们三个人的微信，更要命的是，邹瑞泽的朋友圈，大萌给她点赞，方玉环也给他点赞。方玉环居然也在邹瑞泽的朋友圈里，邹瑞泽是真正的社交能手，社交年龄跨度很大的那种。

谁有江川尧、顾言锡他们的微信，拉一下。林笙在群里说。

我有啊。

他们不爱凑热闹。

邹瑞泽冒泡，发来两条消息。

林笙慢悠悠地丢了一个尴尬摸头的表情包。

邹瑞泽冒泡：阿尧我拉他试试，说不定这个群有他感兴趣的东西。

林笙慢了半拍，又发来一个OK的表情包。

该群目前很安静，除了林笙和邹瑞泽的对话，没有其他人发言，林笙给群取了一个符合彼此身份的名字"又红又专"，除了突破阶层混进来的方子欣和白芒，其他人大多符合群名。林笙身上还是有点幽默感的。

群里，当邹瑞泽说出这群有江川尧感兴趣的东西时，白芒遭到了方子欣和大萌的白眼。

"你和江川尧……没什么吧？"大萌问她，口吻含蓄。

白芒摇头，她和江川尧目前真的没什么。

"他喜欢你？"方子欣十分直接地问。

白芒抿唇，她想说，江川尧或许对她有点兴趣，但绝不会喜欢她。

焦扬或许还"真心实意"地喜欢过她的脸，但江川尧……他不是颜控，他对她更多的是好奇，好奇她下一秒会做出什么事。

"焦扬，你们和他熟吗？"白芒问。

"焦扬……你认识他啊？"方子欣立马看向白芒。两个月前，她还觉得白芒只是从小地方来的漂亮女孩，现在的白芒在方子欣的认知里，就是一个充满问号和能量的女孩，总是出其不意，让人防不胜防。

白芒说："你先介绍一下焦扬。"

"我们两家的关系算是比较熟悉的那种。"方子欣说，"他妈妈和玉环是多年牌友，焦扬这人怎么说呢……有点妈宝吧。他妈妈也是一个秀儿狂魔，家里做汽车配件和医药器材，爷爷是宁市有名的心脏外科医生。"

白芒了然地点头。

"轮到你说了。"话落，方子欣盯着白芒。

窗外是浓稠的绿，一大片绿色中盛开着红艳艳的合欢花。今天是9月1日，即将到二十四节气里的白露。白露一到，天气逐渐转凉，午后阳光尚热，但一到傍晚就有了凉意。

今天，白芒和方子欣就要起程去澜市了，在本城读书的大萌来家里送她们，聊这个夏天最后的一场八卦。方玉环上来催了催，肥胖的身子快堵住了方子欣的卧室门。

"女孩们，好了吗？"

方玉环温柔的目光，越过亲生女儿，落在白芒身上。

"再给我们半个小时。"说着，方子欣啪的一声，关上卧室门。

"给你半个小时，说出你的故事。"

方子欣走回来，盘膝而坐。

白芒弯了弯唇，说："不用半个小时，三分钟就可以。"

几分钟后，大萌和方子欣听完，都难以置信。白芒和焦扬这一段恋情，说来也很戏剧化，本来不太可信的事情、看似毫无牵扯的两个人，在白芒逻辑清晰，有铺垫有收尾的讲述之下，听起来很吸引人。

"焦扬是何荔嘉是多年的备胎,我们这个圈子里老的不知道,小的都知道……"方子欣说。

大萌的目光微闪,顿时对白芒充满了同情。

白芒还没有说,她在电影院恰好碰见江川尧和何荔嘉分手的场景呢。既然说开了,白芒又将她和江川尧以及何荔嘉最初的交集说出来。她和江川尧不是相看上眼了,而是——相互看不上眼。

两个情节一结合,对男女之事总能捕捉一二的大萌,立马把故事线捋出来了。焦扬肯定是因为何荔嘉和江川尧勾搭一起,愤愤不平打算找个女朋友气一气何荔嘉,结果误会白芒是小澜大的穷学生,认为白芒对何荔嘉没有威胁作用……就放弃了。

"焦扬也太看不起人了!"大萌为白芒鸣不平。

"何荔嘉倒是有能耐,所有男人都围着她转,她是陀螺吗?"方子欣狠狠吐槽道,"他们不知道她的黑历史?"

"她从来不会自己动手,他们怎么会知道。"说起何荔嘉的黑历史,大萌目光低垂。

事情发生在大萌初中时,那时她和何荔嘉同校。她得罪何荔嘉的理由很荒唐,大萌的姑姑从海外给她买来一条明星版裙子,何荔嘉当年也有一件,但她的那件是真的,何荔嘉那件是假的,何荔嘉的那件款式不对,可大萌穿起来没何荔嘉好看,周围关注明星和品牌的熟人,都说何荔嘉穿的是正品,她年纪小不服气,虚荣地在八校的贴吧放了购买小票。之后,大萌就被教训了……后来何荔嘉那个小团体中的一个女孩上了大学,大脑清醒过来,对大萌说了实话,大萌才知道背后搞她的人就是何荔嘉本尊。

"芒儿,你难过吗?"大萌突然深有同感地问。

白芒眼睛瞬间睁得浑圆……难过什么?

"焦扬拿你气何荔嘉……"

"不气……啊。"白芒立马摇摇头,实话实说,"因为——我也只拿焦扬练练手啊。"

练手?大萌欲言又止。

白芒的眼神坚定明亮,再次表明了态度。

"原来你是这样的芒儿。"说着,方子欣将手放在白芒的脑袋上,目光有欣赏,还有一点难以言说的愉快。

大萌再次瞅瞅白芒,第一次以大姐姐的口气感慨道:"白芒啊,你这样很危险啊。"

白芒挑眉,更困惑了。

大萌和方子欣对视一眼,再看白芒,白净的脸,眼底丝毫没有谈论男女情事的羞涩。如果仔细研究她的面容以及她对待感情的态度,会发现,一副干净又妩媚的皮相,看似逗趣又真诚的灵魂,然而骨子里满是绝情、狠心、果决、好斗……上了大学以后,遭殃的男生别太多噢。回过头想想那天的音乐会,焦扬投在白芒身上的眼神,那点不甘心和懊悔都有了解释。

"什么意思?"

白芒问方子欣,一脸纯洁懵懂的模样。方子欣做了一个假抽烟的动作,摇摇头:"大萌的意思是——说你不走心。"

大萌附和道:"嗯……"

"噢。"

原来是这个意思啊,白芒舔唇,忽地笑了起来,目光悠悠打转,十分认可地说:"没错,终于熬到上大学了……"

澜市和宁市并不远,本来说好,白芒和方子欣自己坐丁景凯司机的车去澜市,然而方玉环积极地揽了司机的活,亲自送她们去澜市东南大学城。方子欣在东南大学城附近租了一个长期公寓,有住宿的地方。七座商务车停在公寓楼下。方玉环一口气将从车的后备厢拎出来的大包小包的东西,拎上了方子欣的公寓。方子欣租的公寓是上下楼的 loft(复式楼),防盗门推进去,三人拥挤地伫立在玄关,一时间迈不开腿,里面像是被入室抢劫了一般,翻箱倒柜,杂物满地。

白芒看向方子欣,犹豫地问:"遭贼了?"

方子欣回忆一番,否认道:"没有,我离开之前,就是这个样子。"

随即,尴尬一笑,补充道:"明天让保洁阿姨过来收拾。"

"方大欣啊,你还真是一个'乱室佳人'啊!"方玉环肥胖的身子挪了挪,找了个地方放从宁市带过来的行李,佯装受不了似的吐槽,"我都没容身之地了!"

"就你这个身体,在哪儿都没容身之地。"方子欣回道。

女儿的冷言冷语,方玉环听着不痛不痒的,和颜悦色地面朝白芒说:"今晚这里是没办法住了,阿姨给你们在附近的酒店,开两间房。"

白芒环顾四周,领情了,诚恳地道谢:"谢谢方姨。"

"等这里收拾出来,还是不错的……不习惯住宿舍,就过来住。"

白芒点了点头。

"不介意的话,叫我龙妈。"

方子欣不服气地反问:"为什么不叫欣妈?"

"欣妈哪有龙妈好听。"方玉环一脸乐呵呵的,心里却跟明镜似的。

酒店房间已经开好了,方子欣和方玉环住一间,白芒独自住一间,因为明天是澜大新生开学日,东南大学城最好的酒店几乎都满房了,两间房只能安排在不同楼层。

白芒正要刷卡进房间,斜对门的房间门突然打开了,她一转身,四目相对——焦扬从斜对门,门号是单号的房间里走出来。他应该是刚吃完晚饭,手里还拿着一袋外卖垃圾,或许是外卖打包盒味道大,所以将垃圾拿到房间外面。

看见白芒,焦扬下意识地把房间门关上。

"焦扬!"一道略微耳熟的声音从房间里传来,随即走出来一个身穿吊带裙的女孩,是何荔嘉。

"呵,710啊……"何荔嘉歪歪脑袋,看着她笑了笑。

白芒也笑。何荔嘉见白芒反应不大,故意挽上焦扬的手臂,仰着漂亮的脸,娇嗔地说:"你快去给我买雪糕啊,草莓夹心那种……"

焦扬仓皇地点了点头。何荔嘉背过身,重重地甩上门。

白芒回到房间,外卖小哥的电话就打过来了,她点的冷饮到了,已经放在楼下大堂外卖桌上了。白芒关上房卡,又出门了,电梯间,遇到了站着不动的焦扬。

焦扬叫她名字:"白芒……"这个语气,仿佛是特意等在这里和她说话。

"你放心吧,我会装作不认识你。"白芒心情不赖,面对焦扬平静而温和。

"我不是这个意思。"焦扬表态道。

"噢,那我也是。"

焦扬看她,欲言又止,直到白芒走进电梯,焦扬跟着进来,站在她后面。电梯往下,焦扬再次开口:"还是要恭喜你高分考入澜大……"

白芒不想跟前男友多说话,尤其是对方还这样尬聊,她歪过头,对焦扬点了点头。

"你读什么专业?"

白芒答:"澜培实验班。"

焦扬应声道:"噢。"

澜培实验班是澜大新生计划里最优秀的一个班,一个班五十人,只招今年这届新生前一百名中最优秀的学生。筛选学生的各科基础得分和综合素质，最后确定名额，不一定是高考最高分的学生进。

"这次你们的新生致辞大会，姜啸信会亲自过来。"焦扬对她说。

姜啸信？白芒偏了偏脑袋。

焦扬又说："我们本来比你们晚三天开学的，我也是提前过来听他的演讲的。"

"噢……"白芒敷衍道，"那你好好听啊。"

电梯停在一楼，白芒走出电梯间，结果刚拿好冷饮，白芒又一次听到姜啸信这个名字，是一个坐在沙发上的人说出来的。

"这次澜大又成立了芯片科创中心，是姜啸信亲自敲定的项目，他对澜大的感情真的很深。"

"澜大是他母校？"

"好像是……"

白芒回到酒店房间。她的酒店房间朝北，后面的建筑都是高高的新楼房，里面却围着几幢两三层楼高的普通样式的房子，类似别墅，又不如别墅显眼，幽静而清冷。

此时，里面院子的停车场停了好几辆黑色轿车，车旁立着几个西装笔挺的中年男人，有的笔挺，有的躬身，身形不一，气质却类似。

远处天际冒出了第一颗星，渐渐变深，又慢慢变亮。

招待所，灯火通明。

白芒关上窗帘。

澜大的招待所，江川尧之前来过一次，今天是第二次。姜啸信要见他，江鹤鸣就忙不迭地找到他，将他送过来。姜啸信走的时候招呼随身的杨秘书过来，杨秘书递给他一张卡。

三辆黑车依次驶出，江川尧站在旧式高雅的窗台上，目光悠然冷漠。他拿出手机，打开今天被拉进的群，翻阅群组成员，找到一个名为"一根芒刺"的账号，添加，发送好友请求。

翌日清早，方玉环带白芒去澜大报到，像是母亲领着自家仔儿，上上下下，拨过人群，又挤出人流。

白芒的宿舍床铺也是方玉环帮忙整理的，贵妃虽然肥胖，家庭暴富之后又养尊处优好几年，但干起活来还是很麻利的。搞好一切，方玉环要走了。临走前，又拜托一个路过的男学生，帮忙拍了个照，还强调背景一定要对着澜大的标志性建筑。

方玉环用商量的口吻说:"芒儿,等会儿我发个朋友圈可以吗?"

白芒微笑道:"当然可以,您开心就好。"

"开心!很开心的!"

方玉环的眼睛都要笑没了,她先把照片发在了家庭群里,这次丁景凯没办法来,她怕白芒心里不舒服,解释了好几次丁老板这次扩展新项目的必要性。

白蕙不来,白芒都能接受,更别说丁景凯了。

"欸!你爸打算投资一家农牧公司。"方玉环又说到这个事。

白芒不太理解为什么老丁从混凝土改行做农牧,可行吗?

这不也是没办法的事……生意上的事,方玉环对方子欣和丁龙泽都提得很少,今天倒对白芒提了两嘴。丁景凯现在做的是混凝土生意,能有起色也是借着林春生的关系,前几年业务比较稳定,这两年不行了。

林春生也不是丁家一辈子的大树,混凝土这一行有区域保护,都是凭借地方关系,这几年市场份额基本已经被别人抢占完了,竞争太大,池子里全是密密麻麻的水蚤,蚍蜉又怎能撼大树。

人活在世,谋生谋事,谋生在前。懂得及时退出,才能稳住一家子的安宁富贵。西北那家破产出售的农牧公司,是方玉环决定购买的,她把半个身家都压在上面了。方玉环也不知道为什么要跟一个刚成年的小姑娘念叨这些,像是对知己好友交心一般。

"方阿姨……爸的那些生意啊,您多操心一点。您比他能干,也更能谋划,您让他一个人跑来跑去没关系,但做决定的大事还得要您定。"白芒开口,眸光垂着,仿佛说了一句不走心的吹捧话,可方玉环听得十分入心,仿佛每个字都熨烫着她的心尖。

"放心吧,会的。我和他是一条绳上的蚂蚱,这辈子都要双宿双飞呢!"

白芒扯出一个笑容,抬起头看了眼方玉环,女人年纪一大,涂了粉底就很不贴脸,浮粉之后更是可怕。方玉环脸上的妆都快被太阳晒得融合在一起了,但是她整个人更显得神采奕奕,太有劲了!

人生沉浮,没有大树可傍身,优雅和精致不值一提,积极和蛮干才是漂亮的底色。

方玉环走之前,一口灌了一杯澜大学长学姐特制的慈善咖啡,豪迈地给澜大捐了5000块钱。待方玉环离开,白芒问卖咖啡的学长:"刚刚……我妈捐了5000块钱,学长你可以再给我调两杯咖啡吗?"

学长盯着白芒看了好一会儿,狐疑地问:"你们真是母女啊?"

白芒点头。

学长说:"看着真的一点都不像啊。"

白芒答:"我长得像我爸。"

学长开玩笑说:"你爸一定是绝世美男子吧?"

说着,学长将第一杯免费咖啡递过来,吸管也帮忙插上了。

白芒接过咖啡,说:"绝世美男谈不上,普普通通的小白脸吧。"

学长哈哈大笑,越看白芒越觉得她有趣,自我介绍道:"我叫林木森,是法学院大四的学生,你是什么专业的?"

"澜培实验班的。"

"优秀啊!"

"一般优秀吧。"

学长失笑着摇头。

学长制作第二杯咖啡时,也在继续热情地跟"一般优秀"又绝顶漂亮的学妹攀谈,他问白芒:"还不知道学妹你叫什么名字呢?"

"姓白,单名白芒。"

"人如其名,光芒四射。"

学长的漂亮话一句连着一句,若有所思的眼睛,时不时停留在白芒清新白净的脸蛋上,忍不住一问:"有男朋友了吗?"

"目前……还没。"白芒回答说,嘴角一扬。

"你看我……怎么样?"学长自我推荐道。

"你啊——"说着,白芒瞅着学长不算丑也不算特别帅气的脸,整体看起来,还算周正精神。

"你可以追追看。"白芒建议对方。

"好嘞,那加个微信。"

手机伸过来,页面已经打开了添加好友的二维码,白芒发送好友申请。

"你们大四了,还来学校啊?"

"大四怎么不能来学校……我们这个学期还有不少课呢!"学长笑眯眯地说,给白芒备注:柠果学妹。

白芒则给对方备注:图书馆门口卖咖啡的。

她的记忆习惯不一样,标记认识对方的地点和特征,更能让她记住这个人。就像昨夜,江川尧加她微信,她给他的备注是:电影院渣男。

白芒回到宿舍。她住的是两人间混合宿舍,是澜大规格最好的女生宿舍,有空调有暖气有热水,原本是提供给国际部的学生的,因为澜大国际部搬到了新校区这才腾出来。澜大男女宿舍大多是四人间，还有六人间，二人间最贵。

白芒多要的一杯咖啡，是专门带给室友的。

白芒推开宿舍的门，窗帘拉着，光线相对偏暗，一个纤瘦高挑的身影立在中间，背对着白芒，她将衣服往上撩，清脆的咔嚓声，身上的黑色文胸被她脱了下来。文胸被轻巧地甩在床铺上方，美女缓缓转过身，只见一张极其妖娆的脸，眉眼嘴角齐齐往上扬，面色略微惊慌，是那种假装的羞涩和忸怩。

"哎呀，怎么不敲门呀！"美女娇滴滴地埋怨。

白芒抱歉一笑，感觉自己像是猥琐男人偷窥美女换衣，她轻轻地关上门，走进来。美女也无所谓，跷着腿，正大光明地展示自己的身材。

"好胸。"白芒开口。

美女眼底的羞涩荡然无存，上挑的细眼妩媚地勾着，对白芒说："谬赞了，你也不错。"

"凑合吧。"

"天热，你也脱了吧，别束缚着。"美女建议道。

"我等会儿还要出门。"白芒拒绝，话落，她走到对方跟前，将咖啡放在美女的桌上，"给你带的。"

"好妹妹，真贴心。"美女妖娆地道谢。

"妹妹？"说着，白芒眉头微微一挑，"你怎么知道，我会比你小？"

"一般新生都比我小，我参加了两次高考。"美女道。

"噢。"白芒应声，复读生啊。

"我之前考上了对面的理工大学，但班上都是臭男生，臭烘烘的，我受不了退学了。努力了两年才考上澜大，澜大美女多。"边说美女边从桌上拿出一包烟，询问她，"介意吗？"

白芒想了想，说："你出钱买个空气净化器，随便你。"

"妹妹真好……我一定买个最贵的。"说着，美女坐在椅子上，将腿高高跷到上下铺的梯子上方，"澜大的妹妹就是比较香。"

白芒觉得这个姐妹蛮好玩，随口聊起来："理工大学不是也有美女吗？理工女神何荔嘉。"

"你也知道她啊。"美女说着，扯了扯嘴，露出不屑又奚落的笑容，"就她，还女神？"

"入不了您的眼？"

"你瞧瞧我，难道不比她长得美，长得有特色？"美女边说边朝白芒送了一个秋波。

白芒点头，必须承认眼前这个大美女长得很有特色，的确很不一样。

手机里，方子欣发来信息，白芒低头回复方子欣的信息。

美女跷着长腿，目光变得犀利，开口说："对了，跟你交代个事，如果你不能接受，可以提出换宿舍。"

白芒也不是吃素长大的，眼皮轻轻一掀："什么事，你先说一说。"

美女细细地凝视她，舔舔红艳的唇说："我是一个自恋狂。"

沉默了一会儿，白芒淡淡地回答："很巧，我也是"

"我知道你不是，"美女摇摇头，说，"你一定没我自恋。"

白芒瞅瞅对方，语气一如既往的平淡："既然你要比，我让你。"

美女莞尔一笑，突然倾身上前，身子一顿，充满魅力地看向她："不怕——迷上我吗？"

白芒心里想笑，勾唇笑了两下。

准备走了，白芒轻落地站起身，拎上一个简易的手提包，面朝恐吓她的人，弯了弯眼，说："放心。"说罢，长腿一迈，甩上门。

出来混，心脏要强大，三言两语就能唬住她，她就是超市货架上随便令人拿捏的果子了。

有必要介绍一下她这位有趣的室友：大名顾捷，历史考古学专业，比她大两岁，今年二十一。

新生致辞大会，姜啸信的确过来了，发表了一场全程脱稿的演讲。语速不急不缓却中气十足，内容逻辑清晰，通达简洁又具备个人色彩。

不少女生在底下说："姜啸信的男性魅力真大啊。"

头顶的太阳明晃晃的，炽热地炙烤着众人，白芒的脖颈也冒出了细汗。她瞅着台上的人，神情安静。有一阵风徐徐地吹向她的后脑勺，送来细微的凉爽。

白芒转过身，眯着眼，看向立在他后面的男生，只见对方举着一个粉色的小型电风扇，给她送来清凉。男生叫秦采臣，跟她一个班的。

新生致辞大会结束，秦采臣走在她旁边，问她："看过《聊斋志异》吗？我觉得你长得有点像聂小倩。"

白芒表示无语，加快了脚步，对方也跟着加快，兴趣盎然地凑在她跟前，接着问："你看看我，像不像宁采臣？"

在大学找漂亮女朋友，要先下手为强。

白芒瞧着对方，开口："我有点口渴，帮我买瓶水可以吗？等会儿我加你微信，把钱转给你。"

"加微信就好，转什么钱啊。"说着，秦采臣扬了扬手，"我这就去买，你等我啊。"

白芒站在树荫里，一瓶冰水不经意间递到她面前——只见江川尧一身清爽地站在她的后面，骨节分明的手握着一瓶矿泉水，递到她的眼前。

"口渴……先喝我的吧。"他对她说。

平静的目光跟江川尧接触一秒，白芒不动声色地接过了他手里的水。

前面，秦采臣在她身边不停说话，江川尧就站在她的身后。单手插袋，优哉地看着天空，很有耐心地等着。树梢晃下几点金碎的日光，隐隐约约，夹着微风，抚着额间碎发。

白芒接过江川尧的水，拧了拧，发现瓶盖已经拧开，她看了眼瓶子里的水，整瓶的。

"刚打开，没喝。"江川尧说。

其间，一两个路过的男生女生与他打招呼，叫他江学长，江川尧面向他们的模样多了一点正经。

"江帅大几啊？"白芒问。

"大四。"

"新生致辞大会，大四的学长跑来听什么？"

"我是荣誉学长，享有领导亲切召见的福利。"

白芒勾唇一笑，仿佛江川尧在逗她玩似的。

江川尧望了望白芒，问道："上大学感觉怎么样？"

白芒笑容满面地回答："很好啊，阳光好，心情也好。"

江川尧的目光落在面前的人身上，点头说："看得出来，你很适应大学生活。"

"不是适应，是享受。"

"享受就好，不然澜大也没什么好玩的。"

背后是大片刺眼的阳光，江川尧的皮肤极白，和煦的笑容令他看起来容光焕发，在他的神色里，又流露出一点散淡的劲儿。江川尧这个人，还真的挺矛盾的，很难给他下定义，他也总是习惯打破别人对他的定义。

"近距离见到姜啸信，感觉怎么样？"她略微停顿，问江川尧。

江川尧说笑："一个鼻子两个眼，还有一张会说话的嘴。"

白芒也笑着说："据说姜啸信是宁市人，也是澜大政法学院毕业的。"

江川尧看看她，说："网上都知道的信息，不需要据说。"

白芒迎上视线，样子极其轻松地说："你倒是很了解。"

江川尧答："他曾是我们的荣誉院长，多少了解一些。"

"澜大政法学院还挺有前途的，人才济济……江学长，以后你要当律师，还是检察官啊？"

江川尧面露少许玩味，开口："学政法也不一定只有这两条路。"

"我忘了，你要带着詹老板他们打游戏。"

"他们也打不了一辈子游戏。"

不远处，浩浩荡荡走来一群人，大小领导簇拥着姜啸信，周围还有拍摄的记者和媒体。

白芒的注意力也从江川尧转到人群中间的人，一行人都穿着衬衫西装，姿态和神情都像是长期沉浸在某种氛围里熏染出来的样子。

姜啸信突然往她这边递来一个眼神，不怒自威，令人从心底生出恐惧，旁边的领导指着她后面的两幢实验楼介绍最新的科研用途。

白芒突然侧身，试图从江川尧旁边越过，她身子一歪，踩了江川尧的脚，整个人差点倾入江川尧的怀中。

江川尧压着嗓音提醒："小心啊。"

"谢谢。"

江川尧先走一步，跟着朝气蓬勃的人群，白芒也往前走，身后突然传来一道气急败坏的声音，一下叫她名字，一下又"喂喂"地乱叫。白芒转过身，只见秦采臣手里提着一袋子饮料，买回来的不是水，而是鲜榨的果汁。

"你让我去买喝的，你手里拿着的是什么？！"他气咻咻地问她。

白芒举了下手里的矿泉水，咧了下嘴，说："矿泉水啊。"

秦采臣眉头一拧，十分不悦，质问她："你的水哪儿来的？"

白芒回答："刚刚另一个帅哥给的。"

秦采臣气愤地说："好家伙，你是广撒网啊，存心摆我一道。"

白芒乐得不行，一本正经地说："我没当你是鱼，你可别自己游过来。"

秦采臣气笑了，抬抬下巴，伸出手机对白芒说："你让我跑了一趟，微信还是要加一加的。"

白芒提醒他："刚刚班主任拉了群，你可以直接在群里加我。"

秦采臣查看刚被拉进去的班级群，从里面找到白芒，发送好友申请。

白芒点了同意，同时给对方转了一个个位数的小红包，善解人意地说："这个红包你收着，就当这杯饮料，我请你了。"

说完，白芒笑笑，愉快转身，步子轻快地向前走去。她扎着不长不短的马尾，后脑勺浑圆，脖颈又十分纤长，宽松的短袖T恤贴着骄傲的脊背，似乎遮挡不住女孩不羁又热烈的灵魂。

"白芒！"秦采臣站在后面一喊。

白芒回了一下头，只见秦采臣朝她做了一个比心的手势，笑容乖张又挑衅。白芒朝着秦采臣挥手拜拜，收敛了脸上的笑意，潇洒转身。

美人的追求者总是络绎不绝，班级微信群一建立，白芒就收到了不下三十条好友申请，都是男生，之前没有交集的，她都没有备注，大学跟高中不一样，就算一个班都可能不会有什么交集。

从开学典礼到军训结束，班上无端传出白芒被秦采臣重金追求的绯闻。白芒一时不懂这个绯闻是怎么产生的，重金里的金呢，没有砸在她身上啊，比起秦采臣，她更欣赏开学在图书馆里卖咖啡的多木男——林木森。

林木森也是法学系的，读大四，比秦采臣大几岁，做事稳妥，思想也很成熟，表达好感的方式也更高明，最重要的是，打败一则绯闻最快的方式，就是制造一则新的绯闻以及坐实它。

军训结束，下了几场秋雨，天气就转凉了。

上了大学后，要做的事情多了，为了不耽误学业，学习的时候就要更专注。白芒一旦学习，就很有一种苦孩子出身的劲儿，带上几个馒头和水杯，可以在图书馆待一整天，中间可以做到不看一眼手机。

入夜了，白芒才走出图书馆。秋雨瑟瑟，秋风在哗哗作响的树梢间来回穿插，她停在图书馆的台阶上，望着林木森，他正撑着一把大伞朝她走过来，她的男朋友……来接她了。

看过了焦扬那种渣男，白芒对林木森这种一本正经的老干部款比较感兴趣。更何况，林木森也并不死板，说话幽默还特别照顾人，不经意逗她，又不经意给她一点甜，套路层出不穷，很得人心。就像此时，他来图书馆接她，还没说什么，就先递给她一杯从外面买的银耳汤。

"先喝口热的，等会儿带你去吃好吃的。"

白芒乖乖点头，将热银耳汤捧在手里。比起焦扬那类小白脸，林木森帅得不够明显，但气质更卓然，为人处事有一种拿捏到位的感觉。有点像……某个人。

林木森走在她旁边，为她撑伞，一大半的雨伞都倾斜在她这边。学校的道路并不清冷，三三两两的青年，成群结队地走在路上。昨天，确定交往关系，林木森就说他这个学期结束，就回老家雾城考公务员。

她简单回应："哦。"

"等你上岸，就分手吧。"她加了这句。

这样进退有度又漂亮乖巧的女孩……谁不爱！

白芒一上大学，就找了一个男朋友，还是一个前程待定的大四生，她被秦采臣重金追求的绯闻不攻自破。

秦采臣气得深夜给白芒发微信：你一定会后悔！没有选择我。

白芒给秦采臣回了一个"你好搞笑"的表情包。

宿舍里，顾捷浏览完社团招生的资料，询问白芒，要不要参加几个社团。她已经报名了轮滑社，想拉人头。

"如果你不会，也不打紧，我可以教你。"说着，顾捷站起身，自恋地秀了一波，"整个澜大应该没有比我玩轮滑玩得更好的人。"

顾捷跟她同宿舍一周多了，所有的自恋行为都表现在嘴上，习惯了就觉得顾捷除了嘴嗨没有其他太大问题，就算自得自满自傲，表现得大大方方倒也不招人厌烦。

白芒突然认真地审视顾捷，反问道："真的吗？澜大没有比你滑得更好的人吗？"

顾捷眉头一扬，说："不信啊？"

白芒点头说："我信，不过你很不幸，如果你教了我，很快你就不是澜大轮滑最好的那个了。"

顾捷气极！白芒怎么能比她还自恋！臭白芒！臭屁白芒！

澜大有一个武术社团，宗旨是"习武强身，止戈为武"，白芒的大学生活渐入佳境之后，打算申请加入澜大的武术社团。

没想到……被拒了。

被拒理由：体重不达标。

武术社团对成员的身体素质有着严格的要求，申请时要求填写胸围、腰围、臀围、体重和体脂率。澜大武术社团整合了澜大之前的散打、跆拳道、自由搏击等小社团，变成了澜大最大的活动社团。

白芒不甘心自己被拒，致电澜大武术社团秘书长，询问理由。

"你叫什么名字？"

"白芒。"

"噢，白芒啊……你的申请表我们看了，我们这边不提供武术教学，需要有一定基础的会员。"

"你们是怎么从我的表格里看出我没基础的?"

"看了你的身高体重,我建议你去礼仪社团,偶尔还能接活赚点钱。"

秘书长和白芒开了一个小玩笑。

白芒冷淡提醒:"你礼貌吗?"

"抱歉,我没其他意思。实话说了吧,我看你的申请表写着的武术类型是咏春,我们这里没有咏春派系,你来了也没办法收编啊。"

"你们什么时候组织活动?"

"下周我们在体育馆组织秋季第一场武术比赛,你有兴趣的话,可以过来观看。"

"好。我一定来。"

来,踢,馆!

白芒决定去武术社团踢馆之前,每天都为踢馆做准备,有时间就待在宿舍里勤加练习,站桩、扎马步。如果说,顾捷之前对白芒还有些不以为然,觉得她除了成绩好也没什么突出的亮点的话,在得知白芒可以连续扎马步两小时后,她对白芒的印象开始改观:打心底里佩服白芒,对白芒充满了不一般的敬意。

澜大的武术社团分六个小队,分别是散打、跆拳道、柔道、自由搏击、空手道和太极。白芒思前想后,觉得直接踢馆破坏他人比赛是不礼貌的行为,还是要用礼貌的方式去争取权益。咏春是中国传统武术,不应该没有名字,她决定,要在武术社团成立咏春队。

白芒找了武术协会的秘书长商量此事。秘书长是练习散打的体育生,姓刘,叫刘孟,外号刘猛。他和白芒电话沟通过两次,讲不通,直接拉黑了她,结果又被白芒拦截在篮球场。白芒的要求很简单,申请社团为她成立咏春小队,她好以正式会员参加比赛。

刘孟用一张搞笑的脸面对她,上下打量了她一番,劝她说:"白芒……我知道你,你学习很好,差几分就是高考状元了。但是我们这里是武术运动交流的社团,你就别用好学生那一套了,什么荣誉都要过来争一争。"

白芒抬起头说:"我想参加比赛也是为了交流,而不是争个人荣誉,作为澜大的学生,我有资格加入任何社团。"

刘孟瞥了她一眼,有几分不屑地说:"你就是觉得自己很厉害呗。"

白芒不卑不亢地答:"厉害谈不上,至少不弱。"

刘孟的身后是笑得东倒西歪的几个男生,他们是一个球队的,每个人的身上都穿着同款的球服和运动短裤,露出硬邦邦的胳膊和小腿肌肉。

傍晚时分，天气已经很凉了。风吹在白芒身上，将她细软的头发，贴在脖颈。

"要不，你要几手咏春拳给我们瞧瞧，我们哥几个都看一看。"刘孟拉着腔调说。

白芒觉得刘孟真把她当故意找事的猴儿，逗她玩呢。

"你这种人，怎么当上秘书长的。"她淡淡开口。

"噢，不服气啊。"

"不是不服气，是看不上。"白芒纠正意思，回答他。

刘孟点点头说："还挺有脾气，你知不知道，你三天两头给我发消息，我女朋友都吃醋了，要跟我分手了！"

啊，要分手了啊，难怪脾气那么大。

刘孟警告说："上了大学就要学做人了，少得罪人。"

白芒脊背笔直，双手插袋。身后是明艳无比的夕阳，仿佛给天际挂上了战斗的旌旗。

一个男的钩住刘孟的肩膀，说了一句："女神官宣有男朋友，你憋着一肚子气也正常，但也别发在小学妹这里啊。"

"是啊。"

"会打篮球吗？"刘孟问白芒，一根手指撑着手上的篮球转了转，"三个球，只要你能进一个，我就先招你进社团。"

白芒冷冷地看着，直接从刘孟手中拿过篮球。她站的点位距离三分线还要远一点，视线犀利地看了刘孟一眼，白芒高高地举起篮球，将手中篮球往上一托，用力一掷。手上的篮球受了力，划过一条抛物线，准确砸入球筐里。啪嗒一声，一个漂亮的空心球，连篮球筐的边都没碰到。篮球砸地，在球场上弹跳。

"等我进了武术社团，第一个把你揪下来。"说完，白芒瞪了刘孟一眼，转身走人，身后，鸦雀无声。

白芒研究了一下澜大活动社团的管理机制——澜大社团，名义上由学生会管，实际上是由学校团委和学生处管。

研究一番之后，白芒觉得自己找错了人，即使上访，她也应该直接找学生会的会长。学生会会长不能解决她的问题和困难，再找校团委和学生管理处处长。

白芒在微信上找男友，林木森。

白芒：你认识澜大的学生会会长吗？

林木森：认识，还挺熟。

白芒：可以带我认识他吗？

林木森发来一个不太理解的表情包。

林木森：为什么想要认识他？

白芒答：我要上访。

白芒不是会诉苦的女友，她没有对林木森哭诉自己加入武术社团过程中遇到的不公平待遇。她只是希望武术协会可以专门为咏春成立小队，让她正式参与比赛。这个要求很过分吗？

林木森带白芒见了学生会会长，现在，学生会学长就坐在她面前，接受她的"上访"。

白芒能言快语，坚定地捍卫自己的权利。

"每个学生不一样，有不一样的运动兴趣，每一样兴趣都应该得到提倡。何况，咏春是防御性武术，很适合女孩子练习，学生会更应该宣扬注重防御的武术精神。练习咏春，一点也不土，而且还是当下潮流。

"比赛在下周，我怕来不及参加比赛，就想先入会正式报名，再走流程。"

"我这样做，不对吗？"她问学生会会长。

学生会会长看着她说："没有什么不对。"

"我也没有为难他，就是加了他微信，给他发消息，提醒他，结果他说我骚扰他……我错了吗？"

"没有错。"

"学生会就是服务学生的，我提出一点要求，我过分吗？"

"不过分。"

澜大有史以来最神出鬼没，见不到人影的学生会会长——江川尧，正背靠着简餐店的沙发，脸上也没什么特别复杂的表情，只是瞧瞧白芒，又瞧瞧白芒旁边的林木森，转了好一会儿，嘴角忽地翘了翘。

"女朋友啊？"他问，问的人不仅仅只是林木森，也是在问白芒。

"女朋友啊。"说这句话时，他的语气拉扯。每个字，逐步从怀疑变得笃定。倒也不需要，特意回答什么了。

林木森没有正面回答，温柔地看了一眼旁边的人，然后伸手抚上女孩的脑袋。白芒也很有女朋友的样子，微微缩了一下脑袋，偏过头，低声交代："多木，你不要摸我脑袋，我不喜欢。"

"嗯。"林木森愣了愣，帅气答应。

连昵称都取好了！江川尧抬起一只手，放在餐桌上手指轻点了桌面，习惯性地从口袋拿出一包烟，而后——算了！在自己女朋友面前，江川尧从不避讳，现在当着他人的女朋友，还是要礼貌一点。江川尧轻点下巴，说了两个字："挺好。"

他也是"活久见"了，看到一只石猴子在他眼前谈恋爱，挂上女朋友的头衔，文静温顺地坐在男朋友旁边，有模有样。明明前面控诉武术社团的时候，据理力争、言辞恳切。

"不介绍一下？"江川尧问，像是第一次见她。

"白芒，芒种的芒。"林木森眉目骄傲地说，又自如地笑笑，"前面也说了。刚上大一，想入社团。"

"大一新生啊。"说着，江川尧将身体靠向沙发靠垫。

言下之意，下手可真快。

"缘分来了，挡都挡不住。"林木森为自己解释。

从头到尾，白芒的双臂不知不觉地抱在一起，她就想看看，江川尧的演技怎么样。江川尧避开她的目光，听到缘分来了这句话，莫名想笑，他是不信这个鬼话的，所有快速拉扯在一起的缘分都是居心叵测、不可推测的。

莫名的，林木森有点心虚，大四了，要毕业了，还找个小女朋友，不是光鲜的事，谈个半年注定要分道扬镳。感情在理性面前，就像是漂亮绸缎上爬了虱子。

今天带白芒过来一起吃饭，林木森也不好当着江川尧的面，说太多细节。男人的那点心思，他都不用说，江川尧都知道。

他和江川尧同一个专业，不同班，但两个人的宿舍就在对面。只不过上了大三之后，江川尧就不住校了。

对于江川尧这个人，林木森的感觉就是，很厉害。同学中常议论他，有说他家境很好，父亲在宁市经营很大的企业。江川尧这个人呢，和同学走得都不近，要说相对熟悉的，那也就是偶尔一起打球。

江川尧是学生会会长，他能得到这个头衔是因为学生处的处长看重他。

关于他的传闻很多，有好也有坏。

如果没有这些传闻，林木森看不出江川尧是有背景和身家的人。江川尧的身上没有富贵家庭的骄纵气，也没有出身罗马那种毫无竞争力的佛系气质，更不是个性极强的青年……有关他的传闻都止步于高中。

上了大学后的江川尧挺入世的。作为同性，他一直很欣赏江川尧身上的帅气。当然，欣赏的同时，也有几分顾忌。

今天也是为了白芒入会的事，他才将她约出来。两人的关系算不得熟悉，只是没想到江川尧竟然愉快地答应了一起吃晚饭。

服务员送上一扎果汁，林木森周到地从服务员手里接过果汁，细心地给白芒倒上，再给江川尧倒上。江川尧伸手在杯口挡了一下，淡淡地说："我喝水就好。"

林木森的心里多了一点尴尬，他不是故意表现跟江川尧关系好，只是男生说话就这样，一般认识就说熟了。

白芒抬抬眼皮，朝着江川尧递过去一个眼神。江川尧瞧着她，装作不认识她的样子。

白芒眼睛微眯，出声道："江川尧，你失忆了吗？"

话音落下，桌上感到震惊的人只有林木森，他看看女友白芒，又看看江川尧。

"原来你们认识？"林木森尴尬地笑了笑，语气略微生硬。

"不是很熟。"江川尧对林木森说，"白同学上了大学后变化很大，我都不敢认了。"

服务员送上冰水，放在江川尧面前。

什么不敢认……白芒觉得江川尧就是扯淡，她和他上周还见过面，她连发型都没变，怎么就变化大了？

前面她见进来的学生会会长是江川尧，转而明白了一件事：为什么澜大的武术社团这般腐败，刘孟那样的人都可以当秘书长。澜大会长就是眼前这样的人，底下的社团能好吗？

白芒哼了一声，拿乔道："如果这世上没有一模一样的人，我觉得我们还是有点熟的。"

"她妈妈和我妈妈认识。"江川尧笑笑，朝着林木森解释。

林木森恍然大悟道："原来这样啊，白芒的妈妈我见过，很热情。"

江川尧点头。他倒没想着装不认识，而是想看她会不会装作和他不认识。结果令人失望，她对他，一点藏着掖着的心思都没有。江川尧不想承认，略感受挫。

林木森开始给白芒布菜，只要碗里菜没了，立马用公筷给她加上；杯子里的饮料没了，又妥帖地给她添上。江川尧不咸不淡地瞧着，一言不发。

"好了，我吃饱了。"说着，白芒放下筷子，眉眼弯着，像极容易满足的小女生。

这顿饭,林木森买单。

江川尧和白芒走出店门,饭都吃了,事情怎么说,她能不能加入武术社团,武术社团能不能成立咏春派。

前面都是人流。

江川尧问:"一定要加入武术社团?被武术社团管理?"

白芒站在街头,着实一愣,江川尧的话倒是点醒了她,她想了想:"你的意思是,我可以单独成立社团?"

人都出来了,江川尧又恢复了浑蛋帅哥的样子,不再是前面吃饭时的沉默模样,反而像变了一个人。

"你不也说了,每一样兴趣都应该得到提倡,咏春是防御性武术,学生会对兴趣社团的管理上要尊重不同兴趣爱好,还要宣扬防御性武术精神……既然是国潮运动,独立社团更好宣传。"

江川尧说得白芒眼睛发光,只是她才刚上大学,不知道如何成立社团。江川尧看她跃跃欲试的样子,直接把话说清楚了。

"你只要拉十个人,我就给你搞流程,正式社团就能成立。"

"下周比赛,咏春社团直接跟武术社团打擂台,刚好给你做个宣传,发展新会员。"

白芒听得非常激动,只是要拉十个人头也不容易,她立马看向江川尧,没有犹豫,十分诚恳地问:"江川尧……你有没有兴趣,加入我的咏春社团?"

"不行,我是会长,比赛要当评委,加入你的社团,会惹人非议。"他非常明确拒绝了她的邀请。

"我可以比赛之后,再加入你的社团。"江川尧补了一句。

白芒轻哼一声,说:"比赛之后,我的社团名扬澜大,门槛就高了。"

江川尧看她,丢出一句:"高点好,我也不加低门槛的野鸡社团。"

两人你一句我一句,林木森满面春风地走过来问:"在聊什么?"

白芒如实交代单独成立咏春拳社团的想法,林木森看了眼江川尧,问她:"成立单独社团事情不小,会不会太影响你的学习?"

"劳逸结合,影响不了多少。等社团步入正轨之后,我可以退居二线,挖掘新秀担任会长。"

白芒已经想好了路子。

还退二线……

江川尧默默地听着,不多评论。

林木森的唇角带笑，温柔地说："你想好了就行，我支持你。"

白芒也笑了，抬着脑袋，询问："你要不要暂时加入我的社团？江会长说要凑十个人头。"

"可以啊，我可以当你的第一个会员。"林木森答应，嘴角带点笑，"不过，你要给我单独福利。"

嗯？什么福利？白芒看林木森的眼睛清亮水灵，细密的睫毛眨了一下。就在她等林木森的答案时，林木森低下头，在她的脸颊快速亲了一下。

旁边，江川尧看着这一幕，神色莫名。

回校园的路上，灯火可亲，纷杂迷乱。白芒的脸庞照出一点光泽，被偷亲的那一下，她倏然睁大眼睛，豁然清晰的视野中，撞入的是江川尧顾长的身影。鼻翼翕动，耳鼓嗡嗡作响。明明周遭昏暗无比，对面的一双眼眸却熠熠生辉，灼烫人心，白芒在心底烙下了江川尧这一瞬的目光。

"我走了。"

她往后退了两步，转身骑上街边的共享电瓶车，临走前，眼睛暗藏一分戾气，她瞪了一眼林木森，警告道："以后不准这样亲我。"

她加重语气，林木森只当她害羞。林木森收收视线，肩膀突然被钩上，一直立在后面的江川尧拍了他的肩膀两下。

"走吧。"

白芒早骑上车嗖嗖地离开了。

眼前的夜景变得模糊，大学城熙来攘往的年轻人流，像是拥挤而出的夏夜晚风，携卷着入秋的凉瑟。

风掀开了白芒的衣角，吹乱了她的头发。对于林木森刚刚的偷亲，白芒并不开心，甚至在某个瞬间感觉遍体生寒，思维停滞，她的眼睛震惊地睁着，她想将林木森打包丢进垃圾桶。

她不喜欢这样突如其来的靠近，对她而言，这不是惊喜，而是侵犯。她可以原谅林木森一次的唐突，但如果他下次还这样，那就再见吧，她不喜欢自信心太强的男生，自认为可以把握一切，实则只能在女孩面前逞能。

白芒回到宿舍，将单独成立咏春社的想法，有意跟顾捷提了提。

"那算我一个。"顾捷给她凑人头，一遍涂指甲，一遍应付她的话。

想了想顾捷的夸张行为，白芒提醒顾捷说："在社团里记得收敛点，别太招摇。"

顾捷眨眨眼，反问道："我需要吗？难道我不是社团中最优秀的人吗？"

白芒头也不回地说:"嗯,你不是。"

臭白芒!

顾捷有些生气地回她一句:"你也别太自信,我们走着瞧!不信的话,我们打个赌,我相信你能凑到十个人头,但十个人里面,一定有歪瓜裂枣!"

白芒搞社团是认真的,不是想随便搞个社团,搞个人崇拜。

想了想,她靠近顾捷,姿态放低,商量道:"顾同学,你能帮我一起引流吗?"

顾捷眨着一双狐狸眼,像妖精似的笑了笑,瞅着她问:"有好处吗?"

白芒说:"我可以让你当协会荣誉社长。"

顾捷毫不在乎地说:"什么破荣誉社长,我可不稀罕。"

白芒又说:"我给你带一个月的午饭。"

顾捷随口答:"我喜欢点外卖。"

白芒试探地问:"那你……提一个?"

顾捷说:"教我练臀。"

还以为多难,不就练臀嘛?

没问题啊!白芒冲顾捷点头。

翌日中午,白芒带上顾捷和一块手写的牌子,向澜大六号食堂出发。她和顾捷身上都穿着白色练功服,两套练功服都是她的,顾捷的身材跟她差不多,穿上她的练功服,还颇有风采。

两个都是出众的美人,又都身着统一样式的白色中式练功服,身姿笔挺傲气,仿佛随时可以化身成如行云流水的蛟龙。顾捷平时不是一个怕尴尬的人,结果第一次被白芒搞得恨不得弃牌而走。

当下课铃声响过十五分钟,食堂入口客流量达到顶峰时,原本安安静静的白芒突然对着校友一个作揖,直接表演了一个"朝天蹬"。女孩的双腿笔直,一气呵成的踢腿动作漂亮,一下子吸引了众人的眼光。

前往食堂吃饭的同学,就算饥肠辘辘,也停住脚步,里三层外三层地围成圈,欣赏这位在食堂耍武功招式的"白衣女侠"。

澜大一直因人才济济被外人津津乐道,但像白芒这种真有点功夫在身上的女侠范儿的人才,实属少见。女侠长得眉清目秀,身影稍显凌厉,每个动作流利顺畅,是真正的帅而不做作。

白芒见围观的同学多了,也不在意顾捷恨不得挖开地洞钻进去的僵硬模样,伸手拉上顾捷的手,朝着众同学弯腰致谢。

她侃侃而谈,讲述咏春的发展史,希望可以在澜大成立全新的咏春社,招揽成员，有兴趣的立马报名。

不得不说，白芒的办法很土，效果却很好，中午不到半小时，她吸收了上百名成员。

今天，为了给众人一个好印象，白芒特意搞了造型，可以用"古朴、飘逸、清新"六个字形容。头发不绑不束，只有后脑扎着一个小辫子，画了长眉，点了红唇。清雅飘逸，宛如女侠降临。

中午的日光明亮，少女白皙的面庞隐隐有光泽闪动，眼睛清澈，仿佛蕴藏了水晶的光芒。

参加的人太多，闹哄哄的，许多来不及备注，到夜里白芒一一整理，提供给江川尧。原本只要十个，白芒硬是整了上百个。江川尧觉得如果给的时间再宽裕一点，澜大第一协会都可能在她的召集下创立。

江川尧的确说到做到，帮白芒的咏春协会走流程——不到一天，便拿到了学生会正式批准的盖章文件。

江川尧亲自给她送去，白芒在食堂请江川尧吃饭。江川尧也不客气，四个菜都是荤的，一点蔬菜都没有。

澜大食堂有补贴，菜价并不贵，蔬菜就一两块钱，荤类稍贵。

"我不吃素。"江川尧对她解释。

白芒看看自己的餐盘，一荤一素，不免觉得有些尴尬。

"荤素搭配，营养会好一点。"白芒低头说话，没看江川尧的脸。

江川尧也就吃某人二十块，感觉像是特意狠狠地宰了她一顿。他将餐盘里的白虾和牛排，全夹在白芒的餐盘里。

"还有两天就比赛了，多补充蛋白质。"

白芒觉得自己在江川尧眼里可能是一个连肉都吃不起的贫困生……

"谢谢啊，下次再挑个贵的店，请你吃饭。"白芒说。

她不是不懂人情世故，只是能让她说出人情世故的话的人，少之又少。这次咏春社团能快速成立，的确借了江川尧的面子。她感激他的帮忙。

"噢……那我期待一下。"他应了一句。他期待她请他吃饭，不过，对她所说的"贵的店"没有任何想法。以他对她的判断，人均五十块以上，应该就是贵的店了。

果然——

"我听同学说，聚力路有一家火锅店还不错。"

江川尧有点想笑，点点头。

"我也听人说了。"

白芒心里想着筹划社团成立之事，吃饭的时候，专心扒饭，一声不吭。

昨天的拉人行为，让白芒的名字在同学之间开始流传，甚至还流传到了武术社团，她还没正式踢馆，但她的行为已经踢了武术社团的脸面。有些事，江川尧觉得没必要说，只是，面对白芒，他第一次开始说废话。

"比赛的时候不要太拼，安全第一，成绩第二。"

白芒轻抬眼眸，不认可地反击江川尧的话："不拼怎么会赢？"

江川尧嘴角掀起一点笑，像朋友一样，质问对面的人："就算你赢了又怎么样？输了又怎么样？现在是文明社会，文明校园，你还想靠武力成立帮派吗？"

白芒摇头，面色带了点郑重，较真地说："刘孟先欺人在先，我赢他，就是想好好端正他狗眼看人低的态度。

"强者不一定强，弱者未必一直弱。"

目中无人的人，走在路上，一旦路上有坑，第一个摔的就是他！

白芒说话语气凌厉时，双眼皮会变成内双，少了一点柔和，多了一点凌厉。

江川尧的眼神平静而深刻，夹着似有似无的笑意，不是戏谑的讥笑，而是夹带着一种他自己也很难定义的情感，矛盾刺激又无比新鲜。

"那我祝你能赢。"

第六章
秋日·明光

一生明志，
所向披靡。

Summer Romance

比赛在周五，比赛时间是下午 1 点到晚上 9 点。

咏春社团快速成立，本来这个秋季的武术交流赛，只是武术社团里的不同派别相互交流，现在多了咏春社团打擂台，需要额外增加环节。这个环节，可以说是为咏春社团更改了整个比赛流程。

按照原先设定的比赛流程，不同流派相互交流，空手道、跆拳道、散打、自由搏击以及太极，各自切磋，每个运动项目，选取前三名。前三名再自愿出战，跟咏春社团的人交手。

比赛有两个规则，一是同一个社团的人可以多次出战，二是比赛可以随时叫停，一旦拳脚不小心伤到同学，评委和裁判可以立马叫停。

江川尧作为学生会会长，担任主评委。

比赛之前，再三强调了这一点。

咏春社团临时成立，还没有凝聚力，今天跟着社长白芒来参加比赛的也只有十几个，其中还有三个熟人——顾捷、林木森以及前段时间追她的秦采臣。

武术社团，不管是什么流派，看起来都兴师动众。白芒在对手人群里还看到了两张熟悉面孔，焦扬和林直。

焦扬是跆拳道队员，林直是自由搏击队员。

上了大学后，白芒这还是第一次见到林直，林直读的是澜大行政管理专业，跟白芒不同院系。她和林直的交情，也谈不上在同一个大学就要相互走动。今天比赛，她看到林直全副武装，坐在秘书长刘孟旁边，像是刘

115

孟的左右手。

林直上了大学，混得还蛮开啊，那么快就跟学长混在一起了。

白芒站在队友中间，她身后的成员矮胖不一，有高有低。

林木森出去接了一个电话，回来时一脸为难，抱歉地对她说："我有个叔叔来澜市……"

白芒是一个善解人意的女朋友，她点点头，让多木离开比赛现场。

本来拉多木过来就是壮壮气势，多木长得是人高马大，实际上就是一块不堪一折的脆木头。昨天她和多木打了一场羽毛球，多木在体力上完全输给了她。

她快言快语，建议多木有空多运动，锻炼身体以后才能赢得工作上的胜利，林木森可能想歪了她的意思，半夜还给她发了一条信息解释。

白芒没有回复。对于一个人编出来的话，她如果回复，就是选择附和对方的谎言。

"没眼光，你竟然喜欢这种类型的男生，早说我就给你介绍一个了。"

林木森一走，顾捷就凑到白芒身边，和她开玩笑。

白芒的眼睛专注地看着台上的比赛，随意问道："难道多木不好吗？你想介绍什么类型的男生给我？"

顾捷托腮，嘴巴几乎贴在白芒的耳朵上，压低声音说："随意啊，看你喜欢什么类型，我就给你介绍什么类型的。"

白芒一把推开她，神情淡淡地说："我都不喜欢。"

顾捷佯装愠怒地说："没良心的死杧果，等会儿我要看你被他们打趴下。"

白芒眼神锐利，声音冰凉，一字一句说着嚣张的话："顾捷，等一下你就好好看着，感受感受，我不是你宝宝，我是你爷爷。"

经过几轮较量，跆拳道、散打、空手道、自由搏击的前三名都出来了。林直和焦扬都进入了各自比赛的前三。

第一场比赛，是咏春对跆拳道，咏春代表：白芒；跆拳道代表：刘孟。焦扬是跆拳道黑带一段，刘孟黑带三段。

前面刘孟和焦扬对打，刘孟有一种公报私仇的感觉，最后几下，连续出腿，几乎将跆拳道打成了自由搏击。焦扬这么爱面子的人，连连被刘孟逼退到台边，自己叫停了比赛。宁愿输了比赛，也不能被人真的打趴在台上。

台下坐着特意从理工大学外语学院赶过来的何荔嘉，她穿着一身出挑的套装，像是过来看走秀的，手里拿着焦扬的手机，眼睛落在评委席上。

焦扬输了比赛走下台,她弯弯嘴角,安慰了两句。

刘孟朝着何荔嘉比画了一个爱慕动作,神色挑衅至极,显然他今天一定要赢了焦扬,好当众向何荔嘉示爱,刘孟曾疯狂地追过何荔嘉,也不算是秘密。

女朋友前几日跟他分手,压根不是因为白芒给刘孟发了几条消息,而是刘孟得知何荔嘉跟焦扬在一起,当着女朋友的面骂焦扬。男朋友心有所爱,或许还能忍住不分手,但男朋友是一个无可救药的蠢货,哪能忍住不分。

今天,刘孟的前女友也来了,她也是体育生,还是今日的散打冠军,个子高高的,脸型略微有些方,鼻子挺拔,目光犀冷,瞧着刘孟赢了何荔嘉男友,还厚颜无耻当众对何荔嘉示爱,嘴角受不了抽动,黑了黑脸,一瓶水直接砸向台上的刘孟。

矿泉水精确地砸到了刘孟的下半身,瓶盖脱落,半瓶水全洒在刘孟的裤裆上,瞬间打湿了刘孟的跆拳道裤子。滴滴答答的水沿着刘孟的裤腿流在台上,刘孟的脸色铁青得像是烤熟的茄子,愤怒又难堪。

"像不像尿裤子啊!"女友起哄,问了问身后的散打兄弟。

"像!"

"这不就是渣男尿裤子吗,真没出息!"

此时此刻的刘孟就像是一条难以形容的落水狗。赢了比赛还没帅上三秒,就被前女友这样羞辱。

白芒还没上台较量呢,刘孟已经输了形象和风度。等会儿她是不是还要等刘孟换条裤子,再跟他打?

内行看门道,外行看热闹,比赛精彩,也没八卦好看,今天这一出也让不懂武术运动的学生观众看足了热闹。刘孟的前女友是一个武力值很高的帅气女生,不仅迷弟一帮,迷妹也很多。这些人现在一起替她声讨渣男刘孟,一时间对刘孟的奚落讥讽此起彼伏。现场一片哗然。

前面刘孟的高调示爱,反而令何荔嘉也跟着丢了脸。何荔嘉面朝焦扬,脸露羞愤,焦扬拢着何荔嘉,温柔安抚。

台上的刘孟握了握拳头,又不好跟兄弟一大堆的前女友较量,所有怒气都发在了即将跟他打擂台的白芒这里。

"咏春社长,还不上来啊?如果不敢比了,趁早结束。"

"比,当然比。"

突然被点名,白芒站了起来,她穿着一身白色暗纹练功服,脚踏一双休闲鞋,头发绑成丸子扎在脑后,脑袋微扬,目光锐利,修长白皙的脖颈十分惹眼。

如此亭亭玉立的消瘦美人，要跟人高马大的刘孟对打？众人即使非常希望美人能打赢无耻男人，但似乎……很艰难啊。

焦扬的目光也担忧地落在白芒身上，注意到旁边何荔嘉的不悦，他收敛表情垂眸，打开一瓶水，递给何荔嘉，对她说："喝点水吧。"

"装模作样！"刘孟不屑地说。他对白芒的中式练功服十分轻视，搞得像小龙女一样，拍戏吗？

前面比赛时，江川尧短暂地离开了一会儿，此时此刻，他回到主评委座位，听着刘孟站在台上大放厥词，眉头微微一蹙，给了刘孟一记冷眼。刘孟察觉到评委台上递过来的眼神，心里不服，却也怕得罪评委。

白芒已经走上台，样子不再清冷，而是调皮地笑了笑，目光丝毫不避讳，看向刘孟湿掉的裤子，语调平和地提醒道："我只是在等你，要不要先下台换个裤子。"

扑哧！台下不少人笑得东倒西歪，顾捷站起来，起哄道："赶紧下去换个裤子，你这是打比赛吗？"

众人哈哈大笑。

刘孟前女友也喊了喊，带着自己的队友继续闹场，恨不得替白芒上场教训前男友："如果等一下咏春的白社长没赢他，我散打队替咏春上台收拾他。"

"好！"

"同意啊！"

"我也同意！"

旁边的一个小哥吹了一记口哨，更是朝着台上的刘孟做了一个鄙视动作。

刘孟惹了众怒，风头已经不在他这边，无论他等会儿是赢了还是输了，都是一样令人鄙夷。但，他也不能白白被嘲笑了！

刘孟和白芒正式开打，白芒双手置于身前抱拳，刘孟则握拳放在身体两端。

一个人高马大，一个飘飘欲仙。

较量规则很简单，点到为止，白芒先出拳，刘孟回击。

咏春是正当防卫型武术，并不像拳击那种擅长进击，更适合对手出手之后随机应变，因势利导地将组合招数巧妙化解。

白芒的每一次出手，都是勾着刘孟对自己进攻。在刘孟连续朝她踢脚之后，白芒一个快速近身，准确落拳在刘孟的下颌，往上一顶，刘孟上下牙齿撞击，几乎咬到舌头。

咏春的优点就是快、准、猛。

但跆拳道同样讲究速度，白芒前面看刘孟和焦扬比赛，焦扬很灵活，而刘孟的步法则更扎实，带着凶狠的蛮力。

对待刘孟，她以柔克刚。跆拳道是踢击，咏春是拳法，她必须采取近身攻击的手段。

因为白芒先击中了刘孟，比赛终止，主评委江学长宣判比赛结果。

"咏春社团胜。"

白芒也不恋战，既然赢了，大大方方地站在刘孟面前，朝着刘孟握拳致谢。不管她对刘孟如何嫌弃，该有的礼节一样不落。白芒又朝着刘孟行了一个拱手礼，整个人看起来彬彬有礼。

刘孟对比赛结果不服气，认为裁判不公平，说刚刚白芒那一拳根本没有打到他。

"噢，是吗？"回答他的是江川尧。江川尧冷嗤一声，提醒刘孟："你牙齿出血，难道是上火了，口腔发炎吗？"

江川尧冷不丁的一句话，令刘孟彻底没了颜面。前排观众都可以看到，刚刚白芒的拳，顶得刘孟牙龈出血。

"刘秘书长，赶紧下来吧，啊！"

"你以为裁判是你，喜欢吹黑哨啊！"

"也没较量两下啊，输得真快……"

在前女友那帮兄弟对刘孟各种揶揄中，刘孟走下台。白芒站在中间，沉稳、淡然，像是一个英勇少女。

大家的目光，有欣赏，也有质疑——白芒赢了刘孟，的确是技巧多于实力。

跆拳道靠腿，一般腿功都是控制距离，攻势才能猛，前面刘孟被白芒勾得近身打斗，实力大打折扣，即使比赛只进行到一半，注定他已经输了。

台下掌声响起，最大声为她喝彩的是刘孟的前女友。

"姐妹，好样的！"她高声夸赞，朝白芒竖起大拇指，"等会儿，我们也交流一番。"

白芒微微一笑，礼貌下台。

中场休息，太极队上台表演。

刘孟面色不喜地回到座位，弓着高大的身躯，不太想面对不利于自己的议论。

他也没想到，白芒是真有几下功夫，但他输了比赛，并不是他的实力弱于白芒。而是因为，前面他被前女友田宁一闹场，丢了面子和气势。再者就是，白芒耍了心机。还有就是……主评委江川尧显然跟咏春社团的白芒认识，咏春拳能那么快成立社团，并且参加这次比赛，都只是为了某人能够大放异彩。

想到这里，刘孟的牙磨了又磨。

后面，是咏春和空手道打擂台，空手道第一名是一个帅气白净的小哥哥，就是前面第一个出声嘲笑刘孟的人。他看着很是和善，很有教养。比起林直身上那种傲慢的习性，这个小哥充满了亲和力。

"空手道，我上场。"顾捷站在白芒旁边，自告奋勇地说。

白芒问："你确定可以吗？"

"其他人不知道，但对手是他就可以。"说着，顾捷笑了笑，带着愉快又狡黠的笑容，上台了。

没想到，小哥哥一看到顾捷，样子就不对劲了。

"来啊，过来啊——"顾捷跟白芒同宿舍两个星期，咏春基本招式没学全，但是开打的手势还是学得有模有样的。

小哥哥看到顾捷，一脸为难，退了又退。

顾捷又贱兮兮地朝对方招手，臭屁又得意地说："臭小子，过来啊！"

小哥哥沉默片刻，主动走向评委，咨询江川尧的意见："可以直接认输吗？"

江川尧抬眼，看了眼今天空手道第一名的小帅哥，他的空手道服是特制的，胸前还文着他的名字：顾子翼。

江川尧的视线扫向台上跟白芒穿着同款中式练功服的女同学，正经地以评委的口吻道："可以直接认输，但要有理由。"

"他是我堂姐，我从小就打不过她。"顾子翼红着脸说。他可不想当众丢人，像刘孟那样被奚落是垃圾男人。而且，他完全相信，真打起来，顾捷绝对不会讲武德，什么烂手段都会用。

今天的裁判是一位体育系的研究生，评委共三个，江川尧担任主评委，另外两个评委是学生会的副会长和秘书长。比起时不时失踪，不作为的会长，学生会的副会长和秘书长才是真正办实事的人。这次澜大武术比赛，他们也不知道江川尧为什么充满兴趣。

现在，江川尧又举起牌子，清清淡淡地宣布："咏春社团获胜。"

额……那么快就宣判结果？

如果说，第一场白芒赢了刘孟是硬本事，第二场的确难以服众，不是内幕是什么？与其说今天增加的环节是咏春和武术社团的交流赛，现在看更像是为了给咏春社团打广告。还没比，主评委就直接宣布了结果。

此时不服气的，就不只是刘孟了。

顾捷妖娆又飒爽地站在台上，一脸好笑地看着不服气的人，顾子翼跟江川尧解释了原因，不想跟顾捷站在一块，想赶紧走下台。没想到，被顾捷一把拎回台上。

"有人不服气，我们还是打一架吧，哈！"

话落，顾捷笑得很诡异，一掌朝着顾子翼劈去。

顾子翼本能缩头，连忙伸手挡住顾捷手臂，大喊道："别闹了，姐。"

什么是实力——谁厉害谁胜利！

顾捷揽上顾子翼的肩膀，对着底下的人打了个广告："欢迎加入咏春社团，没有理论，只有实战，专门对付坏小子、臭男人！"

顾捷这么一说，场下的女生就忍不住附和、尖叫。

顾捷跟何荔嘉一样，也有点名气，她之前在理工大学不太被理工男生接受，却受澜大女生崇拜。大家甚至还给顾捷取了一个名号：理工姬神。

顾捷从理工退学，又考上澜大，还真有一点跟迷妹们双向奔赴的既视感。

林直已经不坐在刘孟旁边了，他来到白芒这里，也不避讳跟白芒的亲戚关系，客客气气地夸赞一句："白芒，真没想到你这么厉害啊。"

白芒点头说："你拳打得也不错。"

"还行。"林直谦虚地扯唇一笑，说实话，"自由搏击和咏春路数不同，没办法做到点到为止，你确定还要比下去？"

林直这样说，是将丑话说在前头。

白芒前面打赢刘孟，靠的是技巧，也是运气，但自由搏击不一样，比的只有拳头硬不硬。

林直练自由搏击很多年了，他个子不高，因而对力量无比崇拜。上大学后，他进了武术社团，跟刘孟做朋友。刘孟会厌恶白芒，很大一部分原因是他提前跟刘孟介绍了白芒。

今年，他和白芒一同考上澜大，白芒进入澜培班，他没进。在白芒面前，林直唯一能保持优越感的就是他有个更厉害的父亲，这足够撑起他隐藏在斯文和礼貌里的傲慢。

如果可以用实力战胜白芒，林直还是非常期待的。

"是猫还是老虎，比比就知道喽。"话落，白芒轻巧地站了起来。

林直扬了扬唇角："白芒，等会儿打伤你，你可别告状啊。"

林直的玩笑里，带着挑衅。

"同样，这句话，我也送给你。"白芒弯了一下唇，毫无惧意地说。

如果说，林直是一只会咬人的品种猫，那白芒则是蛰伏已久的狮子。

白芒和林直上场了，咏春对自由搏击。

"这次，白芒会赢吗？"顾捷又问。不知道为什么，她对白芒充满了信心。

但是，很难。咏春对阵自由搏击，就像儿童对打大学生。

台下，秦采臣担忧白芒，台上，江川尧一直都轻松从容的目光里，也多了一点谨慎和自己都没意识到的紧张。

修长性感的手腕，竖起牌子。

比赛开始了。

咏春防御，自由搏击进攻。热场交手了两下，林直出拳很快，连续三拳，白芒都只是险险避开。裁判暂时叫停，白芒和林直齐齐地立在台上，两人个子差不多高，林直稍微比白芒高小半个头，但女生显高，两人站在台上看起来几乎一样高，目光笔直地碰撞。

白芒佩戴护腕，手缠绷带，对面的林直除了头套，几乎全套武装。他正准备往手上戴上拳套。

江川尧侧身跟旁边一位评委讨论两句，评委招呼现场裁判过去，提议将林直手上的拳套取下来。

咏春对自由搏击，自由搏击本就是擂台专项运动，在台上打擂台咏春吃亏太多，加之男生本就有着体格上的优势，如果林直还戴手套，实在令人不齿。虽然，林直的体格优势也不太明显……

林直接受裁判的要求，将手套交到裁判手里，还朝着底下的同学摊了摊手，示意自己空手作战。白芒觉得林直真是小肚鸡肠到了极点，根本没有他姐林笙大气。

林直的手套被收下场，他也趁机提议：自由搏击这种力量型的运动很难做到点到为止，不如改一改对决规则：直接将对方打趴下，或者对方主动认输，才能终止比赛。

林直说的时候，目光留意地扫向白芒，褐色暗亮的瞳仁微微向下，似乎等会儿他就可以用这样的视角看被他打败的白芒。

"好啊，没问题。"当事人白芒点点头，同意。

"不行。"评委江川尧拒绝。

江川尧难得像学长一样，出声呵斥："这是友谊赛，不是让你借着机会寻衅滋事的场子。"

林直耸肩，倒也不怕江川尧，还把不满说了出来："江会长，我们底下的社团都在议论今天的加赛不是真正的较量，只是为了给咏春社团做宣传。我们都热爱自己喜欢的体育运动，凭什么给咏春社团的白会长当绿叶？"

林直的慷慨陈词，糊弄到了其他两位评委，但不包括江川尧。

江川尧面色微冷，反问林直："你觉得前面两场不公平？"

林直假装无所谓的样子，又从牙缝漏出几个字："大家有眼睛的都看得到啊。"

江川尧的目光越过白芒，轻飘飘地落在林直的脸上，开口说："公不公平，真正看比赛的同学都能感受到，除了本来就目中无人的人。"

"你说我目中无人？"

"我没说你，林同学不要对号入座。我是评委，你站在这个台上，我只会评价你的实力，不会抨击你的人品。"

林直抿唇，感到难以置信，江川尧竟然会当众帮白芒。

"林直说的，我同意。"终于，白芒再次出声，赞成林直的提议，不过，她说出的话也不太友好，"点到为止的确没意思，林直皮厚，我怕他感觉不到。"

白芒一说，江川尧看了她一眼。

白芒浅浅一笑，又朝林直说："认输很简单，只要痛了都会喊出来。对不对，林直同学？"

林直也看她，回应她："是啊，我相信白芒同学一定喊得比我快，比我大声。"

白芒仍是微笑可亲的样子，示意林直如果准备好了，就别浪费同学们的时间了。

中途停下来，重新商量了这一局比赛，没有让底下看比赛的同学感到放松，反而增加了比赛的刺激和紧张。

男生对女生，进攻对防御，似乎没有悬念，只是台上的女孩实在太过刚硬，她像是武侠剧中走出来的行走江湖的机敏少女。面对进攻，白芒的每次避开都像是条件反射般迅速。

白芒想起师傅很多年前对她说的话："咏春每次避开要练到像条件反射一样，直到肌肉形成记忆。要像筷子夹豆一样轻巧容易，才能全身而退。"

　　林直的确玩了很多年的拳击，前面他只出拳，还有一点擂台格斗的经验，堪堪地将白芒逼到边角。但是每次都被白芒避开，白芒的每次截击和防守反击，也都让林直有点猝不及防。白芒的速度和反应太快了，他压根没办法对她造成伤害。

　　林直有点心急，希望快点制服白芒，免得被议论说他欺负女孩。因而，他从最开始的只出拳，换成了拳脚一块上。

　　"咦！"

　　"啧……"

　　底下传来一声声针对林直的声讨和质疑，哪有男生对女生这般不留情，这场就算林直赢了比赛，舆论已经偏向白芒这边，这是比赛！不是男生对女生不公平的欺压和伤害！

　　台下的女生站了起来，不少男生也看不下去了，大声叫着让林直别丢男生的脸了，这哪里是打拳，分明是施暴。

　　台上的林直有片刻的松懈，明明是比赛，为什么大家帮着白芒不帮他，而且，比赛结果已经快出来了，白芒已经从防御到闪躲，等他再出几拳，或来个高抬腿，一定能威慑住嚣张的白芒，他可以打得她心服口服！

　　林直的确这样做了，他是家里的小儿子，从小被家人宠着，他不会让着任何一个女生，家里是这样，学校里也是这样。他是家里的王，外人眼里的林小公子，连林笙都不是他的对手，白芒算个什么东西！

　　林直朝白芒一记甩腿，往白芒的胸口一踢——白芒已经站在擂台的边缘，林直的这一记甩腿，如果真的甩在她身上，以林直毫不留情的格斗方式，她很有可能被甩下台。电光石火之际，白芒狠狠地抓住林直的腿，往上一折，林直使了重力，几乎往后倒，堪堪才站住身。

　　轮到白芒出手了。下三路蹬腿搏击，上三路近距离对拳，充满节奏感的直摆勾，完全令林直措手不及。比赛有规则，较量无定论。谁说咏春对决自由搏击，一定要用咏春拳？

　　她的师傅教她：打架要聪明地感受对方的实力，要灵活运用各种手段。

　　接下来，白芒的出手令台下的人也有点震惊：她的鞭腿像是散打，步伐又有点跆拳道的味道，后退防守，一会儿用咏春招式，一会儿又是泰拳……

　　林直以为，她只会咏春吗？

白芒最后一记高抬腿，比刘孟这种专门练跆拳道的选手还帅气利索，直直地踢在了林直的肩膀上，侧了侧，将林直直接踢倒在裁判的脚前。
　　"你输了。"白芒站在一米处，眸光清亮地直视倒在地上的林直。
　　林直伸手捂着胸膛，说不出一个字来。过了好一会儿，胸膛仍然闷闷地疼，他眼睛通红，眼神像是钉子一样戳着高高在上的白芒。
　　"你不遵守比赛规则，你耍阴招……"林直下意识脱口而出。
　　"那你问问评委，有没有说咏春必须只能用咏春拳。你问问台下的同学，他们几百双眼睛都看着，有没有看出我耍阴招？"
　　林直无法回应白芒的"耍泼"之词。他不喜欢白芒，并非是因为白芒各方面强过他，而是因为白芒从不像其他人一样对他的优越表达羡慕，林直觉得自己被狠狠地轻视了，就像此时，白芒看他的眼神一样。
　　"哇！"
　　"太帅了！"
　　"女生赢了！我们女生赢了欸！"
　　台下一声声喝彩，兴奋的不只是女生，还有为真正的强者喝彩的男生，就像江川尧前面说的，只要不是目中无人的人，都知道何谓公平，何谓不公平。
　　一个被宠坏的小孩，习惯了他人的众星捧月，他的眼里只有他自己。
　　"林直，这一脚，我教你做人。"白芒说完，转身走下台，临走前，她也丝毫不扭捏，大大方方地冲底下的人弯弯腰。白芒允许自己，有三秒的得意。
　　当一个漂亮帅气的女生把妄自尊大的男生彻底打败，朝着台下鞠躬致谢时，喝彩声、掌声、赞美声响成一片。
　　她们不光是为胜利者摇旗呐喊，也不光是为赢了比赛疯狂鼓掌，她们的内心充满了感动，因为实力打败了傲慢，努力打败了不公，勇气战胜了狂妄。
　　后面，散打对咏春这一场，直接取消。
　　散打第一名的田宁直接上台，气势如虹地说了几句话：
　　"我们女生是不会对付女生的。
　　"散打队和咏春社团以后是最佳盟友。
　　"白芒会长有时间，欢迎来我们散打队热心指导。"
　　田宁下台，跟白芒握手，底下又是一阵以女生为主的欢呼。那个故意甩锅白芒，说女友跟自己分手是因为白芒骚扰的前男友刘孟，谎言已经不攻自破，白芒怎么会相信眼前这个高大威风的田宁，会那么想自己呢？

比赛收尾时，已经是晚上9点30分。

比赛之前，江川尧的确存在私心，但比赛的后半场，他反而不太希望后面的加赛变成白芒的个人秀。树大招风，惹人非议的声音，总是从过度的狭隘和过高的艳羡里产生的。

体育馆灯火通明，白芒弯腰整理装备，见江川尧站在后面，笔挺地往前一站，眉目飞扬很是精神，她扯唇一问："现在你有兴趣加入咏春社团了吗？江会长。"

江川尧看着她："女生为主的群体，我就不凑热闹了。"

好吧，她现在会员很多，也不缺江川尧这尊大佛……

江川尧看她的样子，令白芒有些难为情。

"手机给我。"

江川尧朝她伸出手，他的语气太过明确，白芒来不及多想，已经把手机递给了江川尧。前面一直有女生陆陆续续加入咏春社团，她的手机屏幕都没锁。

江川尧拿过的白芒手机，打开通信录，快速输入，直接添加了自己的手机号码。他不太相信微信可以随时联系到她，而且用微信她也不一定随时能联系到他，但手机号码可以。

添加了号码，江川尧又将自己的名字备注上，然后，他用白芒的手机拨打了自己的号码，他的手机屏幕上显示了一个号码。

"这是你常用的手机号码吗？"他问她。

白芒说："算吧。"

江川尧点头，轻声交代："你手机里存的，也是我常用的号码。"

"有事可以联系我。"

江川尧走了，另外两位评委也跟着走了。白芒获得了一块奖牌，一本荣誉证书，上面的名字和获奖词都是江川尧手书。

恭喜白芒同学荣获澜大秋季武术第一场交流赛"最闪亮的明星少女"称号。

白芒念着这句话，这个最闪亮的明星少女是江川尧编出来给她的吧？稀罕啊。

他的前女友何荔嘉时不时往他这里丢眼神，他连瞅都没瞅对方一眼。谈恋爱这种事，最怕什么，最怕谈了个寂寞。

白芒这次大出风头，顾捷在宿舍里提了意见："芒儿，你这次人气高涨，微博也搞个账号，趁热打铁啊。"

白芒摇摇头说："一个组织，一旦开始搞个人崇拜，风气就歪了。"

顾捷哼哼，将长腿按在椅子上，继续剪脚指甲。

"现在流量当头，你用人气换点流量，以后毕业了，别人辛辛苦苦找工作时，你还可以转换成收益，不也挺好。如果你愿意，我还可以配合你捆绑炒作，你好我也好。"

白芒对着笔记本电脑打字，认真写起了社团章程。

"如果你有捆绑炒作的兴趣，我推荐一个人给你。"

白芒不接茬，反而带偏顾捷思路。

"谁？"

"田宁。"

"白芒……你给我去死！田宁是全省女生散打冠军，我跟她捆绑炒作，你是想我被揍死吧。"

"你怕被田宁揍，就不怕被我揍？"白芒清淡礼貌的一句反问。

"不怕，我知道你心里有我……我也只爱带刺的玫瑰。"顾捷乐悠悠地唱上了。

白痴顾捷。白芒撇嘴。

深夜，顾捷还躺在床上捧着手机看小说，白芒已经沉沉睡去。顾捷侧身见白芒手机屏幕一直闪，但没吭声。

第二天一早，白芒起来看到手机满屏都是未接电话，丁明薇给她打了二十几个电话，方玉环和丁景凯也各自给她打了几个电话。

白芒给方玉环回电话。

"噢，您和丁爸都在澜市啊……林直住院了？怎么了，阑尾炎啊。"

一通电话结束，事情也明白了。

林直深夜犯了急性阑尾炎，在林直对家人的有意解释之下，白芒成了导致他犯阑尾炎的罪魁祸首。丁明薇向来是护子狂魔，得知林直被送到澜大附属医院，连夜赶来。

这二十八个电话，都是丁明薇气急败坏之下，一定要找白芒"讲一讲道理"的愤然证据。

电话里，方玉环对这件事没有一点着急上火的迹象，直接说林直的情况医生判断出来了，跟她打他没关系。

"你们真打架了啊？"

"不是打架，是比赛。"

"丁明薇那人啊,还真以为林家有皇位要继承。"方玉环夹带私仇,狠狠地吐槽了丁明薇一嘴。

"我是不是给家里惹麻烦了?"白芒低声问。

方玉环说:"什么麻烦不麻烦,就算你们真打架,林直一个男生被女孩打了,丢脸的也是他。"

护犊子这事,方玉环十分在行,不管是亲生的,还是非亲生的,都无条件护着。只是……方玉环拦住了丁明薇要白芒道歉,没拦住丁明薇亲自来澜大找白芒。

下午,白芒正在教室上课,丁明薇突然出现在教室后门,她手上提着一个大牌手提包,挺着胸膛站在辅导员旁边,傲慢的气质,硬是把严肃的辅导员都衬托得和蔼了。

丁明薇今天来澜大,是以受害者家属的身份来见白芒的。

"白芒,我过来是想跟你说一说林直的事。"这是丁明薇对她说的第一句话。

关于林直这次住院的事,丁明薇表示,她可以息事宁人不追究肇事学生,但她跟学校提了要求:取消咏春社团,以及让林直进入澜培班。

白芒恍然大悟:丁明薇是想要澜大给林直好处啊。真会盘算啊。

白芒和丁明薇一起来到学生处。

成立咏春社团,白芒都没来过学生处,江川尧替她搞好了所有流程。没想到因为丁明薇的投诉,她"沾光"来了一趟学生处。学生处处长是一位方字脸的女士,长脸,直鼻,大眼,很飒爽的模样。

白芒脑袋耷拉着,找了一个地方靠墙站着。看起来很乖,但是又不知道自己错在哪儿。

女处长给丁明薇泡了一杯白茶,倾听丁明薇对学校社团发生的不安全行为的管理意见,对澜大举行危险比赛的不满。

只是丁明薇说着说着,话就不对味了:"如果让林直奶奶知道这件事,可能就打电话给教育局领导了……白芒也是我认识的孩子,我不想把事情闹大。"

女处长笑了笑,反问:"教育局?哪家教育局?"

丁明薇脸色变了变,自知说了不恰当的话。

女处长又笑了笑,婉转地解释了社团活动的机制和意义。

出于对学生的关怀,学校会派学生会代表去慰问林直同学,如果林直愿,学院可以给林直批长假,让他好好养身体,林直身体情况特殊,也不建议林直继续参加激烈的体育项目。但是，要澜大取消咏春社团或其他武术类型社团……

"不可能的。"女处长直接回绝，目光灼灼地看着丁明薇，每个字都代表着澜大的态度，"澜大尊重每个学生的体育爱好，任何体育项目都存在受伤风险，武术比赛本来就是高危运动，轻伤在所难免。"

丁明薇脸色变了变，顿了顿，从包里拿出手机，滑动通信录，似乎在翻找号码。

"赵石梁认识吗？"丁明薇突然反问。

"赵主任啊，当然认识，他之前是我的上级领导。"

之前两字，丁明薇没注意听，就听到领导两字了。

"我们送林直报到那天，赵主任还请我们家人吃饭，他很关心我们林直。"

丁明薇嘴角弧度微微上扬，随意地提了提跟赵主任吃饭的事。

"是吗？"

听到这个话，女处长眼睛抬了抬。

丁明薇不再说话，嘴角往上一勾。

女处长看了眼白芒，又看向丁明薇，语气加重："赵主任是学院前任领导，关心澜大学生，是天经地义的。"

丁明薇面色一沉。

女处长坐了下来，直言不讳地说："丁女士，你的要求，并不是在协商解决问题，而是索要特权。"

特权两个字，反而让丁明薇露出轻松的笑意。她是上位者，看什么都充斥着阶层属性。

丁明薇双腿交叠，反驳道："我不认可你的话，解决问题也不能一概而论，我们家不是普通小市民，我儿子也不是普通家庭的孩子，他从小到大接受的都是最优秀的教育，他没有进澜培班，是澜大的选拔机制本就存在问题。"

女处长笑了，呷了一口茶，轻飘飘地说："教育还分上等下等啊？"

丁明薇解释道："我说的上等，不是您理解的上等，是精英培养，精细教育。"

"丁女士，我建议你不要把地方思想用到澜大。

"如果你对我的态度有意见，你可以打电话给赵主任，但是——赵主任可能没办法接你电话。他昨晚接受调查了。"

"还有其他问题吗?"

"如果你要投诉我,随时欢迎。"

丁明薇恼羞成怒到极点,本以为能享受到贵客待遇,谁承想还被羞辱一顿。她提着包包,愤怒地走出了学生处的办公室。

"丁女士,再见啊……"

白芒赶紧送了送丁明薇,办公室门口,丁明薇瞪了瞪她,怒色上脸,气冲冲地离开了。

白芒回到了学生处的办公室。

"白芒?"

"嗯,是我。"

女处长扬起一个笑容,开腔道:"你可别误会啊,我不是偏向你。我看过你的比赛视频,赢得很漂亮。"

白芒摇摇头,表示自己没误会。

"我可以走了吗?"

女处长瞅了瞅她,说:"等一下。"

话落,女处长伸手从桌上的水果篮子里拿出一个柠果,利落地朝她丢了过来。

"请你吃柠果。"

拿着一个柠果,白芒走出了办公室。

走在路上,她又想了想欣子、"贵妃"以及学生处处长对丁明薇说的话,心里突然冒出一个疑问:丁明薇这般理直气壮,是人间真理给她的自信?还是生活主义给她的傲气?

白芒望了望头上的天空,湛蓝如洗,像是一块亮晶晶、明晃晃的蓝色玻璃高高地悬挂在头顶。她一步步往前走,行走的身影桀骜又昂扬,仿佛撑起了头顶的那片天,那片坚硬的、洁净的天。

晚上,缺乏母爱的白芒又卑微地给白蕙发了一条微信,再次提醒亲妈:*明天我生日*。

白蕙发来一个微信红包。

白芒有点伤心了,决定拉黑白蕙。拉黑之前,还是点了红包……200元封顶红包,是白蕙给她的十九岁贺礼?

手机里,进来一条消息,是江川尧发来的:*明天,请我吃个饭吧*。

明天?

白芒想了想,她好像是答应过江川尧,要请他吃饭的。

白芒对于生日的想法是，要么就让它随意过去，要么就让最重要的人陪她一起过。然而没想到的是，她要和江川尧一起过。

第二天，白芒起了一个大早，去晨练。
操场上空，遥远地亮着一颗晨星，像是一只孤寂的眼，单单地看着她。中午，白芒在图书馆学习，林木森过来给她送饭。

图书馆外边的长椅上，白芒吃着林木森给她买的鳗鱼饭。林木森偷偷瞧了一眼白芒。与白芒这样的女朋友谈恋爱，他还是第一次，像她这种类型的女孩，他也是第一次认识。本以为她只是活泼一点，女汉子一点，骨子里应该和她的长相一样，性感妖冶又可爱清新。可事实却极大地突破了他的想象力。

那天在体育馆，他没有完整地看完比赛。事后，关系极好的一个哥们问他："这样的女朋友驾驭得了吗？不怕她揍你啊。"

他强行解释："平时她很乖的。"

很乖……吃饭的样子很乖，学习的样子很乖，眼里没有他的样子……也很乖。

林木森真的有点孤寂，不是没有理由的孤寂，而是即便此时他坐在女朋友旁边，他也依旧觉得只有他一个人。

他喜欢满眼都是他的女朋友。白芒的眼中有万物，而他也只是万物的其中之一。

那天比赛，他对她说，老家一个叔叔过来找他。事实上，来的当然不是叔叔，而是他雾城老家分手两年的女朋友。

他们因为异地恋分手，但对于未来的计划，两个人是一致的。他和她都准备回雾城一起考公。那天女朋友抱住他，说她一直忘不了他，说她一个人奔向这城市很害怕。那晚他没回宿舍。

第二天室友在教室走廊问他："是不是跟小女朋友在外留宿了？"

江川尧从他身边走过，突然明显地哼笑一声，不是淡淡的，而是一种愉快的、舒畅的，在他预料之中的笑意。

林木森心里直冒火，有一种不清不楚的感受。

"白芒，我觉得我们……可能更适合当普通朋友。"林木森说。

他选择摊牌了。

白芒将餐盒里的残羹收拾干净，又将塑料袋打了一个结，扔到一旁的垃圾桶里。

"那天,你见的不是叔叔,对吧?"白芒叹了一口气,回过头问林木森。

林木森微妙地抬起眼,回答:"是……我前女友。"

白芒问:"你还喜欢你前女友啊?"

这个问题,林木森也不知道怎么说,他大四了,想法不一样了。前女友跟他有一样的人生目标,她的行动轨迹和思考人生的思维也跟他一致。

最重要的是,前女友很爱他,眼里只有他,林木森无比真挚地把心里的想法说给白芒听。

他觉得自己挺渣的,可是人性本身就是复杂的、经不起挑战的。白芒满足了他一切的虚荣心,可当白芒成为他的女朋友,他发现自己只是欣赏她——她太坚硬了,他一旦伸手抱她,就会担心自己会不会受伤。

白芒的理解力很强,在林木森还算走心的坦诚的话语中,她有点明白林木森,为什么不当她的半年男友了。

"那……那我们今天就分手?"

白芒的眸光清亮,她认真看一个人的时候,里面像是蕴藏着流淌的泉水,缓缓流淌,看似情感细腻丰富,其实是假象,泉水是清澈的,也是冰凉的。

林木森像个大哥哥,温柔地笑了笑,说:"要不,今天不行的话,明天也可以。"

他倒不觉得白芒会伤心,她的思考方式,跟正常女孩子不太一样。

白芒摇头,拒绝道:"择日不如撞日,今天吧。"

林木森脸上满是愧疚与温柔。白芒则包容又平静地望着他。他看着白芒明亮的眼睛,他在白芒的眼瞳里看到了自己,十分普通的自己。

白芒叹叹气,单手插袋,样子很有风度,却又有点不知所措,主要是她不知道说什么。

"多木啊。"她叫他名字,想了想说,"我觉得你今天挺帅的。"至少很坦诚。

顿了顿,她又补充一句:"祝你早日上岸。"

白芒拎上长椅的背包,朝着林木森挥挥手,走远之后,脚步忍不住蹦跳两下,甩掉一身的鸡皮疙瘩。交往的速度快如闪电,分手更快。

白芒回宿舍反省,为什么她没办法经营一段长久的恋情,反省之后,得出结论:术业有专攻,她这样的女孩,不应该执着于经营一段恋爱,而是应该展开多段恋爱。

白芒从书桌拿起手机,给江川尧发消息:下午5点澜大西门见。

江川尧说话向来简洁,回她一个字:好。

晌午之后，尚有温度的日头，早早地坠了下来。

下午5点，白芒准时出现在澜大的西门，她换了一身衣服，贴身牛仔裤搭配套头薄毛衣。今天各大高校都放了国庆长假，大学城的人流量一下少了许多。

天际零散的云彩，仿佛会随着亮丽的年轻人移动。

江川尧从容地站在校门口，一身黑，带着一种清冷的桀骜不驯之感。他这样的帅哥，放在高中校园，一定很吸引人。

白芒走上前，看看他身后的车，问道："要坐车啊？"

江川尧说："我带你去个地方。"

白芒嘴唇微微抿着……她请客，不应该由她定地点吗？

江川尧已经替她打开车门，白芒看到车里面的司机，西装笔挺，很是精神。嘴角忍不住往下一撇，调侃道："江公子，你上大学，还带司机啊？"

"这是我叫来的专车。"江川尧回答她。

白芒跟着江川尧来到一个叫榕湖九里的地方。

地点在郊外，距离澜市市中心有一定距离。看环境像是景区，别致又朴实的庭院围绕着澄明的湖。屋檐连绵起伏，横看成岭侧成峰。

白芒不太喜欢事情的发展太超乎预料，吃饭去一个不知道的地方，对她来说不仅钱包危险，还充满了未知。就像江川尧这个人，给她的感觉。她喜欢明明白白的事，清清楚楚的人。江川尧的身上像是藏着一百个秘密，他整个人也是，混的、清的搅在一起，难以判断。

车子停在一个院子门口。

江川尧下车，说："就这里了。"

白芒看了看贴在墙上的木制招牌，上面写着：*秋雅民宿*。

白芒的目光明确地看向江川尧，将话说明："我的上限是人均两百，超了你自己付。"

江川尧笑着说："应该不会超。"

他的身姿溶进夜色里。对面的景致，有着星垂平野阔，月涌大江流的气势。

湖面清澈，月影沉沉。

经营这家民宿的是一对看着六十岁出头的老夫妻，老阿姨见到江川尧露出熟人的笑容，连带对着白芒也是眉开眼笑，开开心心地到厨房去准备了。

江川尧带她来到二楼的天台，里面摆了两三张桌子，他寻了一张视野最好的。白芒走到他对面,坐下来,单手托下巴,问:"老板跟你什么关系啊?"

"老板的妻子以前是江家的保姆,年纪大了就一起来这里开店了。"

江川尧说的是江家,而不是他家。

白芒说:"你和阿姨的关系应该挺好。"

"还行,自打有记忆起就认识她了。"说着,江川尧将双手放在桌面,脸上写满了惬意,"所以不会超预算的,如果超了,我说明情况,老板也会看我来一趟不容易,给我们便宜一点。"

白芒:"算了,他们做生意也不容易。"

江川尧的身上总有一些痕迹,让她感觉,他小时候可能受过苦……至于什么苦,就不知道了。

老板夫妇开始上菜,秋日养生滋补的小锅,搭配一盅细腻的白粥,爆炒的湖鲜。白芒吃得津津有味。开心了,她看江川尧的样子,也顺眼了。

"后面还有一道菜。"

白芒不解,直到一碗长寿面端到她的面前。普普通通的长寿面,上面加了两个荷包蛋,细面上方是冒着油光的肉末和青菜。

"简单过一下生日吧。"江川尧说。他的声音清澈,带着一份难以感知的好意。

白芒有点敏感,猜想江川尧是不是在可怜自己,可怜今天没有人给她过生日。至于他为什么会知道今天是她生日,倒不难猜,她的身份证都落在他那边过。

江川尧用筷子替她夹面,两个荷包蛋,都放在她碗里。白芒默默地看向江川尧的动作,眼睛瞅着,一声不吭。如果前面她没意识到江川尧的行为,现在也能感受到他今天的安排,感动?还是难过?心里起了一点风,又不知去向。

江川尧把一小碗面递给她。

"谢谢。"

江川尧轻声开口:"我的生日,也是在这里过的。"

白芒抬起头,直截了当地说:"容我冒昧地猜测一下,你和家里关系是不是很一般?"

江川尧否认道:"不是一般,是不正常。"

白芒理解了一下,问:"你是垃圾堆里捡来的吗?"

江川尧想了想,说:"可能……还真是。"

顿了顿，江川尧又补充道："也请允许我冒昧地猜测一下，你的家庭是不是也不太正常。"

白芒反驳道："那又怎么样，至少我是亲生的。"

江川尧笑了，举起杯子跟她的可乐碰了碰，说："生日快乐，长命百岁。"

一阵夜风拂在两张年轻的脸上，几乎将戾气和桀骜都吹散，只留下温柔和淡淡的情绪。

白芒对生日的理解很简单，要有一个蛋糕，再吹个蜡烛，许个愿。像这样，简单吃一碗生日面，还是第一次。

白芒眼睛弯弯，仿佛坠入浩瀚繁星，突然说："江川尧，你今天比我妈对我还好。"

江川尧说："很荣幸，被你这样比较。"

白芒眉头一拧，再次自作多情，问："你这样做，真不是为了追我？"

江川尧摇头说："我只想跟你……做朋友。"

白芒问："真话？"

江川尧解释道："当你男朋友，可能下个月就不是了。如果是成为朋友，我对朋友的要求是，一辈子，我想你也是一样。"

明白又实诚的话，还带了点郑重又实际的考虑。

"那我们今天……就是朋友了。"白芒边说边举起可乐，跟江川尧碰杯。

"嗯。"

水杯和可乐第二次碰在一起。

白芒抬着眼，问："江川尧，你为什么要跟我做朋友？"

江川尧开始夸赞白芒。

"你有趣、有能量、还很有正义感，这很难得，你身上有很多我欣赏的特质。"

"真的？"

"真的。"

"还有吗？"白芒继续追问。她有点贪婪，还想被多夸两句。

江川尧望着她，说："你需要朋友。"比起男朋友，她更需要朋友。所以，他先当她的朋友。

白芒低了低头，脸上难得流露一点情绪。

江川尧目光悠悠，又酷又温柔地说："以后，欣赏你的人会很多很多，想要当你朋友的人，也会很多很多。"

白芒偏转脑袋，不经意撞入他漆黑的眼中。就在这时，江川尧从口袋里拿出一个塑料打火机。咔嚓一声，打火机上冒出一簇幽蓝的火苗，小小的一簇浅蓝色火光，迎着夜风，晃晃荡荡。

"许个愿。"

白芒第一次有这样的仪式感，她的双手按在餐桌上，倾过身，面朝江川尧，朝着打火机上的火苗轻轻一吹。落在江川尧眼底的小火苗，灭了。

"白芒，我还有礼物送给你。"江川尧突然对她说，"你往天上看。"

还有礼物……什么礼物？

白芒愣了几秒，才反应过来，看向天空。

原本波光粼粼的湖面上方，沉寂的苍穹只缀着隐晦的星，突然，这些星星仿佛集体下坠，落在湖面和夜空之间，像是一道道点亮夜的烛焰。

这些光亮，是由数百架无人机汇聚而来，它们在空中组合成一幅又一幅可爱又有创意的图画。

第一幅悬挂在天空的图画，画的是一个比画武术招式的小女孩。

第二幅，小女孩变成了大大的杧果。

第三幅，杧果变成了明亮的花束。

第四幅，是生日蛋糕，然后停留在空中。

整个夜空变得璀璨无比，如野火齐发，烟花绽放。

远处，传来一道道惊呼声，是同样仰头看向夜空的人发出的惊叹，没有人知道今夜的天空在为谁庆生，但今天过生日的人，一定获得了极大的惊喜和满足。

白芒的确有点愣住了，在这个夜里，在她十九岁生日这天，她没想到自己会得到这种隆重盛大的生日礼物。

"江川尧，你对朋友也……太好了。"白芒轻声道，有些难以置信，但还是保持着平静。

"我说了，当我朋友比较好。"江川尧说，仍是玩笑的口吻。

"白芒，再次祝你生日快乐。"

江川尧的语气，正经了一点。

"成年人的世界，可能也没有什么有趣的事，但是我希望你以后能够找到有趣的事，过有趣的人生。"

这是很认真的话了。

"活成像你名字这样，永远充满希望的光芒。"

真诚到仿佛从心底雕琢出来的话，清晰地落在耳畔，夹着风，灌入心间。江川尧已经站在她的身旁，白芒一转头，就能清晰地看到他的脸，干净的眉宇和从没出现过的温柔神色。当他和她一块抬头看向夜空，他的眼底也闪着光，生日蛋糕又缓缓地变成了光芒四射的文字。

留在空中的，是八个字——一生明亮，所向披靡。

这八个字，写在夜空中，如同浮光掠影，又这般光芒万丈。

一生明亮，所向披靡。这原本是十八岁那年他要送给自己的祝福，今天他送给她了。

江川尧站在白芒的旁边，夜很静，风很轻。

"江川尧……你什么时候过生日？"白芒回过神，问身旁的人。她收了他这么大的礼，等到他生日，也不好摆烂装作不知道。

希望，江川尧今年生日已经过了吧。

江川尧开口："嗯……"

什么？

"很凑巧，也是今天。"

江川尧嘴角微翘，望着她，眼底闪着奇异的光，说："所以，今天跟你一起过了。"

原来是这样的！很好。如果说前面她感觉到震撼，那么此刻，她只感觉到震惊，敢情……今天的豪华排场，是一个生日拼单啊！江川尧跟她同一天生日，是白芒没有预料到的事，两人成为朋友，也完全是意外。

回去路上，江川尧查看了一条手机信息，问身边的人："周樾，你认识吗？"

"他是我高中同学。"白芒说着，转向江川尧，"你也认识？"

"我以前认识他哥，周铭程。"逝者已逝，江川尧口吻平静，就像谈起很多年前的旧朋友。

"我知道，他前女朋友是不是叫水千姚，宁市赵翼东的妻子。"

白芒将所有信息串联起来，水千姚和赵翼东就是那天酒店结婚的新人。她猜测了一波，说："难不成赵公子当年夺人所爱？"

江川尧扯动嘴巴，没承认也没否认。

白芒说了一件事："那天你和詹宇参加他们的婚礼，我就在隔壁和林直他们一起吃饭。"

江川尧笑着说："这个世界，有时候很小。"

白芒摇头反驳道："不小，是我们比较有缘。"

江川尧下意识看她，问："你真的……那么认为？"

白芒理直气壮地回答："当然，不然我们怎么成为朋友。"

江川尧顿了顿，说："是的，能当朋友，就是很难得的缘分了。"

"那说说，你和周铭程怎么认识的？"白芒问。对周樾的哥哥，她难免好奇。

周铭程跟她一样是云城人，怎么会认识江川尧这样的人。难道是在游戏中？

江川尧不急不缓道："我认识周铭程是初中……"

初中的一个暑假，但不是在网上游戏里，而是在他学校的操场。江川尧是宁市本地人，但小学和初中都住校，钟灵不喜欢在家里看到他的身影，每次只有姜啸信过来，她才会让人将他带回江家。

他当时就读的是一所全日制托管的私立学校，虽然全日制托管，但学校管理并不严格，暑假也留在学校的孩子，要么是家长不在国内，要么就没人管。

这些孩子唯一的共同点，就是家境都不错。

江川尧跟他们不太一样，他不太合群，也不跟长期在学校混的人交流。私立学校环境很好，氛围却极其恶劣，炫富、斗殴、霸凌……钟灵将他放在这里自生自灭，一群坏孩子带一群蠢孩子。

有没有一种小孩从出生就注定不被认可，不受欢迎？有，而且还很多。在他们那个学校，绝大多数的孩子都是这样。江川尧本人也是其中之一。一开始他不懂为什么，为什么自己有父母却活得像个孤儿，直到后来他偶然听到江鹤鸣和钟灵的对话，才知道，原来他不过是姜啸信寄养在江家的私生子。

周铭程不是他们学校的人，江川尧认识他是在暑假。暑假还继续托管在这个学校里的孩子，是最惨的。

那些父母在国外做生意的，大部分暑假也还是会回国将孩子带出国。暑假还留在学校的，大部分是那些父母想都不会想起的孩子。他们不被惦念，不被想起，也没有什么亲戚朋友会来探望他们。

每年昂贵的学费和生活费定期自动打进学校。他们面对的只有老师和生活管理员。

江川尧能认识周铭程，是因为周铭程偷偷溜进这个封闭式管理的学校打球。也不知道周铭程怎么结交了那帮人，可能他也比较无聊吧。这所封闭式管理的私立学校位于宁市西城的郊外，对面是一大片荒芜的农田。隔着一方荒芜，是这个城市最廉价出租的农民房。周铭程就住在那里。

当时学校里有一群嚣张跋扈又血气方刚的高年级同学，组了一个篮球队。周铭程每天溜进来，跟他们一起打球。这些孩子发育都挺快的，上了初三个个身高一米八几，周铭程年纪比他们大一点，但个子又比他们矮一点。不过，周铭程球打得不错。他们给周铭程取了一个外号：周大傻。

周铭程知道自己有这个外号，但还是每天爬墙进来打球，给他们带校外的烤串、烤包子。他不仅球打得好，脾气也好。唯有一次，不知道发生了什么矛盾，他们从相互推搡到大打出手。

那些高年级男孩，要么聪明，但心眼不好；要么身强力壮，但脑子不好。其共同点是，脾气都不好。他们狠狠地打了周铭程一顿，一个外校生，被打了学校也不会处理这件事。十几个人对周铭程拳打脚踢。离去之前，他们还恶劣地脱掉了周铭程的球鞋，丢进垃圾桶里。

全程，年少的江川尧都坐在操场对面的台阶上，冷眼旁观。

周铭程被打了之后，又无所谓地从地上爬起来，跛着脚从垃圾桶里找回鞋子，光着脚来到水池旁。他看起来还挺高兴，哼着跑调的小曲，清洗球鞋表面上的污渍。

一个星期后，不断被教训后，周铭程又来学校打球了。

终于有一次，江川尧忍不住走下台阶，问迟迟不离开的周铭程："你为什么要来这个地方打球？"

周铭程露出灿烂的笑容回答："这里好玩啊，你们都很有劲儿。"

这个鬼地方，还是第一次有人说这里好玩，也是第一次有人说他们有劲儿。

"我看你更好玩。"他回周铭程。

明明是很不友善的一句话，可周铭程听了，朝他扬起的笑容更灿烂了，他说："谢谢你啊，弟弟，我就是很好玩的人啊。"

阴差阳错的理解，完全无关的两个人，就这样一来一回成了朋友。周铭程比他大五岁，他十三岁，周铭程刚好成年。

"周铭程是一个什么样的人？"白芒问，她还是感受不到周铭程的具体性格。

"一个白痴吧。"江川尧嫌弃道。

白芒问："那你这些年，还替周铭程照顾他的那帮朋友，还有他弟弟周樾啊。"

江川尧说："他也是一个好人。"

白芒迟疑地问："就因为他是好人？"

"好人也有让人讨厌的时候。"说着，江川尧扯扯嘴巴，"他死了，

139

还把他那一大帮朋友扔给了我。"

白芒听得好笑，夸了江川尧一句："那你也是一个好人。"

江川尧说："我不是。"

他不是好人，也不想当好人。认识周铭程纯属意外。但那几年，他的确打心底里感谢周铭程。他待在那个牢笼一般的学校，唯一会过来看望他的人，只有周铭程。周铭程就像一个充满正能量的小哥哥，笑容灿烂，又像一个絮絮叨叨的老爹爹，一直苦口婆心地念叨。

"不管在哪个学校，你好歹有学校读书。好好读书啊，考上高中就自由了。

"等你成年了就好了，成年就可以选择自己想要的人生了。"

夜色浓稠，零星的路灯目视着飞驰而过的车辆。清辉穿过云层，一轮半圆月浮在深沉的天幕。仰头往上看，高傲而冷清。

这个世上，可能真的存在"不打不相识"的情感。

她和江川尧都可以成为朋友，明天一定是个好天气。

深夜，大萌在三人群问她什么时候回宁市？白芒不打算去宁市，而是决定回云城一趟。翌日中午，白芒提上背包，正准备登上去云城的大巴车，方子欣来电。

"芒儿……咱爸被拘留了。"

第七章
秋日·大雨

你是否为我这样的人，
来到我的身边，
面对我的世界呢？

Summer Romance

　　正午燥热的早秋艳阳照射着车窗玻璃。白芒已经登上大巴车，没有犹豫，直接下车，离开了客运车站。白芒直接打车回到了宁市。
　　方子欣在玫瑰园的北门接她，然后两人一起去了大萌家。
　　大萌关上卧室门，拿了两瓶水，方子欣拧开其中一瓶的瓶盖，灌了半瓶水，面红耳赤地说："老丁这次可能真摊上事了。"
　　方子欣着急的时候，说话语速飞快。在方子欣略显凌乱的表达下，白芒大致明白了意思，老丁因为生意上法律疏忽的问题被拘留了，可能要判几年。
　　对老丁来说，现在唯一能帮到他的就是林春生，但这几天林家已经对方玉环闭门不见了，方玉环咨询了律师，但目前也没有办法，只是说好好表现争取减刑。
　　与此同时，大景水泥还面临因"粉尘危害严重""高度职业危害"而停产整改。
　　"所以丁叔叔真会坐牢？"大萌担忧地问。
　　"是啊，我家可能也要破产了。"方子欣挤挤眼睛，没有眼泪出来。她性格粗暴，但不软弱。
　　她母亲一直说：泼天的富贵也就是一摊水，一旦泼在地上很快就无影无踪……
　　即使内心难以接受，方子欣还是接受了事实，并做好了面对的准备。现在家里唯一不知道的只有丁龙泽，怕影响他的学业。虽然……丁龙泽的学业有没有被影响,关系也不太大。

方子欣一脸沮丧,瞧瞧白芒,叹气道:"我好歹也过了几年好日子。白芒更惨,就当了两个月的富二代。"

白芒有些意外,没想到,这个时候了,方子欣还为她考虑。

"也是。"大萌附和一句。盘膝而坐的大萌,看看方子欣,又望望白芒,一时间也不知道更同情谁了。

比起白芒,方子欣更难面对落差,但白芒也很惨啊。方子欣好歹积累了不少奢侈品,名牌包包、手办、首饰手表,白芒是真的一点实惠没捞上,纯粹就是来了一趟富贵体验营。时间一到,彻底再见了。

"什么都没了,完蛋了!"方子欣整个人往地毯上一躺。

白芒和大萌对视。

"这次的事情对欣子来说,算是重大挫折了。"大萌惆怅道,"以前我都是吃欣子的饭,以后我可能成了要请客的人了。"

白芒同意,点了下头。

就在这时,方子欣从地上坐起来,抓住大萌的手,感慨道:"萌啊,我记住你这句话了。"

大萌"嗷"了声,心好痛。

其实事情未必有方子欣想得这般糟糕,方玉环得知女儿知道这件事情后,就知道白芒也会知道这次"变故"。有些雷,埋在地底下会爆,有些事,藏着也会被人知道,还不如,该咋样咋样。下午丁龙泽补课回来,刚好白芒也在,方玉环决定趁机摊牌。

傍晚王阿姨做好了饭菜,荤素搭配,营养可口:烤制了丁龙泽最爱的蜜汁鸡翅、炒了方子欣喜欢的鸡蛋炒虾仁以及白芒喜欢的宁市特色炖菜。趁着碗筷未动,方玉环坐在主位,面对三个孩子,开起了家庭内部会议。

"我本来想再瞒一段时间,但这次白芒也回来了,事情也瞒不住的,我就跟你们说了——"

方玉环讲话很有当家做主的范儿,有铺垫有思路,不仅把事情清晰地交代了出来,还不是那种摆烂态度。

事实的确如此——担忧是担忧,可接受事实之后,还是要想解决办法。暴雨总会停歇,雨后总有好天。

"老丁大概会判几年?"丁龙泽问。

方玉环说:"五年左右。"

丁龙泽说:"要找最好的律师。"

方玉环重重地"嗯"了声。

丁龙泽想了想，第一次以成熟的口吻说话："该补的税补上去，水泥厂如果不好经营，咱们就把它卖掉。我姐今年就大学毕业了，我也快成年了，家里也没什么负担，您不要太担心我们。芒芒冰就更厉害了，澜大毕业工作不愁……是吧！"丁龙泽朝她们眨眼。

"我立马找实习工作！"方子欣不假思索地说。

白芒顿了顿，也对方玉环说："阿姨……您不用每个月给我生活费，我真不缺钱用，您也没义务养我。"

她会这样说，是因为开学之后方玉环给她转了两次钱。两次都是以老丁要给她生活费为由……比起白蕙，方玉环似乎更想当她的母亲，也更擅长当母亲。

"你们真乖啊！"

关键时候，三个孩子还挺给力，方玉环的内心百感交集，面上也流露出欣慰。但是，家里的情况还真没有她前面嘴上说的这般糟糕，老丁进去是一个意外，但大景水泥会停业再破产是预料之中的事。

人在世间生存，要懂得一个道理：见好就收。

一桌子好菜，迟迟都没有人下筷。

丁龙泽对着一桌好菜，难过道："也不知道老丁在里面吃得怎么样？"

方子欣本想吃个鸡翅，听丁龙泽这样一问，也不好意思夹了。即使有胃口，哪还有脸啃鸡翅。

方玉环看着两个亲生孩子，一个非亲生的白芒，脸上扬起乐观的笑容，豁达地说："别愣着，你爸吃不上的饭菜，咱们要好好吃。"

丁龙泽一听，更不想吃了。

方子欣听了，也默默地放下了筷子。

白芒左右看了看，决定也不吃了。

山不转水转，日子每天都转，人和人的关系也在变。

近日，钟灵邀请一些太太和孩子假日到她新开的酒店玩三天。替钟灵操持这次活动的人，正好是丁明薇。

丁景凯出事，丁明薇为了避嫌彻底不跟方玉环见面，之前为了林直受伤的事，丁明薇已经对方玉环的脾气很怄火，这次刚好可以将亲情和利益划分干净。

丁明薇来江家找钟灵商量此事，人待在江家花园，还没等到钟灵，一辆黑色跑车快速驶入江家后门处的车位，江川尧回来了。

钟灵跟儿子江川尧关系不好，已经不是什么秘密，外人难免猜测原因，猜多了就有了一致的传闻，要么江川尧不是钟灵亲生的，是外头抱养的；要么就是江鹤鸣跟外面的女人生的，钟灵当了便宜妈。

以江家的情况，后者可能性更高。

丁明薇的想法瞬息万变，就在前面几分钟里，她的心仿佛从欲望的深处开了一个口子，越开越大，几乎要吞噬她。明明日头一落，室外温度降下来了，她手心却满是汗水。

丁明薇端着一杯清茶，往外望。南山花园是宁市风水最好的住宅，江家又占据着山南湖最中心的位置。地势最高不代表位置最好。从风水来说，高处不稳，不如居中。

整个江宅面积极大，四周又被梧桐笼罩，入秋了，梧桐叶逐渐泛黄，树梢上染上天光的叶子看起来金灿灿的，十分绚丽。树叶大片大片随风摆动，壮阔无比。

江川尧是下午4点到的江家，他的卧室在三楼，是一个套间。读高中后，他在江家的待遇有着极大的提升，时不时会有特别好的东西从外面送上来。

江川尧走进衣帽间，将T恤衫换成衬衫，食指屈起，利索地扣上袖口。倾斜的落地镜倒映出笔挺颀长的身影，一张干净的面容，落在镜子里的眼中，多了一丝犀利、冷峻。

等会儿姜啸信要暂留江家吃个晚饭。

突然传来的消息，钟灵不免慌张，立马张罗着改菜。

原本今天晚饭的菜色已经排好，现在全部换掉，重新换上他爱吃的几道菜，不能有海鲜，姜啸信不碰的。还要煮一壶雕花……备着。

姜啸信不是爱喝洋酒的人，他骨子里比较传统，吃的食物也很传统。因而他的审美和喜爱也很传统。钟灵上二楼房间换衣服，穿上了一袭旗袍，中规中矩的长旗袍，搭配一件披肩。她力图将一切做到尽善尽美，就是想让他知道，她才是最懂他，最配得上他的人。

钟灵走出房间时，江川尧刚好从楼上下来。两人撞上，江川尧从她身边走过。

"江川尧……"钟灵叫江川尧名字。

江川尧堪堪停下脚步，转过头，偏冷的目光却带着一丝愉快的情绪落在她脸上，他的眼尾下垂，眉眼透着笑意，给人十分温柔的错觉。钟灵有些怔住了，这双眼，跟那个女人可真像啊。好像只要足够和煦，就没有攻不了的人心。可那又怎么样,那个女人还不是输给了她,连命都输没了,最后难产而死之前还求她照顾好她儿子。真是天真至极!

"你……"

"钟女士,你换这身衣服,看起来很显老。"江川尧突然靠近钟灵说。

钟灵愤怒到表情失控,差点犯病晕倒,江川尧伸出手,扶住钟灵,一双手仿佛紧紧桎梏住了钟灵的心。

钟灵知道,江川尧从小就不是任由她摆布的人,长大后,他更是成了她无法掌控的人。他给她错觉,玩世不恭,乱交女友,却在她不知道的背后,一点点地回到原来的方向。是什么时候,江川尧不再是江川尧,知道她根本不是他的亲生母亲?

钟灵狠厉警告:"想顺利毕业的话,今晚这顿饭就好好吃。"

江川尧笑,神情从容自然,不露痕迹地回击一句:"你也一样。"

钟灵推开江川尧,强烈的憎恨感让她身体倏然绷直,高高抬着头一步步坚挺又优雅地走下楼梯。疯子!这个家的人都是疯子……

江川尧跟在后面,单手插袋,每走一步,目光都越过钟灵的头顶看向客厅墙面悬挂的水墨画,这个家的一切,都不应该姓江,而要姓姜。门外响起汽车低沉的喇叭声,是江鹤鸣和姜啸信一同回来了。

秋阳高照。头顶的天空,一碧万顷。

从拘留所出来,方玉环要去一家财务公司商量水泥厂拍卖事宜,临走前交代丁龙泽和方子欣该到学校读书就去读书,该思考工作就回家思考。至于白芒——

"帮阿姨管着他们一点。"方玉环交代。

白芒不负重托地点头。

方子欣和丁龙泽两人,一人各站一边,头各自往反方向撇过去。

"老丁看起来还不错。"

"不然呢,他一个大老爷们也不好当着我们的面哭。"

一路上,方子欣和丁龙泽都在讨论丁景凯在里面的情况,一会儿叹气一会儿又庆幸,惆怅中又透着乐观。方玉环的基因很强大,丁龙泽和方子欣的接受能力都很强。

车厢里,两部手机齐齐发出微信群的信息声,是林笙拉的那个群"又红又专"进来的消息。白芒和方子欣同时被问了。

明天的云菜之行,你们能来吗?

特意问她们的是群里的一个女生，看似很热心的询问，但因为多加了一个"能"，立马多了一分不怀好意。

云莱之行？

什么玩意？方子欣在群里输入。

你们没有收到邀请吗？该女生问。

方子欣看向白芒，正要对着群里破口大骂，什么破活动，八抬大轿抬她，她都不会去。

白芒安抚方子欣："理他们做什么，你先问问阿姨再说。"

就在这时，群里又有两个人冒泡，替方子欣打圆场——

她们家出事了，来不了。

没关系，下次有机会再聚吧。

就在这时，何荔嘉冒泡了，什么话也没有，就是丢了一个小孩吐舌头的恶作剧表情。

何荔嘉的这个表情包，无疑比前面的两句话更伤人，比起群里的其他人，何荔嘉故作无辜，又遮掩不住自己的幸灾乐祸，格局的确小了一点。

方子欣本来就跟何荔嘉不对盘，看到何荔嘉发到群里的表情包，都快气炸了，紧紧攥着手机，恨不得拿它哐哐地撞向车玻璃。

为什么不能来，发生什么事了？何荔嘉又丢出一句话。

群里安静了几秒，也没有人冒泡告诉何荔嘉原因。

丁景凯还没有定案，丁家也没真的完蛋，就算丁景凯真的进去了，更厉害的方玉环还在。太早幸灾乐祸的人，难免就有落井下石的嫌疑。

方玉环也收到了钟灵的邀约，只不过这段时间她整个人心力交瘁，实在没心思参加什么云莱之行。

以前方玉环也是那个团体的积极分子，但是这次……

晚饭后，饭菜已经撤掉，餐厅的一盏大灯底下，方玉环面朝三个孩子，瞅瞅每个孩子不同的表情。片刻后，叹了一口气，她现在的确犯难要不要参加丁明薇组织的活动，这个活动由丁明薇组织，目的是为钟灵即将开业的酒店捧个场。

"你们……说说想法啊。"方玉环提问。

方子欣第一个发表意见："别去了，至少现阶段我们没必要跟那群人交往。难道您光鲜亮丽地参加她们的活动，就可以证明我们家没有事了吗？您笑脸相迎，他们就伸手不打笑脸人？"

丁龙泽有不同意见，比方子欣也乐观一点，他说："我不相信没人认可我们的妈妈的人品，就算有人看低她，也绝对会有欣赏她的人。一个家庭出了事，不是看出的事情多大，而是看我们一家人有没有被打倒。只要我们没有被打倒……不管是现阶段的生意，还是以后的合作，我们都要让她们知道，方总是值得交往的。"

方玉环有点感动了。然后，看向白芒。

轮到她了，白芒眨了眨眼睛，提出了一个主意："要不，我们自己安排一个活动？"

不想参加活动，最好的办法就是自己搞活动，既能维持人脉，还可以保有主场优势。最重要的是，这次刚好是挑选盟友的机会。

夜里，方玉环和三个孩子一起策划，准备搞活动。

后天有空吗？ 白芒回到卧室，给江川尧发消息。

江川尧回复很快：*有。*

白芒给江川尧发了一个农庄的地址，发出第一个邀请：*有没有兴趣来这里钓鱼，一起吃农家饭？*

江川尧：*你也去？*

白芒：*嗯。*

江川尧：*好。*

紧接着，江川尧被白芒拉入一个活动群，群名：大地之行。

翌日一大早，白芒、方子欣、丁龙泽三人整整齐齐地等在一楼客厅准备出发。

方玉环好久没穿休闲服装，前两年学习打高尔夫球买了几件大码的POLO衫、休闲裤，今天终于派上用场。

昨晚方玉环邀请了圈子里几个关系较好的姐妹，她们也很给方玉环面子，回绝了丁明薇那边，带着孩子奔向这边。

方玉环安排的场地，是她自己的老家。前几年改造之后她偶尔会邀请朋友过来放松放松，房子外形看着是普通的几间农庄，但里面的布置别有洞天。另外，方玉环还安排了几个阿姨帮忙做饭，一起搞这次活动。

客人陆续到场后，方玉环为了给大家解闷，安排了一个麻将桌，大家聚在一起开始打麻将。

方子欣她们觉得看客人打麻将太无聊，去外面玩去了，唯有白芒是麻将桌上的看客，她坐在方玉环后面，一双乌黑生亮的眼珠子轻轻打转，看牌又看人。

她发现，今天打牌，方玉环全程都在有技巧地放水，不断地给其中一个圆脸的妇人喂牌,有意输给她。

几圈过后,圆脸妇人问方玉环:"等会儿还有人来吗?"

方玉环接话:"还有几个年轻人,是芒儿和欣子她们的朋友。"

"男生,还是女生?"李太太又问,揶揄态度很明显。

"好像都是男生?是吧,芒儿?"方玉环适时问白芒。

白芒轻轻地"嗯"了声。

长辈们在里间打牌,方子欣等人在外面玩,只有白芒陪在这里。

江川尧、邹瑞泽和顾言锡他们来了后,见白芒坐在方玉环后面,比方子欣看着更像方玉环的亲女儿。

"你说芒儿为什么喜欢跟阿姨们凑在一起?"方子欣在庭院烧烤,面对众人,问出一个犀利的问题。

的确,比起他们只爱跟年轻人一起玩,诸多证据都表明白芒很爱参加老阿姨的活动。

大萌接话:"可能芒儿不喜欢烧烤吧。"

"屁!"丁龙泽一口否定,眼睛一瞥,"白芒是个妈宝,就喜欢凑在妈妈堆里。"

"白芒是妈宝啊?"邹瑞泽忍不住,好奇地问。

"也不是妈宝……"方子欣替白芒解释,"她这个孩子吧,跟同龄人比起来,比较早熟。"

"很正常,水果嘛,很容易被催熟的。"顾言锡笑着说,丢出一个玩笑梗。

"为什么啊,为什么水果容易被催熟?"方子欣不懂,疑惑地问。

"因为乙烯。"大萌给方子欣透露答案。

方子欣蹙眉问:"什么希?"

丁龙泽说:"我真是服了你,方大欣,你高中生物没学吗?水果在密闭的环境里会释放乙烯,可以自我催熟。"

方子欣翻白眼,说:"我大学都要毕业了,忘掉高中知识不是很正常?你一个在读高中生秀什么?"

"我没秀啊,只是在座的都知道,只有你不知道。"丁龙泽陈述事实。

方子欣那个气,朝丁龙泽后脑勺一击。同时,一个红枣嗖地飞来,准确击中丁龙泽的大脑门。丁龙泽一前一后,双向受击,嗷呜捂住头。

白芒从里面走出来,一双长腿站在三米外,嘴里嚼着红枣肉,手里还抓着一把红枣,一个个丢进嘴里。

"丁龙泽,你这个连鳙鱼都不认识的大头鱼,说谁妈宝呢!"

终于……白芒从太太麻将桌出来，回到同龄人的怀抱了。

江川尧坐在庭院，望向走出来的人，白色小衬衫搭配修身牛仔裤，脚上是马丁靴，脑袋戴着鸭舌帽，下颚微抬，一脸不服气……真是一个有仇必报的小孩。

江川尧目光微微一顿，平静收回，毫无情绪的一眼，看不出两人刚建立了"朋友关系"。

别人看不出，他自己也感受不出来。比起身边的朋友，就算江川尧是为了"朋友"赴约，他也没有邹瑞泽和顾言锡那么热络，看起来像是被拉过来凑人头的。

本来他们这群年轻人相聚，就是凑个热闹，然而方子欣借题发挥，拍了几张照片发在那个"又红又专"的群里，不为其他，只为打何荔嘉的脸面。就在半个小时前，何荔嘉在微博和朋友圈都发了"云莱之行"的九宫格照片。

珠玉在前，方子欣的农庄照片没有人理会，只夸何荔嘉"人美，拍照更美"。

何荔嘉发完个人照，又发了她和焦扬的合照，俊男靓女的合影更能吸引眼球，一时间群里都是好评，可怜的方子欣，前面发在群里的照片，连一个回应的人也没有。

方子欣突然笑了笑，征求江川尧的意见，问道："江大帅哥，我可以发你的照片吗？"

江川尧问："大家一起出来玩，就发我一个人的？"

额……

"我们也来一张合影吧！"大萌提议道。

"可以。"

大萌开心极了，忙说："我找个人帮忙拍一下。"

不管在什么场合，情商超高的大萌都是最好的辅助。

大家都同意合影，白芒自然也没意见，她和江川尧就坐在一处，拍照的时候，都没有挪屁股。合影出来，大家都是热烈愉快地笑着，除了白芒和江川尧，一个呆板，一个严肃，两人坐在最中间，效果就像是——

"这张照片，像是什么青春剧组合影啊。"大萌说。

热热闹闹的男女配角围绕着一对高冷的男女主角。

方子欣看向照片里面虽然不苟言笑却十分惹眼的白芒，也幽默地说："明明是女明星和她的素人朋友。"

"不是……这里面明明就你看起来最朴素了，我们都好看着呢！"

大冤种弟弟丁龙泽,又毫不留情地回了方子欣一次。

方子欣才不管拍得好不好看,直接将合影发了群里。效果很好,合影的风头直接盖过了何荔嘉和焦扬的秀恩爱情侣大片。

原来你们还有别的活动啊!

看起来还挺好玩的。

下次还有这样活动,求带!

"不过说真的,云莱酒店弄得不错啊。"邹瑞泽刷了刷群里的图片,问江川尧,"云莱好歹是你家的酒店,干吗不去?"

江川尧看邹瑞泽,反问:"不是也邀请你了吗,你怎么也来这里?"

白芒坐在一旁,看着群里一条条蹦出来的消息,翻阅了前面的照片,在何荔嘉的个人照之前,林笙在里面分享了很多照片,都是拍的云莱酒店周围的风景。

其中一张照片,长长的白色拱门过道,有一个被抓拍的女人,白芒放大了照片,女人的模样看着就很清楚了。

女人身材消瘦,面色冷白,浑圆的后脑勺梳了一个低马尾,一身黑红相间的裙子,露出纤细的脚踝,以及更加纤瘦的手腕,白皙骨感的手腕佩戴着一只羊脂玉手镯,是白蕙!白蕙就算只是他人照片里的背景色,白芒都能将她认出来。

一时间,白芒胸膛里的心脏突突直跳,大脑混沌,她有太多的不解,太多的不明白,一直说自己在京市处理工作的白蕙,怎么会出现在林笙无意间抓拍的照片里?白蕙也被邀请参加云莱之行了?还是,京市的工作从头到尾都是幌子,白蕙可能一直都在宁市?

"哎。"

白芒突然伸手捂住肚子,"演技"上身了。只见她低头,耷拉着一张小脸,眉头轻轻蹙着,脸上还有要不要说出来的犹豫和为难……

目前只有这个办法,能帮她最快离开这里。她要用最短的时间,从这里赶到云莱酒店。最适合带她去云莱酒店的人,是江川尧。

"我肚子疼……"白芒锁住目标,一双充满情绪的眸子闪烁着难以启齿的羞涩,又直勾勾地瞧着江川尧。

江川尧已经站起来,视线高高往下投,瞧了她一眼,出声回应她——

"我带你去医院。"

白芒在心里暗自称奇,她从不知道江川尧还能这样配合她……

"好了,现在没人了。"

江川尧坐上驾驶座，甩上车门，淡淡地丢出一句。

白芒原本还在装忍受疼痛的模样，在江川尧丢下话后，嘴角微微上扬，朝着江川尧抛出一个感激的眼神。

江川尧启动车子。

"你怎么看出我是演的？"白芒发问，坐正身子，还有模有样地咳嗽了一声。

江川尧说："太突然了，没有一点铺垫。"

那是因为……

江川尧又加了一句："演得也不太自然，痛苦表现得太浮夸。"

白芒有点不服气地说："没有一点激烈反应，怎么有说服力。"

江川尧看了她一眼，发出灵魂拷问："很有经验吗？"

白芒眼睛忽闪，突然眼睛一闭，脑袋一歪，整个人靠在副驾驶上抖了两下。

"怎么样？刚刚是心脏痉挛导致的短暂休克。"

江川尧从唇间冒出一句："演得不错，下次别演了。"

白芒尴尬地将手放进口袋。

就在这时，江川尧清清淡淡的声音再次响起："白芒，你小时候也一定很无聊吧。"

如果换个人，白芒听到这句话都觉得对方在嘲笑自己，但江川尧不是。明明是疑问句，他的口气有一种温柔的像是找到同类人的笃定，还夹着淡淡的遗憾。你小时候也一定很无聊吧。就像我一样。

白芒垂下眼，否认道："没有。"

江川尧没有再继续问，他是一个很有分寸的人，在相处时会给对方随时陷入沉默的时间，她一沉默，他也不会过多打扰，就安静地开着车。他不是什么讲道理的人，但他不会强词夺理。

灿烂的日光，给外面的一切打了滤镜，照在挡风玻璃的阳光，反射在江川尧的脸上，明光烁亮。

"江川尧，我想去云莱酒店，参加你母亲举办的活动，你可以带我进去吗？"

白芒明确地说出目的。

"好。我带你去。"江川尧答应她，"不过，你要答应我一个要求。"

"什么？"

"别把酒店烧了。"

江川尧如实开口:"我不想成为你的同伙。"

倒也不必这么紧张……

安静片刻,白芒忽地咧嘴笑了笑,保证道:"放心啊,我不会连累你的。"

"倒不是怕连累。"

"那你怕什么……"

"怕丢脸。"江川尧轻声说。

农庄和云莱酒店分别位于宁市南北两个方向,车子从北驶向南边,中途上了高速,高速路口下来,又是国道,再就是盘山公路。

半个小时后,车子缓缓驶入云莱酒店最大的停车区域,酒店建筑面积很大,而且分区域,一幢幢别墅依山而建,连成一片直至山顶。

停了车,有专门的酒店用车接送宾客入住。白芒和江川尧双双上了接待车,她手里拉着安全带,循着一幢幢建筑往上瞭望,最后看向山顶最高的一幢楼,难以想象地摇摇头。

"这个酒店也太大了。"

前面看群里的照片,大家拍出了酒店的设计和景观,没有拍出容量和大小。她匆匆赶来,还以为能逮住白蕙这个行踪不定的女人。结果这个地方……那么大。

"江川尧,你能查酒店的住户信息吗?"白芒试着问了问。

迎面吹来的风让江川尧整个人看起来十分松弛,面上也没有太多的好奇,好奇白芒为什么好端端地要跑这里来。

江川尧问:"你要找谁?"

"一个朋友。"

江川尧说:"警察可以。"

白芒心道:这要是能找警察还有你什么事……

江川尧说了一个事实:"云莱没有正式营业,今天参加试营业活动的人,除了交往的亲友、合作伙伴,就是一些旅游博主、知名摄影师……他们都是提前被邀请而来,如果那个朋友对你很重要,按照名单应该能找到。"

白芒点头说:"的确很重要。"

江川尧也看她,问:"名字?"

白芒沉默了一会儿,说:"她叫……白千希。"

白蕙,笔名白千希。这世上没有几个人知道白蕙是谁,但绝对有不少人知道白千希是谁。

江川尧听到这三个字,也没犹豫,答应下来:"我帮你查查。"

"谢谢。"

白芒突然有点喜欢上江川尧了，喜欢他细致入微又从不多问的性格。

办理入住时，江川尧问她："要在这里住几天？"

白芒眼睛微抬，气儿很足："至少住两天吧，来都来了，总要参加一下你们家的活动。"

江川尧说："你错了，这个家跟我一毛钱关系都没有。"

白芒的心仿佛被凉风吹了一下，只是江川尧的表情坦然得仿佛前一秒突至的冷意只是她的错觉。刚好手机铃声嘟嘟响起，白芒看向手机屏幕，是方子欣打来的。

白芒按下接听键，电话里是方子欣暗藏八卦的关心。

白芒毫不掩饰地说："我已经好了，没有在医院。江川尧跟我在一起，你们别担心。"

"对了，我这两天不回来了。"白芒又说，"去医院的路上，江川尧邀请我参观云莱酒店，我们就一起过来了。"

一旁的江川尧心想，他还真是一个热心肠的人啊。

随即，一道充满怨气的女音从白芒的手机里传出来："我的芒啊，江川尧在撩你，难道你感受不出来吗？"

"噢。"白芒冷静回应，"我知道。"

两人的视线相交，她又加了一句："他撩他的，我玩我的。"

挂了电话后，白芒手拿房卡，迈步往前走，招呼道："走吧。"

江川尧眨了一下眼，难以置信地问："我撩我的？你玩你的？"

嗯，难道不是？

白芒微微仰头，弯了弯唇，轻快地走在江川尧的前面。她把他当朋友是真的，江川尧是否真的当她是朋友，还需要时间证明。

白芒拿到了一张活动流程单，挑了两个重点记下来。一是今天晚饭之后有温泉会，再就是明天晚上 8 点，有一场以"云间"为主题的摄影作品公益拍卖会。

江川尧也找人查了，云莱没有一位叫白千希的女士入住。

白芒问江川尧："这个酒店，规模那么大，都是你家的吗？"

江川尧看似开玩笑又认真地回她："不是，是国家的。"

白芒附和道："对，我们也都是国家的。"

云莱的温泉位于酒店的下面，乘坐观光电梯可以直达温泉中心，白芒办理好入住，天色已经暗下来了。

她的酒店房间居中,视野正好对着一幢幢白色屋子围绕的温泉池。袅袅兮秋风,洞庭波兮木叶下。夜幕低垂,山间的星光像是一盏盏被人挂上去的橘黄灯笼。

门铃响起,一位服务员推着小车进来,送来今天的晚饭,放下晚饭,服务员又将一个纸袋放在她的床上。

"这是一套泳衣。"

服务员年纪很小,说话还有点没有经过培训的磕巴,老实又腼腆地说:"这是隔壁客人给你买的泳衣,他请你一起下去泡温泉。他说……"

白芒歪头问:"说什么?"

服务员小姑娘说:"可以各泡各的。"

所以,江川尧特意让服务员给她送泳衣,是为了回击她前面说的那句话?

白芒脱掉衣服,换上江川尧让人送来的泳衣,相对保守的分体样式,纯白色的,上衣像是贴身吊带的款,肩上带着碎碎的荷叶边。镜子里的女孩,消瘦有型的肩,狭窄的腰身,两条笔直修长的腿,在酒店的过道灯光下泛着莹亮的光。对着镜子,白芒在思考一个问题——为什么她穿得少比穿得多,要好看?

白芒对着镜子拍照,给白蕙发了自己的泳衣照。

云莱酒店的房间很有特色,如果白蕙也住云莱,一定会认出她们住在同一个地方。如果白蕙没有多问,要么就是白蕙不想承认,要么就是她有目的,不能承认。

白蕙平时基本不怎么联系她,都是她对白蕙单向联络。但只要她吸一吸"母爱",白蕙还是会理一理她。大概她跟白蕙说十句话,白蕙能回她一句。很幸运,这次她发了一张图片,白蕙就回她了——胸部发育不错。

白芒输入:继承了你的好基因。

白蕙:客气。

白芒瞧着这个聊天记录,判断不出白蕙的态度,想了想,直接问了:你人还在京市吗?

白蕙给她发了一个定位,是云城老家的地址。

白蕙:已经从京市回来了。

白芒卑微请求:你等我几天,我后天回家一趟。

白蕙又不理她了。

白芒握着手机,心里有些空落落,她叹了一口气,整个人靠在过道的墙上。头顶亮着一盏走道灯，光线温暖宁静地倾泻在头顶。从丁景凯被拘，她再回宁市，她的心就有点悬了，不是像方子欣那种慌乱无措，而是一种高悬未定的感觉，仿佛被一根线吊起来，吊得高高的。

白芒再次打开林笙发在群里的照片，细细审视。

现在的手机拍照清晰度很高，穿过拱门身穿红黑相间的衣服的女人，真的只可能是白蕙，人可以有相似——但是手腕上的镯子，一样的羊脂玉，一样的细条，即使真的存在两个相似的人，又怎么会碰巧佩戴一模一样的镯子？

白芒披着酒店的白色睡袍走出房间，没有直接乘坐观光电梯到地面的温泉池，而是先敲了江川尧的房门，江川尧就住在她隔壁。

走出自己的房间之前，白芒打开盥洗台上的水龙头，接了一杯水，浇在自己的脑袋上方，她穿着泳衣，不怕湿，一杯水不仅让她大脑细胞都冷却了下来，还让她看起来十分水灵。

湿润了大半的头发，又松又垮，湿漉漉的刘海贴在线条优越的脸庞上，大片的水迹沿着额头往下，晶莹的水滴悬挂在裸露的肩颈上、锁骨上……

紧接着，白芒笑盈盈地迎面望着给她开门的人。

江川尧站在门口，骨节分明的手随意地把着门，他还是白天过来时的样子，身上穿着一件颇有质感的白衬衫，搭配灰色长裤，略微倾斜的刘海还稳定地保持着帅气造型，眉骨明显，露着若有若无的美人尖。

"朋友。"白芒的口吻很随意，"我好了，你好了吗？"

江川尧淡淡打量她一眼，说："还没。"

"那我等你一会儿？"说着，白芒微微挑眉，眼底闪烁了一点明显的期待。

"头发怎么湿了？"他问她，注意力留在她的头顶。

忽略了一个事……江川尧比她高，可以完整地看到她的整个头顶，一定会看到她的头发湿得不够自然。

白芒没有任何尴尬，抬起头解释："本来想洗头，你送来了泳衣，既然要泡温泉，就不洗了，省得回来还要再洗，麻烦……"

江川尧信了她的理由，神色淡淡应了声。

白芒将左手放在浴袍的口袋，右手来到身前，把玩着睡袍系着的带子，随意一扯，睡袍就"正大光明"地敞开了。可惜，那么撩人的画面，江川尧没看到。

江川尧转过身，回了房间，白芒也跟着进了江川尧的房间。

"我可以坐在你的床上吗?"她询问他。

"可以。"江川尧的声音仍是淡淡的,他的目光从他进来房间后,就没有落在她的身上过。他说的朋友,是君子之交淡如水的朋友吗?

得到允许,白芒一个屁股就在江川尧的床边坐下来。

江川尧应该很怕热,早秋的天气到了夜晚并不热,还很凉爽,但他的室内还是开了冷气,他脱了衬衫外套,上身是一件白T,搭配一条灰色长裤。

白芒视线微转,扫了一眼江川尧房间的布局。这个房间跟她住的房间差不多,就连沙发和茶桌的摆放位置都一模一样,

此外,长方形餐桌上面还留着未撤的四菜一汤。上面的饭菜,跟她吃的也一模一样。

不同的是,露台外看到的风景不一样。白芒站起来,想走到外面的露台看看风景,她回过头,交代留在房间里的江川尧说:"你快换泳裤啊。"

江川尧终于把目光投向她了,嘴巴微微抿着,像是战略性沉默下来。

江川尧是一个没有任何规矩正统之态的人,此时此刻,他仍坦然无比地看她,整个人的状态看着松弛自若,给她的感觉,就有一种形容不出来的捉摸不透。如果她对他有意,此时她心里一定会紧张,她还真的有点紧张了。

"欸!"快点吧。

江川尧就是有磨人的能力,他自顾自在她坐过的床边坐下来,拿起服务员搁在洁白被套上的一个纸袋,里面是他要的泳裤。

"你的泳衣大小……没错吧。"江川尧开口问她。

白芒背对着江川尧,听他说话,反应了一下,原来江川尧还跟服务员报过她的尺寸啊。她还以为泳衣都一个尺寸呢。

"很合身,一点也不小。"白芒噙着笑容,转过身说——"就是裙子,有点偏短。"

白芒脑袋微微一晃,打开睡袍,将只穿泳衣的自己大大方方地展现在江川尧面前。

"你瞧,是不是挺贴身的。就是颜色我不太喜欢。我喜欢黑色系,看起来更性感一点。"白芒认真地说了起来,她脚上穿着酒店的拖鞋,修长白皙的小腿像是两截细藕立在地面上。

她朝江川尧走近一点,像是懵懂无知又勇敢无畏的女孩,纯真又热烈,性感又可爱。感觉她装吧,没证据;说她真的不懂,又过分了。

江川尧面色冷静地欣赏了两秒,无奈地说:"白芒,要不然,你还是

出去等我?"他换衣服时,还真的不习惯有人待在房间。

"噢。"白芒应声,微微撇头,像是"显摆身材"失败感到略微沮丧的狐狸精,灰溜溜地系上睡袍带。她穿过江川尧的大床,走到过道。然后——啪的一声,关上了门。

白芒优哉游哉地等在外面,心情很不错。

不远处已经有人泡了温泉回来了。何荔嘉也是被睡袍包裹着回来的,她的身后是现任男友,焦扬。

何荔嘉看到她,也不伪装,直接脱口而出:"你怎么也在?"

焦扬的视线也紧紧盯着白芒,只见她漫不经心地站在前方,一双摄心魄的眼睛微微眯着,柔软湿润的头发贴在脸庞两侧,即使额上的胎毛毛茸茸的,整个人仍透着一种张扬大气的性感。

"看你们拍的照片很漂亮,就过来了啊。"白芒抬头回答,很理所当然。

就在这时,江川尧从房间走了出来。

何荔嘉看向江川尧。

"噢……我们是一起来的。"白芒加了一句,特意解释她和谁而来。

江川尧视线只盯着白芒看,像全程没有看见另外两个人似的。

"走吧。"他对白芒说。

白芒扬了一个微笑,朝何荔嘉礼貌地点了点头。

何荔嘉冷冷地看着白芒,又看着江川尧,神情紧绷,一双漂亮的眼睛几乎喷出火来。这世上没有比"被自己一眼都看不上的人"痛踩一脚更难以接受的事了。何荔嘉挺了挺脖颈,像一只漂亮天鹅,骄傲的情绪来不及延续,愤怒已经冲口而出:"恭喜你啊,终于得手了。"

白芒轻轻眨了下眼睛,若有所思,顿了下,遗憾开口:"哎!还没得手呢。"

何荔嘉还能说什么,身后的焦扬都明白……何荔嘉不可能在白芒这里发泄任何怒意,这样反而容易失了姿态。

何荔嘉阴阳怪气地说:"真有手段啊,什么时候勾搭上的?"

白芒审视着何荔嘉,当一个美女只想跟女生较劲,再漂亮的模样都令人索然无趣。

"在电影院呀。你走了之后,我们就有了交流。"白芒大大方方地说,口吻非常坦荡。

"下手真快。"

"必须啊,要趁热呀!"

何荔嘉气急败坏地说:"你——"

白芒堵住何荔嘉。何荔嘉咬咬唇,高傲冷艳的目光像是冰凌一样戳着她。

"恶心!"

"我恶心,我也没伤害你呀……把你的关注点,放在你身后的男朋友身上,可能会显得你比较有脸。嗯,是不是?"

全程任她胡言乱语的当事人终于发声了,却是一句无足轻重的解释。

"有你这样解释的吗?"

原本只是白芒一派胡言,江川尧特意一解释,更像那么一回事。又倦又宠的腔调,十分戳人。

白芒不管打架还是吵架都是点到为止,从不恋战,说完,她大大方方拉上江川尧,下去泡温泉了。

电梯间,江川尧利落地站着,瞅着战斗力十足的某人。

白芒撇过脸,开口:"我……帮你划清跟前女友的界限。"

江川尧假意感谢道:"有心了,不过……"

"不过什么?"

"她不是我前女友。"

什么?何荔嘉不是江川尧的前女友?那他和何荔嘉是什么关系。

江川尧脸上可见不想解释太多的样子,关于他和何荔嘉,大概算是一场恶作剧的关系。

温泉池分男宾和女宾区,白芒和江川尧确实各泡各的。

白芒一个个池子走过去,结果撞见了林笙,林笙似乎很喜欢红色,今天也是穿着红色裙子。

不得不说,林笙穿低饱和度的红色,整个人很显气质,看起来容光焕发,很有韵味。

这段时间丁家出事,林笙趁机安慰两句。

"丁家出事你一定很烦恼,出来散散心也是好的。"

"不管如何,长辈的事别影响我们小辈的感情。龙泽是我看着长大的,除了林直,我也就只有他这个弟弟了。"

白芒瞧着林笙,说:"林笙,你比方子欣有姐姐的样儿。"

林笙碰了一下自己鼻子,附和道:"我也那么认为。"

两人泡在一个池子里,白芒一身白色泳衣,林笙是红色连体泳衣。一红一白,热气腾腾,林笙看她的眼神带点客客气气的欣赏。

"对了。你怎么过来的?"

"和江川尧一起来的。"

"江……川尧好像很照顾你。"

"我们是朋友。"白芒凑到林笙面前,"暂时。"

林笙笑了笑,就从温泉池里站起来,她的个子比林直高,从高处看人的样子有点像丁明薇。

"白芒,明晚有联谊会,你记得来。"

"有好吃的,我就来。"说着,白芒抬着头,没心没肺地一笑。

林笙微笑,解释自己提前离去的原因:"我低血糖,不能泡太久。"

白芒眉眼弯弯,关心一句:"路上滑,小心一点。"

林笙离开,白芒拿起手机拍了两张照。温泉池里双腿招摇晃动,心思一动,她将照片发给了江川尧,两分钟,撤回。

白芒:不好意思,发错了。

何荔嘉说她有手段,恶心……何荔嘉还真是说对了,她的确既恶心,还很有想法。

白芒知道,以白蕙的行事风格,她绝对不会无缘无故出现在这里。云莱酒店的所有活动都是江家为了宣传酒店而举办的,如果白蕙来这里的原因在于江家,那她就要比白蕙先一步跟江家的人打交道。所以前两天白芒一直在思考,怎么样才能光明正大地进入江家。

成为江川尧的女朋友倒是一个快捷又具有可行性的办法,唯一的风险是,江川尧这厮对女朋友不太友好,容易分道扬镳划清界限,何荔嘉就是典型的例子。

那么,她要成为他的女朋友,就一定要得到他的保证!

保证什么?保证她是他唯一放在心上的女朋友,保证她是他唯一公开承认的女朋友。

四周渐趋沉寂,直到下半夜,绵密而有力的雨点"啪啪"落下来。

白芒脑子里想事情的时候,就容易睡一会儿醒一会儿,睡得迟,起得也晚,一觉直接睡到日升之时。

她和江川尧一同出现在早餐厅,正大光明地在一起,也没有朋友打掩护,江川尧还时不时将目光投向她,温热、包容,还有一丝难以形容的专注。本来只是她心里存着暧昧,过了一夜,直接变成大家眼里的暧昧了。

餐厅里,好几道视线集中在她和江川尧身上,这些目光的主人似乎认为她和江川尧在一起了。聪明人自然要借势，趁着所有人都以为她和江川尧有什么的时候，她当然要发生点什么。

突然，白芒拿过江川尧餐盘旁还没有喝过的一杯牛奶，当着江川尧的面故作随意地喝了一口，再放下。周围突然安静下来，轻松自如的面容里掩藏着她的居心叵测。

"抱歉，我喝了你的牛奶。"她出声道歉。

没有任何停顿，江川尧道："这杯牛奶本就是给你拿的。"

"噢。"

打扰了。白芒微微吸了一口气，整理内心的凌乱，她停止释放魅力，死板地啃起了一块饼干，想了半天，说了一件正事："晚上的摄影作品拍卖会，我想去见识一下。"

江川尧告诉她说："今晚8点，二楼的云朵宴会厅。"

白芒脸上有点失望地问："你不去吗？"

"再说。"江川尧没有立马答应她，随意抬起的目光跟她有意地碰撞了一下。他像是终于察觉了她的异常态度，对她有了一丝不解。

白芒的心则像是突然开了一扇窗，然后就被突然迎面撞入的小蜜蜂蜇了一下。因为江川尧睨了她一眼，她也"回敬"他一眼。

上午，一场突然的秋雨给整个云莱酒店营造出沉闷的气氛。外面大雨滂沱，四周雾气缭绕。

下午，白芒和江川尧在酒店休闲区玩起了两人的飞行棋，轮到江川尧了。

"你真的不再考虑一下？"她问江川尧。

江川尧没说话，他停了下来，将手中的骰子放在一边。

白芒抬起头，原来是来人了，一对看着很像姐弟的人，走到对面的双人沙发坐下来。这位年轻人，白芒见过，好像叫……钟若怀。

钟若怀温和礼貌地叫了江川尧一声"表哥"。

钟若怀的旁边是一位身材傲人的姐姐，不过有点造作的轻浮之气。她贴着钟若怀坐下来，一双裹着丝袜的双腿松松拢着，脚上是一双名牌的高跟鞋，真是一个看不出年纪的艳丽姐姐。

"阿尧……这是你朋友吗？"姐姐开口问江川尧，声音娇媚，就跟脸上的笑容一样。

白芒忍不住诧异对方是谁，难道不是平辈而是长辈？

就在这时，钟若怀稳稳地牵上"姐姐"的手，开口："妈妈，您这不是睁着眼睛瞎问吗？你什么时候见过表哥跟其他女孩在一起？"

原来不是姐弟，是母子啊……

"那就是女朋友喽！"女人眼睛发亮地打量她，跟白芒介绍自己，"我叫王琴琴，你好呀！"

白芒开口："王琴琴，你好。"

王琴琴的脸色变了变。

"小美女，你还真好玩呦。我还以为你会叫我一声阿姨呢！幸好你没有叫，不然我可要生气了。"

白芒立马道歉，口吻严谨："对不起阿姨。"

王琴琴再笑脸相迎，脸色也变得不太正常了，她将双腿上下交叠，鞋尖朝着白芒。

白芒若无其事地拿出手机，自顾自靠在沙发上玩起了手机，偶尔抬起头瞥一眼，耳朵注意听着。

女人开始说话了，跟说绕口令似的："阿尧呀，前面我和你妈妈还在房间聊起你，她这个人就是嘴硬心软，有些话放在心里不会说出来。你也别嫌小舅妈烦噢，母子哪有隔夜仇的，你们俩态度都放软一点，关系不就亲近了嘛。

"像我和若怀，关系多好呢。他也不是我亲生的……"

不过脑子的一句话，直接脱口而出。

江川尧往沙发一靠，抬起眼，一个眼神给钟若怀的"小妈"。

王琴琴这下也觉得自己说错了，不应该当着外人说这个话，多了一分尴尬。不过很快，又扬起妩媚的笑容。

"感情嘛，都是处出来的。"她笑着说，望向钟若怀，"小钟钟，你说是不是？"

钟若怀温和一笑。

江川尧也笑了笑，说："哪有小舅妈这么会处关系。"

王琴琴乐呵呵地说："有一说一，可不是我会相处，是若怀比你懂事。"

江川尧附和道："是的，表弟比我会当儿子。"

王琴琴又说："若怀比你情商高哪。"

江川尧点点头，敷衍地说："是啊，有一个情商高又懂事的儿子，真是便宜小舅妈了。"

王琴琴不高兴了，问："你什么意思？"

钟若怀清清嗓子,接了王琴琴的话,往下说:"表哥……我不是替我姑姑说话,姑姑前天到我们家,聊起你和她的事情,姑姑都哭了。"

江川尧完全不关心,反问:"是吗?"

钟若怀继续说:"要我说,咱们当儿子的,要体谅妈妈,当男人也要先撂下脸,是不是表哥?"

钟若怀就比江川尧小一岁,但从不叫江川尧名字,都是以表哥称呼,好像只有这声称呼可以维持两家人的关系。

"表弟啊……"江川尧也叫了钟若怀一声表弟,愉快地轻笑一下,佯装建议,"你那么擅长当儿子,要不,也给她当儿子试试?"

她是谁,不用明说了。

说完,江川尧站起来,掸了下衣服,最后扯了一句话:"这里就留给你们母子二人坐,不打扰了。"

"白芒,起来。"

江川尧朝她投了一记温柔的眼神,迈开长腿,朝她伸出手,白芒利索站起来,没有犹豫,直接将手放在江川尧的手心。

"再见呀!"

白芒跟着江川尧往前走,又回过头,露出一个灿烂的笑容。

王琴琴显然生气了,撇过头,钟若怀朝白芒笑了笑,脸上露出一点歉意的神色。钟若怀和王琴琴,还真是奇怪的母子组合,江家啊,钟家啊,他们的秘密还真是多啊。

昨夜的雨一直没停,白芒跟着江川尧穿过两幢建筑,最后穿过拱门围绕的长廊。外面雨幕重重,周遭迷蒙一片。江川尧一双长腿立在长廊尽头,雨气湿润了他一半的身子。

"白芒,这就是我的家庭,我的世界,你看到了吗?"

白芒安静地伫立一旁,心思淡淡地思忖着。听到江川尧和钟灵的关系,倒也不奇怪,更奇怪的是他们对江川尧的态度。

"所以,你想成为我这样的人,来到我的身边,面对我的世界吗?"江川尧问她。

白芒抬起白净的脸,和江川尧的目光交汇。

两人刚接触之时,当她得知江川尧的身份的时候,曾感慨过她和他处在两个不同的世界,是两个从头到脚都不一样的人。

江川尧笑笑之后顺势问她:要不要变成他,要不要来他的世界,当时她直接回绝说不要。

她或许羡慕过方子欣，但她却没有羡慕过江川尧，她不羡慕江川尧，可她想了解他，了解他的成长经历和背后的江家。

　　"我想……"白芒突然停顿下来，这一次江川尧提起这个话题，她要重新改一下答案。

　　白芒清亮的眼眸与眼前的人对视，直到承下了江川尧全部的情绪，怀疑的、霸道的，还有浅浅的可以称之为期待的渴望。

　　江川尧抬起头，再次问她没有说出来的话："想什么？"

　　他的话里有好几个意思，明白又直接，一下子把她还没有说出来的话堵住了。他在提醒她，不要欺骗他。

　　"我想……陪在你的身边。"她说得很慢，意思却很明白，一个字一个字地表达心意。

　　江川尧沉默地看着她，面上没有任何反应，他的气息像是周遭的大雨噼里啪啦地抽打地面，人却又顶风淋雨地挺立着。

　　没有什么可以摇撼他的人生。他看似什么都无所谓，可千军万马已踏过他的心。

　　"为什么？"江川尧问。他不确定是什么令她轻易地改了答案。

　　江川尧一身萧索，极其认真，不放过白芒脸上闪动变化的任何神情。

　　白芒伸出手，雨水落在她的手心里，打湿了她的袖子，慢慢地，她收拢手心，看向江川尧："因为我对你……已经充满好奇。"

　　她的目光很坚定。

　　白色衬衫几乎被打湿，露出江川尧肩膀往下颀长性感的线条，狂风夹着湿冷味道扑面而来，江川尧再次开口，声音有着冷静透凉的质感。

　　"我也一样，对你充满好奇。"

　　白芒主动握上江川尧的手，她不再说话，直接踮起脚，往上一抬，直接吻上了江川尧的唇，温热触碰冰凉，像是豆大的雨点落在脆弱柔软的花瓣上，轻轻晃晃，摇摇曳曳。

　　"所以我们要不要……进一步接触一下？"

　　突来的秋雨，像是没有尽头，下个不停。沉郁泼墨般的山间，残红落叶纷纷。

　　入夜，大雨终于停了下来。

　　云莱酒店的二楼宴会厅，辉煌明亮的灯火铺开，提前到场的媒体记者正在待机准备。他们冒着大雨赶来，势必要为云莱的宣传做足文章。

这场以"云间"为主题的摄影作品拍卖会,说是一场慈善活动,实则是以摄影作品的形式为云莱酒店的正式开业做宣传。

"江川尧,我们现在是什么关系?"准备下楼之前,白芒抛给江川尧一个问题。

"你想要什么关系?"江川尧反问。

白芒拉上江川尧的手,十分认真,轻声开口:"正式女朋友,怎么样?"

"女朋友还分正式,非正式?"江川尧反问道,握住她的手,包裹着她的每一根手指。

白芒仰着头说:"正式女朋友,就不是那种玩玩的类型,你不能随便分手,也不能随意劈腿。你要尊重我、包容我、保护我,只有这样,我们才能建立深厚的感情。"

"直到永远?"江川尧笑了下,问白芒。

白芒摇头说:"可能永远,也可能有一天我们也会彻底分道扬镳。"

江川尧有点好笑,又笑不出来。他心里很清楚,从长廊出来到现在说的这些话,他都在被白芒牵着走。

他全程配合她,很自然地牵上白芒的手,像是进入她制定的游戏规则。她不像戏弄他,也不像真心爱上他。

"我要尊重你,包容你,保护你,直到分道扬镳。"江川尧改了这句话,非常讲道理地说,"你要成为我的正式女朋友,意味着我也是你的正式男朋友。当一个上个月刚满十九岁的女孩的正式男朋友,我有什么好处吗?"

江川尧拿出了谈判的态度,样子轻松,散漫恣意,唇角还带着笑。

白芒眼睛一抬,眼瞳明光烁亮,认真地回答:"我也一直会尊重你,包容你,保护你。"

今日"慈善拍卖会"的主人钟灵已经来到了宴会厅,她身穿一袭暗蓝色的旗袍,梳了一个简单的髻。

白芒跟着江川尧来到钟灵面前,接受钟灵近距离的审视,然后笑吟吟地露出天真可爱的笑容,很有礼貌地说:"钟阿姨,您好。"

钟灵没有理会她。

白芒咧了下嘴,继续自我介绍道:"我叫白芒,白色的白,光芒的芒。"

钟灵仍没有回应她一个字。

白芒一点儿也不觉得生分,目光灼灼地和钟灵对视。第一次近距离看钟灵,就可以知道,钟灵和江川尧从长相上来看,没什么相似点。

不过,长期相处之后人和人的气息会相近,两个人即使没有血缘关系,但江川尧和钟灵身上那股凌厉不服输的气质是一样的。

如同现在,钟灵严厉地盯着江川尧,警告道:"江川尧,你最好还是注意一下你的身份,你在外面怎么交女朋友都好,别带到正式的场合。"

璀璨的光线之下,江川尧的眉目看着英气逼人,他毫不示弱地说:"妈妈,您可能要对白芒客气一点,她不一样。她是正式的。"

就在这时,白芒也朝钟灵点点头,十分单纯地说:"是的,钟阿姨,我和江哥哥是认真交往的,请您务必要好好喜欢我呀!"

灯光明亮,她笑容晏晏。

第八章
秋日·白昼

江川尧，
我想跟你一起面对你的世界。

昨晚思考一夜，白芒给江川尧发送了一句浪漫又深情的告白：江川尧，我想跟你一起面对你的世界。

江川尧回她：早点睡。

白芒本以为没机会了，结果今天——江川尧还是朝她伸出了手。

您可能要对她客气点。

她不一样。

她是正式的。

江川尧前面说的每一句话几乎都在钟灵心上浇油，白芒则乖巧地站在一旁，保持微笑，绝不造次。

"难不成，你以后要跟她结婚吗？"钟灵几乎是吼出这句话，极力压制着情绪，呼出的气都透着嘲讽。

江川尧说："您可以这么认为。"

钟灵的声音像刀子刻在大理石地面，非常尖锐："江川尧，你以为开这种玩笑，就可以跟我叫板吗？"

江川尧反问道："您怎么会有这样的想法？"

钟灵说："那你又是什么意思？"

江川尧回答："我的意思，前面就说了。"

钟灵的眸光简直要冒出火来。

白芒拉了拉江川尧的胳膊，小心翼翼地瞧了眼钟灵，然后求助一般仰头看江川尧，轻声说："江哥哥，钟阿姨好像不太喜欢我。"

江川尧摸了下她的头，轻声安慰道："没关系，慢慢来。我喜欢你就够了。"

齁甜！

白芒万万没想到，江川尧还有这样一面，演技那么好！

白芒接住江川尧眸光里流淌的细微情绪，黝黑的眼瞳像是盛着一池水，亮得像是可以进出光来。仿佛他说的话……是真的。

"亲爱的，你的意思是，"白芒忽地笑了，期待地望着江川尧，"你妈妈一定会慢慢喜欢上我，对吗？"

钟灵的脸都扭曲了，双手微颤。

丁明薇和王琴琴来了，比起身形傲人、花枝招展的王琴琴，丁明薇今天的穿扮很规整素雅。

两个人的风格差异极大——王琴琴是低姿态的招摇，丁明薇则是高姿态的克制。至于钟灵，她不需要摆出任何的姿态，她只要在这样的公共场合控制自己的情绪就可以。全程她都不需要亲自上场，有关活动的一切她早就安排妥当了。

白芒成为江川尧正式女朋友的后一秒，她的手被江川尧全程牵着。比起一个人，两个人在一起莫名多了些来自内心的稳妥。

白芒接住了丁明薇递过来的眼神，她对她厌恶，却又无可奈何。

人与人的感情，充满矛盾。

白芒的视线往另一侧看去，看向云莱摄影展览的大屏幕，展台下是一排排座位。

第一排的座位上都写着明确的名字，上面坐着特邀的摄影家和比较知名的媒体。

中间几排的位置是安排给亲友的，这些人的孩子大多坐在最后三排。看见她和江川尧牵手，大家脸上神情各异。不过，他们大多对这样的活动不感兴趣，对她和江川尧在交往这件事也不感兴趣。

焦扬和何荔嘉坐在前面，何荔嘉把一瓶水递给焦扬。焦扬拧开，还给何荔嘉。何荔嘉没喝这瓶水，焦扬也没说什么，靠着椅背，全无反应。两人像是闹了矛盾。

中年人的感情因为利益分得清清楚楚，情义和价值总能处理得泾渭分明。年轻人的感情像在锅里烧一碗糖水，一样的沸点，不同的甜度，结果可以凝成焦糖，也可以烧成黑炭。火候的把握比放糖多少还重要。

林笙和林直坐在一起，这对姐弟给外人的感觉就是——林笙不像林直的姐姐，更像林直的债主。

白芒和江川尧坐在最后一排。江川尧腿长，在略微狭窄的过道，他的一双大长腿看起来特嚣张。

江川尧这个人，像是漫画里走出来的男人，明明气质上有着不真实感，行为方式又很具体。

白芒侧过头，认真地端详了一下江川尧的面容，他的鼻梁挺拔，印堂也宽阔平整，眉骨十分优越，颧骨高，可放在整个面部轮廓又不显突兀，唇形分明、漂亮，但又不薄，耳高，耳垂极厚。这样的五官组合，是年少成名又能功成名就的好面相……

只是拥有这样的面相的人，往往也要承受常人没有的压力和寂寥。

当然，白芒不懂面相……以上都是她瞎说的。

台上的主持人介绍云莱酒店，热情澎湃，从酒店到对钟灵女士的宣传，每句话都透着对钟灵的褒奖，说她不仅有超然的艺术天分和经营理念，还有对人世间情感的极高理解。

众人鼓掌。钟灵纹丝不动地坐在前面，冷漠地面对闪烁的摄影灯。

白芒跟着前面的人一起鼓掌，江川尧看了她一眼。

白芒歪过头，问江川尧："你父母感情好吗？"

"我们家里人，感情都不太好。"江川尧用一句话，回答了她所有的好奇。"感情好或不好，对他们都不太重要。"

白芒若有所思地点头。

后面就是摄影作品拍卖了，这个环节白芒不感兴趣，的确有点无聊。

江川尧又看了她一眼，神色淡淡的，很吸引人，仿佛在问她为什么执意要来这里浪费时间。

白芒抿抿嘴巴，微笑。

"最后一部作品，是钟老师本人的作品，不是摄影作品，而是她封笔之前的，最被业内褒奖的人物写实画。"

"接下来，我们请知名音乐家肖嵘老师介绍这幅作品。"

主持人邀请了一位身材消瘦的女士上来，就是8月份在南山花园举办"私家夏日音乐节"的宁大音乐老师肖嵘。

今天，她作为神秘嘉宾给钟灵站台，妥当又自然。肖嵘身材消瘦曼妙，她站在台上，优雅地把持话筒，望着台下的眼波潋滟。大屏幕上，钟灵的作品还没有公开，仿佛是特意卖了个关子。

"这幅作品名为《秋日少女》，是钟老师年轻时的自画像。"

台下哗然。

肖嵘看着台下的反应，也略微惊愕，回过头，发现屏幕放出来的画作根本不是钟灵当年的自画像，而是一对相互凝视的恋人。

媒体记者也没想到会出现这样的错误，屏幕另一侧显示了钟灵的脸，她正惊恐地盯着大屏幕，歇斯底里地喊着，整个人像是崩溃了一般。

此时，钟灵整个人都被恐惧紧紧裹挟。她的脑海里思绪纷乱：那个女人的画为什么会出现在这里？难道她对江川尧做的事情被人知道了吗？如果被他知道了，他会怎么对她？

摄影展出现这样的意外，很显然是后台搞错了作品，把不该拍卖的作品放了上来。后台的工作人员被叫到钟灵的跟前，台上的肖嵘也一时没有反应过来。

工作人员亲自操作显示机更改了图画，然而，媒体记者已经拍下了前面错误呈现出来的画作，白芒也用手机拍下了这幅作品。

没有什么兴趣再看，两人中途离开，白芒和江川尧各自回到自己房间。

这个插曲，在两个人的心里都掀起了波澜。

江川尧的心中大为震撼，在看见画作的第一时间就认出了画中的男人是姜啸信，只是姜啸信一向不近女色，他也没有在姜啸信身边见过画中的女人。如果这个女人和姜啸信是恋人，那她会不会和他的身世有关联？她是否就是他的亲生母亲？钟灵看见画作后变得异常激动，她在里面又扮演了什么角色？

相较于江川尧目睹画作的震撼，白芒看见画作的反应则平静许多。

到房间后，白芒打开手机照片，放大看了看，这幅作品是一幅男女对视的写生。画里的男女都十分惹眼，年轻、明亮，对视的目光彼此都透着爱意。这是钟灵的作品？

白芒看向作品下方，发现右下角有一个小小的签名。签名是设计过的，一般人认不出是谁，但白芒知道，这是白蕙独有的签名。她放在家里的每一幅画下面都有一个这样的签名。

更令白芒震惊的是，画作里的女人，和白蕙有几分相似，不是五官多相似，而是整个头颅肩颈比例，同样线条修长，弧线流畅。画中的男主角，气质冷峻又淡然。他是谁？

白芒再次在网上搜索钟灵，昔日原创国画论坛仍有对钟灵画作的评价，钟灵的画融合了人物的写生技法和传统水墨画的特质，画风淡雅简约。但这幅画，色彩饱满热烈，充满生命力。

这幅画是白蕙画的无疑，可她的画，为什么会出现在钟灵的作品展上？

白芒在微信上给白蕙发了一条消息：妈妈，我交了一个男朋友。

白蕙没回她。

白芒继续发送：他叫江川尧，长得很帅，是一个有钱人家的孩子，比我大四岁，今年就大学毕业了。

白蕙还是没理她。

白芒又输入：我可以带他来见见你吗？

终于，白蕙回复她了，虽然只回了一个问号。

白芒补充：因为他已经带我见过他妈妈了。

白蕙丢来一句话：那你告诉他，你的妈妈已经被你气死了。

白芒沉默了，她想给白蕙发一张江川尧照片，却发现她没有江川尧的单人照，只有在农庄里的合影。照片里，她和江川尧坐在一块，也很像恋人。

白芒把这张合影，发给白蕙。

好一会儿，白蕙才回她一句话，是一句叮嘱：注意避孕，别"英年早孕"。

这世上，唯有白蕙，白芒根本没办法对付她。

翌日，白芒坐江川尧的车下山。

"你妈妈呢？"她问。

江川尧说："昨晚就走了。"

白芒有些愕然道："这么突然。"

江川尧面不改色地瞎说："老毛病犯了，必须连夜下山。"

其实老毛病只是幌子，真实原因是昨天酒店出了乱子，钟灵失控，被江鹤鸣连夜带走了。他生活的这个家，实在太乱了，他不想让白芒知道。

白芒眨眨眼，仿佛被今天的日头晃了眼，悻悻地，她歪头看江川尧，一脸天真地问："什么问题啊？"

江川尧回答："心脏不好。"

白芒愣了一会儿，说："那你要少惹她生气啊。"

"很难，我在她眼里就是一个逆子。"江川尧幽默了一把，顿了顿，又补充，"现在，又找了一个逆女当女朋友。"

白芒一脸乖巧，不认可男朋友的话，反驳道："我不是，我一直很想当个好女儿的。"

江川尧撇头,浅浅地看了她一眼,用有些较真的口吻说:"白芒,我想提前跟你说清楚一点事情,是关于我们谈恋爱方面的忌讳。"

白芒样子迷茫,只好问:"你有什么忌讳,你先说。"

江川尧说:"我没忌讳,所以我想问你,有没有什么忌讳?"

"比如?"

江川尧目视前方,回答:"比如不能接吻,或做其他事情。"

白芒脑子不傻,一下子明白过来江川尧话里的意思。她和他这样突然开始恋爱,两人性格又有点奇怪,还带有不同的目的,的确要把双方的忌讳说出来。

"我也没什么忌讳。"白芒相当负责地开口,她已经是成年人,这话完全可以为自己负责。

江川尧看了她一眼,眼神有些复杂。

"行,我知道了。"

"等下——"

想到昨晚白蕙的那句话,白芒撇过脑袋,目光落在江川尧漂亮的嘴唇上,莫名吞了一口口水。

"我有一个忌讳。"白芒开口。

"你说。"

"妈宝"白芒很自然地记住了母亲昨晚的嘱咐,直接把话说了出来:"我不能'英年早孕',你要注意避孕。"

前方是一个转弯,江川尧原本流畅的驾驶操作,因这句话方向盘略略打滑,黑色跑车在山路上一停一顿。

"你别激动!"

白芒的一颗小心脏也跟着一停一顿。

"放心,"过了好一会儿,江川尧以更正经又更奚落的语气回她,"我也不想年纪轻轻就当爸爸。"

白芒心想,这话题是不是有点偏了?她怎么有一种……随随便便就私订终身的感觉!

此时正是10月上旬,山间色泽最丰富的时节,一片金黄色叶子迎风摇曳地飞下来,顺着挡风玻璃滑到最下方。

车窗打开,涌入一阵秋风。南方城市秋高气爽的天气,是按天算的。今天算一天。

"我这两天都有时间,可以陪你。"

车子重新上了高速，江川尧轻松地把着方向盘，阳光很刺眼，他鼻梁上多了一副墨镜，朝她说话的口吻有点酷，说出来的话，又很贴心。

白芒应声："噢。"

白芒谈了两次恋爱，对比了一下焦扬和林木森，焦扬是吃三顿饭的交情，林木森就像了解了一个面临人生选择的学长。

他们让她感受到，年轻人谈恋爱不过如此，他们有着比女生还绕的心思，会挑选、会算计、会在意他人的眼光。

他们可以装腔作势，说好听的话，做讨巧的事，可这些都不是真心实意的，纯粹只是为了营造自己的恋爱男友的人设。

江川尧会不一样吗？

白云在蓝得透亮的天际舒卷。白芒拿出手机拍了一张蓝天的照片，发了一条朋友圈。前方高速准备分道，江川尧略微放慢车速，问她："想回一趟云城吗？"

白芒也看到前面的分道提醒，左边回宁市主城，右边可以驶向云城。

"大概需要多久时间？"

"现在出发，下午2点能到。"

白芒又说："可我妈妈不一定想见你。"

千里迢迢带男朋友回去，她母亲不见江川尧，白芒心里多少有点过意不去。

"我已经成年，不用想着安排我。"江川尧用一句话堵住了她的担忧，又说，"刚好，我也要去一趟周家，见周樾一面。"

白芒身体往后靠向副驾驶座位，顿了顿，转过头问："那……油够吗？"

"送你回家，管够。"

白芒的心情突然变得很顺畅，从昨晚到现在她都在想白蕙的事，整个人像是掉入泥潭里，越来越往下沉陷，是江川尧伸手将她拉上来，他一直在保护她的好奇心。

江川尧的车往永江方向驶入，途经三个市两个县域，才能抵达云城。其间，江川尧的手机一直嘀嘀响着，应该是有微信消息进来，他直接把他的手机递给她。

"帮我回一下消息。"

白芒接过江川尧的手机，屏幕还锁着，三四条微信消息在通知栏弹出来，是邹瑞泽和詹宇发来的。

"密码是999999。"

真简单。

白芒解锁江川尧的手机，她先看了詹宇发来的微信。

詹宇已经从老板转成了暮色电竞的俱乐部队长，和暮色俱乐部日常管理运营的主管。他发来的消息都是关于暮色电竞的比赛信息，白芒把比赛信息一条条读给江川尧听。

"怎么回复？"

江川尧说："不用回。"

白芒有点好奇地问："江川尧，你都没有工作，哪来的那么多钱投资詹宇他们？"

江川尧淡淡开口："钟灵也没有工作……都可以整出那么大规模的酒店，我投资詹宇的钱不过是毛毛雨。"

"江家钱多。"江川尧一句话感慨。

他说江家，而不是我家；表述江家有钱时，没膨胀，也没遮掩，只是冷静地说出事实。

白芒想了想，也陈述一个事实："我不是因为你的钱，跟你在一起的。"

江川尧说："我知道。"

白芒又说："不过，我也是喜欢那种给我花钱的男朋友的。"

她头一场恋爱的结果就是"包养"小白脸失败，她要从中吸取教训。不管什么话都要说在前面。

江川尧点了下头，也不自我推销，只说事实："我不太会花钱，也不太懂得给女孩花钱。你有需要花钱的地方，就直接跟我说。"

但凡换一个人，白芒都觉得这句"我不太会花钱，也不太懂得给女孩花钱"很装，不过江川尧不一样。他可能是真的——很小气？

"你以前的女朋友，谈恋爱的时候，你都不给她们花钱吗？"白芒随口一问，倒也没什么醋意，只是作为江川尧的现任女朋友，对他之前的恋爱史有点好奇。

"很少。"江川尧也没任何负担，实话实说。

白芒"噢"了一声，附和道："学生时代的感情，应该不太需要花钱。"

"那倒不是。"

江川尧否定白芒的猜测，把真实情况说出来："是我还没来得及花钱，关系就散了。"

白芒愣了一下。

江川尧看向她，出声说："恋人和朋友一样，都需要时间才能交心，交心才有交情。"

白芒觉得江川尧在给她画饼,可又没证据。

"你给何荔嘉花过钱吗?"沉默了一会儿,她决定给江川尧挖坑。

"没有。"江川尧没有任何犹豫地回答,仿佛这个问题都不需要思考。

白芒惆怅道:"所以你看个电影都需要女朋友买票吗……"难怪比起顾言锡,江川尧在女生中的口碑如此不好。

"的确是何荔嘉买的电影票。"江川尧安静地开车,毫不尴尬地接她的话。

白芒寻思,这语气听着还挺骄傲是怎么回事。

其实,骄傲倒谈不上,江川尧只是觉得有必要跟小女朋友交代一下上一段"感情"。他和何荔嘉都不能算交往过,是何荔嘉围绕在他身边一个月,主动又热情,直到她跟他要微信,他才知道有人顶着他的名字跟何荔嘉认识——在微博上。

他对有人假装他这件事,比对何荔嘉更感兴趣,因此,他才答应跟何荔嘉看个电影,结束一段被冒名顶替的男女关系,他宣告结束,何荔嘉自然知道网上那个假装他的人……不是他。

"为什么不解释清楚?"白芒问。解释微博上的"江川尧"不是他。

"她又不重要,为什么要特意解释?"

白芒无言以对,这话无可反驳。

江川尧驾驶的车子已经在高速开了三四十公里,江川尧和白芒一直在聊天,都忘了回复邹瑞泽,江川尧把手机递给白芒,让她帮忙看看。

白芒打开微信——阿尧,明天傍晚约个球呗,老地方?

"邹瑞泽约你打球,明天。"白芒传达意思。

江川尧开口:"那你回他,陪女朋友,没时间。"

白芒心想,这么会的吗!安静下来,心里又莫名觉得有点甜。

夕阳坠落之前,车子驶出云城的高速收费站。岔道上,车速放慢。

"你家住哪儿?"江川尧非常客气地问了问。

白芒探过身,在车子导航上输入一个地址。

江川尧瞧了一眼,手机地图显示,白芒的家不位于主城区。

云城不大,一条长溪横贯中心,分成溪北溪南两片区域,白芒跟江川尧介绍这是老城,她的家位于老城的山头上。

"山头?"

就在这时,车子穿过一片低矮拥挤的住宅区域,白芒又说:"周樾就住在这儿。"

江川尧往外看了眼,车子继续往上行驶。如果用真实的语言来形容江川尧现在内心的感受就是:他女朋友的家是山上的某个洞穴,白芒可能是某种皮毛柔顺性子伶俐的小动物修炼成人形……第一次,江川尧惊叹自己也会有这种幼稚的想法。

直到旁边的人认真地歪过头,看向他,问:"江川尧,你害怕吗?"

"害怕?"江川尧反问一句,回过神,神色也变得严肃起来,"害怕什么?害怕你吃了我?"

白芒有点摸不着边,缓缓说:"害怕……第一次去女朋友家啊?"

江川尧安静了两秒,顿了顿,丢出两个字:"不怕。"

行驶了好一会儿,前面道路的尽头,才出现了一幢很有特色的建筑。这栋建筑大约三层高,通体红砖堆砌,白线勾边,门框两侧是扇形的彩窗,上方是高起的蒙莎顶。

江川尧见到房子的第一感觉,像是一栋童话世界里的红房子,静静地伫立在古朴挺拔的树林里。

"我家……到了。"白芒突然激动地说。

她也是第一次带朋友来自己家,而且这个朋友,还是她的男朋友。她在云城没什么朋友,原因就是她住的地方太偏远了,没几个朋友会跑到她家里来玩。今天白蕙不在家,白芒大大方方地将男朋友带进门。

白芒的家,不是江川尧前面想象的"洞穴",而是一幢颇有设计感的别墅。比起色彩鲜艳的外墙,房子里面给江川尧第一感觉:空。第一眼,只看到沙发拐角放着一台白色钢琴。第二眼,看到客厅中间有一个石壁打造的壁炉,里面有木炭烧过的痕迹。冬日的山野生个炉火,的确很有意境。

厨房在北角,隔着餐厅,很大的一间。三台双开门冰箱并排贴墙放置。然后,就没有其他家具了,就连沙发都没有,餐桌也是很简单的小圆桌,只搭配了两张椅子。如果他今晚要留下来吃饭,可能需要站着。

这就是江川尧一眼看到的白芒家的一楼的全部。

如果这个家里只有两个人生活,这三台容量巨大的冰箱可以储存半年的食物,厨具除了电气化,还保留了原始的灶台。江川尧目光在灶台上方有所停留,上面还有一个木头做的水瓢,这个"家",不管是所处的位置还是装饰,都给他同样的感觉:风格异类。

白芒双手放在口袋,下巴微微抬着,解释说:"我家没有通天然气,如果停电,只能用它做饭。"

她指这个灶台。

江川尧看向女友，问："你会生火？"

当然！她可是生火小能手。

某一个瞬间，江川尧在白芒身上找到自己疑惑已久的答案。

初见时，白芒给他的感觉充满矛盾，此外她身上还有一种历久弥新的野性。她不像现在这个时代的漂亮女孩对品牌有着清晰的鉴别力。

宁市重逢，她又给了他不一样的感受，她热烈、不拘一格又对任何事物有着自己的判断。

在澜大，他再次见到她，她又有了新身份。不管处于什么环境，她都有着很强的适应力。通过一个人的样子，往往可以窥见她的成长过程，白芒的神奇，是因为她的成长经历和一般人不一样。

白芒打开右边冰箱取出一瓶水，想递给江川尧。递过去之前，又下意识看了一下日期，再递了过去。

江川尧接过，拧开瓶盖没喝，他发现白芒的表情有些不太自然。

"我的到来，令你不舒服了？"

白芒立马摇头，她没有不舒服，只是有点不适应。因为她家，很少有人来。

"你妈妈什么时候回来？"江川尧轻松地问了一句。

白芒偏头，看向窗外："鬼知道。"

前院没有停车子，说明车被白蕙开下山了……一直以来，她也是通过车子判断白蕙是否在家。

晚饭时间快到了，冰箱里有很多食物，白芒也很习惯吃各类速冻食品，只是江川尧千里迢迢送她回家，她也不好就请他吃一碗速冻水饺。

"我们下山吃大餐吧，顺便叫上周樾。"白芒出声提议。

江川尧应声："好。"

江川尧到后院打电话。后院杂草丛生，肆意生长的草丛里藏着几株瘦弱的丝瓜苗，应该是随便播种又没有打理的结果……

电话接通，江川尧直截了当地说自己人在云城，提出晚上一起吃个饭，然后让周樾定地方。电话里周樾的声音有一丝激动，反复斟酌，最后将吃饭的地点安排在云川高中附近。

"我们高中附近有一家本地菜，味道还可以。"周樾说。

江川尧不挑地方，说："可以。"

"尧哥，晚饭我请你吧。"他的口气中透着难以克制的兴奋，周樾也拿出了东道主的样子。

江川尧拒绝道："不用，会有人请我。"

"朋友吗？"周樾问。

"不是一般朋友，是我女朋友。"

周樾讶异地问："她是云城人？"

江川尧望了望院子角落里的一棵奇奇怪怪的树，没认出是什么品种，只觉得树干弯曲枝条干枯，上面长出来的小叶片倒十分清新，透着一股子生命活力。

江川尧出声，语气清淡又明确："对，她是云城人。她叫白芒，应该是你的同学。"

周樾那端安静了好一会儿，说："是的。白芒是我的同学。"

江川尧挂了电话。今天，是他第一次来云城，却不是第一次见周樾。周铭程去世那年，他已经见过周樾一面。还没有发育的男孩，独自带着奶奶来宁市，那也是他第一次对周铭程的家庭情况有所了解。

贫苦困厄的家庭，长出了两个对生活苦难有着不一样理解的男孩：周铭程活得热烈充满梦想，对爱情、友情都有着积极的渴望；周樾与哥哥相反，他对现实的感知比哥哥周铭程更清晰而具体，所以周樾一直都是沉默而努力的。

白芒上二楼换衣服，然后给白蕙发了信息，白蕙回她：都带回家了，还跟我汇报什么。

白芒想想，也是。

比起上山，江川尧驱车下山的路顺畅许多。夜幕降临，山下面的小城燃起了灯，汇聚成一条白蒙蒙的狭长的灯带，隐藏在这片宁静的山坳里。两个转弯，黑色跑车汇入小城的车流。云川中学老校区四周都是高大的树木，大半的光都被树叶遮挡。

江川尧找地方停车，白芒在路口下车，径直往小巷走去，视线昏暗，身后有一个声音不太确定地叫了声她的名字。

白芒背脊挺直，掩耳蹙眉，继续往前走。那人继续叫她的名字，前面还带了点怀疑，在确定了她的身份后，突然加快了脚步，白芒也同样加快脚步，然后一个转身，直面尾随她的人。

男人的脸上先是惊慌，然后流露出十分惊喜的表情，笑道："白芒，真是你啊。你的背影我不会认错的……"

白芒往后退了一步，警向对方。眼前的人，仍是记忆中斯文清俊的样子，留着不长不短的刘海，鼻梁上还戴一副黑框眼镜。在她转身过来的片刻，他悻悻地放下手。白芒看着他的动作，心里一阵恶寒。

"蓝老师。"收起戾气，白芒客客气气叫了对方的称呼。

"还记得老师啊，还以为你忘了我了呢。"男人噙着笑说，眼神藏着锋锐。

"您是我高一的班主任，怎么会忘了。"白芒淡淡地说。

"上个月校友聚会，怎么没见你？"

白芒漂亮的脸蛋微微抬起，敷衍道："因为很忙。"

说实话，白芒上大学还真的挺忙的，要搞社团，要调查白蕙的事情，还要学习。如果不是他叫住她，她几乎都要忘了他这么个人——她"和蔼可亲"的老师。

对方笑了，显然不相信，随即男人弯了弯嘴角，叮嘱她："高考结束也要常回学校看看啊，你可是我们学校的明星学生。"

白芒安静下来，就在这时，一道高大颀长的身影三步并作两步地往她这里走来，脚步极快却又不失逼人的气场。小巷的昏黄路灯映出江川尧的身影，斜斜地挡在她的面前，几乎从后面遮盖了蓝盛元。

"这位大叔是谁？"江川尧不轻不重地发出声，然后将手放在了她的肩上，以一种明确的保护的姿态站在她的旁边。他刚刚目睹了这一切，他不知道两个人之间有什么过节，但有一点他知道，白芒不喜欢他。

蓝盛元露出略微生硬尴尬的神色。

白芒也恢复了自如和淡定，不咸不淡道："他是我们学校的老师，以前教过我。"

"老师再见，有机会我和白芒一起拜访您。"江川尧礼貌地丢出客套话，语气却不善，还透着一点凉意。尤其说到后面跟白芒一起拜访对方时，更像是礼貌的警告。

不远处，周樾等在私房菜馆的门口，他个子高，身穿白衬衫，清瘦又干净。在看到白芒和江川尧携手而来的瞬间，他扬起一个紧绷的笑容，说："尧哥，我是周樾，欢迎你来云城玩。"顿了顿，又看向白芒，点了一下头。

白芒抿唇。她和周樾，的确也只是点头之交而已。

"尧哥，你想吃什么菜？"周樾背对她，问江川尧。

江川尧完全客随主便的样子，却转过头问白芒："有什么推荐的？"

"没有。"白芒淡淡地开口，端了端架子。

"我来点吧。"江川尧好整以暇地走到点餐台。

周樾和白芒在一张靠窗的方桌旁面对面坐下来。

周樾倒了三杯茶，将一杯送到她面前。江川尧杵在冰柜前，询问老板娘特色菜的做法，视线不经意掠过靠窗相对而坐的两人，略微停顿。他真没见过这般生分的同学。

云城不大，白芒和周樾都是学校最拔尖的苗子，关系生疏成这样，自然存在一定的原因。两人看着也不像是学习竞争导致了不友好关系。

江川尧回到餐桌，周樾已经替他倒好了茶水。

"上大学感觉如何？"

"挺好的，感觉比高中充实多了……"

比起白芒，周樾对江川尧明显话更多，不仅说了上大学之后的情况，连报了什么社团以及准备参加什么比赛，都一一陈述。仿佛江川尧是他的大股东。

江川尧看向旁边的白芒，细心地问她："不跟你同学交流一下大学生活？"

交流什么？白芒歪过头，朝江川尧眯了下眼。因为他没话题聊了，让她接上吗？

白芒面对周樾，思考了一会儿，开口："我上的是澜大澜培班，大学生活也比较充实，学校对我也很好，每个月还有五百伙食费补贴。我报了一个社团，还在我们学生会会长的帮助下成立了一个社团，对了，我还参加了澜大秋季武术比赛交流赛……"

周樾的一张脸憋出了猪肝色，终于问出困惑："你们怎么认识的？"

白芒回答："不打不相识。"

江川尧扯起一点笑意，伸手握住了她的手。

周樾浅浅地抿嘴。

江川尧不急不缓地喝了一口清茶，出声道："准确来说，我和白芒6月在澜市产生交集，7月在宁市再次见面，8月彼此熟悉，9月又在澜大再次相遇。她漂亮且特别，我被吸引很正常……"

比起白芒的话，江川尧的解说不仅有具体的经过和发展，还透着一点遐想和浪漫。关键是这种轻浮又不着边的话，被他这般娓娓道来，居然也有不一样的感觉。

白芒磕磕碰碰地补充道："对……就是这样。"

周樾咳嗽两声，举起他面前的清茶说："祝福你们。"

江川尧很礼貌地说："谢谢。"

白芒没有收下周樾的祝福。她和江川尧能在一起，可以用一句话来形容：看似摸不着边，实则心知肚明。

饭后，坐在江川尧的副驾驶位上，白芒有些心不在焉。她很少这般无精打采，像是一只突然陷入不愉快情绪里的小猫。一直以来，她习惯安静地沉浸在自己不愉快的世界，等她独自击败了所有的消沉，就能再次恢复从容自如。江川尧全程都没有打扰她，只在车里放了一首舒缓的音乐。

跑车借着隐晦的星光重新驶上山，稳稳停在这幢居于清幽山间的独栋房子的大门前。江川尧坐在车里，不急不躁。

白芒往外看了一眼，房屋没有光亮，说明白蕙还在外面没回来。

她已经从坏情绪中恢复过来，轻快地和江川尧说了一件事："我小时候怀疑过我妈妈是不是什么妖怪，我周围的一切都是她变出来的。"

她好了，没有被坏情绪打败，又恢复成了没有任何烦恼的样子。

一个女孩，当她对这个世界没有清晰的感受力时，她就没有认同感，在她迅速成长的过程中，只能独自一人英勇又莽撞地面对所有。正因如此，她有点"莽"。

江川尧清晰地读懂了白芒，她正如一面镜子，清晰地映照自己。

"下车吧，我带你参观一下晚上睡觉的房间。"说着，白芒推开车门，一跃下车。

江川尧轻轻地叹了一口气，跟着下车。若是……他的心理承受能力差点，估计都会觉得自己是不是被女妖精骗上山了。

白芒的房间在二楼，空间很大，该有的东西一样也不少，但也不多。白蕙的房间在三楼，工作间也在三楼。

白芒只带江川尧参观二楼，二楼除了房间，还有一个器材室。朝向窗户的这面墙上有身高记录线，从一米三记录到一米六九，精确到厘米。

江川尧扫了一眼面前的人，只有一米六九吗？他一直认为她在一米七以上。其实，那是因为白芒身材比例很好，看起来显高。

"早点休息，我上楼了。"白芒说完，往后退了两步，双手放在身后握住……第一次在家招待客人，她还不太适应。

江川尧看着她，点了下头。

白芒拢了拢手心，上楼，四脚朝天地躺在白蕙的床上，她嗅了嗅被子的味道，滚了个身卷上被子，沉沉入睡。

迷迷糊糊间，一道刺眼的光进入眼帘，白芒以为天光大亮，原来只是卧室的灯被打开，亮如白昼。白芒半睁着眼，只见白蕙立在她的床前，穿着一袭长睡袍，温柔地看着她。

"妈妈……"

白蕙上了床，躺在了她旁边。

"出息了啊，男朋友都带回家了。"白蕙开口说话，声音清淡，带着点无奈的调侃。

白芒莫名地觉得委屈，什么话也没说，双手紧紧抱住了白蕙消瘦的腰身，又将自己的脸深深掩入白蕙的怀抱里，像是一个许久没有归家的孩子终于感受到一丝温暖。温热的液体藏在眼眶里潸然而下，打湿了睡袍衣领。

凌晨两点，白蕙回来了。白蕙很累，然而白芒很兴奋，跟白蕙说了很多事，从丁家说到了澜大。

"丁景凯和方玉环都挺好，方子欣和丁龙泽也不错……"白芒一直都在说快乐的事，白蕙也感受到她的情绪，弯弯嘴巴。

"那很好啊。"

"丁明薇很讨厌，自以为是。"

白蕙附和道："是的，她那个人我也不喜欢。"

白芒又说："她有两个孩子，林直和林笙。我和林直打过一架。"

白蕙问："打赢了吗？"

白芒有些骄傲地说："当然赢了。"

白蕙敷衍道："厉害。"

白芒安静了一会儿没说话。

白蕙已经打哈欠了，拢着她的肩膀闭上眼睛，困倦地发问一句："还有什么想对妈妈说的吗？"

白芒低声道："我想你了。"

"想个头！"白蕙突然出其不意地捏了下她的脸，毫不留情地说，"胖了。"

这可真是我亲妈！

沉默变成沉寂，不到五分钟，白蕙的鼻翼间开始发出细碎的响声。

后半夜，白芒在白蕙的呼噜声中艰难地入睡。白千希睡觉打呼噜，对她的粉丝来说可能有点难以置信，但千真万确。

早上7点，白芒醒了。

白蕙肯定要睡懒觉，白芒也不打扰这位昼伏夜出的中年女人。没想到，白蕙转了个身，撑起脑袋对她说："可以让你的男朋友帮忙买个早饭吗？"

白芒已经下床，商量说："中午能不能做个饭，招待一下我男朋友？"

"他不可以自己做一下吗？"白蕙起身说。

白芒突然靠近白蕙，气咻咻地说："白千希，我劝你不要摆谱，这是我第一次带朋友来家里做客，你最好对我的朋友客气一点。不然，我……"

"乖，不然怎样？"

"上网曝光你的黑料。"

白蕙被子一拢，闷闷的声音隔着薄被传出来："我劝你冷静，你毁了我，相当于毁了你自己。"

白芒脚步拖沓地走下楼，没有在自己的卧室找到江川尧，她又到一楼，江川尧也不在一楼客厅。去哪儿了？

白芒踏入前院，伸了一个懒腰，转身之际蓦然看到在院子里忙活的江川尧，他正做着令她有点诧异的事——浅浅的晨雾笼着他，他身子弯曲，一双长腿扎在泥土里，身后是一堆他割掉的杂草。

见她出现在这个院子里，江川尧直了直身，出声问："像我这样的小工，两百一天合适吗？"

白芒歪头，故作端详状，如果是看脸的话，她愿意出五百一天给江小工。白芒是真没想到，江川尧起了一个大早，将后院的杂草都除干净了。

清晨的草丛里还藏着水雾，微风在平整空旷的天空飘过，遥遥地看到天际露出一大片蓝。

江川尧站在她面前，脚下是延绵的绿色，和煦的阳光照在他的头顶，从白芒的角度看过去，就如同光是从他的发梢间透出来的一般。江川尧不是那种会发光发热的男生，他给她的感觉就像一块坚硬的岩石，内心隐晦而孤冷，只有阳光足够热烈，岩石才会发烫。

既然要下山买早餐，索性就一起顺带把家里的冰箱装满。

两人回到家，白芒和江川尧把超市采购好的食物一一装进冰箱。白蕙也在厨房，身着一袭民族风的棉麻长袍切着菜，做饭的模样很投入，默不作声。

这是白蕙和江川尧第一次见面，两人的视线碰到倒也不尴尬。

"你好，江川尧。"白蕙清晰准确地叫出了江川尧的名字。

江川尧看见白蕙时有些惊讶，她的气质和画中的女人太像了。不过，片刻后，他又恢复如常，淡然地回应道："您好，白老师。"

白蕙笑了笑，说："不用那么客气，叫我白阿姨就好。"

江川尧应声道："白阿姨。"

白蕙继续切菜，菜刀落在砧板上的嗒嗒声很有节奏感，想到什么，回过头对白芒说:"从楼上搬一张椅子下来,等会儿开饭。"

白芒莫名欣慰,白蕙还能想到这件事。

不过,椅子最终还是江川尧自己搬下来的。忙了一个上午,白蕙就做了一个菜:咖喱牛肉胡萝卜。幸好她煮了米饭,三个人可以一起吃个盖浇饭。如此单调,白芒有些看不下去,到厨房弄了一盘水果沙拉。

"简单吃点。"白蕙说。

这话,还真不是什么场面话⋯⋯

江川尧礼貌道谢:"谢谢阿姨,辛苦了。"

"不辛苦,随便弄了一下。"白蕙说。

今天的她难得像一个长辈,拿出了一份待客的和气。

白芒有点开心,感觉白蕙今天的状态很好,很温柔,很有妈妈的样子。但不知道是不是她的错觉,她觉得白蕙看江川尧的目光⋯⋯有点飘忽。说不出什么感觉,仿佛带了些莫名的情感,就像是透过他,在看另一个人。

"我给你们拿点喝的。"说着,白芒起身,往冰箱的方向走。

江川尧和白蕙在桌上说起了话。

白蕙对江川尧的身份一点也不感兴趣,不像其他长辈问来问去都是一些身家背景的问题,相反的,她倒是对江川尧小时候的念书情况很关心,问了江川尧初中高中念的学校,

江川尧问:"白阿姨以前在宁市待过吗?"

"待过一段时间。"白蕙说,顿了顿,"我在宁市认识了丁景凯,离婚之后,他又去了宁市,组建了新家庭。"

江川尧说:"白阿姨独自抚养白芒长大,很辛苦吧。"

白蕙实话实说:"不辛苦,白芒从小到大都没让我操心,把自己照顾得很好。"

江川尧慢慢悠悠地接话:"听起来,好像是白芒比较辛苦。"

白蕙笑了笑,没接话茬儿,而是问江川尧:"有烟吗?"

"他没有。"白芒出声替江川尧回答,看向白蕙,"我上楼给你拿。"

白蕙思忖了一会儿,应道:"好。"

白蕙的烟都在工作室的收藏柜里,白芒来到三楼,白蕙的工作室面积不大,加上工作台上放着三台显示屏,更显得空间狭隘。不过白蕙一直不喜欢宽阔明亮的码字环境,这样逼仄的屋子反而让她充满安全感。

白芒从柜子里拿了一条烟。工作台上的一台电脑突然嘀嘀响了两下,白芒转过身,伸出手划动鼠标,聊天框里弹出一条对话,是宁市的肖嵘发

来的。

肖嵘问白蕙：白芒真的把江川尧带到云城了？

白芒想了想，在键盘上输入一个字：是。

然后，她拿着烟，转身走出了白蕙的工作室。

白蕙和肖嵘认识，白芒丝毫不意外。第一次在南山音乐会上见到肖嵘时，她就认出来，那天清淡又高贵的女主人肖教授，就是在她很小的时候来过云城，牵着她的手一块玩耍的姐姐。

那天，在音乐会上，她向肖嵘要吉他，肖嵘把吉他递给她时，嘴角带着熟悉的笑意，目光亲切地落在她身上。即使人会变，可熟悉的感觉是不会变的。

白芒回到一楼的餐桌，一条烟已经在她手里拆开。

江川尧将烟放在桌上，微笑地说："我不抽。"

白蕙笑笑，也不强求。

不知道是不是因为江川尧长得帅，让她心情好，还是其他原因，今天这一顿饭白蕙笑了很多次。

白蕙问江川尧："你们怎么成为朋友的？"

"缘分。"白芒抢着回答。

白蕙又问："谁追得谁？"

白芒继续抢答说："相互喜欢，没有先后。"

白蕙睨了她一眼，出声道："我问他。"

江川尧："我的答案跟白芒一样。"

白蕙不问了，又看向正襟危坐的女儿，有些好笑地说："放心，我不会棒打鸳鸯，如果你们是真的鸳鸯的话。"

白芒冒出一点脾气，对白蕙说："当然是真的，难道你觉得江川尧配不上我吗？"

"配得上，配得上。"

白蕙笑了笑，又看向江川尧，问："那你觉得，我家白芒配得上你吗？"

江川尧的回答很克制："肯定是配得上……不然我今天也得不到白老师的款待。"

白蕙说："还挺会哄人。"

江川尧回答："不敢当。"

白芒研究着白蕙脸上的细微表情，白蕙平时笑的时候不太走心，但是今天白蕙的每次视线扫向江川尧都会停顿一会儿，短暂的一下，令人难以察觉。

白芒看向白蕙，突然插进话来："我打算从澜培班转入政法学院。"

白蕙漂亮的眼睛倏然眯起。白芒的眼睛几乎跟白蕙一模一样，清亮又显大，比起白蕙上了年纪又长期坐着电脑面前办公，一双原本迷人的眼睛略略内陷，白芒的眸光多了一分澄亮。

此时此刻，她与白蕙对视，眼底深处泛起细微的波动，情绪涌出。

"我想学法律，毕业以后当一个检察官。"白芒又说。

江川尧同样看向她。比起白蕙，他看她的眼神更加沉默。

白芒轻松地扯起一个笑容，打开一瓶汽水，对白蕙，也对江川尧说："祝我们都能达成心愿吧。"

白蕙没回应她。

窗外是湛蓝的天空，远处时不时传来叽叽喳喳的鸟叫声，还有细细碎碎的风吹开树梢泛黄的叶子的响动声。

白蕙安静许久，丢出一句："你的人生，你自己做主。"

如果说，心愿是存在心里的渴望，那白芒现在的心愿就是：希望白蕙能快乐。如果快乐很难，她也希望白蕙能平安。

晚上8点，江川尧的车停在澜大西门。

连续开了六个小时的车，江川尧的脸上也没有太明显的疲劳感，就是看白芒的目光有点欲言又止。好一会儿，他开口："学法律并不好。"

她问："不好，你为什么要学？"

江川尧说："我热爱法律，心在这上面，你不是。"

她问："你怎么知道……我不是？"

江川尧反问："如果是，你还转什么专业？"

白芒解释说："那是我以前没想好，现在我想好了。"

江川尧不着急反驳，嘴巴微微松着，更耐心地劝说她："白芒，你很聪明，一直以来，你都可以做你想做的事情。你不像我，没有太多选择，你可以有你的选择，更好的选择。你的妈妈白老师也说了，你的人生，你自己做主。你应该懂她的意思，你和她的人生是分开的。"

白芒突然有点烦躁，赌气道："你管我那么多！"

"我是你的男朋友。"

白芒撇过了脑袋。

江川尧揽住她的后颈，以一种徐徐善诱的口气继续说："我现在只是你男朋友，但说不定以后我们还会结婚，我就会成为你法律关系上最亲的人，我们会一起生活很久，时间会完全超过你和你妈妈。我们会建立独一无二的亲密关系，我相信那时候你的很多想法也会改变。你现在刚成年不久，不懂我们组建自己的家庭之后，原生家庭对你就没那么重要了。"

第一次，江川尧说了那么多话，一双漆黑发亮的眼睛感性地看她，语气已经不是在劝她，而是安抚她。

"别轻率地做一个重大决定。"他说。

白芒出声问："白天，我妈妈跟你说什么了？"

"她……说希望你能开心。"

白芒说："放屁！"

江川尧温柔地说："白老师希望你开心应该不会假。"

白芒被这句话击中，抬起眼眸看着江川尧，随即深吸了一口气，还是无比明确道："江川尧，我一定会转到法学院的。"

她从来没有特别想要的人生，她永远只做当下的决定。不让当下的自己后悔，是她一直以来的做事习惯。

车厢里陷入了沉默。

江川尧从不会强人所难，好一会儿，他说："那我祝你达成心愿。"

白芒准备下车了，打开车门前对留在车里的人说："你前面说要跟我建立独一无二的亲密关系，我会考虑的。"

车门被不轻不重地甩上，江川尧托着头，骨节分明的手落在车里的方向盘上。

隔着挡风玻璃，女孩的身影逐渐消失在他视线里，人已经走进了澜大西门。

真是人小鬼大。

第九章
冬日·情生

当你开始欣赏一个你本以为
不会欣赏的人,
那就是爱情。

充满凉意的早晨,空气吸进鼻腔里都是新鲜的。

白芒晨练结束,从操场走到食堂。旁边还跟着一个顾捷。

两个身材高挑的美人,一个清新一个妖娆,并排走着,身体偶然触碰,吸引了不少路过的校友频频侧目。白芒保持距离地往一旁走。很快,顾捷又贴上来。

白芒用手挡住顾捷的"近身贴贴"。

顾捷气恼,好一会儿,又凑过来,很是八卦地问:"话说啊,你和江川尧在一起,是不是为了报复焦扬?"

白芒的脑袋冒出问号,焦扬还配这样的报复?

顾捷笑了笑,她也不是胡诌八卦,全是小道消息。

"你自己上网瞅瞅吧。"

白芒不解,压根不知道最近网上发生的事。

国庆之后,方子欣也在三人小群里分享了一个好消息——她找到实习工作了。同时,还在群里发了一个公司官网地址。

大萌第一个冒泡:厉害了!华艺很厉害啊,很大的出版公司。

白芒同样恭喜方子欣。

方子欣倒也坦诚,直接在群里说,去农庄那天方玉环在麻将桌上放水,就是为了讨好那位郑太太,郑太太的老公在这家华艺出版公司有股份,给她安排一个实习岗位很轻松。

187

郑太太已经跟方玉环保证，实习期结束就给她转正。

大萌：方阿姨真好。

方子欣也感慨：我也没想到，我妈还对我的实习工作这般上心。

然后，甩出一个泪流满脸的表情包。

白芒上线：好好实习，别让阿姨失望。

方子欣：一定一定！

不得不说，熟悉了之后，白芒反而更像方子欣姐姐了，逮住机会教育她要上进，要努力！这段时间丁景凯出事，不管是方子欣还是丁龙泽，改变都很大，尤其是方子欣。

课上到一半，外面下起了雨，淅淅沥沥的雨声混杂着教室里窸窸窣窣的声音。

大萌：芒芒，说说你和江帅哥呗？

终于，大萌忍不住了，在群里问了出来。

那天，在回云城的高速上，白芒在朋友圈发了一张对着挡风玻璃拍的照片，江川尧的面容明晃晃地映在玻璃上，年轻的面容映着日光，轮廓仍清晰流畅。不得不说，江川尧是那种真帅哥，连映在玻璃上的影子都气质斐然。

白芒在聊天框输入：交往中……

方子欣丢了一个字：哼。

白芒回复很少女：嘻！

大萌也丢了一个字：嘿。

白芒找到男朋友这件事，对方子欣来说等同于好不容易移植在她家的玫瑰花被人连盆端走了，心疼归心疼，抢她玫瑰的人还是江川尧，声名狼藉的江家逆子！

一番心理建设之后，方子欣甩出一句话：不管如何，交到江川尧这样的男朋友，也不亏。

大萌附和：不亏。

丁家出事，方子欣好久没上微博了，不上不知道，一上吓一跳！她发现白芒在何荔嘉微博里已经从柠果变成了牛油果——整个形象都被抹黑了！

天呐！

白糖罂真是为了自己的人设，什么谎话都编啊……

方子欣把截图一条条放到群里，白芒一边听课，一边看方子欣发在群里的截图,都是何荔嘉微博评论底下对她的议论。

大概过了五分钟,方子欣又气急败坏在群里丢出一句话:**她们杀到你的微博了!**

下课铃声响起,白芒提着书包直接走出教室。

顾捷和方子欣都在提醒她,她在微博被黑这件事,她也不能坐视不管。白芒的微博都一个月没登录了,网上和现实完全是两个世界,自从上了大学后,她的生活十分充实,压根不知道自己被何荔嘉的粉丝讨伐了这件事。

白芒登录"芒芒苦海"的微博账户,最新的一条微博已经被刷了一千多条的留言。大多都是不堪入耳的脏话,全是骂她不自量力勾引人家男朋友。白芒以为这个男朋友会是江川尧,没想到却是顾捷说的那样,不是江川尧,而是焦扬。勾引焦扬?从何而来。

白芒花了一顿午饭的时间,才搞清楚事情脉络。

何荔嘉和焦扬交往之后,有人在何荔嘉的微博评论区发了焦扬和她在澜职的食堂吃饭的抓拍照片,镜头里笑容含蓄的腼腆帅哥,脸和身形在照片里都拍得十分清楚,毋庸置疑是焦扬本人。

何荔嘉在网上晒过男友焦扬的穿搭,这个年纪的男生手里戴着价值八万块的手表本来就不多,何况还有同款衣服和鞋子佐证。照片里的女生,就是6月份刚从云城来的"她",典型的土味美人。

云莱之行结束,何荔嘉又在微博秀了一波恩爱,不能说秀恩爱死得快,但秀得太频繁的确遭人质疑。

之前因为何荔嘉发了一条阴阳怪气的微博说有人营造学霸人设,已经不少粉丝粉转黑,刚好其中一位就读小澜大,对何荔嘉不仅了解颇深,还颇有执念,只要何荔嘉一秀恩爱,这位粉转黑就上来踩几脚。

本来这只是何荔嘉自己的恩怨,结果由该事件导致的连锁反应,白芒和焦扬6月份三顿饭的恋爱被挖出来,连带着微博也被揪出来。

白芒疑惑,为什么这些人不理一理时间线?在她和焦扬吃饭的这张照片中,她穿的可是初夏的牛仔短裤小衫。

澜市入秋早,现在除非身体素质贼硬的体育生,都是严严实实的长腿长裤,哪有穿成这样去吃饭的?还有,就算她和焦扬吃饭是在焦扬和何荔嘉交往后,仅凭一张照片,就能证明她是勾引的那一方?

整个事件往下深究,就有迹可循了。

原来何荔嘉有一个忠粉大群,那位"粉转黑"爆出了何荔嘉在群里营造人设撰写所有"故事",白芒直接成了故事里自不量力的女配角,有心机,家境不好，读小澜大却勾搭澜大高富帅，力求上位，比起微博评论区的言论，这个大群里的声音才是真难听。

事情清楚了，总要解决一下。要么何荔嘉自己澄清，要么她替何荔嘉澄清，在澄清之前，还是要联系正主。白芒在"又红又专"的群里找到何荔嘉，添加何荔嘉为好友。然而好友申请，没有被通过。

没办法，白芒只能在群里@何荔嘉，并说：*如果你不方便，我直接在群里讲了！*

何荔嘉这才通过她的好友请求。

白芒不想浪费时间，将自己诉求整理成几点要求，要何荔嘉在微博澄清事实，没想到何荔嘉却回她一句：*敢做不敢当？*

白芒都要气笑了。

过了一会儿，白芒语音输入："我这是出于道义考虑，让你自己澄清也是因为你有一定的微博人气。如果你觉得不方便，没关系，我也可以替你澄清，不过这个事情，你还是要想一想噢。"

最后那个"噢"字的音调，带着点淡淡的嚣张。

何荔嘉没回复，过了好一会儿，也发来一段语音："白芒，你不要欺人太甚！你以为你没有黑料吗？即使你没勾引焦扬，那你勾引江川尧怎么算？我劝你最好什么都别说，闹难看了，影响的只是你！"

白芒什么都不想说了，这辈子她最讨厌的，就是被人威胁。

宿舍里，顾捷拉上椅子往白芒身上凑，像是一条美人蛇吐着信子发出嘶嘶声，鼓励她说："撕吧撕吧！我为你保驾护航！"

白芒常常干架，可网上对战她还真不擅长。

何荔嘉在私群里编各故事，白芒的微博风平浪静，她关闭评论，又删除了微博底下恶劣言论的截图，清爽又干净。

中午，何荔嘉还发了一条同男友焦扬一起进餐的图文微博。四张照片，明明拍的是美食，可虚化的镜头背景全是焦扬的手、脸、脖颈……何荔嘉不仅是写故事的高手，拍照技术也不错。

这样一来，这组照片就证实了一件事：那位在澜职食堂吃饭的女生，只是单方面的示好。不仅平息了男友疑似出轨的风暴，还保住了自己和男友"青梅竹马"的恋爱人设，不解释，不说明，维持自己理工女神的完美形象。何荔嘉成全了自己的完美恋爱人设，白芒的微博就遭殃了，粉丝转场找到她的微博，一条条留言、嘲笑。

顾捷问她："怎么还不上微博澄清一下？难道还等着何荔嘉粉丝把你

扒得干干净净，连皮都不剩吗？"

白芒的双手托着下颚，歪着头瞅着顾捷反问："你觉得我会怕被扒皮吗？"

她一身美人皮，就算被扒得干干净净，留下来也是一身漂亮的美人骨。

顾捷无语，自恋这一块，白芒真的和她不相上下。但凡换个人，说这样嚣张的话，顾捷都要冷笑几声。可这个人偏偏是白芒……比起网上那些搞人设"塌房"的人，白芒可是货真价实的美人学霸。

"要不你直接亮出身份，发学生证的照片吧，最棒的打脸永远是一招获胜。"

白芒摇头，说："那只能说明我读的不是澜职，无法证明我有没有做出勾搭何荔嘉男朋友的行为？"

"那你做了吗？"

"不知道呢，"白芒伸手将头发往后一撩，眼波往顾捷那边轻轻一弹，"像我这样的人，很容易撩而不自知，不是吗？"

顾捷真想把白芒拎起来打一顿。

白芒想了想，编辑了一条极其简单的微博。

宝宝们，你们为什么骂我呀！

简单的一句话就可以看出微博主人的姿态。五分钟时间，白芒的这条微博立马被暴击了好几百条评论。

"白芒，你真是我见过的思想最危险的女人！"

顾捷要去上课了，临走前"深情"地看了她一眼，说："玩得开心。"

白芒抬起脑袋，委屈巴巴地解释道："我还是女孩儿。"

顾捷反撩了一波，眸光含笑地问："坏女孩，一起吃晚饭吗？"

"不了，我约了男人。"白芒眉眼弯弯地回答。

顾捷捶胸顿足地离开了宿舍。

这两天，江川尧人不在澜大，也不在澜市，而是去了一个叫临阳的地方。他获得了一些信息，去那边调查了一下自己的身世。临阳距离澜市倒也不远，来回大概五个小时的车程，顾言锡刚好在临阳的师范大学读书，中午就在大学附近的一家饺子馆请江川尧吃个便饭。

嗯……的确是便饭，一大份饺子两个凉拌菜。

顾言锡一脸愁容地说："没生活费了，这还是跟同学借了两百块请你吃饭，江少您就凑合吃一点。"

江川尧冷漠持筷，不好意思，他对假穷没有共情力，没有理会顾言锡这番卖惨。和邹瑞泽一样,江川尧和顾言锡也是在九高认识的。他们三个人当中,邹瑞泽的爸爸是校长,母亲是医务室的医生,家境最清爽透亮。

江家有钱有权,却是斜地基上盖高楼,看着家大业大,稍有不慎就会导致"蠹众木折,隙大墙坏"。

顾言锡不一样,他的父母最初是在海外赚辛苦钱的,回国后,才踩着好时机和高杠杆在本地和外地买房买楼,家里不说大富大贵,满足顾言锡小爷生活衣食无忧是没问题的。日常花费上,顾言锡更是大手大脚,今天这番做作大概率是被爸妈限制了信用卡额度。

果然不出江川尧所料,顾言锡叹气说:"我爸妈把我信用卡停了,每个月就给我一千五百块生活费。"

"这才中旬啊。"江川尧淡淡地提醒一下。

"欸!好兄弟,这个月不是困难吗?就想跟你借两万缓缓?没问题吧?"

"两万而已,没问题。"江川尧很爽快,顿了顿,"按高利贷的方式算利息。"

"不至于吧。"顾言锡眉头直皱,不可思议道。

江川尧眼光平直,换了话题说:"对,好兄弟,所以你在微博用我的身份勾搭何荔嘉?"

咳!顾言锡尴尬地轻咳两下,捂着嘴,心虚地低下头,涨红了脸说:"这……就是一个玩笑。"

"你跟我开玩笑,还是跟何荔嘉?"

顾言锡说:"事情都过去了,算了哈!"

存心提起这个话题,江川尧就不打算那么容易算了,他继续说:"这真的只是一个玩笑吗?还是你的确喜欢何荔嘉,又怕何荔嘉看不上你,使出这样的招数满足一下你自己的情感需求?"

"扯什么屁话!"顾言锡放下筷子,忍不住自证清白,"我就是想会一会何荔嘉,没其他原因……谁让她……以前欺负我同桌。"

"你哪个同桌?"

顾言锡没说是谁,摊摊手,解释道:"我就是幼稚了一下。之前有几次在聚会上碰到,我见何荔嘉看你的眼神不一样,就想试试行不行,没想到何荔嘉真上钩了,立马来你面前秀存在感了。原本,我还想你多理她一段时间,没想到你跟她第一次约会就结束了。"

江川尧凉凉地骂了一句:"真是吃多了盐,闲得慌!"

"我发誓……我真的就是替我同桌出个气。我又不是焦扬那头蠢羊，只盯着眼前的草吃。"

"没想到，我的朋友那么有侠义之气，"江川尧冷淡出声，"为了替女同桌出气，什么办法都想得出来。"

话是这样说，顾言锡的性格江川尧是了解的，做出格滑稽的事情，也符合他的"人设"。

微博上的"江川尧"的确是顾言锡假扮的。做了好几年的朋友，顾言锡对江川尧了如指掌。微博勾搭何荔嘉不仅腔调拿捏到位，抖出来的话题也是千真万确，不然也骗不了何荔嘉。总之，顾言锡也觉得自己很闲。

顾言锡解释道："你知道我对女生都很好的，不忍心伤害她们。"

江川尧冷声说："你倒是好心好意。"

顾言锡自我安慰道："也没什么的，后面何荔嘉不是很快找了焦扬吗？如果不是因为我的行为有了推波助澜的功效，何荔嘉没准还吊着焦扬，我也算做了一件好事。"

江川尧冷哼两声，问："你这样做，你那位同桌知道吗？"

"不知道，她都不记得我这个同桌了。"顾言锡叹气道。

"什么同桌？"

顾言锡说："小学同桌啊。"

"谁？"

"你认识的，这个暑假一起见过好几次。"顾言锡笑着答。

"方子欣？"

"怎么可能！方子欣是那种需要男生给她出头的人吗？是王依萌！她小时候长得像个肉圆子，很可爱的。后来九高同校，她就不记得我了……不重要啦！我也是还她小时候的一次人情，知道她在九高被何荔嘉欺负过……"

江川尧一脸的不可置信，活见鬼了，顾言锡居然是纯洁少男。

顾言锡坦白了事情经过，不忘交代："你千万别跟王依萌说啊，她如果知道，怪尴尬的。"

江川尧说："尴尬人家根本不记得你？"

顾言锡烦躁地说："就……总之，你别给我透露出去。"

江川尧淡淡地说："我没你那么闲。"

"嗯……那两万利息我算你一个月五百。下个月还你。"

顾言锡算清楚兄弟之间的欠款。

江川尧打断顾言锡，简洁干脆道："你跟我去一趟澜市，这两万就当报酬。"

"什么报酬……那么高？"顾言锡的目光瞬间防备地一闪，"阿尧，你不会是想卖了我吧？！"

"你还不值这个钱。"江川尧懒得多说，直接提出要求，"你去跟何荔嘉解释清楚——用我名字私信她这件事。"

顾言锡有点为难地说："事情过去那么久了……没必要吧？"

"有必要。"江川尧说，"我有正式交往的女朋友，该解释的误会还是要解释清楚的。"

顾言锡算是明白江川尧这番来找自己的目的了，他拿出手机，打开"芒芒苦海"的微博主页。

"话说你家白芒也是厉害，一般人被诬陷早就气得跳脚了，她还想着从何荔嘉这里引流，劝说何荔嘉的粉丝买她的学习资料……"

是的，没错。自从何荔嘉的粉丝来芒芒苦海的微博蹦跶之后，白芒就把卖学习资料的微博置顶了。

只要何荔嘉粉丝过来，一律化敌为友，直接八折。 最可气的是，白芒的微博主页还写着一句显眼的广告：**每天八套练习卷，轻松考上985！**

顾言锡狼吞虎咽地吃完了剩下的所有饺子，然后被江川尧捎上，一道去了澜市。

路上，顾言锡讲了他和王依萌同桌的事，顾言锡父母发家之前都在海外做生意，顾言锡也跟在父母身边，直到九岁才回国。回国之后顾父顾母找了门路让顾言锡上了一所重点小学。

当时学校校长对顾言锡也很照顾，考虑到顾言锡语言能力薄弱，就让顾言锡以大龄儿童为由上一年级的课，还找了一个口齿最伶俐的女孩给顾言锡当同桌。这个女孩就是王依萌。

当时，顾言锡的语言表达能力非常差，基本不怎么和人交流，但王依萌对他十分友好，常常跟他分享零食、文具，还把她喜欢的绘本读物借给顾言锡。

一年级上完，顾言锡跟上了国内的学习进度，外加家里也请了老师给他补二、三年级的课，一年级读完，直接上了高年级。

这段记忆对顾言锡来说极其特别，王依萌可以算是他回国后交的第一个朋友。可惜不同年级、不同班之后，两人就没联系了。

在九高，两人再次相遇，王依萌成了他的学妹……不是所有久别重逢都有故事，更多的是连样子都认不出了。顾言锡好歹认出了王依萌，可王依萌对他是一点印象也没有了。

记得有一次，在九高校园擦肩而过，他有意碰了一下王依萌的肩膀，准备叫出她的名字，万万没想到的是——王依萌立马唯唯诺诺地看着他，拼命地哈腰点头跟他说着对不起。

她看起来像是一只莽撞的笨蝴蝶，觉得自己不小心碰撞到他而羞愧不已。她已经不是小学一年级那个可爱又友好的王依萌了，而是自卑又胆怯，随时怕被人欺负的王依萌。那群欺负王依萌的女生，带头的人就是何荔嘉。

回澜市的路上，是顾言锡开车。

车窗外的色彩，是一片蓝。

江川尧对顾言锡的童年往事兴趣不大，拿着手机看完了白芒和何荔嘉网上的风波。

"你和白芒……"驱车的顾言锡欲言又止，作为多年的朋友，他自然看出这次江川尧对白芒是认真的。江川尧这个人吧，比起他和邹瑞泽，对人对事都淡一点。但是，淡不代表薄情寡义，没有感情。

"白芒吧，漂亮是漂亮，性格也好玩，她身上有一种聪明的感性，但是……她这个人如果不被欣赏，就会觉得她奇怪。"

顾言锡客观点评，睨了一眼坐在副驾驶闭上眼的江川尧，开玩笑道："你喜欢上她了，完蛋了，你一定对她感到难以招架了。"

顾言锡在分析男女情感方面确实有心得，只是感情本就是最难预料也最难推敲的事。

关于白芒，或许喜欢她的人，会喜欢她的惊心动魄；不喜欢她的人，会觉得她奇怪。

江川尧对白芒的感觉正好相反，他喜欢的就是她的奇怪。不管她为什么要当他的正式女友，他不追究原因，只要结果。他不是什么乐观主义者，他看问题更在意结果，而非过程。

天际最后的光亮被深蓝色的阴影吞噬，路灯藏匿在树里。

白芒在澜大提前给江川尧发了消息，还给江川尧发了一个定位——澜大聚力路的好事多火锅店。

白芒提前到了，经营这家店的人还是那位平头老板，认出她来了，还笑眯眯地跟她打了个招呼。

过了十多分钟，配菜上来，门口进来两个高高大大的帅哥，一个俊一个俏，各有各的气质。

白芒没想到顾言锡会和江川尧一起过来，见状，朝老板说："加一副碗筷。"

　　同时，白芒回过头，对顾言锡说："什么风把顾公子吹来了？"

　　顾言锡幽默了一嘴："自由的风。"

　　江川尧补充道："贫穷的风。"

　　顾言锡摸摸鼻子，解释道："没生活费了，跟阿尧混两天。"

　　白芒看向江川尧，用眼神问江川尧真的是这样吗？就在这时，放在桌上的手机响了，是一个校园短号。白芒以为是班上同学有事找她，接通来电，入耳却是焦扬的声音。

　　"白芒，是我，我想跟你聊聊微博上的事。"

　　火锅桌上，一道目光朝她递过来。江川尧似乎对焦扬打她电话感到好奇，淡淡地看她一眼后，耐心地等她打完电话，手上还为她冲泡餐具。

　　白芒拿着手机，眼不动心不动，态度冷漠，问："聊什么？"

　　焦扬在听筒里的声音有些歉意："你人在哪儿，我找你当面说。"

　　"让他过来吧。"江川尧开口，语气不甚在意。

　　"对啊，一起来吧，人多吃火锅热闹。"顾言锡也不嫌事多地说。

　　白芒挂掉焦扬之前，对焦扬报出地址："那你来吧，我在……我们当时谈分手的那家火锅店。"

　　"咳！"顾言锡忍不住咳嗽，多嘴地问，"芒芒啊，你真的跟焦扬在一起过？"

　　江川尧倒了两杯水，递给女友一杯，淡淡开口："没谈过恋爱的小孩，一起吃顿饭就以为是交朋友了。"

　　顾言锡瞅瞅江川尧……才在一起那么几天，就这般维护了！

　　白芒喝了一口水，一双眼珠子乌溜溜打转，纠正说："不是一顿饭，是三顿。"

　　扑哧！顾言锡突然觉得自己这次千里迢迢来澜市虽然辛苦一点，但也值了。

　　电话里焦扬说他刚好也在附近，的确是在附近，不到三分钟，人就来了。焦扬推开火锅店的门时，站在收银台剥瓜子的老板同样也认出他来，视线在焦扬和白芒这里来回看，直到焦扬在顾言锡旁边空着的位子上坐了下来。火锅店老板看着这一幕，内心盘算着他的火锅店要不要从"喜事多"改成"八卦多"？

　　"嗨……"火锅桌上，顾言锡主动和焦扬打招呼，口吻有些微妙。

焦扬点了一下头，双腿合拢地坐着。面上带了点尴尬，看向对面已经成为男女朋友的白芒和江川尧，有些为难地开口："白芒，关于何荔嘉的事，我跟你道歉。"

白芒抿唇说："为什么而道歉？"

焦扬有点难以启齿地说："她在群里对你的诋毁和编造。"

顾言锡一脸八卦，兴奋地接茬，问："还有这样的事啊？"

白芒握着筷子，在空中轻轻一顿，同样出声表明态度："对不起，我不接受你的道歉，只接受她的道歉。"

今天焦扬是为了什么事找她，白芒心里可清楚了。她不擅长网上论战，但她擅长归类整理以及保留证据。

微博上她置顶了卖资料的链接，不代表她准备放弃为自己辩护。她花了一堂课的时间，按照时间线整理了整个事情的故事线，有图有录音还有证据。既然整理了她的事，她就顺带将何荔嘉高中的"所作所为"也一起都整理出来了，里面有大萌提供的证词，还有她收集到的何荔嘉的黑料。

"当然，她就算道歉了，原谅是一码事，要不要爆料是另一码事。"白芒微笑着，又理性地补上一句。

白芒总带着最美的微笑，说最狠的话。

焦扬看向白芒，嘴唇自然合拢。

千里迢迢赶来吃瓜的顾言锡瞧了瞧焦扬，又看了看坐在对面的兄弟。很多时候，他真的很佩服江川尧，就算听到女朋友和绯闻女友的现男友扯上绯闻，也能做到冷眼旁观。真冷静。

一直没有表态的江川尧将手放在白芒的手上，已经消化完整个事件。

男朋友的态度，很重要……白芒看了眼江川尧放上来的手，脊背一挺，目光都骄傲起来，笑意盈盈道："总之这个事，具体要怎么算，我说了算。"

江川尧看向白芒，他把手放上来，倒也不是这个意思。

焦扬的视线跟着落下来，收敛晦涩，继续协商说："白芒，我来找你就是想商量这个事，能不能私下解决……其实事情不大，大家都认识，没必要撕得不可开交。"

什么叫这件事不大，什么叫大家都认识？白芒正要回击，一道声音抢在她前面开口了。

"事情不大，但也不小。你们虽然认识，但也没熟到可以讲人情。"江川尧的说话方式，一向是开门见山，口吻克制又十分不讲情面。

比起白芒前面带有个人色彩的狠话，江川尧声音不高，却一字一句都在表明态度。

"更何况,这件事关乎一个人的名誉,的确不能轻易算了。"江川尧补充道,语调微微拉扯。

江川尧的话一出,白芒立马想到,对啊,他可是澜大法学系的人啊。

"江川尧,你说像我这样,名誉权被侵害,要怎么处理比较好?"她问男友。

江川尧客观陈述:"民事主体享有名誉权,任何组织和个人都不得以侮辱、诽谤方式侵害他人名誉。何荔嘉在群里捏造歪曲事实,使用侮辱性言辞等贬损白芒名誉,事情又从群里发酵到微博,不但没有收敛,还继续撺掇和煽动粉丝转发攻击受害者,事情必然造成了极大的影响,不只对受害者身心造成严重伤害,还威胁了受害者的人身安全,日后还有可能影响受害者的就业工作和生活——这样的事,怎么算小?"

江川尧用法律回应焦扬,一口一个受害者,当事人白芒都有点听蒙了。

好一会儿,她冷漠地点了下头,对头。

焦扬脸上维持的礼貌被一点点瓦解。有人这般冰冷无情,那他也不讲任何情面了,说他出于报复也好,说他出于自己的私心也好,他非常想在白芒面前撕下江川尧的真面目。

"江少,你和荔嘉也认识,我看过你私下给她发的聊天内容,你也是真心实意喜欢过荔嘉的,不能因为有了新女友就这样对待曾经喜欢过的女孩吧。"

"咳……"顾言锡咳嗽出声,屁股也有点坐不住了。

"这个事情,刚好顾言锡可以跟你解释。"江川尧说。

"这个我来解释。"顾言锡笑笑,反复舔了舔嘴巴,终于硬着头皮把话说出来:"嗯……之前微博跟何荔嘉聊天的人,不是江川尧,是我。"

焦扬愣了。

顾言锡接着说:"可能看不出来,让你们惊讶了!我其实……暗恋何荔嘉很多年了,偏偏何荔嘉眼里只有我兄弟江川尧,我心里那个难受啊,每天睡不好吃不好,一点办法也没有。想来想去就用冒名顶替的方法接触何小姐,没想到一来二去给了何小姐错觉,导致她主动追求川尧……从头到尾,川尧都没有对何小姐表示过任何好感。我可以保证!"

说完,顾言锡举手保证。

焦扬深深吸了一口气。

顾言锡顿了顿,笑容无奈地说:"真的很抱歉,不过我也想为自己辩解两句,我从来没跟何荔嘉说我是真的江川尧。我注册的账号是"江卅尧",多了一横呢。不信你们看……"

顾言锡打开微博某账号,他把账号和私信都给白芒、焦扬看。

焦扬一脸焦炭色。

白芒也有点茫然,某一刻,她心里有点佩服顾言锡,用最像样的口气说着最不像样的话。如果前面还有什么误会,那现在事情已经全部水落石出了。

焦扬亲眼看到了何荔嘉和假货"江卅尧"的微博私信聊天内容。

他过来之前,电话里得知江川尧也在这里,他还是不介意过来一趟,是因为除了协商白芒和何荔嘉网上的纠纷,他还想当众戳穿江川尧的本性。

结果没想到,戳穿的不是江川尧,而是何荔嘉。

好一会儿,焦扬生硬开口,从他的角度为何荔嘉辩护。

"何荔嘉父母以前在外地做生意,一直没时间管她。她读初中高中时,有段时间被社会青年带坏了。上了高三,她爸妈将她寄宿在我家,她很想给我爸妈当女儿。上了大学,她爸妈即使回来工作,她也常常住在我家。她在网上撒谎营造完美人设这些事,我都知道。

"她表面大方聪明,但真实的她自卑敏感又善妒,她对自己总是感到不满意,希望得到更多人的喜欢和关注,所以她才在网上捏造了许多她实际上没有的光环。她肯定不算好女孩,爱撒谎,爱比较,喜欢欺负不如她的女孩,诋毁比她优秀的女孩……但荔嘉她心底深处,其实无比渴望能做一个闪闪发光的女孩,希望被人喜欢被人肯定。

"她从小到大,都活在他人的目光里,学会了小心翼翼和见风使舵。她无比羡慕我周围家境和父母疼爱都远远多于她的女孩,造成这一切的原因不是她真的本质恶劣,而是因为她敏感又好胜……她就是一个没长大的小女孩。"

焦扬讲了一大堆,絮絮叨叨又丧气。他把这些讲出来,从某种意义上说,的确是打同情牌,他希望白芒看在何荔嘉跟她都是女性的分上,尽量理解何荔嘉。这件事之后,他也希望能给何荔嘉一个教训。

鸳鸯火锅"咕噜噜"地沸腾冒气,焦扬的脸被热气熏红了。

白芒慢慢道:"我可以不在微博爆料,但她需要跟我和王依萌当面道歉。明天大萌从宁市过来,不管什么形式,她要好好赔礼道歉。"

前面江川尧把话说到这个份上,白芒这个要求,已经算是很好商量的态度了。

"好，明天我在"秋礼"请你们吃饭，我也会带上何荔嘉，让她亲自向王依萌和你道歉。"焦扬答应了要求。

"行……"白芒看了眼江川尧，直视焦扬，摊手说，"那就这样吧。"

顾言锡朝着白芒举了一个大拇指，凑上去说："哎！那明天我也跟你一起吧，我的行为也存在问题，我也有责任。"

江川尧说："你当然有问题，是要跟着去。"

焦扬先走了，临走时背影笔挺，却有着说不出的难受，看着让人心里堵得慌。焦扬这个人，因为何荔嘉的关系，顾言锡私底下分析过很多次，与其说他是一只笨羊，不如说是一头自信驴。

那么多年，他一直被何荔嘉用一根胡萝卜吊着。作为何荔嘉的头号备胎，焦扬未必不清楚何荔嘉是什么人，能坚持喜欢何荔嘉那么多年，除了何荔嘉漂亮，更多的，可能的确像他说的，他太了解何荔嘉了。

一个人太了解一个人，就会产生一种变态的情感。他自信地以为，掌握了她的灵魂，就能掌握她的情感。简单来说，焦扬很自恋，何荔嘉也的确像他说的那样，自卑又自傲。

"所以……白芒儿，你和焦扬又是怎么认识的？"待人离去，顾言锡便促狭地问起她。

白芒已经饿得肚子咕咕叫了，眼睛直勾勾地盯着火锅看，看有没有已经熟了的肉和菜。

江川尧不动声色地给她夹了一筷竹荪。竹荪吸饱了辣锅汤汁变得厚实又饱满，被江川尧直接夹到她碗里。白芒低下头，只想当个冷漠的吃饭机器。结果竹荪吸饱了辣汁，辣味在她的口腔横冲直撞，直冲到脑门。

眼泪流了下来。

江川尧冷不丁出声："都后悔成这样了，还要说什么。"

白芒愣了，我倒也不是因为这个哭。

顾言锡心里顿时对白芒倍感同情。

江川尧神色淡淡地看着顾言锡说："难道吃两顿饭的关系也要像你那样，编个暗恋的故事出来？"

"咳咳！"白芒被辣气呛了喉，涨红了脸。

何荔嘉的赔礼道歉局安排在周六的中午，地点安排在东南新城综合商场的一家人均五百的澜市本地餐厅。

按照在饭桌上谈的条件，何荔嘉当面赔礼道歉后，还要在自己的大群和微博澄清。

下午，何荔嘉就发了一条澄清的微博，解释那天一起吃饭的女生和焦扬只是校友关系，她为此事给"芒芒苦海"造成的误会和困扰道歉，希望粉丝不要再打扰"芒芒苦海"。

　　道歉后，何荔嘉就从包厢仓皇离开，白芒被方子欣质问："为什么不曝光？"

　　大萌拉住方子欣说："这样很好啊，我喜欢这样的处理方式。"

　　"随时留着证据不曝，更能约束一个人的行为，对不对？"白芒若无其事地回答方子欣。

　　焦扬的同情牌没有打动她，但让她理解了何荔嘉。谁没有过黑暗的想法？这种想法，她也曾有过，只是最终她选择将黑暗捆绑。她不想彰显她的道德，但也不想发酵黑暗。

　　这时，她突然想到前两天江川尧对她说的一句话："如果是以前的我，我可以毫无愧疚地做任何事情。但现在我想彰显我的道德，因为我想要正直地爱你。"

　　10月后，澜市的温度一天比一天冷。

　　白芒下午没课，待在寝室对着电脑研究编程和代码。

　　宿舍里，顾捷一边脱鞋一边骂骂咧咧："澜大每年有那么多捐款拨款，然而校园道路上居然还有水坑，真不知道这些钱被谁拿走了……路上低洼的水坑像脸盆那么大！"

　　"这个星期还降温下雨，我的衣服已经支撑不下去了。"说着，顾捷穿上拖鞋，走到阳台看了看挂着的衣服，伸手摸了摸又烦躁地折回来，"还是没干……"

　　顾捷回来，抱怨道："明天还不出太阳，这周姐可以光着腿去上课了！"

　　白芒终于不再面对电脑，看向顾捷的着装，瑜伽裤搭配卫衣，还挺有范儿。

　　"你的衣服都去哪儿了？"顾捷问，指着外面阳台。

　　白芒如实回答："江川尧那边啊。"

　　顾捷翻白眼，秀恩爱死得快。

　　"我还有两条练功裤，可以借你。"

　　白芒好心地为顾捷解决燃眉之急。

　　顾捷托着阳台的门框，问："练功裤怎么穿出去？"

　　白芒想了想，说："你可以把瑜伽裤穿里面。"

顾捷撇撇嘴，拒绝道："我这人对个人形象还是有追求的。"

白芒点点头，不强求了。

持续写了三个小时的代码，白芒拢一拢身上的毯子，来到露台呼吸新鲜空气。她和顾捷的宿舍在二楼，原本道路两侧密密匝匝的树，这几天变得稀疏了，光秃秃的枝干迎着针扎似的密雨，一副摇摇欲坠、枯枝败叶的样子。

白芒披着两米宽的薄毯，双手压在护栏上，背影看起来消瘦又霸气。

深思熟虑一番，她决定再扔一个星期的脏衣服到江川尧那边，不帮女朋友洗衣服的男朋友，都不是尽职的男朋友。

和方子欣一样，江川尧在大学城附近也有个窝，他的窝不是方子欣住的那种复式公寓，而是一套面积宽敞的住宅。

江川尧这里，白芒来过好几次了，基本都是下午没课的时候过去。

每次过来，她就鸠占鹊巢地霸占江川尧客厅的大沙发看动画片，将小时候没看完的动画片一次性补回来。加上最近几天降温，冷空气袭击澜市，白芒整个人犯懒，她将大一的课程完成，闲来无事就过来打扰江川尧。

随着天越来越冷，她也愈发像粽子似的包裹着自己，盘坐在沙发上。

江川尧这里，原本是没有毛毯的，但因为第一次来时，她在沙发上缩成一团，江川尧就买了两条毯子。一条给她带到宿舍使用，一条留在这里。

她在看电视，江川尧在刷题，屋子里安静又有序。江川尧想当检察官这件事，白芒隐隐约约能感受到，这对他而言已经不是富家公子体验人生的某个选项，而是他需要付出努力才能获得的人生馈赠。

今天周五，除了一大袋脏衣物，白芒还带回来一些水果和吃食。江川尧刚洗了澡，头发都是湿漉漉的。

"刚起床吗？"

"冲了一个澡。"

江川尧跟在她后面解释："免得让女朋友看到一个邋遢大汉失望。"

江川尧用邋遢大汉形容自己，白芒回过头看江川尧，他上半身是一件套头黑色线衫，裤子宽松休闲，一双长腿笔挺地立着。还真是……谦虚！

江川尧走到吧台倒热水。白芒盯着江川尧的背影看了两眼，若有所思。这一周她都在宿舍搞小程序，没怎么见男朋友。

"等会儿借用一下你的洗衣机和烘干机。"白芒开口，提起正事。

江川尧嘴角上扬，说："我让詹宇给你买了几件衣服，今天寄过来了，在卧室。"

什么！你让詹宇给我买衣服了？

白芒转过脸，脸上的表情几乎在重复江川尧的话。

江川尧上前，非常正经地说："詹宇以前在女装店当过导购，眼光不错的。"

跟詹宇没关系……白芒还是震惊于江川尧给她买衣服的事，主要因为，白蕙都很少给她买衣服。从小到大，她基本只穿校服，服装对她的意义就是蔽体。高考结束来澜市，她第一次在夜市给自己买衣服，还是摆摊的年轻老板给她搭配好的。去了宁市，方玉环和方子欣也给她买过衣服……不得不说大牌衣服，贵是贵了点，但设计和质地的确都很好。

江川尧让詹宇买的衣服，看不出是什么品牌，但样式真的很好。每一套都是搭配好的，除了衣服还有鞋子，甚至还有长筒袜。每一件衣服詹宇都打了序号，避免她穿错。

"詹宇怎么跟老妈子一样……"白芒吐槽道，胸臆间不知不觉冒出了咕噜噜的气泡，一种轻飘又微妙的情绪在心底四处蔓延。她嘴上说着詹宇，心里想到的人却是江川尧。

卧室门开了，江川尧替她将门关上。

白芒在江川尧卧室换衣服，一套又一套，每一套都有不同的感觉。俏丽的、甜美的、大方的，还有冷酷范儿的。

白芒穿着新衣服出来，江川尧将她带来的脏衣服分类放到洗衣机。

江川尧已经给她洗过一次衣服，不仅洗好，还熨烫并折叠好。所以这次她又厚颜无耻地带了两个星期的衣服。她来江川尧这里，与其说是借用烘干机和洗衣机，其实她最想借用的是男朋友折叠衣服的技能。

比起整个清爽的屋子，江川尧的书桌是最乱的，堆叠着各类专业书籍，上面还有几套卷子，齐齐铺开。

可江川尧平时并不是一个凌乱的人……她翻开一套卷子，入眼的是一张夹在里面的照片。照片看着有些年头了，照片里是两个女孩的合影。

大约是年代久远，照片色彩不够鲜艳，边角也有点泛黄，但照片里的两个女孩很吸引人，青春靓丽，模样都俏丽得非同一般。

不仅如此，其中一个女孩白芒能认出来，是年轻时候的白蕙。

照片里中两人气质相似，关系也是肉眼可见的那种好。

江川尧已经回到客厅，他的头发几乎都干了，整个人清爽淡然。

外面的天色暗下来，一片混沌，客厅周遭又安静了下来，连外面下了好几天的雨都停下来了。

风雨停歇后,房间里氤氲的光落入两人的眼中。

江川尧眯着眼,凝视她,样子沉静,毫不慌乱。他把照片放在桌上,故意遮挡得如此明显。今天她来,他是有意让她看到这张照片的。

白芒拿起照片,收起猜测,直接问了:"这个人很像白蕙,旁边的这个人又是谁呀?"

江川尧一时没回答她,往落地窗走去,沉默了一会儿,他抬起头,转向她,目光温柔又深刻。比起不解的她,他眼眸清润得像是被这几日雨水连续浸湿,有着清雨洗涤之后的明亮。

好一会儿,他说:"一位是我血缘上的母亲。"

"另一位,的确是你的母亲,白蕙。"

江川尧从来不说混淆模糊的话,就如他这个人从没有恍惚迷离一般。

一个人,可以藏住多少秘密?一个秘密,又可以藏住多少年?

当年纪逐渐增长,开始懂事时,白芒就知道了何谓秘密。正因为她的妈妈白蕙充满了秘密,所以云城的人才会偷偷议论她。但,秘密不代表是真相。

秘密之所以成为秘密,只是因为它被严实地锁在盒子里,人们自然对盒子里装了什么充满好奇。有了秘密就有猜测,恶意或善意,都是猜测者的偏见,所以单单猜测秘密,不仅没有意义,还会让大脑失去冷静判断。秘密的产生,就是为了掩饰真相。

当她在江川尧这里看到这张照片时,她无比确定一件事。江川尧跟她一样,他也想知道一切。

是。两天之前,江川尧的确这样想。

他曾经很想知道一切,不计代价地去调查自己出身,了解被刻意掩盖的真相和过去,仿佛只有这样才能抓住命运的脉搏……当真相和过去一点点展开,那个展露出来的事实,他只觉得滑稽可笑。

材料和照片是前天从临阳寄来的,研究完所有过去的"证据",他就在这个屋里抽烟,闭门不出。

他希望自己能冷静下来,偏偏心烦意乱到极点。

这两天对他而言,似乎又回到了十年前他被钟灵送进的那个住宿学校里。独自一人沉默、孤单,内心被巨大的寂寥和恐慌吞噬。

面对眼前的真相,他在思考一个不着边际的问题,他有没有真的爱上白芒?他又是什么时候爱上白芒的?

爱上一个人总有迹可循，就像法律文书上的举证材料，铁证如山。

又是从什么时候开始他每次见到白芒，都觉得特别的呢？她的特别，导致那一天所有的人和事也都变得特别。

九高球赛结束的那一天，她坐在他的摩托车后面，他送她回家。她伸手环住他的腰身，他的心跳得像摩托车一样疯狂加速，他内心深处原本封存冰冷的情感顷刻沸腾，滚烫的血液在他身体里流淌，四肢百骸都为之震颤。

他对她的情感，是一种离他内心很近，又离他思绪遥远的不确定。起于无形，隐于无知。云莱之行，她向他提出要进一步接触和认识，他明确感知到她的意图，可加快的心跳早替他做了决定。

他选择接受了这份不确定。他想，不管他曾经多孤单、多无望，以后这个世上，他也有了可以牵挂的人，这个人刚好是让他心驰神往的那个人。命运是对他馈赠了一份礼物，没想到又迅速收回了原本准备给予他的慷慨。

那天白芒上楼时，他和白芒的母亲白蕙聊了聊新作品。白蕙深深地注视着他的脸，目光带着温柔的审视，她对他说："你长得像你的父亲，你的气质却很像你的妈妈。"

白蕙说的人自然不会是钟灵，他没有问白蕙他的亲生母亲是什么人，是否还活着，什么身份？

他的第一个问题就是："您和她，是什么关系？"

白蕙，或者说白千希一点都不像正常的中年女人，她身上的气质矛盾：颓废又年轻，给他的感觉就是，她一直活在过去。她的女儿白芒早就成年了，她却还活在过去。

他的疑问，白蕙并没有直接回答他，而是不痛不痒地说起了她的创作心得。她说她写破案情节时，往往直接说出真相，读者大多不会相信，因为大家都只相信自己的判断，而不是告知的事实。真相如何，白蕙给了他线索让他去找。

交换条件是打消白芒去法学院的念头。

然后，他去了临阳，按照白蕙所要求的那样去了一家孤儿院。这周，他拿到了白蕙邮寄给他的材料，上面有关于二十二年前他出生时的一切。只是，除了白芒刚刚看到的这张照片之外，其他资料都是复印件。

照片里的两人，看看很像一对姐妹，一个叫白蕙，一个叫乔白。江川尧一看就发现了，这个叫乔白的女人，就是云莱酒店那幅放错的画中的女主角。可是眼前的这些资料，真的是当年的真相吗？他很是怀疑。

这些资料或许可以证明他的母亲是乔白,但无法佐证她与白蕙之间的关系。

"我的肚子有点饿了。"白芒把照片放回桌上,小心翼翼地问江川尧,"在你讲故事之前,可以先给我一点吃的吗?"

她的声音轻软,听起来又卑微又可怜。

他能听得出来,白芒是装的。但江川尧还是走到客厅对面的冰箱,打开冰箱门,视线往里面一扫,冰箱的食物都是一个星期之前的,没有什么新鲜又营养的食物,就是一些填充胃的吃食而已。

他这两天都是随便对付一下。但有人已经不好好吃饭了,他再对她敷衍,她只会对自己更敷衍。

"出去吃?"他回过身,征求她的意见。

白芒点头,咧嘴笑了,自恋地说:"穿了新衣服,就是要出门走一走,要被更多人看到才好。"

江川尧轻松地摇了下头,笑她说:"你当过年啊。"

白芒眨眼说:"难得穿你买的新衣服嘛!"

"那要去人多的地方。"江川尧回她,眼底又流淌出一点温柔,朝她伸出手,"走。"

夜里风大,江川尧出门之前套了一件风衣,他穿上外套,也给她捎上了一件外套。一模一样的卡其色风衣,看得出来是情侣款。之前试穿衣服的时候,白芒并没有看到这件风衣,江川尧是刻意藏了一下吗?

是为了给她惊喜吗?因为在她来之前,他把这款情侣风衣收了起来。

两人穿着一样的风衣,江川尧高大帅气,白芒神采奕奕。

地下室通风口,冷风拂面,江川尧伸手替白芒拢了拢凌乱的刘海。

白芒仰着头,整个人几乎陷在江川尧的怀抱里,她的心底无端地冒出来一股不清不明的感觉。

她今天能适应江川尧态度上流露出来的那份犹豫,却有些难以承受江川尧的那份温柔,入心的,像是一把刷子来来回回在她心尖上拂动,让她略微有些不适应,又有点挠痒痒般的享受。难道这就是被爱的感觉吗?

江川尧驱车带她去了一家靠近市中心大厦的顶级火锅店,锅底是鱼胶和老母鸡,环境十分优雅,窗外是城市辉煌又绵延的灯火。

西装笔挺的服务员站在一隅提供服务,江川尧谢绝了服务员的帮助,全程自己给白芒烫食材。

"不是要带我去人多的店吗?"白芒喝了口碗里的汤,"我以为你会带我去垃圾街。"

"等一会儿再去。"江川尧捞了一些鱼胶放到她碗里,"入冬了要滋补,你想吃垃圾食品,现在吃饱肚子,等会儿也可以少吃一点。"

白芒抬头问:"江川尧,你怎么突然对我那么好了?"

江川尧望着她,淡淡地强调一句:"在我们成为男女朋友的那一刻,我就那么好了。"

想一想,好像确实是这样。

江川尧这个她本以为的坏坏,给了她正直又温柔的偏爱。

白芒心里不得不承认,她很喜欢江川尧这样对她。

结束晚餐后,两人乘坐电梯下来,穿过市中心一波波的人潮。过马路时,江川尧不仅牵着她的手,还将她圈在他的身前。

街上有许多情侣,穿情侣装的也很多。

江川尧的风衣袖口略微往上,露出分明的手腕,他的手腕上佩戴着一款男性气息强烈的金属手表。如果是一个大腹便便的男人佩戴金表,一定俗不可耐。但江川尧将这块金表,戴出了属于他的气质和腔调。

记得暑假的一天,白芒待在大萌那边,大萌看完小说后,分享了一个心得:当你开始欣赏一个你本以为不会欣赏的人,那就是爱情啊。

爱情本身就是偏爱,双标。

以前她觉得,像江川尧这样的男人,即使再吸引人,也还是不要有任何的窥探之心,更不要研究他,如果有机会认识,认识个大概最好。现在她不仅想认识他,她只想认识他。

走在街上,江川尧一直牢牢地牵着白芒的手。

白芒也任由江川尧牵着她往前走,穿过人群,路过车流。光和影在她和他的身上相互映衬交错,对视的脸庞斑斓生动。

从热闹的街头来到清冷的江边花园。

江川尧轻轻地松开她的手,两人坐在树林里的长椅上,一盏铁艺灯放出光来笼罩着她和他,晦涩地明灭。

"你妈妈藏着一些事情。"江川尧开口。

白芒"嗯"了一声。

白蕙有秘密,她早就知道,白蕙的秘密在江家,她也知道。

因此她才会想通过江川尧进入江家。只是她没有猜到的是,白蕙和江川尧的亲生母亲居然也认识,还出现在同一张合影中。

"她们俩是什么关系啊?"

白芒脑袋往后仰,看了看深远沉寂的天,然后伸出手放在江川尧的脖颈,像是撸猫一样摸了下他。

她随意轻俏,江川尧给她的感受却从温柔细腻变得疏离生冷。

"怎么了?很难以启齿?"白芒又问。

她的嘴角噙着轻松的笑,脸蛋白嫩,眉眼动人精致,这张简单清淡的脸上,熠熠生辉的眸光如同夜里耀眼的点缀。

她的样子,就像是朦胧月色下开出的异常妖娆的花。

江川尧看向她,其实他自己也是极好看的人,以至于他不管做什么想什么总显得恰到好处。不管是他昔日的嚣张,还是眼前的温柔。

他的声音,略有点不合时宜的肃然,他顺着她的话说:"不是难以启齿,而是有点突然。"

白芒轻轻地瞥了一眼,随即又笑了笑,看着江川尧说:"那你先别说,让我先猜一猜。"

"你猜。"

他顺从她。

江川尧眼底的那份犹豫已经消失殆尽,他变得像今晚的夜空,沉寂而遥远。

"白蕙跟你血缘上的母亲存在让你难以接受的关系,是吗?"白芒一猜就中。

"难不成,她们是好姐妹?"她口气轻飘,样子轻松。

江川尧否认:"这个倒也不一定。这些事情巧合得让人感觉有些刻意了。"他总觉得,这些照片和资料像是特意为他而准备的。他查了自己的身世那么久,一直毫无消息,白蕙却知道他想查什么,还将资料给了他。几十年前的资料,竟然保存得如此完好吗?他不相信。

"一定又怎么样?可能只是编出来骗人的。写小说的人,都很会骗人。"更别提是白蕙了。

白芒的声音清淡,却十分明确。从头到尾,白蕙都不同意她和江川尧在一起。原因绝不会是,她和江川尧的亲生妈妈是故人……那么简单。

世界上哪有这么多的巧合,除非是有人在故意制造巧合。

夜色静静的,仿佛有一只手在挠着人心。

白芒的手还放在江川尧的脖颈处,掌心贴着他的动脉,感知着他的温度。今夜的风也像一双懂得萦绕缠绵的手,如果之前她的心,都不曾为他加快跳动。

这一刻，她很确定是的。

白芒钩着江川尧的脖颈，轻轻一带，她的嘴咬上他的唇。

江川尧前面犹豫了那么久，她倒要看看，三秒之后他是推开她，还是加深这个吻。

他让她选择，她也给他做选择——他敢不敢和她一起冒险。

白芒放在江川尧后颈的手紧紧贴合，她的腰身下方被江川尧一抬，她整个人来到他的身前，紧密地贴入江川尧的怀里。

他的一双手，狠狠攥住她的腰身，往上一托。她跟他眼对眼，面对面。

双唇轻轻分开，闪烁情绪的眼眸仍对视着，明亮又隐晦，难以消除眼底滋生出来的渴望。唇间还留着彼此的气息，试探的、消沉的、疯狂的……不可控制地迎合了错乱的心跳。挑衅张狂，是灵魂深处迸发的不屑一顾。

头顶乌云罩月，迎面超高的两幢江边大楼似乎劈开夜空，看起来咄咄逼人又目空一切。

江川尧的两只手从白芒的腰间分离，一只手往上，一只手往下，最后他骨节分明又宽阔的一只手，来到她的后颈。他的大手几乎拢住她整个脖颈，用掌心温柔地摩挲着，一下，两下，三下……他始终没有任何放荡又过分的举动，他再次覆上的吻就像他微微阖下的细密眼睫，颤动而克制。唇齿相触，越陷越深。

身后是一片严密高大的树，隔绝了外面纷杂无边的人声。霓虹分割，大马路上仍然是风驰电掣的景象，猩红的烟头从急促的车流甩出。

她和他仿佛身处一片虚空之中，影子折叠。

一朵在树梢高高盛开的茶梅，铺了从乌云上洒下来的月光，仿佛变成了一株妖冶的霜花……

第十章
冬日·秘密

他们都很有自我保护的能力，却开始保护起对方。

今晚是周五，白芒没有回澜大宿舍，而是留在江川尧这里听他讲一个临阳双生子的故事。

同样的一个故事，经过不同的嘴和不同的人的描述有了不同的版本。江川尧的版本是综合信息处理之后的客观讲述。这不是一个愉快的故事，就连底色都是混浊而压抑的。

一个天才孤独症少年和一个视力障碍的女孩在孤儿院相识，并且成为朋友。一个看不到这个世界，一个感受不清世界。

他们都是被抛弃在孤儿院的人，一个是出生三天就在这里了，一个是到了快上学的年纪被狠心的父亲丢在了门口。

比起从小在孤儿院长大的女孩，六岁的男孩被遗弃在孤儿院的门口时，已经有了记忆和对世界的苍白判断。

这位少年有着极高的智商和过目不忘的记忆能力，但他只活在自己的世界之中，没有朋友也没有渴望。

女孩因为视力障碍在孤儿院备受欺凌，她唯一的渴望是有朋友可以对她描述这个世界。两个人具体是怎么在一起的，已经不得而知。

少年孤傲不群，女孩内向卑微，两人能成为相互依靠的朋友像是天方夜谭，又顺其自然得像是上天注定一般。第一个在孤儿院门口发现男孩的人，就是女孩。

女孩的世界并非漆黑一片,而是充满了白色的光芒。男孩是第一个出现在她光芒里的人影,一个比她还寂寥的人影,女孩比少年大三岁,但因为发育迟缓看起来跟男孩差不多大。刚认识的时候,孤儿院组织体检,他们一起量过身高,几乎一样高,体重也差不多,因而他们领取到的衣服也是同样大小的。

孤儿院的孩子都穿一样的衣服,只有写在衣领里的名字不同,女孩的衣服被人故意弄脏了,她自己看不到,只有在嘲笑中才能感知到她被同伴戏弄了。为了让孤儿院的人不再嘲笑她,冷漠的少年和她换了衣服。

可孤儿院的孩童仍然捉弄她,之前只是针对她一个人,后面也开始针对男孩,直到男孩变得像发疯的狗一样开始咬人,他们才会消停。

他们都没有自我保护的能力,却开始保护起对方。

时光荏苒,一年又一年,直到有一天,他们决定一起离开这个孤儿院。因为只有离开孤儿院他们才可以在一起。

江川尧能清晰讲述这个故事,是因为这些事情都记录在了女孩的日记本里。女孩学的是盲文,男孩也因为女孩学习了盲文。

现在这本日记落在白蕙这里,白蕙将它翻译了出来。

"他们离开了孤儿院?"白芒目光微沉地说出猜测。

铺垫结束,结局已经清晰。

"他们并没有成功离开孤儿院,可能离开过一阵子,但之后又回来了。男孩发疯杀人被起诉,送进了精神病院,女孩也被强行带回了孤儿院,后面就产下了一对异卵双胞胎女儿。"

江川尧的声线清晰,语调平实得听不出任何情绪,可他的每一句话都像是锤子重重地敲在白芒心上。那个年代,那样的感情注定不被包容,不被理解。

白芒拢着毯子,双腿微微蜷缩,身体枕着厚实柔软的沙发垫子。

落地窗外,万家灯火消失了一半,这间屋子以外的黑暗席卷了半座城。

结局就是男孩被送进了精神病院,女孩也被强行带回了孤儿院吗?两个双胞胎女儿像是这个故事新生的产物,却也成了故事里不幸结局的延续。

江川尧默默地看向白芒,眸光明灭不定。

这一刻,白芒突然觉得故事没那么简单,但江川尧不准备跟她说了,她也不想知道了。

江川尧没继续往下说的事是,这起临阳孤儿院昔日自闭天才少年杀人案至今保留着卷宗,当时有一位公益律师为他们辩护,费了很大心思才保全了少年的性命。

保全少年性命的前提是否认两人相爱，指认少年是完全没有情感的精神病患者，盲女最终在法庭亲口否定了两人的爱情，指控少年侵犯了她。

这是留在卷宗里的版本，故事的最终结局是女孩虽然生下了双胞胎女儿，但人也疯了，被送到了精神病院。

盲女最后在日记中留下的文字是一首十分简单的小诗：

你曾吟唱月光

我曾为太阳悲伤

贫瘠的灵魂，飘满白雪

这生锈的人间，一步一个家

"他们后来在精神病院在一起了吗？"白芒问江川尧。

江川尧摇头，身体靠在沙发上，淡淡出声："不知道。"

可能都死了，可能在一起了，也可能一个死了一个继续活着。谁知道呢？

没有任何人关心他们，他们自出生起就被遗弃。谁在意呢？

他们的感情本来就不被理解，只是两个孤寂可怜的灵魂相互慰藉取暖。谁关心呢？

白芒从沙发上站起来，她穿着袜子贴着地砖站着，光可鉴人的大理石地面清晰地映着她的倒影。她看不清自己的脸，却无比明确自己内心的情绪。

有些问题，不是想得越清楚越有答案。

前面听江川尧陈述孤儿院的故事，白芒的心里的确有点沉重，觉得遗憾、难过……只是，这个故事很有可能是编的，而听客却投入了真感情。

到底是故事骗人，还是听客自愿被骗。

"故事中的那对双胞胎姐妹，就是白蕙和乔白吗？"白芒问。

江川尧否认："其中一人或许是你的妈妈，但另外一个人是不是乔白还有待查证。"这是白蕙告诉他的"事实"，但他始终不觉得这是真相。

白芒也很是怀疑。如果故事中的双胞胎姐妹真是白蕙和乔白，那一开始白芒坦白自己男友是江川尧时，白蕙就不会那么淡定。

凌晨2点，白芒在江川尧怀里打起了瞌睡，两人盖着同一条毯子。江川尧起身抱她上床的时候，白芒好像有感知，只是当她琢磨要不要睁开眼睛的时候，又沉沉地睡了过去。

第二天早餐，生物钟让白芒在6点时醒了一次，不过，想到是周六，她又多睡了一会儿。

早上8点，江川尧下楼买了早餐，又煎了鸡蛋和火腿。

如果对事实不满，不用急着面对，不如去怀疑。这个世上一定没有无缘无故的巧合，平白无故的狗血。白蕙是一个什么样的人，江川尧不清楚，白芒还是有几分了解的。

江川尧就算不清楚，他也知道白蕙的身份，一个口碑小说家。

白蕙捏造所谓的"事实"的目的是什么？无非是希望她远离江家，远离江川尧。

昨天白芒入睡前开口说："如果我偏不呢……"

江川尧语气没有无奈，只有包容："那就按你的心意来吧。"

"江川尧，你愿意跟我一起任性吗？"

"我不会跟你一起任性，但我会陪着你。"

江川尧是一个说到做到的人，比如早上醒来之后，江川尧就陪着她回了澜大。

对于白芒来说，再大的惊吓，都可以用学习安抚。

她要去图书馆啃书，江川尧陪着她。

周六，澜大图书馆人不多，两人分开坐，互不打扰。

笔尖在纸上停下来，白芒抬起头，不自觉地望向江川尧的身影，他背对着她，灰色毛衣贴着宽阔的背脊，跟她同款的卡其色风衣被随意地挂在椅背上……她看他愈发顺眼，视线总是不自觉地落在他身上。

突兀地，一个笨蛋帅哥撞入她的视线。秦采臣出现在图书馆，手上还提着两杯奶茶，招摇地在她对面坐下来，其中一杯放在她对面。

"请你。"

"谢谢。"白芒伸手触碰了一下奶茶，表达谢意之后，"你能不能往边上坐一坐，影响我看帅哥了。"

秦采臣环视一圈："哪儿有帅哥！我不就是嘛！"

帅哥和美人一样，经不起对比。

这个图书馆如果没有江川尧，秦采臣的确有几分帅气，但江川尧在这里，仅凭着一个端坐的背影，就秒杀了秦同学。就在这时，坐在前方的江川尧像是有感应般，往她的方向看过来。

秦采臣假装没看到，撑着手朝她这里倾过来，咬牙切齿低声说："你死心吧，江川尧已经有女朋友了！"

白芒眨了眨眼，问道："那你知道他女朋友是谁吗？"

秦采臣肆无忌惮地继续胡诌："江川尧的女朋友不用想，肯定是顶级的白富美。"

白芒指着自己，问："你看我白吗？"

秦采臣说："白。"

"美吗？"

"美……"

见白芒神色得意又自然，秦同学还是决定实话实说，"白富美"里的白和美，白芒都完美符合，唯有富……抱歉了。

没想到白芒厚颜无耻，乐观地说："富嘛，我毕业了应该能赚不少钱。"

"难不成，江川尧的绯闻女友是你？"秦采臣故作不屑。

白芒挑了一下眉头，反问："我不配吗？"

聊着聊着，江川尧突然出现在他们这一桌，然而，他落下来的视线中只有白芒，完全没有秦采臣。停顿片刻，他微微弯下腰，英俊无比的脸贴近白芒，轻声道："詹宇他们来澜市比赛，我等会儿去见一见他们，午饭时我来接你。"

白芒缓缓地冒出一个"噢"。

旁边，秦采臣的目光变得不确定，看看她，又看看江川尧，视线落到白芒旁边椅子上的风衣以及江川尧放在椅子上的风衣上——同一个颜色同一个款式。

江川尧临走前眼神往秦采臣这里一带，然后回到桌前收拾书本试卷，径直离开了图书馆。全程，江川尧没说一句有失风度的话，却让秦采臣从心底冒出针扎似的难受。

秦采臣瞅着白芒。

白芒朝秦采臣扯出一个亲和力极强的笑容："谢谢你对我的认可。"

秦采臣：原来小丑竟是我。

这世上，随时有人恋爱也随时有人分手。

何荔嘉在微博官宣分手了，通知焦扬并说：**分手不是结束，谢谢那个陪伴我成长的男孩。**

白芒是刷白千希微博，顺带看到何荔嘉的微博的。经过上次的粉丝风波，何荔嘉的每一条微博都会被系统自动推荐给她。白千希今天的微博是转发的新电影上映的宣传广告。

《黑色风筝》将会在 12 月 24 日跟大家见面，期待你们的反馈。

又红又专的群里，林直转发白千希的微博，并说：12 月 24 日，一定支持我的女神。

白芒万万没想到，林直居然是白千希的书粉。

11 月，澜市寒意肆虐，刮在脸上的风就像是细碎的小刀子迎面刺来，密集到无处可逃。这个月，江川尧很少在澜大校园活动，他通过校招，进入了澜市第一检察院。

上周，白蕙发来消息，主动要来学校看她。白芒在澜大门口踱步，低头看了看手机，忍不住哈了一口气，一团白气就从她嘴里冒出来。

"白芒，你在干吗？"林直路过，朝她走来。天气冷，林直穿着厚实的潮流羽绒服，脚上踏着靴子，气派多于帅气。

"等人。"白芒简洁干脆地回答。

林直眉头一扬："等男朋友？"

"等我妈妈。"

"玉环阿姨？"

白芒不理林直了。

林直大概也猜到……白芒等的是哪位妈妈。应该就是那位被丁景凯抛弃的乡下老女人！

"我陪你等等吧。"林直突然口气傲然地开口。对于白芒，林直一直有一种恶俗的好奇心，想看看白芒的亲生母亲到底什么样的蛮横妇女。

陪她一起等？白芒微微蹙眉，看向林直……就像看傻子似的。

澜大校门口人来人往，时不时有车辆停下来，天空阴沉沉的，像是要下雪的样子。

白芒往旁边走远一点，跟林直拉开距离，她不想跟傻子站在一起。林直拉紧羽绒服，双手都放在衣服的兜里，眼睛看着停在澜大门口的车。

林直偏过头，觉得白芒似乎很在意的样子……

一辆出租车稳当地在对面停下来，随后，一个枯瘦憔悴的中年女人提着一个行李箱从车上下来，白芒眼睛一定，没有上前。旁边的林直摇头道："你妈妈来了，还不上前帮个忙。"

白芒转过头，真没想到，林直这小傻子还有点好玩。

一辆出租车之后，又停下一辆出租车，车门打开，一个身材高挑消瘦，皮肤白皙的女人从出租车上下来。女人一身利落，除了一个黑色手提包，没带任何东西。

白芒轻轻哼了下。

大冬天,白蕙穿着一件轻薄的白色羊绒大衣,脚踩黑色皮靴,乌黑的长发梳成低髻,一根腰带拢着狭窄腰身。在成群结队的学生中,白蕙拎包不急不缓地朝她走来。

一袭白色大衣,硬是将周遭都变成了苍茫的背景。

林直的视线几乎粘在白蕙身上,直到白蕙站在他面前,打趣地问:"这么快,又换男朋友了?"

白芒虽不指望白蕙能说出什么好听的话,但也不要这样侮辱她的眼光。

旁边的林直挺胸抬头假装淡定,内心却十分窘迫。

"我不是……我叫林直……是丁明薇的儿子……"林直自我介绍,无端生出一丝胆怯和紧张。

"丁明薇儿子啊?"白蕙微笑,"你好,我是白芒的妈妈。"

林直有些拘谨地说:"您好。"

此时此刻,眼前这个女人给林直的感觉就像入冬以来最凛然的一阵冷风,令人心生敬畏。尤其是她看向他的眼神,点到为止又意味深长。

白芒瞧了瞧林直的傻样,也不打算告诉林直,白蕙就是白千希。

从大门口到宿舍的路上,白芒身上蓬蓬的羽绒服被风吹得呼呼作响,这一路白芒都沉住气什么都不问,一句话卡在喉咙上上下下就是没有说。直到来到宿舍长廊,只有她们两个人时,白芒才开门见山地问:"你和江川尧的亲生母亲真的认识?"

她用了"认识"一词。

白蕙一脸云淡风轻的模样,却不允许女儿模糊概念。她目光一瞥,淡淡开口:"江川尧应该不会这样转述给你吧?"

白芒抬头问:"为什么江川尧会由钟灵抚养长大?"

白蕙并不想多说:"江家的事,我这种山里女人怎么知道……"

白芒知道白蕙的态度,也不问了。反正问了她也不会说。

白蕙继续往前走,问她:"你什么时候把我的联系方式给了方玉环?"

白芒答:"上个月。"

白蕙问:"为什么要这样做?"

白芒想了想,诚实地说:"看你一个人生活可怜。"

白蕙反问她:"我可不可怜,你不清楚?"

白芒冷冷地回答:"我就是太清楚了。"

白蕙有几分无奈地说:"白芒,你早点成熟起来吧。"

白芒回她一句:"如果家人爱我,我根本不用成熟起来。"

白蕙也回击一句:"你不觉得你说这句话,很好笑吗?"

白芒摇摇头,说:"不觉得。"

两个人的性子都比较冷,不会急赤白脸地吵架。吵架也只有像上面这样的争辩,你一句我一句,直到无趣而收场。

白蕙不跟白芒继续争辩,说:"我后天要去一趟宁市,到时候跟方女士碰个面,感谢一下她对你的照顾。"

白芒没有太大的反应,推开宿舍合着的门,里头,顾捷正在打游戏。听到开门声,顾捷下意识转过身,脖颈上的脑袋有几分僵硬,看向白蕙的目光闪过明显的惊艳,她张了张嘴:"她是……"

"我妈妈。"白芒简单地介绍。

顾捷立马站起来:"阿姨……您好。"说完,顾捷想了一下,又觉得阿姨这个称呼,着实不适合白芒妈妈。

当一个人足够好看时,就连她眼角的皱纹都是性感的。眼前的这个女人哪像一个妈妈啊,简直就是一个魅力姐姐!

母女两人是相似的,不管是脸庞还是身形都很像,唯有气质差异很大。白芒是冷淡的热情,白女士不一样,举手投足间优雅又冷漠。

真的太迷人了!

白蕙和顾捷对视,顾捷害羞地移开了视线。

白芒故意支开顾捷:"你可以帮我买点水果吗?钱等一下转账给你。"

顾捷立马答应,拿上手机出门了。宿舍里只剩下白芒和白蕙。

淡淡地扫视了一圈白芒的宿舍后,白蕙开口:"看来你的大学生活还挺精彩的。"

白芒不回答,自顾自地问:"你为什么要去宁市?"

白蕙笑了笑,仿佛这是一件不值一提的事。

"《黑色风筝》第一场发布会安排在宁市,我要去参加一下。"

"怎么,要暴露了?"白芒也佯装无所谓地说。

"小芒儿,"白蕙微笑地看向她,"我又没有其他身份,再说了,暴露这个词不是这样用的。"

白芒面无表情地站着,并不回话。

白蕙走过来两步,摸摸女儿脑袋,轻声说:"妈妈认真地跟你说一句,你和江川尧,还是早点分了好。"

白芒抬头,回应:"如果说,我不分呢?"

"我这话不是为你好,是为了江川尧好。"白蕙告诫道。

如果说,之前白芒还怀疑过那个故事的可能性;这一刻,白芒心里笃定,白蕙就是一个编造故事的高手。她设计了一个圈套,想要白芒和江川尧误会他们之间有血缘关系,其目的就是想要他们分手,而她之所以这么做,是因为江家。

白蕙离开后不久,白芒的手机响起,是方玉环的来电。

"芒芒儿啊!"方玉环亲切的声音从手机听筒里传来,"你妈妈今天联系我了,说这个星期天来拜访我,刚好星期天是阿姨我的生日……我就想大家一起过吧,人多,热闹,心就不伤感了。嘿嘿……"

白芒真是一点儿也听不出方玉环话里的伤感。

"欣子也回来的。"方玉环顿了顿,又愉快地补充,"我们两家,除了你爸,也算是某种形式上的团圆了。"

哪种形式?白芒不懂。

白芒第一次在课堂上睡着了。

最后一堂课,教室里的窗户都关着,沉闷而压抑。

等她醒来时,同学陆陆续续走了一大半。

她旁边的座位上,多了一个人。江川尧穿着黑色的大衣,里面是一件灰色的高领衫,他的手肘撑着桌面,指骨修长的手托住侧脸,温柔地盯着她。

"思政课都睡觉,以后怎么学无聊的刑法?"他的视线落在白芒身上,口吻有些无奈。

白芒抬起头,视线淡然地萦绕在江川尧的身上,从他脸上的每一处细节到他衣服上的一颗黑色纽扣。

今天白蕙的话,她听了,心里其实有些难过,但不多。

"你和江川尧……还是早点分了好。"

白蕙的意思——她和江川尧早晚会分手吗?这世间充满悲欢离合,任何人都有分别的一天,更何况是恋人。但只要现在他和她还在一起,就好了。

白芒的脸庞有一分刚睡醒的惺忪,思绪恢复清明之际眼底又有一种乖张的锋锐之感。

江川尧来教室后,落座许久,早消散了一身冷意,模样慵懒。江川尧这个人真奇怪,她不喜欢他时,他是一种样子,她喜欢上他后,他又是另一番模样了。

她主动牵上他的手。

"晚上想吃点什么？"他问她。

白芒以前觉得这个世界上最温暖的一句话就是：我爱你。直接的表达胜过所有的语言。然而，这句话没办法随时挂在嘴边。和江川尧在一起后，她觉得，比起"我爱你"还有一句最日常也最为温暖的话，就是他时常问她的——"今天想吃点什么？"

从小到大，白芒从来没有被认真对待过，无论是她喜欢的食物，还是她喜欢的颜色，或者是她喜欢的人。

她的世界总是随意的，这样倒也不是不可以，只是被认真对待，便觉得自己珍贵了几分。正因为如此，有没有那句直接的表白，并不重要。

白芒想去八号食堂吃网红石锅拌饭。

白芒和江川尧走在澜大的一条较为清冷的小路上，她一步，他也一步，她两步并作一步，他就大大一步。

前方的一栋实验教学楼下，停靠着三四辆共享自行车。这里距离八号食堂还有一段路，白芒加快步子来到自行车前，扫码骑了其中一辆。回过身，她朝江川尧商量说："晚了要排队，我载你去吧，比较快。"

"不好吧。"江川尧颀长的身子，笔挺地站着，嘴边带着点温和无害的笑。

白芒作为不服输的女孩的典型，第一反应是："你觉得我载不动你？"

江川尧轻叹一声："不敢。"

澜大的思政课是大课，两节并成一节上，坐久了，双腿走路都有点僵硬，刚好借着骑车活动一下双腿的筋骨。

白芒骑上自行车，江川尧认命地坐在后座，双手搂住女朋友的腰身。

"走！"

身后的人有点重，白芒摇摇晃晃地骑了几米，才平稳上路。

其间，偶尔有几辆自行车从她和江川尧身旁而过，车上人回过头瞧上一眼。

走到上坡路，白芒吃力地踩着踏板，忍不住问："江川尧，你多重？"

"好久没称了，去年是 78 公斤，今年应该也差不多吧。"江川尧回答。

成年之后，他的身形和体重基本维持稳定。

白芒惊讶的声音从前面传来："什么？你快 160 斤了！"

猝不及防被嫌弃了，江川尧微妙地补充道："我身高有一米八九。"

白芒接着说："但是 160 斤欸，看不出来，你有那么重。"

江川尧回答说："我比较结实。"

白芒的声音充满了怀疑:"男生都这样说,谁知道里面是肌肉还是厚实的脂肪。"

江川尧感觉到自己被轻视了,他补充道:"你又不是没见过我脱了衣服的样子。"

白芒停顿两秒,说:"看是看不出来的……要打一架才知道,你是废铁还是真钢。"

江川尧"呵"了一声,任由白芒像个孩子似的取笑他。

白芒又说:"江川尧,有机会我们比一下吧,我看你也有几下子功夫。"

"真是三句不离打架。"江川尧也丢了一句嫌弃的话。

白芒解释说:"我只是想知道,我的男朋友是比我强,还是比我弱。"

江川尧问:"重要吗?"

"重要啊!"白芒理直气壮地回话,"如果比我弱,我保护你;比我强的话,你也能保护我了。"

江川尧轻笑一声,没有理会白芒的幼稚言语,但真挚的话说出来总是好听,更何况是从喜欢的女孩嘴里说出来。

"最好的保护是不让自己处于危险之中。"江川尧开口说。

白芒轻哼,像一个较真的孩子:"你肯定打不过我,才这样说。"

江川尧轻声道:"我永远不会伤害你。"

白芒抬头望向天空,头顶冷冬的乌云垂下来,给人摇摇欲坠之感,可她却并不害怕,因为江川尧比她高,此时此刻,即使天压下来,也有他顶着。

他不一定要比她强……比她高就行了。

"江川尧,以后你每周都来澜大,陪我吃一顿饭吧。"这是白芒第一次像女朋友一样跟江川尧提要求。

江川尧说:"这段时间我每天都可以来陪你吃饭。"

"你不是要工作了吗?"

"我的政审已经通过了,过了新年再正式入职,这段时间,你可以随时要求我陪你吃饭。"江川尧说,声音稍稍一顿,问她,"明天想去游乐园玩吗?"

约会无非是吃喝玩乐,目的是她快乐,他也快乐。

白芒还真的很想去一次游乐园,对于从来没有人带自己去过游乐园的白芒来说,江川尧的提议十分令她心动。

只是——"我明天要回宁市。"白芒低声道。

"那我送你。"很笃定的口吻,几乎没有犹豫。

白芒在心里想，江川尧……你为什么对我那么好。

迎面而来的风将白芒的发梢吹得凌乱，今天，她的手腕上戴了一串精细的银色手环，骑车时手环不经意碰撞，发出细微的叮咚声。只是声音太轻了，几乎被凭空卷起的风声吞没……

白芒没想到，面对爱和善意，她这般理直气壮的人也会有点退缩。

白芒谢绝了江川尧送自己回宁市，因为方子欣已经和她约好了。

翌日，一大清早，白芒就将方子欣从床上拖了起来，坐上高铁奔赴丁家。家里的阿姨已经做好了午饭，很丰盛的一桌，方玉环也亲自下厨做了两道拿手好菜，一道是剁椒鱼头，一道是鱼香茄子。

丁龙泽这周不用补课，人也在家。虽说丁景凯不在，但加上阿姨，也热热闹闹地坐了一桌人。

其实，以前丁景凯也基本上不怎么在家，现在则是长期不在家。从本质上来说，除了方玉环比以前忙了点，家里有没有丁景凯，对丁龙泽和方子欣来说，几乎没有影响。只要良心它——不痛。

"哎呀，咱们这就开吃吧！"

坐上桌，方玉环给每个孩子都舀了一碗猪肚鸡汤，见白芒碗底又空了，重新拿过来给盛满。

"这锅汤煮了三个小时，就等你们回来……芒儿多吃一碗啊。"

方玉环说着，又将一碗雪白的猪肚鸡汤放在白芒面前。

"谢谢龙妈……"

"那么快又生分了啊，一家人不说谢，你看子欣和龙泽，从不跟我说谢谢，如果有一天他们跟我说谢谢，可能是中邪了！"方玉环笑呵呵地说。

丁龙泽忽然开口："谢谢你……感谢有你，温暖了四季……"

方子欣一口汤全喷了出来："你是不是有病！"

丁龙泽看着一桌人，委屈巴巴地解释："现在这个家阴盛阳衰，我作为唯一的爷们，活跃一下气氛啊。"

"呵呵……原来爷们活跃气氛的方式是……谢谢你感谢有你温暖四季啊……"后半句方子欣也拉扯嗓子唱了起来，"还爷们，娘们兮兮的。"

"对吧，白芒，是不是比娘们还娘们？"

白芒非常诚实地点头，的确有点娘了。

丁龙泽最讨厌的就是被别人说自己娘，他二话不说，直接卷起衣服袖子，展现肱二头肌："看见没，现在我走的是雅痞路线。"

还雅痞……鸭屁差不多。

221

"对了,芒儿,你妈妈在饮食上有没有忌讳的地方?"方玉环圆乎乎的手指握着一双黑色的筷子,手上的指甲盖长出了大半,只有指尖最上方还留着一点艳红。

"你别不好意思,直接跟我说啊,就是稍微注意一点的小事。"方玉环又道。

白芒想不出白蕙在饮食上有什么忌讳,食物对白蕙来说,只是保证身体健康的必需品,她从来不会像方玉环那样认真地对待一顿家常饭菜。记得有一次过年,她和白蕙两个人围着家里的壁炉烤番薯……

"她不挑剔,只要是能吃的都可以。"白芒回答方玉环。

她这样一说,方子欣看她的眼神,又多了一份欲言又止的同情。

丁龙泽也提问了:"白芒的妈妈,我和大欣叫什么,直接叫白阿姨吗?"

方玉环不失礼节地说:"白芒叫我龙妈,你们是不是可以叫她白妈?"

方子欣和丁龙泽不约而同地看向白芒,征求正主女儿的意见。

白芒扬起一个不好意思的笑容:"如果你们不介意,可以叫她白老师。"

方子欣歪头问:"你妈以前当过老师吗?"

丁龙泽接话:"小学老师?"

白芒想了想,说:"她是一个文字工作者,写东西的。"

方子欣现在在出版公司工作,立马明白过来白芒所谓的写东西是什么意思,一拍桌子,激动地说:"你妈是不是网络写手啊!哎呀!半个同行啊。"

"差不多。"

"哈哈!"

午饭之后,方玉环要回公司加班。公司现在也只剩下几个老员工舍不得遣散,打算换个新的办公场所,重新起航。

方玉环出门不久,白芒也出门了。

下午一点半,白芒出现在宁市的国际电影城楼下,等待两点的《黑色风筝》首映礼。

现场人山人海,大多是二十岁左右的小年轻,有影迷也有书迷。今天是白千希第一次当众露面,白芒混迹在人群里,已经感受到了大家都是奔着白千希来的。

白蕙那么多年都不愿意在媒体面前露面,这次首映礼定在宁市,她还要在公众面前亮相……要说没有一点目的是不可能的。

现场拉着警戒线,里面站着维持现场次序的保安,一个个西装笔挺,一排排围成人墙，用肉身抵挡外面粉丝的热情和兴奋。

突然，人群中传来一道尖叫声。第一辆商务车驶来，后面跟着好几辆商务车……白蕙在这些商务车里吗？

白芒试着往外走，结果一波波人潮朝她涌来，人头攒动，她被夹在里面几乎没办法移动。白芒准备移动，手刚伸出去，便被人快速地握住了。

白芒抬头，只见江川尧不知何时站在了她的面前，目光疏离，落在她身上的视线带着温和的霸道。

某个瞬间，他和她仿佛偶遇在这汹涌人潮里。白芒回握江川尧的手，跟着他穿过人群，来到了影城的后门。

两人站在影城后门，江川尧的目光往下扫，忍不住弯了下唇："第一次见你打扮得这样有模有样。"

额……她今天的确注重穿戴。外衣是羊绒西装外套，里面是一件连衣裙，包臀束腰，裙摆还是流苏鱼尾的造型，搭配挺括有型的黑色外套，完全符合江川尧说的——"有模有样"。

这个成熟且矜持稳重的造型，对于一个还在上学的女孩来说，着实有些成熟。只是搭配白芒本来就精致的脸，不仅没有染上任何的老成之色，反而还有一股相得益彰的凛然。

江川尧双手抱胸，对白芒的"新皮肤"，饶有兴致地欣赏了一番。他喜欢她，自然喜欢她的各种样子，包括眼前的她。

故意穿得成熟，就认为自己完全独当一面了，偏偏一身的勇气和果敢，是任何"成熟"都遮掩不了的。

江川尧一路顺畅无阻地带白芒进入影城大厅，暖气迎面扑来，给白芒添了一分暖意，让原本如同冬季白雪般的皮肤，增了红润。

"江川尧，你怎么会有嘉宾证？"白芒问。

江川尧随口一提："这个影城刚好有江家的股份。"

摄影师、媒体记者已经到了，为了照顾穿礼服的明星，首映礼大厅暖气充足，气氛活跃又热闹。

不比以往的轻率模样，今天的白芒从头到尾都很得体，得体地走在江川尧的身旁，得体地走入首映礼大厅，然后得体地落座。江川尧更是扮演了她的绅士男友，接过她脱下的黑色西装外套，收拢对折，放置在旁边的空座上，然后，英气十足地在她身旁坐下。

前排座位还空着，主演和主创人员都是压轴出场。

白芒稍稍往后一靠，结果肩膀被人一拍，转身往后看——

林直那张讨厌的脸直直地对着她，一脸不可思议地看着她："还真是你啊，白芒。你穿成这样过来看谁啊？"

"看我妈妈。"白芒回答。

林直翻了个白眼，他还看她妈呢……

两人对视之际，江川尧的手从前面探过来，将白芒的头往前转回去，他的目光往后一瞥，淡淡的眼神中充满了警告。

林直一脸无辜，他过来看女神得罪谁了！

今天现场，白芒不只见到了林直这位熟人，还看见了另外两张熟悉的面孔，云莱之行见过的王琴琴和钟若怀。

钟若怀也坐在嘉宾位，朝着白芒点头致意。

钟家依附于江家，比起钟若怀，江川尧看起来休闲随意，少了一分正经，多了一分自如。江川尧和钟若怀作为名义上的表兄弟，感情似乎并不好，一个好心好意，一个难以领情。

江川尧的视线扫向林直，也看到了坐在斜对角的钟若怀。

钟若怀略拘谨地往前直了直身，面孔在炽热的镁光灯的扫射下看起来亮莹莹的，神色看不分明。

最前面，王琴琴身穿米黄色的深V礼服，与主创团队打成一片，气质不像演员也不像工作人员，却有非常强的社交能力。

陆陆续续人都到齐了，除了三大主演和白干希。

白芒查了查《黑色风筝》这部电影，令她大感惊讶的是，王琴琴居然是《黑色风筝》特别邀请出演的配角。

比起白芒的惊讶，江川尧倒十分清楚王琴琴在今天的场合所扮演的角色。江家压抑束缚，仰仗江家起来的钟家人，却个个活得光鲜亮丽。

钟家只有一对儿女，钟灵和钟灵的哥哥钟天耀。钟天耀是一个极其不靠谱的生意人，早期捞偏门眼高手低没干成一件正事。在钟若怀七岁时，他的原配老婆，也就是钟若怀的亲生母亲，吞食了大量的安眠药自杀离世。

王琴琴在嫁给钟天耀之前只是一个不入流的小演员，至于王琴琴是怎么认识钟天耀的，说来也简单。

很多年前，土老板流行用文艺投资营造自己的格调，发迹多年的钟天耀也在"机缘巧合"之下，认识了一些演艺圈的"朋友"。

那几年江家资本扩张，钟天耀浮躁狂妄，他忽悠江鹤鸣一起投资电影产业，奈何江鹤鸣并没有听信钟天耀的吹嘘，无奈之下，钟天耀只能自掏腰包投资了一部电影。

电影是拍出来了，但还没上映就被审查部门查处了，连在平台上线的机会都没有。五千万直接打了水漂，唯一的收获，就是认识了王琴琴。

当年的王琴琴，样貌和性情都贴着钟天耀的"审美"。钟天耀不顾钟家人的反对，将王琴琴娶进了门，给刚上高中的钟若怀当了后妈。

对于王琴琴这个人，江川尧没什么可评价的。但她的丈夫，他名义上的舅舅钟天耀，可以说是一条会吃人肉的毒蛇。

"江川尧，如果你不喜欢你的世界，那你就来我的世界。"

白芒的话突然在耳边萦绕，江川尧看向坐在他旁边的女孩，素净的脸，皓白的肤色，饱满的额头，眉头高挑，高耸有型，耳垂丰盈。

主持人说完开场白之后，知名影星和白千希开始入场。

白芒抬头直视前方，目光还算淡然，江川尧更是保持着原先自如的状态，唯有后面坐着的林直，当看到走上台的白千希时才恍然大悟，白芒前面说的"看她妈妈"是什么意思。

白蕙……白千希……

原来白芒的妈妈是他喜欢了多年的悬疑女神作家白千希！

林直心跳加快，胸膛温热，一股股说不清道不明的情绪从五脏六腑陡生出来，在体内相互冲撞。一直以来，如果问，林直不喜欢白芒什么，其实林直自己也说不上来，白芒就像她的名字一样，是一个散发着光芒的女孩。她吸引着大家的目光，将他们变得普通而灰白。

在现实生活当中，她仿佛不懂什么是规则和权利，也不认识具有金钱力量的人，一直活在她自以为是的象牙塔里。另类，却又出众，让人不服气也不得不服气。

从小到大，林直一直认为实力才能证明一个人的价值。他崇拜白千希，是因为白千希有一个逻辑精密的大脑，结果他崇拜的女作家……是白芒的妈妈……

后脑勺黏着一道讨厌的目光，但白芒无暇顾及，她的视线跟众人一样，看向最晚入场的三位主演和首次亮相的白千希。

今天彻底暴露身份和样貌的白蕙，穿着和妆容，仍是随心所欲的。一袭简单的黑色长袍，全身上下没有首饰，只有手腕上戴着一个镯子，头发低低地束在脑后，高贵的头颅漫不经心地扬着。

面对炽热的闪光灯，她淡淡地笑着。

既然主角们都到了，首映礼也要开始了。

白芒坐在后排给白蕙发了一张照片，是她拍下的首映礼电影《黑色风筝》的标题。坐在前方的白蕙拿起手机看了眼,并没有回过头找她。大屏幕上开始播放精彩的花絮和幕后创作的片段。

《黑色风筝》的大致情节很符合题目本身:在黑暗中被放上天空的风筝,在深渊深处向往自由,在被束缚的环境中渴望呼唤……

电影高潮的片段播放结束后,主演们上台分享对《黑色电影》的感想。

电影比起小说来,有了改编的痕迹,但总体内核还是完美地保留着。

白千希真的是一个高智商的编故事高手,她已经把今天以后的故事写在她的小说里了。所以她今天才会将自己彻底地暴露在公众面前,因为,她还要继续做操盘的人。

首映礼结束后,是记者招待会。白千希不是社交达人,却有着超高的智商,能够完美应对记者们各种刁钻的问题。

白芒起身,眸光望向几乎被记者围绕的白千希,她想等一等白蕙,结果记者前脚刚离开,后脚又上来一个人。

风情万种的王琴琴也主动走向白蕙,双手合十,热情地巴结着:"白老师,导演让我来谢谢您,是您推荐了我,没想到您这样照拂我。"

白蕙也朝王琴琴双手合十,做了回敬的姿势。

白芒倏然转身,不再上前。此时此刻,出现在大众视线中的人,不是白蕙,而是白千希。

林直跟她擦肩而过,手里还拿着两本书。

"白芒……你能不能找你妈妈,帮我签个名?"林直请求她,样子看起来有点难堪。

"抱歉。"白芒直接拒绝,从林直的旁边走过。

外面,江川尧正贴墙站着,在她终于走出来的片刻恰好回过头。原本疏冷漠然的脸,露出一点笑意。

白芒最终还是没有跟白蕙打招呼,她和江川尧双双从影城离开,一路走到外面的大街上,影城外面是全是激情洋溢的粉丝,比前面入场时还要多。

江川尧拢着她穿过人群,带她离开。

风从街头荡向街尾,《黑色风筝》观影带来的不适感被迎面的风冲散,恍惚间,天空上方有雪粒子落在白芒的睫毛上,眨了下眼,又没了。

看来宁市要下入冬以来的第一场雪了。

白芒跟江川尧去了他曾经就读过的全日制托管的贵族学校,学校位于西城郊外。原本学校对面都是一些民房,现在那些破败的房子都被挖掘机铲平了，看起来有点断壁残垣的感觉。学校也没了，杂草枯萎的操场竖着一根光秃秃的旗杆。

一切都在变，只有记忆不变。这个曾经束缚着江川尧的学校，已经被夷为平地。只有操场还可以看出一点昔日校园的痕迹。

白芒坐在废弃操场的台阶上，江川尧站在低她两级的台阶上，漫不经心地垂着手。

"江川尧，你会想你的妈妈吗？"白芒发问。

江川尧回过头，丢给她两个字："不会。"

他脸上的表情荡然无存，样子并不是冷漠，而是冷静。

"我不是说钟灵。"

"知道。"江川尧一瞬不瞬地盯着她，"我都没见过她，怎么想？"

白芒问："那你好奇她是什么人吗？"

江川尧说："不好奇。"

不等她再问，江川尧再次出声："白芒，我已经能够接受我的人生存在遗憾、不足，甚至是满目疮痍。"

什么母爱不母爱的，他一点也不在意，他没有感受过母爱，自然也不会去惦念母爱是什么滋味，更不会去想念一个从来没有在他的世界存在过的人。比起那个人，对他来说，钟灵反而更具体一点。

他从钟灵身上感受到的无论是憎恨，还是怨念、不甘、愤怒，至少都是清晰真实的。

有段时间，他是有好奇过那位乔女士的，但当他决定跟她在一起的那一刻起，他就停止了自己的好奇。他选择把握以后，而不是探究过去。未来的一切，才是他想要的。

唯一的遗憾就是他从没被至亲之人爱过，导致爱一个人那么简单的事，他都做不好。如果他做得足够好，她对他就不会犹豫了。

白芒站起身，将手放在外套的口袋里，与眼前之人对视："江川尧，你会嫌弃我有一点'妈宝'吗？"

"幼稚。"江川尧扯着嘴角笑，下垂的眼尾又带着点复杂情绪，"白芒，别在我身上找母爱。"

噗！白芒拢住嘴角解释："我没有恋母情结。"

已经是傍晚了，天际变得晦暗，落下来的雪粒子变成了小雪花，摇摇欲坠地从深空中落下来，小雪花落在江川尧宽阔的肩膀上，就像是小雪花在用生命亲吻爱人。

白芒忽地凑到江川尧面前，猝不及防在他嘴上轻轻一吻，正准备跨下台阶，江川尧用一只手抓住她的小臂，将她圈进他的怀里，迎头吻下来。

　　黑色跑车，飞快地行驶在主街，一路往前。

　　回去的路上，江川尧跟白芒大致讲述了他在江家的成长经历，江家的一切给予了他极大的空间，却也给了他极致的束缚，他心里从来没有真正欣喜过投生在江家的那个人是他。

　　他幼年时的性情和思想早在极致的严酷与极致的寂无里野蛮演变，直至成年，他开始学着为自己的人生布局。

　　他已经把她安排到自己的未来，他绝不允许自己再次被抛弃。

　　童年的江川尧顺从命运是因为无力反抗，现在的他，不是。

第十一章
冬日・停滞

冬夜里的寒星，
和她一起落进今夜的大海里，
仿佛变成了
她命中注定的守护星。

白芒回到丁家时，已经过了晚饭时间，方玉环留了饭菜给她。方子欣猜到她出门是和江川尧约会，却不知她去了《黑色风筝》的首映礼。

晚上8点，雪花变成大雪，飘飘扬扬。

第二天一大早，整个宁城都染上了一抹白色，白芒推开窗户望出去，住在她楼上的丁龙泽正对着银装素裹的小区发出一道惊叹——"哇！太帅了！"

下场雪就兴奋成这样？

丁龙泽说的哪是雪，而是遥遥驶来的一辆黑色跑车。道路两边白茫茫一片，压在枝条上的白雪簌簌窣窣地往下坠，高大帅酷的越野车将周遭都衬得更为洁白温柔。

在丁龙泽的想象中，开这辆车的人应该是一位硬汉柔情的帅哥，可没想到车子停在了自家门前。车门推开，下来一个跟白芒身形差不多的女人。女人穿着一件纯黑色的大衣，鼻梁上戴着一副宽边的墨镜，下巴微微扬起，或许是察觉到他的视线，女人望了他一眼。

仅仅只是这一眼，丁龙泽就无端打了个寒战……这大清早的，不会是上门要债的吧？！

白蕙来丁家拜访，礼貌地按了下门铃，给她开门的是家里第一个起床的方玉环。

圆润的方玉环对着清冷的白蕙。

好一会儿，方玉环才冒出一点声音："请问……你是？"

"我是白芒的母亲。"

白蕙的声音清淡,却比任何时候都有礼貌,她自我介绍完毕,还朝方玉环弯了弯腰身。

方玉环突然不会了,冷风轻雪稍稍冲淡了僵硬的氛围,方玉环深吸两口气,丰盈的脸颊快速闪过思量、诧异等复杂情感。片刻后,她扬起最热情最憨实的笑容,爽利道:"欸呀……是蕙妹子啊!快进来,快进来!"

白蕙颔首。

方玉环觉得有些不适应。怎么这个称呼放在她身上,听起来那么"封建"呢!

算了算了!方玉环握着白蕙消瘦的手臂,将人往里面一拉。

白蕙一大清早现身,白芒也从房间里出来。与此同时,打着哈欠的方子欣和丁龙泽也双双从二楼下来,姐弟两人面面相觑,齐齐地看向白芒,眼神拷问——眼前这位清冷矜贵的人是白芒的妈妈?

老丁的审美变化可真大……

方子欣咂吧嘴,如果两人争宠,自家贵妃唯一能赢的,大概就是体重了。

客厅里,方玉环笑眯眯地招呼突然到访的"贵客"在沙发上坐下来,随即招呼三个孩子到白蕙面前——

"这是阿龙,是我和丁景凯结合生的儿子。"方玉环拉着丁龙泽,"叫白阿姨。"

丁龙泽局促地开口:"白阿姨。"

方子欣很上道,不需要自家贵妃多介绍,已经大大方方地走上前:"我叫方子欣,也是方玉环的女儿。我是我妈妈带过来的孩子……白芒是我很好的朋友,也是我的家人。"

白蕙礼貌地表示感激:"叨扰了……谢谢你们,替我照顾白芒那么久。"

这还是白蕙第一次以母亲的角色说话。

"你们聊聊,我去倒茶。"方玉环对白芒挤了一个安心的眼神,施施然地离开了客厅。

方子欣有些迷茫。

丁龙泽也愣住了。

怎么聊啊……可以聊老丁吗?

方玉环来到餐厅,弯着肥硕的腰身从斗柜里取来几个宫廷风的杯子,准备泡茶。

客厅里,白芒站在方子欣旁边,默不作声。从白蕙被贵妃请进门开始,

她就在观察白蕙脸上的表情,比起以前对人淡漠无情的白蕙,现在的白蕙即使面容冷清但至少保持了礼节

她收敛了平日里那份散漫,看起来十分"正常",又相当"不正常"。

白芒的旁边,方子欣同样昂首挺胸地站着。

方子欣用眼睛的余光扫了一记白芒,偷偷伸出手在白芒的后腰处狠狠地拧了一下。臭白芒又骗她!昔日聊起白蕙,白芒交代说,自己的妈妈是一个居住在山里的女人,她还以为是一个山村农妇,没想到来了一个"绝代佳人"。方子欣爱面子地抿抿唇,再瞅瞅从餐厅端着两杯茶走回来的贵妃,越发不理解方玉环为什么穿一件貂皮大衣在身上……

大清早穿上貂,一步一骚包。

艳羡往往只是一时的心动,欣赏却是长期的赞叹。

或许方子欣羡慕过她的母亲是白千希,白芒却确确实实地欣赏着方玉环。同样,她也打心眼里羡慕子欣和龙泽。

外面的雪停了,风簌簌地刮着窗。

白蕙和方玉环一人捧着一杯茶,坐在沙发小聊了一会儿。白蕙的性格再冷清,也扛不住方玉环一个个抛出来的话题。

三个人的群里,大萌向她们喊话——要不要来我家的天台堆雪人啊!

一大早,大萌在群里发了好几组自家天台拍的雪景。白芒抬眼看向方子欣,方子欣了解地钩上她肩膀:"走,我们找大萌玩。"顺带,方子欣还捎上了丁龙泽。

孩子们都离开了,方玉环优雅地托了托茶杯,朝白蕙和气地笑着开口:"好朋友胜过亲姐妹是不是?"

"没错……"

白芒、方子欣和丁龙泽穿过半个小区,来到靠近小区北门的王依萌家。王依萌人站在楼上的天台,脑袋上戴着一顶红艳艳的毛线帽,一张圆脸灿烂地笑着,朝着她们喊:"快上来!"

今天周日,王依萌爸妈都在家。

王妈妈在楼下厨房做蛋糕,穿着围裙温柔地走出来告诉他们:"依萌和她爸在天台,快上去玩吧。"

王依萌家和丁家是同户型的三层别墅,不一样的是,丁家的三楼平台做了玻璃阳光房,王家则保留着大平台。

从三楼爬上来,王爸爸拿着铁锹准备铲雪,王依萌跟爸爸商量:"等我们堆完雪人后,您再铲雪!不然我们等一会儿搞好雪人拍照就不美了。"

王爸爸肤色非常白，五官比较平庸，但唇红齿白的，看起来似乎脾气极好。他回答女儿："好吧，本来我还想为你们铲雪呢！不过你们动作要快点啊，等雪融化了，咱们家的天花板就要渗水了。"

"叔叔放心吧，我们玩不了多久的。"方子欣口气熟稔地保证。

王爸爸和蔼地笑了笑，摸了下丁龙泽的脑袋："上次遇见你妈妈，说你这段时间表现很好，保持啊。"

丁龙泽双手插袋，点了下头。

王爸爸笑呵呵地下楼了。

"王依萌的爸爸是牙科医生，我小时候最怕他，现在看起来他真好啊，又温柔又有涵养。"方子欣跟白芒说。

王依萌的脑袋突然从她们中间插过来："我爸还凑合吧，今年他可是被评为最受小朋友喜欢的牙医叔叔了呢。"

丁龙泽莫名其妙地瞥了方子欣一眼，冷冷道："老丁委屈你了？"

方子欣解释："没啊，不是你想的那个意思。"

"那是什么意思，我看你就是势利眼！爱慕虚荣！"丁龙泽憋着一股无名火，从今天白芒妈妈登门拜访，方子欣表现的那副样子，他就已经看不惯了。

一直以来，方子欣都不喜欢方玉环去学校找她，觉得方玉环的形象丢人。结果，一向疼爱方子欣的丁景凯，自从进去之后，也没被方子欣记下什么好，她还莫名其妙地在这里吹捧起别人父亲了！

丁龙泽的脸庞迎着风，说话也是生冷生冷的，毫不留情。

方子欣被说得面红耳赤，顿了顿，破口大骂："丁龙泽，你别说我啊。你是不是脑子被门夹了！"

丁龙泽咬牙道："有没有你自己心里清楚，你见白芒的妈妈比咱妈漂亮、有气质，你眼睛都发亮，看贵妃的眼神都变了！"

"我……审美正常有问题吗？"方子欣委屈又愤怒，伸出手指控丁龙泽，"我觉得你才是奇怪，自从爸爸进去后，你就变得敏感多疑，我看你就是自卑心作祟……贵妃都让我们别自卑，你知道什么意思吗，要荣辱不惊！"

方子欣气儿足起来，声音也大了。

丁龙泽红了红眼，扭头就往里面走，头发丝被风吹出了造型，下楼之前他狠狠地瞪了眼方子欣，又复杂抱歉地望了望白芒。

方子欣垂下头，脸色很差。

王依萌推了下方子欣:"哎呀,你还真闹上了啊。"

"闹的人又不是我。"方子欣嘴硬道。

王依萌安慰道:"要我说,你弟挺好的,我一直羡慕你有个弟弟,现在你们家还有白芒,多好啊。"

哎呀!方子欣跺脚。

不远处,白芒拿上铁锹,一下又一下地铲雪,仿佛面前的争吵跟她没有一点关系。方子欣瞥见白芒这样,突然觉得白芒也很讨厌。

白芒若无其事地回过头,脸上扬起一抹笑容,像是日光洒在雪面上泛着光,她唇角带笑说:"我们堆个阿龙吧,拍照给他看。"

方子欣想了想,行吧。

半个小时后,一个奇怪的雪人版本的"丁龙泽"就堆好了,本来也只能说像个人,白芒雕琢了一番,模糊的五官被她调整了一下,竟然透出一点气质来。

这么玩耍一番,心情就好起来了。辛辛苦苦堆了雪人,自然要拍照发朋友圈。

冷风割脸,手掌却发热,热意蔓延到每根手指尖,方子欣勾肩搭背,白芒捧着雪往上一扬,王依萌举着手机连续拍照。她们做着各种搞怪动作,以雪人为背景连续自拍。

拍好照后,王依萌开始修图,修好后一张张发在群里,凑了九宫格素材。

白芒把这些图全部发了朋友圈。

跟江川尧恋爱,她明确地感觉到了被爱,跟子欣她们一起玩耍,她感受到了快乐的意义。

朋友圈评论区,邹瑞泽第一个留言:*像你欸!*

江川尧给白芒点了一个赞。

白芒想:这真是一个奇怪的误会。

白千希走了。

白芒站在王依萌家的天台上,看到白蕙从丁家走出来,方玉环热情地送她上车。然后,黑色越野车毫不留恋地驶出了小区,没有任何停留。白芒淡淡地收回视线。

方子欣也看到白蕙离开,冒出一句:"你妈妈这就走了?"

"嗯。"

感觉有点奇怪,又说不出来。

楼下,王依萌妈妈煮了热奶茶,一屋子醇香扑鼻。

233

王爸爸见她们下来，指着妻子说："你妈妈可真厉害，把我最后的正南小种拿来煮奶茶，特级的正山小种啊，没有朋友来我都舍不得喝。"

王依萌回得理所当然："难道我的朋友就不是朋友啦？"

王爸爸摸摸鼻子，样子搞怪又和蔼可亲。

感受了一番王依萌家里的日常，白芒觉得自己像是石头缝子里蹦出来的，对母爱感到陌生，父爱更是。

"什么，你妈妈是白千希！"二楼房间，王依萌的眼睛睁得大大的，不可思议地捂着嘴，又看向方子欣，"是吧。"

方子欣摊手说："白芒说是，应该就是。对于值得骄傲的事，她一向不撒谎。"

真是会奚落她。

白芒解释一番："她昨天来宁市，是为了参加《黑色风筝》的首映礼。"

"天哪！"王依萌摇晃白芒的手臂，"好酷啊！你妈妈超酷的！"

白芒对白蕙酷不酷没感觉，只是扯着嘴笑了笑。

"所以前面开走的那辆车就是你妈妈的？"王依萌看向白芒。

白芒点头，以说笑的方式吐槽白蕙："嗯，她就是这样，来去自由。"

"真酷。"

白芒低下头，不再多说，她喝了一口王依萌妈妈煮的奶茶，醇绵香甜。

一盏照明灯孤独地立在王家别墅的花园一隅，静静地，上面还有少许没有融化的白雪。

某个瞬间，白芒感觉窗外飘落的洁白雪花并不是飘落在雪地，而是一片片堆在她心上，越来越厚，越来越沉。外面的世界明净一片，却不知道明天会发生什么。洁白的雪花会犯罪吗？

白芒想起江川尧昨晚说的话。

"任何形式的爱，除了情感的表达，还应该有具体的东西。"

什么是具体的东西？可能就是她手上拿着的这杯奶茶吧。

在方玉环生日这天，江川尧也被江鹤鸣叫回了江家。

入夜，江家一楼灯火通明。

南山花园的雪比其他地方扫得更干净一点，尤其江家的台阶，每一块地砖都是洁净到一个脚印的痕迹都没有。

森冷的冬季，四周的梧桐树遮挡了阳光，只有稀疏的日光穿过琉璃色的玻璃洒进来，透着微光，空气中的尘埃缓缓浮动，静寂而消沉。

今天江鹤鸣将江川尧叫回江家，他自己也自然在家。

此时，江川尧正坐在钟灵对面吃着一碗羹。

云莱之行后，钟灵在疗养院待了好久，上个月才从里面出来。她转头看向他，目光中少了一些怨气，多了一丝茫然。

如果江川尧没猜错，是药物……

假如家里的人不能让江鹤鸣感到安全，他一定会选择最安全的方式"保护"这个家。他这么做，想必是云莱酒店发生的事，让他感觉到了危险。他怕钟灵再生出什么乱子，所以索性将她控制起来。

钟灵只是发疯，而江鹤鸣则是那个让人发疯的人。谁更可怕？江川尧在这个家待了那么久，自然一清二楚。

江川尧走到餐桌旁，家里又换了新用人，这个用人也和以往的用人一样，沉默、不说话。

自打七岁之后，江川尧对家里的用人阿姨就没了概念，只有榕湖九里的李姨和李叔确确实实地跟他产生过感情，只是在他去了寄宿学校后，他们也离开了江家。在江家，会不会做事不是很重要，但一定要会做人。

江鹤鸣要求的"会做人"，并不是说用人要有玲珑心和勤快的手脚，而是说，用人要知道，在适当的时候，闭上嘴巴、关上耳朵。

钟灵抬头望向江川尧，眼神中原先的凛然荡然无存，莫名多了一丝渴望。江川尧在钟灵渴望的目光里，坐了下来。

一碗莲子百合羹放在他面前。桌上留着未撤的饭菜和汤，几乎都没怎么动。

江川尧没有看江鹤鸣，而是望了望钟灵，钟灵朝他扯起一个笑容，说："尧尧，你怎么那么不听话，怎么能那样不听话？"

江川尧沉默，气氛安静而逼人。

钟灵又冒出一句奇怪的话："你这孩子，一直就顽皮。"

江川尧看向江鹤鸣，可江鹤鸣丝毫不想解释钟灵为什么会变成这样。

"你吃好以后，来书房找我。"江鹤鸣放下筷子，说明目的。

江川尧没有胃口继续吃这碗莲子百合羹，他看了眼对面钟灵，放下手中的勺子。

对面，钟灵继续说话："怎么一口也不吃啊？"

江川尧目光复杂地看向钟灵，生了一场大病之后，钟灵整个人看起来更是瘦骨嶙峋，手背青筋暴露，手骨凸显。

一直以来，江川尧都厌恶这个家，厌恶家里的所有人，可是，当他厌恶的人突然变成了受害者,他的憎恶即使还存在,也很难定义何谓对错。

江川尧走到钟灵旁边,手轻轻抬起来,突然弯下腰,压着声音道:"我不是你儿子……照顾好自己。"

钟灵张嘴,一脸震惊。

江川尧不再管她,站直身,去了地下室。

江鹤鸣的书房在江家的负一层,江家整个房屋坐南朝北,地势却南低北高,因而靠北一角挖了两层地下室。江鹤鸣在书房在上,下面则是他各类珍藏。

江鹤鸣沉着脸坐在书桌后的大班椅上,他的身后高高悬挂着一幅山水画,影影绰绰的山水画里隐约勾勒出一个女人的背影。

江川尧没来过几次江鹤鸣的书房,上次过来,还没有这幅山水画。

"这是我从你大伯那边讨过来的,跟客厅那幅一样,都是他亲手所画。"江鹤鸣解释,提起一件事,"他以前很爱水墨画,如果不是从政了,他现在可能就是一个教画画的老师了。"

江鹤鸣与姜啸信是同母异父的兄弟,姜啸信从政,他从商,多年来,江家一直依附于姜啸信。只有单独面对江川尧时,江鹤鸣才会表露他对姜啸信的真实情绪:忌惮、不满,还有难以摆脱的无奈。

江川尧气质卓然地站在大书架旁边,看了看江鹤鸣平时看的书籍,面色平静,却让人不好猜测心里的想法。

"你考上了检察院,我知道你是什么想法。他暂时允许你做你想做的事,不代表他可以让你一直这样。"

江川尧的嘴角随意一弯,毫不在意江鹤鸣说的话。

明者见于无形,智者虑于未萌。江鹤鸣又怎能不懂"木秀于林风必摧之"的道理。江家已经在扩展海外业务,只是瞒着姜啸信而已。

江鹤鸣和姜啸信以前是一条心,但现在早就不是了。姜啸信或许也察觉了到了江鹤鸣跟他不是一条心,频频警告江鹤鸣适可而止,可江鹤鸣又岂能放弃自己费尽心思打造的商业版图?

江鹤鸣突然将抽屉一拉,从里面丢出一叠文件:"你那些车子、手表怎么回事?买来又找人卖掉……"

江川尧摊手,抱歉地说:"跟朋友私下做了一点小生意,亏了钱,就用车子和手表抵上。"

"不是说对做生意不感兴趣吗?"

江川尧随意回应:"我对做生意的确不感兴趣,但投资不一样。"

江鹤鸣把转售协议的复印件递给江川尧："你什么时候玩的投资？都投的什么行业？"

江川尧淡淡地扯嘴，回应很敷衍："这两年吧，我投资的领域跟你不一样，都是年轻化的行业。"

这是他在这个家的生存法则。他表现得越不靠谱，江鹤鸣对他就越安心。江川尧要的那点钱，对江鹤鸣而言根本不算什么。毕竟，他也不能太委屈了姜啸信的儿子……

江川尧从书房上来，看见钟灵独自坐在客厅的沙发上，江川尧瞧了她一眼，钟灵也回头看他了一眼，没有任何反应。

走出江家大门，一个清冷的身影掠入江川尧的视野。

真让人意外，居然是肖嵘。

"肖教授好。"

"我过来看看你……母亲。"肖嵘朝他招呼致意，从他身边走过，一步步踏上江家的台阶。

风声呼啸，肖嵘脸庞白冷犹如天上的月光。

江川尧回头，注视着这个身影，肖嵘的身材消瘦，骨架明显，看起来跟某人十分相似。他突然想到某种可能，心中的困惑随着风儿消散，融入漆黑无边的夜色里。

从江家出来后，江川尧给白芒打电话，白芒已经从宁市打车回澜市大学城了。

司机将车停在澜大西门，待白芒推开车门下来，一张温柔的脸出现在不远处。

江川尧孤单地站在夜色里，此时他走上前，她近距离看他脸上的笑容，更有温度。

"怎么又偶遇了？"

江川尧唇角往上翘，笑容明显："不是偶遇，是特意开快一点，赶过来和你见面。"

白芒微微抬头，不识趣地说："没想到你是那么缠人的男朋友。"

江川尧轻轻"嗯"了声："好像是比预想中的缠人一点。"

白芒轻声开口："我也是。"

她远比自己预想中的，更想见到他。

两人面对面站着，江川尧穿着黑色长款羽绒防风外套，敞着穿，里面是一件米色毛衣，比起穿大衣的江川尧，今天的江川尧像极了校园中的帅哥。

白芒脚上踏着一双短靴，身上是短款羽绒和牛仔裤，袖口是宽大的样式，收口是黑色的针织衫，牛仔裤是宽松款。

比起夏天，厚实的冬装让白芒多穿出了半个自己。

两人一起在大学城散步，其实，江川尧找白芒也没什么事，就是过来陪她走一段路。

夜里的冷风掠过窄窄的校园小道，头顶的半轮月在空中晃荡。

白芒白净的脸庞上不知不觉地添了一点笑意。

热闹之后最怕孤寂。

"白芒，我们明天一起去做基因检测吧。"江川尧突然开口，他将她送到宿舍楼下，冷静的话夹着风一起掠过白芒的耳。

白芒抬起头，如果江川尧不提，她都要忘了这个"事实"了。

江川尧望着她："或许，我们不是呢？"

江川尧说得很含蓄，有时候，真相是可以捏造的，事实却需要证明。他单纯地想要证明，所谓的真相就不能成为一种桎梏。

但是解开这个真相，白女士这样做，或许是因为她与江家的关系。

白芒安静得像是忘了这件事。

"我相信。"白芒抿唇，黑白分明的眼毫无任何掩饰，磊落又清净。

隔日，两人去医院做了基因检测。几日后，一切都明朗了。检测结果证明了他们的想法，白芒与江川尧之间并没有血缘关系，此前所谓的"真相"与"证据"，不过是想要他们分手而使出的障眼法。

两个人手牵手，走在学校的林荫道上。

白芒抬起头，看向江川尧，眼中满是笑意："你看，我们本来就没任何关系。你是宁城的江川尧，我是云城的白芒。"

江川尧温柔地笑着，然后拉了一下她的手，把一个盒子类的东西，塞入她棉袄的口袋里。

白芒一怔。

"你已经知道答案了是不是？"他问她，轻柔的嗓音，目光却亮得逼人。

白芒沉默。

江川尧再次出声："白芒，如果有一天，我希望自己不姓江。"姓什么都好，不要姓江。事实上，他本也不应该姓江。

江川尧走了，离开的背影孤寂而落拓，白芒望着这个背影，直至它完全消失在这个沉迷的夜。

白芒在宿舍楼的台阶上停了一会儿,心绪散乱,好一会儿才平静下来。江川尧的话中话,她明白。白蕙最后的目标一定是江家,江家也一定不会坐以待毙。她和他之间隔着一条川流不息的大江,即将而来的是难以承受的坍塌。

回到宿舍,白芒才从口袋里拿出盒子。盒子打开,里面是一块手表。

"是某桥的手表吗?!"顾捷不知道什么时候突然出现在白芒面前,她不可思议地指着盒子里的手表,"真的假的?"

白芒瞧了瞧手表,说:"假的。"

顾捷点点头,欲言又止,确实有可能是假的。

外面的月亮圆圆的,仿佛对应着人心,也是明晃晃的澄净。白芒又从宿舍出来,来到江川尧的住所,还差几分钟就晚上 10 点了。

夜已深,她像是一个突然到访的小贼,提心吊胆地站在门前,深深吸气,犹豫好久才按响门铃。他的住宅,她留过指纹,也知道密码,但今晚她想要江川尧给她开门。

过了一会儿,江川尧出来开门,他已经洗漱好,清爽温和地站在她的面前。他看她的目光有淡淡的温柔,帅气的脸庞多了一份笑意。

多惊喜,今晚她还主动出现在他的面前。

"白……芒……"

简单的音,未说完,被少女的唇封住。

白芒一只手放在江川尧的肩膀上,踮着脚尖,同时举起另一只手,强行扳下对方骄傲的头颅。

身体紧贴,心隔着胸膛怦怦乱跳。

"那么快就想见我了?"江川尧压着声音问她。

"不是想见你,是想过来告诉你……"清冷的少女音,充满了诱惑。

"我想跟你在一起,只是因为我喜欢你。"

刺啦一声,江川尧觉得自己整个心都要炸了……

热烈地拥抱,静寂地对视。

白芒眼底是清亮的,透出来的情绪是无畏的,偏偏里面没有任何情欲,干干净净的,像是一轮高洁的月晃入清潭里。看得见,却摸不到。

他恨不得下一秒将她拥入怀里,但也只有这一刻,江川尧决定不这样做。他和她都处在最容易冲动的年纪,与其说身体里暗藏着无穷无尽的精力,不如说大脑思想横冲直撞需要找到一个出口。

如果仗着她主动上门，他就彻底自我满足地擒住她，那他和流氓有什么区别。主动耍流氓和被动耍流氓，后者从本质上而言，更无耻一些。

当然，他也很贪婪，他不仅想要一个女孩的勇敢选择，他还想要一个女人的清醒和坚定。她从女孩变成女人要多久，那他就等她多久。

江川尧抱着白芒来到客厅的沙发上，落地窗的米色卷帘自动落下，遮挡了外面的万千灯火。呼吸逐渐平稳，身体还保持相拥的姿态。

"你停下来，是怕我后悔吗？"白芒问。

江川尧抿了抿唇，落下一个吻。

猝不及防的温柔，比前面遵从原始的欲望，更让人有触电的感觉。呼吸停滞了一瞬。白芒掩饰地眨了下眼。

江川尧咳嗽一声，温柔和真诚藏在漫不经心的笑容里。

"是……我如果太轻易被你得到了，你以后后悔了怎么办？"

白芒的脑袋倏地一正，被江川尧问住了，目光明亮。

江川尧的下巴往上一扬，欲火一点点从他的眼底强行逼退，只留下从容和笑意。

他的样子正经，笑容也正经，却又透着促狭和细腻的情感，以至于他说出来的话直白又无耻，却不会让她恼羞成怒。

白芒愣愣的，有点发怵，又有点犯难。

江川尧摸了摸她的脑袋，咧开的嘴角露出洁白的牙齿，歪头贴近她的耳朵，突然偷袭般地咬了一下她的耳朵："太容易得到的感情，你一定不会珍惜。你的前男友焦扬和林木森，他们的样子你还记得吗？"

"他们的下场就是我的前车之鉴啊。"

白芒彻底地僵硬在江川尧怀里，一动不动。

一声低笑在脑袋上方响起。

夜里，白芒终于艰难地睡着了，她的脑袋蹭着枕头，呼吸浅浅的、绵长……江川尧这才转过身，借着晦暗不清的光，目光温柔地凝视着熟睡的人。

他欲伸出手，又怕吵到她。

白天的她过于生动，跟现在入睡的样子大有不同。他近距离地感受到她的一呼一吸，他的心跳才逐渐安静下来。

她这张脸，长相和五官都偏甜，偏偏气质清冷。

不熟悉她的人，一定认为她冷淡成熟又早慧，实则她的心性单纯，毫无城府。一旦有人真心对她了，她一定会回应以真心，明明所有的目的和情感都写在脸上了,还自认为演技很好,其实无非就是脑子聪明,转得快一点。

面对情感问题,她的思考和行为方式又憨又悍。她从小到底是怎么长大的……

翌日一早,白芒翻过被窝,摸到了江川尧的手。骨节分明的手忽地一收,一个不留神,她就落入了"装睡人"的圈套里。

江川尧只用了一秒钟就制服了女友,搂过她的腰,将闹腾的人挡在床和他的胸膛下方。

怀里的人不见任何羞涩。

他瞥了眼墙上的时钟,声音又沙哑又有些疲倦:"你每天的生物钟,都是5点30吗?"

"嗯……"

"要命了。"

"要命什么?"

"跟你成为合法夫妻之前,我要好好调整。"江川尧清了清嗓子,一本正经地说。

哼!动不动就结婚结婚的,明明一看就不像是会结婚的人。白芒躺在江川尧的身下,伸出一根手指,抵着江川尧下巴:"来日方长。"

来日方长……

窗外晨光熹微,江川尧胸膛的一口憋了许久的气倏地往上涌,咳嗽出声。大概……还是昨晚的火没彻底灭下去,憋成气了。

上午,白芒回澜大上了两堂课,再回到宿舍。宿舍里,顾捷勾了勾手指,将她勾到床前,然后一把抓住她的手臂,目光来回在她脖颈处打量。

"那么温柔?"

什么?白芒眉头一皱,听不懂。

顾捷摇头,有时候不得不承认白芒就是一个木头疙瘩。

江川尧欸!拥有被澜大公认最受女生喜欢的男神身材!难不成,拥有好身材的江川尧一点也不猛?没有外表那么强势?

"说说细节呗?"

"什么细节?"白芒淡淡地反问,轻松地撇开顾捷的手,眉目清爽不见任何困倦,可见昨夜休息得极好。

"很快?"顾捷猜测起来。

白芒眼皮往上一掀,理解了顾捷说的"很快"是什么意思。

"没有。"白芒的语气流露出一点遗憾,"江川尧很有耐心,磨人得很。"
顾捷还是觉得不可思议,但又好像有点理解到了:"难怪一点也不累。"
"那还是有点累的,"白芒摇头,漂亮的眉眼像猫儿一样眯着,意味深长地与顾捷对视,"因为我们早上又打了一架。"
唔!顾捷眼睛一闭,不想再聊下去了。

这周,白芒每天都过得平静且充实。
最近节日很多,一个学期即将结束,课程到了最忙碌的阶段。
这个月,网上热度最大的就是《黑色风筝》这部电影,频频上热搜。
热点从内容发酵成话题,从娱乐话题延展到社会话题,层见叠出。
12月12日,电影《黑色风筝》如期上映,仅仅两个星期,票房破了二十亿。在《黑色风筝》的庆祝会上,白千希再次现身,同时"白千希"的仪容气质也上了热搜,词条是"高级冷感美人"。
同一天,一个名为"钟天耀"的人也上了热搜,有不少人在网上控诉钟天耀的恶行,甚至还有人揭露,他与多年前的一宗女大学生绑架案有关。
12月24日平安夜,白芒上完课从澜大南门出来,到大学城敬业路上的一家连锁水果店买苹果。她约了方子欣和江川尧一起吃晚饭。
只是,一向守约准时的白芒,平安夜不仅放了方子欣鸽子,也放了江川尧鸽子。这个平安夜……白芒过得并不平安。
今年平安夜,大学城节日氛围还是很浓,商业街上的每一家店都有色彩鲜明的装饰。店门口的圣诞树高高低低,树上点缀着彩灯和彩条。
夜空澄明如水,极其温柔。
白芒在下午3点的时候,把聚会的地址分别发给了江川尧和方子欣。吃饭的地点是一家位于东南商场公寓对面的泰国餐厅。
泰国餐厅在二楼,一楼是电玩城,入口是一排排可爱的娃娃机。
人来人往,情侣们手牵着手。
江川尧站在外面垃圾桶旁边等白芒,一双嚣张醒目的长腿毫不介意站在污秽的垃圾桶旁。他从外衣口袋里摸出手机,打开微信,看了看,两人最后的聊天记录是,白芒回他的一个表情包。
距离两人失联,已经半小时了。
手机被放回口袋,手上取而代之的是一包烟。江川尧从里面敲了一根出来,直接衔进嘴里,大脑思绪清明又隐约有些不安。
方子欣匆匆赶到,她的肩上挎着一个流浪包,身上穿着夸张的披风外套。从出租车上下来,她就看到了在前面等候的江川尧,三步并作两步地上前。

"白芒呢?"方子欣趾高气扬地问。

江川尧微微挑的眼皮以及酷冷的眼眸几乎写着一模一样的疑问。

方子欣气势汹汹,跺脚两下:"她没跟你在一起啊?"

江川尧说:"她在微信里说跟你一起来。"

"什么?没有啊……"方子欣满脸困惑,脑袋摇得像拨浪鼓似的,"她没有联系我啊,就发了个地址给我……我给她打了好几通电话,她一直没有理我,我还以为是你们卿卿我我,没时间理我呢。"

方子欣嘟嘟囔囔,江川尧的脸色愈来愈沉……

方子欣本能地挺起胸脯对抗江川尧的强势气场。

江川尧没有犹豫,朝方子欣伸出手:"把你的手机给我看一下。"

方子欣把手机递了过去。

江川尧打开方子欣的最近通话记录,下午5点30到6点之间,方子欣给白芒打了三个电话,但白芒都没有接听。

微信里,白芒最后给方子欣发的消息是在下午3点15分,内容是发今天吃饭的地址。然后,就没了。

"可能芒儿被什么事拖住了。"方子欣的脑细胞再丰富都想不出白芒会遇到什么危险。以白芒的武力值是很难遇上危险的,除非是她给别人制造了危险。

江川尧归还手机,说:"你先上去吧。"

方子欣本想拒绝,见江川尧又冷又酷的模样,也不爱跟他杵在一块。方子欣往电玩城走去,她觉得独自上餐厅等也没意思,不如玩几把电玩。

最前排的娃娃机里面装满了柠果造型的抱枕,方子欣打算夹一个给白芒做圣诞礼物。

夹娃娃是方子欣最擅长的技能……就在方子欣快要成功夹到柠果抱枕时,一个声音从她的身后冒了出来。

方子欣转身,看见了一个许久不见的身影——她的前男友,谢思邈。

"哎,这是打算夹娃娃送给女友吗?"谢思邈咧嘴揶揄。

方子欣不爽,蹙眉道:"关你屁事。"

谢思邈是一个人来这里的,身上还"黄袍加身"了,手里提着一个保温箱。怎么,难道他在送外卖?

前男友变成一个送外卖的小哥,倒是一件新鲜事。不过嘛,他都混得那么惨了,怎么还有闲工夫来奚落她。

方子欣眼皮抽搐,她假意关心两句:"你有闲工夫在这里跟我废话,不怕客人给你差评啊?"

谢思邈挺直身板,回答道:"怕什么,人间到处是真情,好评总比差评多。"

方子欣"呵呵"两声,上下打量着谢思淼这一身装备,心想:难怪有人制服控。这一身穿在谢思淼身上,比他之前那些潮牌好多了。至少,整个人一看就知道,这是一个很有精神的小伙。

"怎么送起外卖了啊?"方子欣好奇地问。

谢思邈指了指"黄马褂"上的标志,说:"兼职呗,能赚一点是一点。"

这话,还挺酷。

方子欣扯了扯嘴角,说:"我记得你家挺有钱的呀。"

谢思邈回答:"为毕业做准备呗,家里就管我到毕业。咱们这个学校,毕业出来工作难找,要早点存钱。"

方子欣差点忍不住竖起大拇指,没想到谢思邈有这个悟性。

"你呢,怎么一个人在这儿?女朋友呢?"

方子欣乐了。既然分手,她也不骗谢思邈了,摸摸鼻子说:"她是我妹,逗你玩呢。"

谢思邈鼻子里冒出一道微妙的哼声,他看了一眼手机里的催单信息,和方子欣告别:"走了。"

离开的谢思邈步伐昂扬,黄马甲十分贴身,干净利落,年轻的背影非常消瘦,差点就帅到方子欣心里去了。

她家破产了,谢思邈家也破产了?

方子欣顺利地夹到了一个柠果抱枕,等她从电玩城门口走出来,等在外面的江川尧已经不见了。

人影绰绰的大街上,五颜六色的彩灯如同一张璀璨的网,点缀着今夜,点缀着这个深沉又热闹的夜晚。

方子欣再次拨打白芒的电话。

手机里响过漫长的嘟嘟声,方子欣莫名地紧张起来,正要挂断,有深沉的声音从听筒里传来。是江川尧的声音。

难道江川尧已经找到白芒了?

方子欣说:"搞什么啊!白芒在哪儿?"

"她不在,她的手机落在了一家水果店的一个方盒子里,老板发现之后，通过手机联系了我。"江川尧简单清晰地讲述事情原委。

方子欣胸口发紧，不好的预感她一向很准。

白芒的手机为什么会被放在方盒子里，她想玩捉迷藏吗？就算不小心落下了也不可能落在盒子里，除非白芒……被圣诞老人带走了……

如果白芒真的被坏人带走，这个放在礼品盒里的手机就是唯一的线索。手机一定是白芒故意留下来的。

江川尧回到车里，输入密码0929，手机屏幕顺利解锁。

上个星期他和她设置了一样的手机密码，手机只要落在他这里，就能解锁。此外，他们还把对方手机的紧急联系人改成了自己的号码，确保发生情况，能第一时间联系上。

水果店的老板就是发现白芒的手机后开不了锁，按键触发了紧急联系人拨号，才联系到江川尧的。

江川尧打开白芒的微信，启动手机搜索定位共享，她的手机和她手上戴的手表设置过定位共享，通过手表可以找到她的手机。

只要手机在他这里，他就能通过手机查看到白芒的具体位置。

定位显示：白芒现在正在海上，她的位置还在移动。从移动的速度判断，应该是游艇之类的交通工具。

沉重的不安像是一只手扼住了他的喉咙，江川尧脚踩油门，快速驱车驶向澜市的北港口。

不远处，方子欣骑着摩托车赶来。好不容易找到人，差一会儿工夫她就追上了，结果江川尧那厮开车走了，只留了一溜儿汽车尾气给她。

混蛋啊！

此时此刻，白芒正在一艘快艇里，她的身体被五花大绑着，嘴巴也被胶带封着，她的面前站了四个职业打手，一个个都是壮汉。

今天，她原本约了江川尧和欣子吃饭，结果在水果店的时候，被人跟踪了，她就将手机偷偷藏进了纸盒子里。她相信，江川尧发现她人不见了，一定会找到她的手机。然后，找到她。

迎面吹来的海风潮湿且冰冷，远处的灯塔闪着晦暗不明的光，风声、浪声呼啸在耳边，贴在头皮上的秀发已经被海水和汗水打湿。

这片广阔无垠的海域黑暗且危险，海浪的席卷像是魔鬼的呜咽，抬头可见的一两点星光显得渺小且遥远。

她会被带到哪里？他们的目的一定是白蕙……不，是白千希。

他们要通过她，威胁白千希。

半个小时后,游艇终于停了下来。其中的一个壮汉拨通了一个电话号码,对方很快接通,手机那端是白蕙的声音。

"要不要听听你女儿的声音?"他们跟白千希商量般地讲起条件来,"如果你不停下来,就再也见不到你女儿了。"

威胁的话说了,手机就放在白芒嘴边。封条被撕开。

"跟你妈妈说两句话吧。"

白芒的声音沙哑,她狼狈至极地叫了一声:"妈妈……"

白芒本以为会听到白蕙着急且关心的话语,可落在耳畔的只是白蕙冰冷且毫无波澜的声线,仿佛夹着冰冷的海风从听筒里冰凉地透出来,白蕙毫无感情地问她:"芒儿,如果这一次,妈妈没有选择你,你会哭吗?"

白蕙的话,表明她很清楚自己面对了什么事,要做什么样的选择。

白芒扯扯嘴巴,令人窒息的压抑感在胸腔蔓延,她眨了眨干涩的眼睛,缓缓地,从喉咙艰难地滚出两个字:"不会。"

不是不会……是不会了。过去的记忆无端变得鲜活起来,白芒想起,在很小的时候,她就已经被白蕙抛弃过一次。

四岁的时候,白蕙不知道为什么突然不想养她了,驱车将她送到了孤儿院……她被白蕙丢在孤儿院门口,她独自蹲在外面的花园里玩,等白蕙等到了天黑。直到有人发现了她并且报警,她才离开。她想在警察赶过来之前快速跑掉,因为她不想被警察抓到。小孩子,对于警察总有一种恐惧感。

四岁的她,比现在的她还害怕……最后还是她自己循着记忆,找回了家。回家后,她假装什么都没有发生过。

被抛弃过的小孩比起别的小孩总是奇怪一点。

她从小就记忆力很好,能准确记住两岁以前的任何事情,可唯独这段被抛弃的记忆很快被她遗忘。直到今夜,她才完全想了起来。

海上的夜色似乎到了极限,不会加深,也不会再黑下去。

白芒的手脚被捆着,一双手牢牢地被束缚在后腰上,她躺靠在快艇上的姿势很怪异,像是海鲜市场上被粗绳捆着的大闸蟹。让她没办法张牙舞爪。

白芒的心理承受能力到了极限,对于接下来可能发生的事情,倒也不害怕了。只是胸膛多少弥漫着一点凄凉和悲怆,除了跟她关系最亲密的白蕙,她还想起了很多人。

江川尧、方子欣、大萌、丁龙泽、方玉环……就连丁景凯她都想了想。他们是她的男朋友、朋友、亲人。他们每一个人带给她的感受都比白蕙更加具体、鲜明。

白芒有点舍不得他们。虽说,她今晚不一定会真的出事,可如果万一……她离开了这个世界,真是遗憾啊。

如果她没有去宁市,不曾感受过方子欣拥有的幸福;如果她没有认识江川尧,也没有跟他相互承诺,建立属于他们两个人的亲密关系,那么此时此刻的她,未必会有现在这般遗憾。

她小时候每次看哪吒割肉还母的动画片都会哭,在她最幼稚无知的时候也曾想过用死亡来报复白蕙。

报复白蕙将她生出来,报复白蕙对她置之不理,直到她逐渐长大,她才丢掉了那个曾经活在她的内心深处,孤独自怜的小孩。就像白蕙一直跟她说的话,强大了,自然就什么都不怕了。

江川尧对她说的话,却跟白蕙截然不同。

江川尧也是淡漠的人,他却让她学会懦弱。他说,孤独、胆小、恐惧这些都是正常的情绪,不要摒弃它们,它们的存在,更容易让她接近和感受什么是爱。江川尧这人……对她倒挺好的。

他也是她认识的人中,最了解她,也最理解她的人。

一波海浪推动快艇,白芒趁机挪动了一下身体,唯一能活动的两根手指摸到了一个金属质感的倒钩。她的身体贴着快艇的尾部,后腰迎着作用力往后一仰,潮湿阴冷的海风灌入鼻腔、嘴角。

白芒呵地冒出一口热气。她不傻……白蕙问她,自己不选择她,她会不会哭?潜在的意思就是,等会儿面对他们的恐吓和威胁会不会怕?

她说不会。不会哭,也不会怕……

如果大脑可以一直做理智的分析就好了,那就不会随意难过了。白芒闭上眼睛,她的嘴巴再次被封上,他们轻松挪动着她的身体,将她悬在快艇的边缘。然后,只要将她往下一推,她的上半截身体和脑袋都会扎进冰冷的海水里。与此同时,他们拿出了摄像设备,准备拍摄。

"小姑娘,想要少受苦,就哭得厉害一点。"他们说。

话音落下,白芒整个人感受到一股蛮力,她的脑袋随之浸入海里。

一秒、两秒、三秒……

结束第一场"浸泡",白芒被拉回快艇。上岸后,她的脑袋和上半身都湿透了,被冰凉的海水所刺激的肌肤瑟瑟发抖,面部肌肉紧张得几乎僵硬,她嘴巴上的胶布再次被撕开。

"哭!"他们发出命令。

冒着暗光的摄像头对着她，他们的恶劣和残暴似乎已经变成了一种习性，每一张面孔上都是公式化的冷漠。坏人，是可以训练出来的。他们都是。白芒没有哭，她牙齿紧咬，连一丝颤抖的音都没有。

如果现在月光再亮一点，就能看到女孩的眼圈通红，眼睛乌亮，正虎视眈眈地回视伤害她的人，像是一只极度愤怒受伤的老虎幼崽。

或许此时受伤的小老虎尚且没有能力反抗，但请给它机会，让她长大。

然后，他们又来了一次，因为她不会哭，没用的嘴巴又被封住。

等到五秒之后，她再次被拉上来，脸上流淌着海水，冷白得像是冰冷的月光凝结而成。

她艰难地睁开双眼。这样灰茫茫、黑黝黝的一片海域里，一点轮廓也显现不出来，挂在耳畔的风声听出来都觉得很空荡。

整个过程……他们都拍摄了视频发给白蕙欣赏。

"要不这样吧，用白女士你的命换你女儿的命怎么样？"他们其中一个，拿着电话跟白蕙商量。

白蕙冰凉的声线听起来就像是陌生人，所有的声音都飘荡在海里。

"我女儿已经对我心灰意冷了，我为什么还要为她交出我的生命？"

显然，这种儿戏的手段完全不能威胁到白蕙。

他们也只能更凶残地对待她的女儿了。接下来要怎么做，白芒也能猜到，他们大概会将她整个人捆绑起来，然后借着绳子将她投入海里。

早在之前，她的手指摸到冰冷的金属倒钩的时候，她就想到了。

海风肆意扑面而来，像是密集的刀片刮在脸上，不远处突然亮起了一闪一闪的光亮，刺入白芒的眼瞳，一艘快艇正朝他们驶来。

怎么找到这里的，这令他们诧异……

在前面几次的挣扎里，白芒已经解开了捆绑双手的绳子，即使她的身体还被束缚着，但双手至少可以活动了。

她突然举起双手，撕开嘴上的封条，动作利落。几个壮汉的脸上浮现出慌乱的神色。

白芒直视着眼前的人，嘲讽一笑："你们有孩子吗？"

嗓音冷冽，夹着一丝嘲笑。

有人愣住，借着他们放松警惕的一秒，白芒的身体往前倾倒，快速伸手抱住其中一个人的大腿。他们用力拉开她的手，白芒用力反抗。她身体里爆发出强大的能量，手不够用，她还用嘴咬上了对方的裤腿。

她在等那艘快艇过来。快艇距离他们越来越近，他们所在的快艇也越来越晃,白芒似乎听到了熟悉的声音,被风揉碎在这个深沉的夜里。

后脑被用力一击,白芒最后的本能动作是往后面一看,即使迎面冲来的人只能看到一道黑影,但仍然给了她熟悉的安全感。

双手垂落,视频再次打开,混混沌沌,年轻的身体再次被投入海里,绳索越放越下,他们最后用女儿的生命威胁一个冷漠的母亲。镜头前的白蕙终于崩溃了,嘶吼地发出了极度悲怆的呜咽声。

即使到最后,白芒都不曾喊出一句害怕,妈妈我害怕……

白芒不曾害怕,在她意识快要消失的时候,她似乎看到一个熟悉的身影跟着她一起坠入海里。是错觉吗?还是真的?

海水冰冷刺骨,她的身子在海水里摇摇晃晃,她再次被放低,一只手快速地托住了她下坠的身体。她想掀开眼皮看看是不是江川尧,却无能为力。她隐隐约约地感受到托住身体的人拼尽了全力,甚至是义无反顾。海里没有英雄,能如此迅速赶过来救她的人,只能是江川尧。

白蕙要对付的人……也只有江川尧能用他的生命去威胁那个人。

江川尧,这个她曾经因为偏见认定的坏坯,真的成了她这辈子唯一的英雄。

终于……白芒在江川尧赶过来的这一刻哭了,像是委屈至极的孩子终于看到了可以保护自己的人,原本握紧的拳头可以朝着保护她的人伸过去。

委屈的眼泪缓缓流入冰凉湿咸的海水里,淡淡的、冷冷的。

冬夜里的寒星,和她一起落进今夜的大海里。

仿佛变成了她命中注定的守护星。

第十二章
冬日·寒烈

寒冬散尽，
暮雨长鸣，
愿我终会得偿所愿。

    白芒连续发烧了三天三夜，脑袋昏昏涨涨，不过身体在逐渐恢复体力。从海里上来后，她和江川尧被关在岛屿上的一幢房子里，看守她和江川尧的人，还是带走她的那四个人。

    整个事件应该和钟天耀有关。其他的，白芒就不知道了，白芒不知道外面发生了什么，也不知道"事情"进展如何。

    她已经没有心思和精力去猜测什么了，大难不死有没有后福她不想知道，剩下的好奇和难过也都被她沉入了那冰冷深沉的海。

    白芒觉得自己的生命力还算顽强，她简直佩服自己的身体素质……

    第一天她整个人还迷迷糊糊地说着胡话，第二天她已经能对江川尧咧开嘴角笑，第三天她已经可以下床，被江川尧嫌了。

    如果不是这段经历太过深刻，她都怀疑自己穿越了，穿越到了白蕙的书里——因为她和江川尧现在所处的地方，像极了白蕙在《黑色风筝》里所写的红色房子，无论是外形还是里面房间的布置都很像，就连衣柜里放着的衣服都和书里写的一模一样。

    房子里有热水，也有干净的旧衣服。

    江川尧穿着这里原有的一套衬衫和西裤，出人意料地合身。白芒也换上了这里原先放着的棉麻长旗袍，穿在身上刚刚好，不大不小，尺寸非常合身。

这些衣服明明都是旧的,却仿佛是为她和江川尧量身定做的。

所以……之前是谁住在这里?这些衣服又被谁穿过?

遗憾的是,房间里没有梳子,她一头散乱的黑发,只能随便披着。

江川尧从储物柜里取出布料绳子,又在抽屉里找到一个打火机,用打火机点了点绳子两头,招呼她过来。

房间墙角,有一张陈旧的布艺沙发。白芒安静地坐在江川尧前面,脑袋乖顺地微微往后仰,落入江川尧宽阔的手掌里。江川尧一只手托住她的后脑勺,另一只手则变作梳子替她理顺一头打结的秀发。

江川尧的动作轻柔,遇到头发打结之处十分有耐心。

这几天,他和她很默契地都没有提外面的事,即使,他们被关在这个破地方,不知道什么时候才会被放出去。

等出去以后,外面的很多事情估计都变了……还不如先在这里清净几天。海上那一晚,她和江川尧没死,他们以后一定会长命百岁。

"好了。"江川尧简单地替她扎好了头发。这是江川尧第一次扎头发,他还给她系了一个蝴蝶结。

卫生间有镜子。

"要看看吗?"江川尧问她。

"嗯。"白芒点头,想起身看一看。

她的身体还有点虚,江川尧扶着她。

镜子里,白芒看到了一张白净的脸,以及身后高高大大的江川尧,她靠着他,问他:"江川尧,你那天为什么要奋不顾身地救我?"

江川尧反问:"不然呢?"

那晚,江川尧唯一的遗憾就是不能再早点找到她,这样她就可以少受些罪。唯一值得庆幸的是,他还是赶到了。

入夜后,外面的天色黯淡下来,窗外是无边无际的清冷。

今天还没有人来送晚饭。

因为每天的活动量都极少,倒也不容易饿,更何况房间里还留有前两天送来的水和食物。

所以白芒不担心自己会被饿死,保守估计,她和江川尧还能在这里待上三天,在没有人给他们提供食物的情况下。

加上前面三天,她和江川尧失踪的时间已经快一个星期了,以方子欣的性格可能在前两天就已经报警了,所以这两天警察一定会找到这里。况且,以江川尧的身份,无论是钟家还是江家都不可能真的伤害他什么。

至于她……江川尧都在她身边,她怕什么?

最后的余晖消散在小窗外,白芒和江川尧双双躺在房间里唯一的床上,她看他,他也看她。一双幽深的眸子对着一双清亮的眸子。

江川尧拢了拢手臂,将白芒往他的怀里拉了拉。这个房间本来就很安静,现在窗户外的光线暗下来,两人还不说话,更显得静寂无声。

如果不考虑一切,被关在这里的感受对江川尧来说,就像是和白芒一起来到一座与世隔绝的岛上度假。因为她是他喜欢的人,和喜欢的人在一起,在哪里不重要,最重要的是心意和感受。

白芒挪了挪身子,将脑袋躺在江川尧的胸膛,出声问:"江川尧,你不好奇,我为什么会被绑架吗?"

江川尧反问:"我都知道绑架你的人是谁,还需要好奇什么?"

白芒陷入沉默,顿了顿说:"你可真是一个没有好奇心的人。"

江川尧说:"知道太多并不好。"

又是一阵尴尬的沉默。

江川尧用真诚的口吻说:"我这辈子可能就对你有过好奇心,结果差点连命都丢了。"

白芒的脸上流露出一丝复杂的神情,她耷拉着眼睛说:"我可没让你救我。"

江川尧笑了笑。

"现在想想,我跟着你跳下去的行为也挺傻的,他们一定会拉你上来。我下去了,很有可能就上不来了……"

白芒闷闷地回答:"你可能是被英雄主义冲昏了头脑。"

江川尧并不渴望从某人嘴里听到甜蜜的话,对他来说,这种赌气和奚落的话语,反而更符合他的心意。

他和她不同,他一直对她讲真话,如同下面这句:"应该不是被英雄主义冲昏了脑袋,大概是恋爱脑吧。"

白芒也笑出了声。

白芒突然晃了晃脑袋,出声:"有没有可能……是我们的脑子都进了水。"

江川尧眼睛透着笑,说:"有道理啊。"

只有两个灵魂类似的人,才能在这样的环境下轻松地谈话。她和他都是在极度缺乏安全感的环境里长大的,从小练就了非同一般的适应能力。

白芒跟江川尧说了说从小到大她知道的事——关于白蕙这个人和白蕙

身上的秘密。

《黑色风筝》这本书中有一个极其阴狠恶毒的人物——赵爻。

这个人可能就是现实里的钟天耀。

《黑色风筝》里的赵爻用各种方式将数十名女子囚禁在一所房子里，他把女孩子的身体当成作恶的工具。书中的结局是女孩们都被拯救了，可在现实中，二十年前，她们的下场是什么？白芒不清楚。

只是将所有的事情联系起来后，她终于明白白蕙为什么从小到大都让她学习武术，为什么白蕙总说一句话："这个世界是不安全的，没有人保护你的时候，你只有自我保护。"

"我的亲生母亲应该在这里待过。"江川尧突然开口说。

白蕙让他到临阳那家孤儿院找答案，他不仅找到了答案，他还顺着那些线索，查到了一宗女大学生绑架案。那些被绑架的女孩，很多都是从那家孤儿院出来的。

按照《黑色风筝》中所写，女孩们被人送到这个房子里，囚禁起来。她们被人精神控制，被迫去接受各种培训，包括书法、绘画、按摩、音乐、话剧以及完美的沟通技能。其中，如何操纵人心和讨人欢心是最为重要的两项内容。

红房子里经常有男人过来，每当这时候，女孩们就像展示柜的物品，任人挑选。女孩们不是没有反抗，可反抗的后果是更严重的伤害。在这里，毫无人权可言。

"害怕吗？能睡着吗？"江川尧关切地问她。

白芒一点也没有感觉到害怕，就是有点烦恼。

白芒追溯起往事，对江川尧说："白蕙以前老出门，我都是一个人睡在山上……"

江川尧嗓音轻柔："胆真肥。"

白芒说："你才发现啊。"

江川尧低头，吻了一下她的脸，告诉她："睡吧，我想明天我们应该就能离开了。"

"真的？"

"嗯……"

白芒闭了闭眼，江川尧又将她抱紧一点，下巴抵在她的脑袋，年轻强健的胸膛传来规律的心跳声，给她十分安定温暖的感觉。

这几天，江川尧的温柔和细致仿佛时刻都熨烫着她发皱的心，像是一道光驱赶了她心里的阴影。

说实话,江川尧也不是明亮的人,但他为她点亮了一簇火。一直以来,白芒都觉得自己活在光芒之中,她也觉得自己足够健康、足够强大,可是她忽略了一件事——光芒底下,全是黑影。

白芒闭着眼睛说话:"江川尧,你说这个世界上的人是不是都是一身污垢,有些洗得掉,有些怎么也洗不掉。"

他拢着她的手心,回答她的口吻像今晚一样冗长,声线却像夜空一样干净清润。

"所以啊,幸好人都要穿衣服。"

白芒"呵呵"地笑,笑着笑着终于睡着了。

这几天,只有她睡着了,江川尧才会闭上眼。

几天之后,白芒和江川尧离开了红房子。

真的如江川尧所说的那样,她和他都被救了。

只不过,找到这里的人不是警察,而是白芒和江川尧完全没想到的一个人——肖嵘。

白蕙这些年长期保持联系的人不多,肖嵘算一个。肖嵘之前都生活在国外,回国之后成了宁市学院里的音乐教授,家在南山花园,明明信奉独身主义却进入了宁市太太的圈子里,结识了江家的钟灵。

以上这些,一定不是命运安排出来的巧合。

弱者屈服于命运,强者却能操控命运。

白芒看到过来的人是肖嵘,其他的事情她猜不到,但她能确定一件事——白蕙长达二十年的复仇计划应该是成功了。

恭喜啊,终于如愿以偿了。

白芒走出这幢房子,终于见到了原本只存在于小窗户外面的太阳。

冬天的太阳,冷冷的,投在皮肤上面没有任何暖意,只让人觉得晃眼。白芒眯着眼抬头,感受着笼罩在自己身上的这抹阳光,清朗又疏离。

头顶是一片遥远的青蓝色天空,眼前的这幢灰红的房子,比冷太阳还刺眼。

白芒终于明白,为什么云城山里的那个"家",白蕙也要搞成红色的外墙……她一定不是为了铭记这段记忆,而是强迫自己不能忘了这段记忆。

这二十年,白蕙一直活在痛苦之中,就像她曾经对白蕙的理解:一直活在过去没有走出来。

肖嵘等在一辆银色的跑车旁。

江川尧直言不讳地问:"肖教授,您和白女士是什么关系?"

"你们……都可以叫我姨。"肖嵘脸上的表情温柔又带点诚恳。

"这件事情说来话长,路上我告诉给你们。"肖嵘说着,伸手替他们打开车门。

白芒看了眼江川尧,江川尧冲她点了下头:"你坐后面,我坐副驾驶座。"

肖嵘笑了笑:"我倒希望你来开车。"

"好。"

肖嵘没有犹豫,交出了车钥匙,自己则坐在副驾驶座位上。

江川尧怀疑肖嵘,很正常。即便是肖嵘现在做的所有事,都在向江川尧证明:他完全可以信任她。

信任,是需要一定的感情基础的。

肖嵘的外表清冷消瘦,与白蕙略有相似,神情和气质却与白蕙相反。

如果说,白蕙是冬天的冷太阳,那么肖嵘就是春日的煦阳,肖嵘不仅很温柔,还很平和。她那双充满了细腻的情感的眼睛,每每落在她和江川尧身上时,都像在看自己的孩子一样。

顺着导航,车子沿着岛屿一路往前。

岛屿的形状狭长,白芒和江川尧原先位于这座岛屿的最北端,北端像极了荒无人烟的孤岛,车子一路往前,慢慢能看到楼房建筑和来往的集装车。

"这座岛叫海明岛,这几年才开放。"江川尧开口说,"以前只有少数渔民生活在这里,而且,他们基本集中在南端,因为那边有码头。"

"我还以为这是一座荒废的小岛。"白芒说。

"不算小,岛屿面积共98.9平方公里,属于宁市管辖,但距离澜市更近。"

江川尧清晰地说出海明岛的情况,他如此清楚这座岛的情况,是因为他看过江鹤鸣针对这座岛写的开发计划书。

前面是码头,码头有渡船。如果顺利的话,两个小时后,他和白芒就可以乘坐渡船回到澜市。

车上,肖嵘打了一个电话,联系对象是澜市的警察。

肖嵘挂掉电话,回头说:"等一会儿,你们可能需要到清澜第二街道派出所做个笔录,你们的朋友报警了。"

白芒问肖嵘:"您可以把手机借我用一下吗?"

肖嵘有些为难地说:"你的母亲应该知道……是她让我来这里的。"

白芒嘴角一扯,说:"我不打给她,我打给朋友。"

肖嵘点点头,把手机递给她。

白芒拿到手机,拨通了方子欣的电话号码。她之前有个习惯,就是记住比较重要的人的号码,现在想想还挺好的。

待方子欣接通,得知是白芒之后,嘴上的骂声就没有停下来过。

"白芒……你到底死哪儿去了!"

"我都快猝死了!每天赖在警察局督促他们找你。"

白芒建议道:"要不你先睡觉……"

方子欣暴躁的声音从听筒里传来:"睡个头啊,我要蹲到你回来才行,等见到你人了,我再睡!"

好吧,人心就是这样,会感动,也会失望。

白芒在方子欣和方玉环这里得到的感动,都比在白蕙那里得到的多,她本以为自己不会动摇对白蕙的感情。

可经历了这件事之后,她开始动摇了。当她沉入海里的那一刻,她觉得自己就像割肉还母的哪吒,重生了一遍。

长达三天三夜的发烧过后,她的身体从没有一点力气到逐渐恢复生机,在这个过程中,她也逐渐剥离了原本牵绊她的情感。她现在很平静,平静得连她自己都有点害怕。

白芒挂掉电话,把手机还给肖嵘。

一直开车的江川尧提醒肖嵘:"肖教授,您现在可以说您和白女士的关系了,或者说,您和乔白的关系。"

"我是乔白……"肖嵘开口。

江川尧倏地停下车,目光不可思议地看向肖嵘。

肖嵘抱歉地抿了下嘴巴,将话说完:"我是乔白……在孤儿院最好的朋友。"

回澜市的轮渡上,白芒听了肖嵘讲述的故事。

白蕙、肖嵘和乔白她们三个是在孤儿院长大的女孩,无人收养,全靠孤儿院的救济考上大学。她们没有家人,她们就是彼此的家人。她们的人生起点相似,可人生走向却完全不一样。

白蕙和乔白上大学时被人绑架,在红房子里备受折磨。白蕙蛰伏许久,找机会逃了出来,乔白却留在了那里。肖嵘是三个人中最幸运的一个,她因为跟着富商去了海外,逃过一劫。待她回国,富商还将国内南山花园的一处房子委托她管理。肖嵘也是因此才进入了钟灵的朋友圈。

"乔白是不是我的亲生母亲？"江川尧问。

肖嵘点头："是。"

白芒问："白蕙和乔白，她们俩是什么关系？"

肖嵘支支吾吾地说："这个……我……不太清楚。"

白芒直截了当地说出答案，清亮的眸子笔直地望着肖嵘，白蕙有一个会编故事的脑子，她作为白蕙的女儿，理一理人物关系还是没问题的。

"白蕙和乔白只是朋友，真正跟白蕙血缘有关系的人，是您，肖教授……对不对？"

肖嵘一怔，白芒猜得分毫不差。

白蕙给江川尧的照片，是她故意伪造出来的"事实"，原因跟江川尧有关系。白蕙从红房子出来后，一直关注着乔白的消息，乔白离世后，白蕙想抚养江川尧，孤儿院那时的信息系统也不够完善，白蕙就用肖嵘的信息伪造自己跟乔白是双胞胎姐妹，但她失败了，江川尧被江家的人带走了。

乔白和白蕙长得像，没有人怀疑她们不是亲姐妹，但其实，真正跟白蕙有血缘关系的人，是肖嵘。

一个人的创作逻辑一定跟她经历过的事情存在关联。白芒看过白千希所有的作品，根据白千希做事的逻辑和思考方式，从数十本小说内容中推理出了被白千希故意隐藏的秘密。

这些秘密就像逐渐背离她们而去的岛屿，一半荒芜，一半生机。白蕙计划的所有事，就像她曾在书里写过的一句话——

任何有目的的故意，都是为了掩盖真相。

真相是什么？白蕙所做的一切，是为了给自己、给昔日好友报仇，而肖嵘会如此帮白蕙，是因为她们才是亲姐妹。

肖嵘愣住了，没有说出一句否定的话。

白芒突然有些生气，面色苍白又带了点潮红。这不是因为她的身体还在发热，而是因为肖嵘证实了她的猜测，她为此难过不已。

她从小跟白蕙相依为命，从最初的懵懂无知到现在的敏感锋锐，她变了很多。但不变的是，这些年，她一直希望从白蕙身上获得一些母爱。

可事实呢？不是所有生了孩子的女人都有母爱，白千希本人就是一个典型！

车子从码头驶入市区，白芒将头偏向车窗。道路两侧树影掩映，冬日的阳光略显斑驳。

经历生死再回到熟悉的环境,白芒看什么都有点恍如隔世之感。

不知道江川尧是不是也有一样的感觉?

手倏然被握住,她往他这边偏头。

江川尧沉静不语地坐在她的旁边,话很少,气息沉倦。这趟生死之劫之后,他身上的那点玩世不恭的气质完全没了,少了一份戾气,多了一份沉着。此时,他握着她的手,温凉的手掌贴在她的手背。

他的手背上,食指和大拇指处有一道鲜红惹眼的伤痕,是当时跳进海里托住她时,被金属倒钩划伤的。大概五六厘米,沿着他的指骨蜿蜒而上。

在岛上,一直没来得及包扎和缝合,现在皮肉已经完全合上,新肉也快长出来了。

江川尧对这一道伤浑然不觉,闭上眼,眼下是两片青紫色。

在红房子里的三天三夜,为了让白芒休息好,江川尧全程保持警惕,几乎没有合过眼。此时,江川尧终于可以放松下来。

回来之后,在肖嵘陪同下,白芒和江川尧去了一趟警察局。

面对警察细致入微的盘问,白芒交代了被绑架的所有细节,包括她得知自己被人跟踪,故意将手机落在水果店的包装盒里,以及她在快艇上发生的所有事情的细节。

警察那边已经得到了白蕙发给他们的游艇威胁视频,视频中,女孩的遭遇和白蕙对警察的陈述完全一致。

在视频中,女孩好几次被残暴地投入海里。

夜黑风高、海浪汹涌,每一次被投入海里,女孩都表现出难以想象的镇定和坚强。

尽管最后女孩的性命无恙,但这起事件仍可以说是今年警察厅处理过的案件里,他们见过的最恶劣的一起人身伤害案。

除了警察,江川尧和肖嵘也都看了视频,只有白芒本人回避了,怕视频内容对当事人造成二次伤害。

目前,钟天耀已经被警方以故意非法拘留罪和危害他人生命罪被拘留,他即将面临的是法律的制裁和宣判。

"谢谢……"白芒对警察组弯腰道谢,从审讯室出来。

漫长的笔录过程中,她对负责该案件的警察,交代了发生在自己身上的这起案件的全部经过,不过对方想要的信息并不局限于此,他们还想了解她和白蕙日常相处的细节。

白芒的回答很简单："就像普通的母亲和女儿一样吧，就是学业上会有一点苛刻……要不然，我也考不上澜大。"

逻辑完全成立。如果母亲真的完全不关心女儿，作为一个单亲家庭成长出来的孩子，白芒的成绩不可能如此优秀。孩子的成绩虽不能完全体现母亲的用心，但也可以作为一定的参考。

"你母亲平时有没有跟你提及一些她自己的事情？"

"很少。"

"你母亲和你生活的时候，会不会常常离开家？"

"会吧，她随时要出门采风，但她会给我留下足够的钱。而且我也有我的同学和朋友，在云城。"

每一个问题，都是针对白蕙身上的疑点而提的。警察的侦查方向是全方位的，他们不会错过任何一个可疑的地方。

白芒的回答很冷静，她的表现和反应也很冷静，她的回答也没有任何问题，完全符合她的成长逻辑。

只是经历了这样的事情，对于一个今年才满十九岁的女孩来说，白芒表现出来的镇定和从容令警察都有点难以置信了。

"你觉得你的母亲……爱你吗？"这是一个来自短发女警的问题，当她问出这个问题时，所有的男警察都看向她。

这个问题……重要吗？

女警尴尬地笑了笑，手放在鼻子上，尽量让自己的表情看起来不像在开玩笑。

白芒目光明亮地看向女警，口气笃定："哪有母亲不爱自己的孩子的，如果一定要说的话，那就是她逼我读书的时候吧。"

女警愣了愣，低下头在笔录本上快速记下。

"好了吗？"白芒乖巧地询问警方。

"嗯……以后我们还会找你了解情况。"负责这起事件的组长说。

白芒轻点脑袋，一副好学生的模样："只要不太影响我的学业，我一定配合。"

她困倦地叹了一口气。刚刚获救，又作为这次事件的受害者，连续被询问了那么多的问题，白芒看起来太疲惫了。出来的时候，组长上来拍了拍她的肩膀。

白芒的笔录结束，轮到江川尧。

江川尧进去，不管是面容还是神色比白芒更加冷静。

白芒找了一个地方坐着，她坐在笔录室下来的一处楼梯台阶上，双腿靠拢，双肘抵在膝盖上，双手托住脑袋。

时间一分一秒走过，她的脑袋埋得越来越低，脸上露出明显的沮丧和难过，直到有人给她送来一杯温水。

白芒抬头，是刚刚问她白蕙爱不爱她的女警，女警察看向她的目光，温柔中带着困惑，不像其他警察，面容威严而克制。为了放松她的紧张情绪，女警察找了一个话题："白芒，我还有一个疑惑，不知道你能不能告诉我？"

真的是很客气的一个警察。

白芒："你说。"

女警察向她提问："你怎么会想到在礼品盒里留下手机呢？"

白芒仰着头，目光几乎一动不动，冷淡道："《迷雾之城》第十章第二十页，女主被绑架，也是故意把手机留下。《迷雾之城》的作者是白千希，也就是我的妈妈。"

噢……那就合理了，这个年纪的女孩确实会向小说或影视作品中的人物学习和模仿。

"你很聪明，心理素质也好，以后要不要考虑也当一名警察？"女警开玩笑说。

白芒摇头："我不当警察。"

她说话太直接，女警察又挑了一下眉。毕竟她可是以当警察为荣的。

白芒更直接地说："你们赚得太少了。"

女警察心想：过分了啊。

不过，这样一个世俗又精明，懂得自我保护的小孩，确实不符合女警对白芒的猜测：一个会配合母亲复仇的天才小孩。女警察让白芒坐到自己的工位上休息，白芒也不客气，她太累了，需要好好打个盹。

晚上，白芒和江川尧一起在警察局吃了盒饭之后，便离开了警局。至于肖嵘，因为涉及当年的案件，肖嵘已经成了警方的重要保护对象。出于安全考虑，肖嵘让白芒跟她住一段时间，白芒拒绝了："我要和江川尧在一起。"

她的态度如此明确，肖嵘也不勉强。江川尧的身份，的确也能保护她。

白芒跟江川尧走了。全程，她没有问肖嵘有关白蕙的任何事情。

两人乘坐警车回到住宅。

下车时，送他们回来的年轻警察探出头，开玩笑问："那么小就同居了？"

江川尧回答得很不客气："您还没有女朋友吧？"

年轻警察心想：现在年轻的孩子怎么一点都不友好啊！

从警车上下来，白芒和江川尧的手没有放在兜里，而是自然地握在一起。今晚，澜市的风没有那天海上那么大，但还是一样很冷。

深夜，两人在热气氤氲的淋浴房里，将身体洗干净。

他们坦诚、干净地拥吻，冷热交替……几乎都要把对方揉进自己的身体里，情绪铺天盖地，灵魂阵阵震颤。

直到深夜，白芒问了江川尧一个问题："江川尧，知情不报属于犯罪吗？"

江川尧没有回答她这个问题，而是用一双动人又深情的眼睛将她的灵魂吸住。

他回答她："小孩哪会犯罪，她只会撒谎。"

是啊。她撒谎了，在警察局。她对整个事件的猜测已经在心里清晰地整理出了所有线索，但她什么也没有对警察说。

她和白蕙生活多年，她还看完了白蕙的所有小说，可以说，对白蕙的任何行为和想法，她就算不能完全摸准，却也能猜出八九分。

超过二十年的案件因为超过了刑法的追诉时效，一般情况下将不再追诉。所以白蕙必须要想办法让二十年前的案件重见天日。

除了《黑色风筝》这部电影上映制造舆论话题以外，还需要一件让警察必须介入的事件，那就是她的失踪。

唯一不在白蕙计划里的大概就是江川尧的及时出现。

如果江川尧没有过来，她可能会在那幢红房子里待的时间更久，外面的舆论就越大，她的失踪就能成为社会关注的事件。

白蕙公开身份之后，白芒的信息也被人挖了出来。那天发布会，白蕙对着记者大大方方承认，自己有一个正在澜大就读的女儿，成绩十分优秀，她以女儿为荣。当天，白千希单亲母亲词条上了热搜。

白千希真是一个极其会编故事的高手，为了完成整个故事，将所有可能发生的事都变成了故事里的一个情节。

计划是设定的，故事是编造的，唯独过程中她受到的伤害是真实的。

只有她遇害是千真万确发生过的，才能把"故事"认定成"事实"，也只有真实的伤害才能引起社会的共鸣和声讨。

她失踪的时间越久，对披露当年的事件越有帮助，她是澜大名校学生的身份也更能引起社会舆论的关注。

网上一点点线索的背后，千丝万缕却都直接朝着真相而去。

白蕙写了很多年的小说，她最清楚一个道理：读者和观众最不相信直接说出的答案，他们更相信自己推理出来的真相。

当"事实"向公众铺展开来，澜大女学生离奇失踪和二十年多前的一宗女大学生失踪案重合，就有了旧案重提的契机。

上上周，顾捷在宿舍网上冲浪，莫名刷到一宗二十年前的女大学生失踪案，虽然这个热搜位置不在前面。

所有的一切都是为了最后的计划做铺垫。

白千希的计划是从什么时候开始的？是从让钟天耀的现任妻子王琴琴出演《黑色风筝》其中的角色开始？还是从写下《黑色风筝》这个故事开始？又或许，更早一点，白芷的出生不是意外，而是计划？

白芷突然想到了云莱之行发生的事情，有没有可能，出现在云莱酒店的那幅画，也是白蕙计划中的一环？

哪吒割肉还母是为了还清生育之恩，这一次她也主动走进白千希的"故事"里，替她完成心愿，也算还清白千希的养育之恩了，眼泪无声无息地从眼角流淌下来。

江川尧能感受到睡在旁边的女孩在哭泣，但他没有打扰。

当真相完全被掩盖之时，他也感到惶恐，像是走在迷雾笼罩的森林深处。现在迷雾消散，对面站着的到底是人是鬼才能看得清楚。

秘密是掩埋不住的，真相总会披露出来，如同伤口只有曝光在空气里，才能长出新肉。

他歪头看了眼嘴角紧抿的白芷，眸光微垂。

这个夜晚，他祝福他的女孩——剔骨割肉之后，早日长出新肉。

后续的发展按照白蕙的计划展开，钟天耀再次犯罪，钟家与江家是亲戚，警察组从钟家调查到了江家，江钟两家都面临着严峻的调查。

十分遗憾的是，此事导致江川尧不能入职检察院了。

一直以来，江川尧的梦想就是当一名强大且正义的检察官。

人生最大的不公平，就是因为一个人的出身去阻止他实现自己的梦想，而不是因为他不够努力。因着江鹤鸣被调查，江川尧被暂时限制出境。

这些事都快速地发生在年前。

年前，她和江川尧一起换了新手机，同款的情侣手机。他们原先的手机都沉入深海，数据没有办法导入新手机。

新手机到手，没有任何痕迹，似乎象征着新生活，象征着重新开始。

江川尧的手机，是白芒送给他的新年礼物，与手机一起送给他的，还有一张从大学城文创店买来的新年卡片，她在里面手写了一句祝福语——

凛冬散尽，星河长明，你我终会得偿所愿。

自平安夜的失踪事件后，警局和学校打了招呼，出于保护和避免二次伤害等缘故，那件事并没有公开定性为绑架事件。为了让白芒后面可以正常上学，澜大接受了她的转院申请，下学期直接进澜大法学院就读。

江家出事，江川尧也要待在宁市。

这段时间，白芒不需要正常上课，每天都在澜大图书馆里泡着。

这两天，澜市连着下雨，从图书馆的窗户望出去，满天都是阴沉的浊云。

这段时间，白芒一直独来独往。她觉得自己充满了不安全性，每次方子欣约她出去，她都会找理由拒绝。

只是方子欣的性格跟方玉环一样爱操心，为了让方子欣安心，白芒每天视频通话最多的人不是江川尧，而是方子欣。

比如现在，她坐在图书馆自习室看书做题，开着视频的手机立在堆叠的书籍前面，手机屏幕里是方子欣，她一边喝茶一边吃零食，偶尔好奇地往屏幕前靠近。

"你上班喝茶吃零食，不会被领导当场抓包吗？"她问。

方子欣用文字回复：不会啊，我们新换了一个管事的领导，对我们都很好，我觉得我能在这里养老终了。

白芒也没什么工作经验，想提醒方子欣不要掉以轻心，但方子欣那边匆忙挂了视频。半个小时后，方子欣发来消息，不是单独发给白芒的，而是发在了大萌也在的三人群。

天呐！你们知道我新领导是谁吗？谢思邀亲姐姐！

大萌第一个上线，丢了一个"你好走运"的表情包。

大萌：难怪最近新领导对你那么好。

方子欣丢来一句义愤填膺的话：哪里好了！她就是故意给我下套！

大萌回应六个沉默的句号。

方子欣继续吐槽：刚刚她单独找我，我还以为她看重我的能力要提拔我，结果她说我不适合编辑工作，问我有没有兴趣转后勤……后勤！出版社后勤就是一个跑印刷厂的打杂工，凭什么啊！如果转后勤，我就不干了。

大萌：然后呢？

方子欣：她说随便我。

大萌又是六个句号。

白芒：你的直属领导应该没有权利辞退你，你不要意气用事，继续做编辑工作。

方子欣拍了一张她正在收拾工位物件的照片——我已经在收拾东西了，不干了。

白芒和大萌沉默了。

好一会儿，大萌幽默了一下：子欣，你这是打算直接回家继承家业了吗？

方子欣发来一段语音："没有，我觉得谢思邈他姐姐说得很对，我的确不适合当编辑，也做不好，不如早点离职给适合的人腾位。工作没有贵贱之分，我想去做适合我的工作。"

这是白芒第一次从方子欣嘴里听到直击灵魂的话。

白芒：那你后面要做什么？

白芒问了一个很实际的问题。

方子欣：我打算先送一段时间外卖。帮我保密吧。

白芒丢了一个黑炭小孩的表情。

晚饭，失业的方子欣晃晃悠悠来到澜大，白芒请她在六号食堂吃煲仔饭。

方子欣嚼着一片腊肠对她夸夸其谈："我知道我这个人有点不靠谱，但白芒你发现了一个规律没？妈妈越靠谱子女就越不靠谱，妈妈不靠谱孩子就靠谱，我和你正好相反。"

白芒"嗯"了声，淡淡地说："我不帮你保密了。"

方子欣眼珠子一瞪："为什么啊？"

白芒眼睛轻眨，一本正经道："因为我也要当个不靠谱的人。"

方子欣愣了，真是厉害了她的芒。

方子欣真的送起了外卖。澜大的外卖基本是送到澜大的西门。第二天，白芒来到西门，看到方子欣坐在一辆牛气哄哄的复古款摩托车上。一只手提着外卖，一只手高高扬起，明黄色的安全帽挡住了一双烁烁有神的眉眼。

白芒走向方子欣，接过她递来的外卖袋。

"怎么样？酷吧。"

"如果你能坚持一个月，很酷。"

方子欣警了白芒一眼，顿了顿，脑袋往上一抬，突然认真地说："白芒，我年后可能要回宁市，帮帮我家贵妃。"

白芒轻"嗯"一声，过了一会儿，才出声："你想好了？"

方子欣点头，说："我以前真的不想回宁市，不想每天活在我家贵妃的管制下，外面多自由、多好玩啊。但就像你跟我说的那样，如果在外面学不到东西，还不如回家跟我家贵妃多学学。"

白芒的心里有点感动。

方子欣笑笑："哎呀，就是你以后要一个人在澜市生活了。不过，你有时间就回宁市吧，我家就是你家，等老丁出来，我们一家人团团圆圆的。"

"嗯，知道的。"白芒点头。

方子欣看向白芒："嘿，你知道我为什么突然决定回宁市吗？"

白芒猜到一二，还是问："为什么？"

方子欣吹了吹额前的刘海，自豪地说："因为我发现你居然偷偷羡慕我……我长得没有你漂亮，也没有你聪明，打架都打不过你。我之前不明白你羡慕我什么……不过现在我知道了，你羡慕我的妈妈是方玉环。"

白芒的神色倏然变得有些微妙，她装了装腔，拉扯调子："噢……那又如何？"

方子欣轻哼一声："我要回家跟我妈妈建立感情了，免得到时候我家贵妃都被你抢走了。"

白芒笑了："你和你妈妈之间，距离才能产生美。"

"拭目以待吧。"方子欣微微抬起头，双手握了握摩托车的把手，继续诚恳地讲心里话，"你和大萌都误会我了，我不是一时冲动辞职的。我想了很久，出版社的工作确实不太合适我，谢思邈的姐姐刚好成全了我。

"主要是，贵妃一直希望我当个文化人，从事体面的工作。我不明白，难道跟着她做生意就不体面了吗？其实我知道，她哪里是觉得做生意不体面，她是怕我嫁不出去……我亲爹就是嫌弃我妈妈太能干、太独当一面，才和她离婚。我非要跟她闯出一点名堂，老丁不在，我和贵妃一起撑起家，你和小龙安心读书……等你们学业结束，想干啥就干啥，我给你们托底。"

西门的冷风一直吹，白芒感觉自己的眼睛都被风吹得干涩了，一时间竟不敢直视方子欣。一个不靠谱的人说靠谱的话，真是让人好笑又感动。

令白芒没想到的是……以后的方子欣，的确做到了。

生活恢复正常之后，白芒一直排斥在网上看到白千希的动态。

在她独来独往期间，《黑色风筝》的高票房发酵了一个个热点话题，《黑色风筝》的内容是否确有其事也在网上引发了激烈的讨论。

白千希频频上热搜,有关她的影片宣传的评论区,更是议论纷纷。

在极大的压力之下,白千希在个人社交网站发表的言论将整个事件助推到白热化阶段。结果就是,白千希的个人微博和其他账号都不复存在,包括她以前的所有作品。

《黑色风筝》也被强行下架。白千希和她的作品都消失了,她的辉煌和她的言论,一夜之间全都消失不见,仿佛从未存在过一般。

这一切的幕后推手,不用想也知道是江家。白千希消失了,那白蕙呢?

白芒独自待在宿舍吃外卖,一时间,绵密的、宛如针扎似的情绪铺天盖地席卷她的胸膛。

这个感觉,就像她曾经开玩笑对方子欣和大萌吐槽白蕙对她的感情,明明是搞笑式的幽默,说完的时候,心底却有一点酸胀。

手机提示音响起,白芒收到白蕙发来的一则消息:今年过年,我很忙,你去方玉环那边过吧。

白芒没回一个字。

白蕙又发来一条消息:我给你买了一些衣服,这周给你寄过来。

白芒握了握手机,在聊天框里输了又删,最后就发了一个简单的"噢"字。

白蕙很少对她表达母爱和关心,就连做什么事情,都很少像现在这样和她交代一番。白芒心里隐约觉得白蕙可能发生了什么事情,她却不想打电话过去。电话真的接通,她和白蕙又能说什么?质问她为什么拿她当棋子?还是问她什么时候停止一切?

白蕙不会给她答案,也不会遵照她的心意选择放弃。

在她很小的时候,白蕙就对她说,她们的人生从头到尾都是分开的……她在成年之后,才理解白蕙说的这句话是什么意思。白蕙是想告诉她:她们注定会分别。是的,她们终将分别,而白芒只能被动地接受这一切。

网上的信息发酵迅速,平息下来也很快。顾捷倒一直很关心她,面临期末考试,还能腾出一部分心思放在她的身上。

江家和钟家陷入调查风波已是千真万确,江鹤鸣被取保候审,江川尧已经处于不方便跟她每天保持联系的状态。

翌日,南山花园大火,整个江家被一场熊熊烈火几乎烧光。

江家大火,澜市却下起了鹅毛大雪。

大雪纷飞的澜市,白芒低头走在银装素裹的校园路上,手机收到一条一个陌生号码发来的消息,只有简单的四个字——岑静无恙。

江川尧用他的方式，给她报了一句平安。

期末考试结束后，方玉环给她打来电话："芒儿，要不要阿姨过来接你？刚好我和欣子一起来澜市带你买新衣服。"

"不用了，阿姨，我妈今年给我寄新衣服了。"

白蕙寄来的东西，白芒都装在行李箱了。

她买了下午3点从澜市开往宁市的火车票，就像白蕙所安排的那样，今年去方玉环那边过年。

下午2点，白芒临出发前，又见到了那天警察组的女警。

女警给她带来了一个惊愕的消息。

"你母亲……出事了。"

这世上有两样东西可能相对公平，一是爱，二是死亡。

它们的发生和来临都没有预兆。一旦来了，也都没办法回避。但或许有人，可以预见自己的死亡。

上周，白蕙给她寄了两套新衣服，一套纯黑的绵羊毛大衣，一套是红色斗篷外衣搭配漆皮长靴。纯黑的绵羊毛大衣想必就是白蕙特意给她准备用来参加自己葬礼的。至于另外一套，应该是白蕙买给她的过年的衣服。

白芒还记得，上小学的时候，她想要一套漂亮的新衣服过年，白蕙懒得给她买，她气得独自下山走了半天，最后回来看见白蕙把一件斗篷款的儿童风衣丢给她。

"你这小妞，长得不行，倒是臭美得要命！"

"这衣服是我在垃圾桶里捡的，爱穿不穿吧……"

"十岁还耍离家出走的招数，你以为能吓唬住谁，幼稚。"

她穿着白蕙买的新衣服，手舞足蹈。

白芒跟其他小孩不一样，别的小孩最烦长辈唠叨，她却很喜欢白蕙骂她。因为白蕙骂她的样子，比任何时候都充满生气，就像一个有正常情绪的妈妈。

小时候，她总想各种办法惹事，希望白蕙可以多骂骂她，可惜白蕙太聪明了，被她耍了几次，直接冷处理。渐渐地，白芒也从一个闹腾的小孩变成一个孤僻的小孩。表面清冷孤僻，内心却渴望被关注、被爱。

她过年的心愿，就是希望妈妈能给她买一件漂亮的新衣服。

可惜……这世上不仅没了白千希，就连她的白蕙也没了。

白芒跟肖嵘一起见了白蕙最后一面，以遗体告别的形式。

消息变成事实，白芒本以为自己会哭得很厉害，可掀开白布的那一瞬间，白芒异常冷静。只有一种陌生而沉闷的感受疯狂吞噬着她敏感的情绪，她没有放声大哭，一滴眼泪都没有掉落。

尸体已经浮肿，唯有手腕上的镯子和脖颈后面的刺青都证实，她是白蕙。身形和年龄判断，也都符合。

女警察告诉她和肖嵘，白蕙是溺水身亡的，她生前没有遭受任何人身伤害，初步判断是自杀行为。白蕙落入的那片海，靠近海明岛。

前一个晚上，白蕙给警察组发来了一封告知书，坦承这些年自己实施的对钟、江两家的报复计划。

翌日，海明岛的渔民发现了一具尸体，联系了警方。

白芒真的没想到，白蕙会以这样的方式结束自己的一生——将自己深深地沉入那片海，靠近海明岛……

一直以来，白芒从不渴望白蕙能像别人妈妈那样长命百岁、福气满满。

她知道白蕙不快乐。一个人无论再怎么才华横溢、有钱有名，一旦她不快乐，就找不到活着的意义。

自打懂事起，白芒就怕白蕙会突然离开她。以前白蕙不太爱出门，她最多是在白蕙熟睡时爬到白蕙身边，小心翼翼又恐惧地伸手碰一碰白蕙的鼻子。只要还有呼吸，她就安心了。

她读书以后，白蕙时不时出门，时间久了，她就担心白蕙回不来，直到她逐渐熟悉并且习惯分离的感觉。一时的分离会加剧对于重逢的期待，可长久的分开就是对死别的演习。

直至，面对真实的死亡。

验尸结束后，是冗长的审讯。

白芒的状态很不好，她的胃明明填饱了食物，居然还出现了低血糖的晕眩感，她努力保持冷静，去面对警察的严肃询问，面色却愈来愈苍白。

有人进来，对其中的一个警察交代了两句。

警察们相互讨论，暂时结束了今天的审讯。

女警察好心地给她买了一杯热奶茶，白芒第一次觉得奶茶是如此难喝，卡在喉咙间仿佛是苦的。

"苦的？"

女警察目光复杂，白芒冲到洗手间吐到胆汁都出来了。

接下来，除了警察，白芒还见了律师以及基金会的负责人。

白蕙的死亡已经被证实是自杀，她也成了白蕙所有遗产的受益人，白蕙的资金账户、房产股票，包括但不限于白蕙买的基金保险，所有保险的受益人都是她。

白蕙那么有钱，是白芒万万没想到的事。

肖嵘还说了一件事，白蕙连墓地都选好了，就在宁市四越山的鼓岭墓园，乔白就葬在那里。白芒想说，白蕙连她出席葬礼的衣服都给她选好了。

如果白芒不期待正常的母爱，那白蕙其实是一个很不错的母亲，有钱有才还不会麻烦小辈。一个连死亡都被自己安排得体面细致的人，最不希望他人为她的事情奔波忙碌。

肖嵘也收到了白蕙的一封电子邮件，是白蕙生前写好，定时发送过来的。她简单地交代了自己的后事，包括对唯一留在世的女儿也有了明确的安排，可唯独没有什么话留给女儿。

白芒反复检查邮箱，猜想白蕙也许会像发送邮件给肖嵘那样，给她留一封信。可惜，没有。

白蕙出殡，白芒穿上了白蕙给她买的黑色大衣，白蕙给她搭配了一朵精致的白茶花，她将白茶花别在胸口。

警方调查一番后，发现白蕙生前患有抑郁症，因而她的死亡被鉴定为抑郁症自杀。除此之外，江家失火的原因最终也查实只是一场意外，江鹤鸣和钟灵的死亡也都被低调处理。至此，一切尘埃落定。

她在认定书上签字的时候，女警察同情地对她说："如果你需要心理治疗，我可以给你联系最好的心理医生。"

"谢谢，我不需要。"

女警察说："你很坚强。"

白芒回答："谢谢，我就当你是表扬我了。"

女警察不再多说什么，临走前把白蕙最后的遗物——一个白玉镯子，交给白芒。那是白蕙最后的贴身遗物，白芒将这个镯子妥善地收藏了起来。

白蕙出殡这天，四越山小雨转阴，贵妃、子欣和丁龙泽都一起替白芒帮忙送行，简单的葬礼就像白蕙提前安排的那样：安静、有序、体面。

乌云漫天，灰白厚实的云遮挡了山丘顶峰，白蕙的墓碑选在墓园最后一排最左的位置，底下是澄清的湖泊。墓地也是白蕙好几个月前自己定下来的。

我的时间在此终止，我爱的人终将幸福。

墓志铭，是白芒决定的，这也是白蕙唯一交给她的事。

白芒猜想，云莱之行那天，白蕙可能的确在云莱酒店出现过。她来这里看乔白，安排了那幅画，顺便买下了自己的墓地。一个活在计划里的人，把自己的死亡也变成了计划中的一环。她计划了命运，也计划了归宿。

白芒安静地站在白蕙的墓碑前，她想起白蕙曾经写过的关于死亡的一句话："死亡是一场新的冒险游戏。"

宁市的风俗，送走亲人要拿一份泥土回家，方玉环戴着一顶黑色貂毛帽，简单地把一碗泥土装在红色盒子里。

"拿好了。"方玉环把盒子递给她，"这是你妈妈送给你的福气。"

白芒将"福气"收在怀里。

众人下山。

方玉环的商务车停在半山腰的停车区，四周山风呼啸，枯叶飘零。

白芒一身黑大衣，略显单薄。车门打开之际，一辆熟悉的黑色车子迎着风停在了对面。许久不见的江川尧走下车，他穿着同样的黑色大衣，只是脖颈上多了一条灰色围巾。

他朝她走来，当着所有人的面。

她和他各自经历了一些大事，这段时间不仅没有见面，就连联系都没有。再次见他，白芒甚至觉得江川尧都有点陌生了。头发长了，人瘦了，模样倒还是一如既往帅气。

江川尧走到她面前，将脖子上的围巾取了下来，然后围在她的脖子上。

"节哀。"

然后，她下山，他上山。

此后，漫长的分别，是凛冬散尽之后，迟迟未现的星光。

她和他之间什么都还在，却什么都变了。

第十三章
四季·缤纷

她对一个人的喜欢
不会太久、激烈，
可偏偏对江川毛例外。

Summer Romance

"白检！"随着清朗的男声传来，一个男人急促地推门而入。

白芒循声转过身子，漂亮的脸蛋上倏然露出严肃的表情，身前是一堆如同小山一样的卷宗，皓白的手腕撑起脑袋叹了一口气，无奈地提醒进来的人："何必，我希望你下次进来时，可以先敲门。"

此时窗外，澄亮的蓝天飘着灰白的浮云，像是一片毛茸茸的棉絮，一团团的，被微风轻轻地扯着散开。

宁市最好的时节就是9月和10月。

今天，白芒办公桌上的日历本如期翻到了9月1日，她喜欢9月，今天作为9月的第一天，她晚上特意跟几位朋友约了一起吃饭。按理今晚……她是不需要加班的。

卷宗的案件都已经审阅完毕，该打报告的打了报告，该提讯的提讯了，该沟通的也沟通了。左右两边的卷宗，一边是等待出庭的，另一边则是已经审判了的。她目前所在的职务部门是宁市北城区检察院公诉科第四检察部，负责未成年的检查工作。

她这个未成年检查办公室实际上有五个人，其中两个被借调到其他部门去了，一个休了产假，就剩下她和何必两个人。

何必是今年6月份刚考进来的新人，由她在带着。

何必匆忙来找她，面上却不慌张，大概是领导找她。快到下班时间了，担心白芒到点走人，才匆忙赶来逮她。

果然——

"焦检察长……让您去一下她的办公室。"何必指了指楼上。

白芒眼皮一掀，又垂下来。停了两秒，缓缓地应了一声："噢。"

何必上前，忍不住分析一番："会不会是最近案件处理得比较好，要给咱论功行赏？"

白芒瞅了一眼新人，干了不到两个月的活就想着论功行赏……确实，想象能力比工作能力要强上许多。距离下班还有五分钟，她站起来，从椅背后拿起挂在上面的一个公文包，吩咐道："没其他事，下班吧。"

何必"嘿嘿"一声，脸上扯起一个讨好的笑容，因为刚考上来，何必对自己这位漂亮又高冷的女组长也不太了解。只是无意间听其他科室里的检察官提过白检，他们对他说了一句令人浮想联翩的话："带你的白检啊，可是一位传奇美人呢。"

传奇？哪方面的传奇？家境厉害，还是其他方面厉害？

他唯一知道的有关白组长的信息是：未婚。

第一次见到白芒时，何必觉得自己很幸运，组长是一个大美人，不仅身材高挑曼妙，还有一张人畜无害、漂亮至极的脸。

相处了一段时间之后，何必发现，这位白检察官做事干脆利落，为人还有一分说不出的凛然疏冷。

她和所有同事的关系都是淡淡的，却从不会为难和中伤任何人，即使是对他这个新人，也从不会用借口让他加班或过多地给他交代工作。

可以说，跟着白检察官，何必很轻松也很幸运，不仅每次都能超额完成任务，还得到了上头的关注。实际上，他只是一个行事懵懂的新人，都是白检察官工作完成得比较漂亮，带上他罢了。

白芒走出办公室，完全忽略何必的讨好。何必扯了扯略微尴尬的嘴角。

白芒上楼找副检察长，副检察长姓焦，指着对面的椅子让白芒坐下来。

在公检法工作的女性，大多都是英姿飒爽的类型，副检察长作为女领导，同样也是一个长相英气、性格爽朗的中年女性。

她顶着一头齐耳的短发，今年五十多岁了，说话做事一直都雷厉风行。两年前，就是她亲自面试的白芒，因而她对白芒的印象一直很好。

白芒的履历很优秀，做事也低调不张扬，能稳妥地办好每一个案子，这样的下属，领导是最喜欢的。

白芒是宁市检察院免试特招进来的优秀人才，澜大法学硕士，全国优秀毕业生。从个人经历上来说，白芒跟一般的学生有些不太一样。读大学期间，白芒有两年时间都待在部队里……她选择了休学，入伍当兵，还因表现优秀被挑选成为特种兵。这个女孩……有点不简单。

令人费解的是，明明她有那么多可以选择的职业，却偏偏当起了一位基层检察官。是理想？还是心愿？

焦英检察官这次叫白芒上来，绝不是因为工作，而是想到了自己的侄子还单身，想撮合两人认识一下。

她的侄子一样很优秀，澜大本科毕业后出国读了商科的硕士，现在还是单身汉一个。他大学时谈过一个算是知根知底的女朋友，结果，那个女孩还没毕业就进了什么娱乐圈，没什么名气不说，性格也越发古怪了。

没多久，两人就分手了。她的哥哥嫂嫂每次提起那个女孩，都是一副恨铁不成钢的语气。

"白芒呀，有男朋友了吗？"焦检察官也不是爱绕弯子的人，直接问了。

白芒实话实说："没有。"

焦英点点头，十足的领导口吻："在个人大事上，有想法吗？"

白芒说："没有。"

嗯？

白芒也不是绕弯子的人，直接表明："我暂时不想找男朋友。"

她的话很坚定，她已经完全领悟了领导的意图，同时也表明了自己的态度。

"下周九中的法治宣讲，你去吧。"焦领导话锋一转，一个任务丢了下来。

"好的。"

下午6点，白芒准时到了兰诺餐厅，约好的方子欣和大萌一如既往地没有准点到达。

方子欣这些年跟着方玉环做生意，逐渐从闲人变成了忙人，个人业务能力也越来越强。现在已经是自家农牧公司的副总。这些年，她和大萌改口叫方子欣为"小方总"。

大萌毕业后考进了一家职高院校，当会计老师。最近大萌说，她学校来了一个新老师，叫顾言锡，两人成了同事。

因为两个迟到大王都没到，白芒只好独自坐在店里最靠窗的位子，侧目看着外面，凝望着宁市早秋油画般的街景。

手机微信提示音响起。

方子欣在三人群里发了一条语音："堵死了，快了。"

大萌也紧跟着发了一条："我也堵在路上！"

白芒握着手机，突然，一道不太确定又绅士十足的问候声飘到了她的面前。

白芒抬头，一个穿polo衫的男人冲她扬起笑容，开口说："真的是你啊。"说着，男人露出一排洁白的牙齿，朝她伸出手："白芒，好久不见。"

白芒想了一秒，准确地报出对方的名字："好久不见，焦扬。"

白芒是真的很久没有见到焦扬了，入伍两年回来，除了子欣和大萌还时不时见个面，以前在宁市结识的那帮不管是朋友还是对头的人，都各奔东西了。大家毕业进入社会后，碰面的机会少之又少。

以这样的方式偶遇昔日与自己有瓜葛的故人，白芒的心里没有一点疙瘩，反而有一种重遇旧友的欢欣。

年少时期对一个人的偏见，都是由于内心的傲气和经历使然，现在她看着焦扬居然有一种"真好，他还活着"的微妙心理……没办法，她从事这一行，见惯了太多离奇死亡和失踪的案件，对许久没见的人都有恍若隔世的感觉。

白芒的"欣慰"，让焦扬的内心活动十分复杂，他克制地打量着眼前的人，忍不住道："白芒，你的变化很大。"

白芒的唇角扯出往上的弧度，开玩笑："那你还能第一眼就认出我？"

焦扬失笑，隔着厚实的眼镜片，他的视线直直地落了下来，他实话实说："虽然你变化很大，但还是很好认的。"

这是实话，白芒的漂亮就是她最大的特点。

白芒一时听不出焦扬这话是对她的赞美，还是记恨她以前的样子，她无所谓地笑了笑："是吗？"

焦扬认真点头。眼前的白芒和他以前认识的白芒，外形变化不是很大，但是气质有了明显的差异。

刚考上澜大的白芒一身锋芒和傲气，说好听点是锐气逼人，但实际上就是一身无所畏惧的莽撞劲儿，是不成熟的轻率。

现在的白芒，身上的莽撞和轻率都化作了利落和随意……记忆中的骄傲少女，已经蜕变成为独立美人了。

"焦先生，您预定的位置在二楼。"服务生礼貌上前。

焦扬略微觉得有些尴尬。他今天过来是为了应付父母安排的相亲，结果女方还没到，他就先见到了许久不见的白芒。

方子欣和王依萌双双走入餐厅，疑惑地看向白芒这里。走近之后，方子欣扬手在焦扬的后背上拍了两下："我看背影，猜是一个熟人，果然是焦公子啊。"方子欣打招呼。

焦扬略有不适,回方子欣:"什么焦公子,那么客气的话,我是不是应该叫你方小姐?"

方子欣很随意:"你叫我方总就好。"

焦扬低低一笑:"好的,方总。"

方子欣继续问:"话说焦扬,焦总啊……你什么时候回国的啊?"

焦扬:"去年刚回来的。"

"你现在做什么?"

焦扬抿抿唇角,说:"创业,跟朋友一起。"

方子欣应了一声:"噢,什么方向?"

焦扬答:"芯片。"

王依萌忍不住赞叹:"好厉害啊。"

方子欣点头附和:"芯片啊,贵公司叫什么?在哪儿上市?"

"咳……"焦扬伸手碰了一下鼻子,简单地介绍了一下自己从事的行业:"只是跟朋友合伙开了个公司,还没有上市……"

"你看,焦总又自谦了。"方子欣笑哈哈。

焦扬不露痕迹地谦虚一笑。就事论事,这些年,焦扬自认为自己混得不错,虽然靠了家里的关系,但好歹一路也顺风顺水地过来了,不管是出国深造还是回国创业,都很顺利。

如果下个月的投资能谈拢,他可以说是风光无限。前面,他应付方子欣的那几句话,表面上谦让温和,但神情中还是呈现了一分青年才俊的自信。

这时,餐厅突然进来一个穿着名牌服饰的女孩,女孩的脑袋高昂地转了两圈,颇有气势地对着服务员说:"二楼九号座。"

焦扬下意识回过头,往名牌小姐身上瞥了一眼,女孩也往他们这边看过来。

方子欣露出了然的表情,打趣一句:"焦总在相亲啊。"

终于,焦扬的脸色有点挂不住了,他抱歉地冲着白芒的方向动了下嘴巴:"约了一个……国外读书时认识的朋友,她近期刚回国,跟我咨询一下创业基金的事。"

方子欣"噢"了一声。

白芒微微垂下眼,不再过多关心焦扬的事儿。

待焦扬和名牌小姐上楼,王依萌感慨起来:"想不到焦扬混得那么好啊,以前还是何荔嘉的头号备胎呢,现在摇身一变成为新贵公子了,真是应了一句话:风水轮流转。"

白芒笑了笑,让服务员上菜。

方子欣拿过白芒已经点好的菜单,又加了三个菜。

"点那么多吃不了。"王依萌伸手阻拦。

"我多点一些排骨让白芒带回家给狗子吃。"方子欣顿了顿,又说,"我请客。"

白芒莞然一笑:"谢谢方老板。"

方子欣脑袋一抬:"客气什么,你家的狗也是我的亲外甥狗。"

大萌受不了,摇了摇头。

方子欣的眼皮突然往上抖了抖,开口:"有没有发现,焦扬这家伙口味一直没变。"

大萌想了想:"你是说,上楼的这个女孩跟何荔嘉有点像?"

方子欣反问:"不像吗?"

大萌说:"那还是何荔嘉更漂亮吧。"

方子欣看向白芒,挑了一下眉头。

白芒已经有点不记清何荔嘉的样子了,大萌打开微博,把何荔嘉的最新剧照给她们看,说:"何荔嘉今年接了一个网剧,饰演女主角,不知道能不能红起来。"

方子欣往屏幕上瞧了一眼,无情地丢出两个字:"很难。"

8月底,方子欣才从大西北回来。半个月没见朋友了,她特意化了个精美的妆,唇上涂了殷红的颜色,只是随着交流越来越愉快,方子欣女大佬的姿态有点保持不住了,又变成了一个大大咧咧的"土老板"。

饭桌上,方子欣说起她养在西北的牛和羊,嘴角越咧越大。大萌听得十分向往:"我的生活对比你们,简直是一潭死水。"

方子欣"呵"了一声:"谈个恋爱呗,难不成也等相亲啊。"

大萌低了低头,不好意思地说:"相亲,我家里人真的给我安排了,那个人你们也认识。"

"我们也认识?"方子欣眉头一皱,跟大萌年纪相仿的人,也就那么几个,她猜测道:"不会是林直吧!"

大萌差点喷了方子欣一口果汁:"怎么可能是林直?!"

"谁?"因为某人过于淡定,方子欣推了一下白芒的胳膊肘,"白检察官,你是不是已经知道了?"

白芒微笑地点头："知道。"

方子欣拍案。过分！

这几年，白芒和大萌走得近，关系也很亲密，方子欣对此只能说，忙事业的女性不仅没有爱情，连友情都很难照顾到位，这才让大萌乘虚而入了。

"快说，是谁？"

"顾言锡。"大萌报出名字，自己都笑了，"我以前不知道，顾言锡的妈妈和我妈妈居然认识，得知我们在同一个单位工作，两个人都想撮合我们认识。"

"顾言锡，长得是很帅，就是……"

就是什么不言而喻，不需要多说了。

顾言锡大毛病没有，就是偶尔交流起来，能从对方帅气的眼睛中看到一丝愚蠢，说不定深入了解也没那么糟糕，毕竟……江川尧那厮那么挑剔，他交往的朋友总是不会太差的。

方子欣的目光来回打转，现实地分析一波："顾言锡的条件真的不错，长得帅，家里又收租，还跟你一样在学校上课，你那些未婚女同事如果知道他的家庭条件，估计都要抢一抢了。"

"最重要的是，比起蒋戈阳，还是顾言锡帅一点，毕竟他是某人的朋友。"方子欣后面的这句话，不是说给大萌听的，而是说给白芒听的。

偏偏白芒还笑着问："谁的朋友？"

"我的朋友。"方子欣说。

白芒笑了笑。

三个人好久没聚了，一顿饭吃了一个多小时还没结束。

楼上那位名牌小姐突然独自走下楼，头也不回地走出了餐厅。

看她离开的步伐，高傲又有些气愤。

"相亲相崩了？"

焦扬绅士地跟在后面，结账之后，回过头朝着白芒点头示意，走出了餐厅。

"看到没，男人有了事业立马就不一样了，美人都看不上。"方子欣视线往外看，感叹一句。

突然，白芒的手机嘟嘟响了起来，接通电话，是警局打来的，那边有个突发的未成年案件，需要她跑一趟调查取证。

"我要先走了。"白芒站起来，"事情来了。"

夜空广袤，城市灯火通明。

白芒的车就停在外面停车场，可她没办法上车，她车位旁边的停车位原本是空着的，但现在停进来了一辆豪车。

拜对方高超的停车技术所赐，她车子的主驾驶车门距离对方的副驾驶车门不到十厘米，她的身材就算再消瘦，也没办法上车。

白芒看了眼车牌，突然不客气地朝着车头狠狠地踢了几脚。

哐哐哐！单位发的皮鞋质量就是好。

车窗倏然落下，车内的驾驶座位上坐着一个人。

一张帅气的面庞，带着商量的目光像是锥子一样看向她，神色却有点僵硬，看她踢车都无动于衷。白芒无视对方，噔噔走向自己的车旁，坏脾气地瞪了一眼车内的人……像是在说：还不快一点？

终于，跑车驶出了停车位。

白芒打开车门，上车，调转车头，方向完全跟这辆车背道而驰。

晚上9点多，白芒完成了警局临时提审的工作，走出了审讯室。

她身姿板正地站在过道的长廊上，面朝窗外，深深地吸了一口新鲜的空气，心里无端冒出一点烦恼，淡淡的，不痛不痒。

这世上最让人难过的不是犯罪，而是在本应该好好读书的年纪无意犯罪。

白芒低下头看了眼自己的皮鞋以及熨烫得十分笔挺的裤管。今天，她穿着一身淡蓝色衬衣搭配深色长裤，看起来像是单位发的制服，其实，这是她日常的工作服。

只是看起来平整了一点，显得人有些过于严肃了。服饰如人，她这个人，也越活越无趣了……

翌日，周六，天气晴朗，温度适宜。

白芒被方玉环召回丁家。

一大早，丁龙泽约她一起晨练，白芒换了单位发的运动服，驱车来到梅山公园。公园不大，围着整个梅山公园绕一圈都不到六公里，作为晨练地点，很合适。

丁龙泽的个子现在稳定在一米八三，白芒一米七，两人走在一起不像是姐弟，反而更像是一对惹眼的年轻情侣。

只是，比起白芒的昂首阔步，丁龙泽完全没有一点正形，一会儿展现自己的肱二头肌，一会儿蹦蹦跳跳地摘下一片叶子，秀一秀自己的弹跳力。

丁龙泽上了体育学院之后，用方子欣的话来形容就是：整个人有点"狗性难驯"。原因是体育学院单身狗太多,环境导致大家集体出现不同程度的降智。

终于,丁龙泽安静下来。准备上车前,他突然抬了抬下巴,朝着前面的一辆银灰色跑车看,脑袋贴近她说:"姐,那辆车我在咱家门口,见过一次。"

白芒点头,不太在意地应了一声:"噢。"

还好,丁龙泽只是见了一次。这辆车,已经跟了她快一个月了……准确来说,也不能说是跟着她,就是跟她偶遇的次数有点多。

上下班的路上,或是每周休闲运动的地方,都能碰见。奈何车里的男人,是她现在惹不起的人,不能报警,也不能冷处理。烦了,只能像昨天晚上那样上去踢两脚。

两人回到玫瑰园,贵妃刚好带上全家老小一起上山祈福。

一行人分两辆车出发,白芒和方子欣一辆,丁龙泽载着老丁和贵妃。南明寺在宁市的西南方向,从玫瑰园出发大概一个小时的车程。

一行人上了山,进了寺庙,烧了香。

方玉环现在已经是南明寺长期稳定的香油钱大户,南明寺的管理人特意为他们提供了两间可以休息的厢房。踏入寺庙后院,原本略微嘈杂的人群声逐渐远离,取而代之的是山间清泉的潺潺流动声。

周遭清净,唯有佛音,白芒置身其中,感到了一丝宁静。

这几年,白蕙的灵位一直放在南明寺。

这件事,当年还是方玉环帮忙解决的,选择南明寺,仅仅是因为乔白的灵位寄放在这里。在所有殿堂里最靠右的一间,就是南明寺专门供奉灵位的殿堂。

白芒要去看看白蕙,方子欣他们不方便,就继续留在厢房喝茶、吃茶点。

迎着初秋的阳光,寺庙小道上的金桂已经飘香,一半的霜叶都变了颜色。这些变化,在入秋以后就是几阵秋风的事。

白芒找到管理灵位的寺庙员工,扫二维码付了一份香烛的钱和给寺庙的心意钱,准备进去之时,白芒被告知里面有一位贵客在参拜亲人,暂时不能进去。

看来是一个大人物啊……白芒不为难他们,耐心地坐在一间偏房里等。通过窗户,白芒看到前面殿堂里走出两个身型差不多的男人,一个满头白发,气势压人;另一个衣着帅气利落,有着一张极其出众的脸。其中的一个人是姜啸信。另一个人她更是熟悉。

今天姜啸信来这里，是为了祭拜谁？乔白还是白蕙？

白芒坐在厢房里，默默地凝望着他们，思绪沉浮。

直到偏房门口走进来一个人，她偏过头，目光骤然交汇，沉默、肃穆，眼里揉着难以解释的复杂。

姜啸信已经下山了，江川尧应该是找了理由重新上来。

这一个月以来，她和他偶尔相遇，却没有任何交流，他用自己的行为告知她，他回来了。可他和她现在是什么关系？是见面都不需要打招呼的路人。

白芒抬起头，江川尧来到她的对面，声线清沉："我可以在这里坐一会儿吗？"

"很荣幸，江专员。"白芒回答，顿了顿，叫出了江川尧现在的身份。

外面的微风刮着树叶，像是树梢间藏着无数只秋蝉在啃食叶片。窸窸窣窣，细细碎碎。

两人面对面，这是自七年前分手后，她和他第一次近距离地对视。

七年了，她全身变化最大的不是模样，而是心境。她对一个人的喜欢不会长久浓烈，可偏偏对江川尧例外。分开的这七年里，追求白芒的人很多，有肤浅的人，也有深刻的人。有简单干脆的人，也有费尽心机的人。

如果是以前，她会选择都接触一番，好的、坏的、烂的、新鲜的，都试一试，谈恋爱不犯法，只要有人带她跳出上一段感情，忘记江川尧这个人，她都会尝试。但，没有。

不管遇到什么人，只要涉及男女感情，白芒都会想起江川尧。然后呢，其他人，都会变得索然无味。她还会想起他对她说的，要跟她培养独一无二的亲密关系。结果，他们俩之间，硬生生被时间偷走了七年。

大萌说她这个情况，用一句俗气的话来说就是：年少时不要遇见太惊艳的人，否则终其一生都是遗憾。可能……或许这就是遗憾吧。像她这样目标非常明确的女孩，最怕的就是心存遗憾。

白蕙的遗憾，她可以通过考上检察官，坚持正义的理想，一点点去弥补心里的空缺。可对江川尧的遗憾，她要怎么弥补？

白芒的心里隐隐泛起强烈的委屈感。委屈时间，委屈自己，还委屈七年之后，她还爱他。她的心底仿佛裂开了一个口子，迸发的委屈情绪像是枯井里的泉水往外冒上来……

白芒紧紧抿住嘴巴，这时，手机刚好响了两下。白芒淡淡地垂下眼，看着手机里方子欣发过来的消息。

她在聊天框里回了一个：好。

手上的动作一顿，白芒倏然站起来，直接走出了偏房。她的脚步极快，每走一步都有一种秋风扫落叶般的感觉。

饭后，一行人下山，白芒开车，方子欣坐在副驾驶座位。

方子欣拉长语调，突然一本正经地说："男人当了老公都一个样，关键是要挑个好看的。"

"怎么，你要结婚了？"

"呸呸，别咒我！"方子欣的反应很夸张，顿了顿，"前面你不是去看你妈妈吗，我和我妈妈在包厢说了一会儿话……我觉得我妈妈说得特有道理，她不就是看中了咱爸的颜值吗？"

白芒动了动嘴巴："没错。"

方子欣感叹："不得不说，咱爸是真帅，刚刚理佛的时候，他和我妈妈站一起就像唐僧和他的富婆老婆！哎，可惜……我没机会遗传到老丁的基因，不然咱三姐弟走出去，拉风死了！"

白芒忍不住一乐，瞧了一眼方子欣，嘱咐道："这话别让丁龙泽听到，不然他那张脸也救不了他的脑子。"

方子欣点头，有道理。

这个周末，白芒整体还算愉快，除了在寺庙遇见某人之外。

周一，有会议。去会议室之前，白芒在窗户旁站了一会儿，窗外是缓缓流动着的明亮晨光，办公室的桌面稍显凌乱，上面堆积着各类案卷。

手机显示时间，早上9点35分。

白芒转过身，从桌上拿起保温杯走向饮水机，给杯子注满热水，然后一只手拿着笔记本，一只手拿着保温杯，走到三楼会议室开会。

白芒开会喜欢提前到，因为早到的人可以选座位，结果今天检察长来得比她还早。检察长的身边还站着一个人，那人穿着白衬衫、灰长裤，模样气质很惹眼。

检察长朝白芒和蔼地招手："白检，过来，我给你介绍一下，这是江专员。"

白芒走近，目光短暂地定在某人身上。江川尧同样熟稔地看着她，神态很从容。

检察长笑呵呵地说："你们以前认识啊？"

"江专员以前是我的学长。"白芒开口解释，然后朝江川尧伸出手，嘴角扬起适当的礼貌微笑，"江学长，好久不见。"

江川尧一顿，握住了她伸出来的手。两只手自然相握，每根手指习惯性地相互弯曲贴近，仿佛手指都有记忆。

有些事情，看起来都是巧合。可，为了这份巧合，为了能再次站在白芒的面前……他努力了整整七年。

这两年，白芒处理案件得出一个结论：越是稀松平常的事情，越能掀起舆论风波；越是离奇古怪的事情，大众接受起来反而越容易。

犯罪就像是存在于基因里的 bug（漏洞），天生的恶魔比后天犯罪更容易被人接受。

今天开会，主讲人是江川尧，主讲课题是——成长环境对青少年犯罪的影响。

江川尧是特邀讲解员，身份是京大犯罪心理测试技术中心的研究员，本来这次专题讲解邀请的人是邹教授，可不知道为什么来的人是他的学生。

不过，从课题演讲水平上来说，江川尧倒也没有丢邹教授的脸面。

白芒坐在最后一排，何必因为一大清早要送文件到法院，现在才过来。他推开会议室的后门，猫着身子来到她的旁边，像做贼似的，偷偷摸摸地坐了下来。落座后，他将手上捧着的一杯咖啡，讨好地朝白芒递过来。

"白检，给。"

白芒看了一眼何必，接过了咖啡："谢谢。"

何必笑得像是一个傻子，他从包里拿出笔记本和笔，托了托鼻梁上的眼镜，认真地记下了今天的主讲内容，觉得不够，还拿起手机对着前方的江川尧拍了两张照片。

拍照声效忘记关了，两道明显的咔咔声从白芒的这个方向响起来。

何必连忙藏起手机，垂下脑袋，装模作样地拿起笔和笔记本抬起头……大概是刚离开校园环境不久，何必的课堂遮挡技能还没有丧失。

刚好，白芒这时正握着手机查看信息。最后一排……只有她手上拿着手机。江川尧的视线往她这边看过来，淡淡的目光里带着一点温度，然后继续不动声色地讲课。

白芒心想：这真的是误会啊。

坐在白芒前方的陈薇薇不紧不慢地转过头，眼神不轻不重地落在她的身上，随意无感的一眼，眼底透着一丝讥讽。

白芒一脸蒙，她应该没有得罪过陈薇薇吧。

她和陈薇薇共事两年，因为所处部门不同，两人接触并不多。她是未检科的，陈薇薇是行管科的，两个科室平日的工作也没有过多交集，她对陈薇薇的了解也仅限于她是陈洁的亲侄女。

因为是知名企业家陈洁的侄女，在单位里，不管是身份还是样貌，陈薇薇都是备受关注的一个。

陈薇薇也一贯保持着自己富家千金的姿态，以至于同事私底下评价陈薇薇：优秀但也娇气。优秀是真优秀。家室好，样貌好，学历也出众——京大研究生毕业。

上午的宣讲会议结束时，已经快到中午了。白芒和何必一起回了办公室。

未检科是前两年新成立的科室，办公室分配在二楼的最角落，一间大办公室隔成里外两个区域，她在里面，何必在外面。来到办公室，何必突然有点骄傲地对白芒说："白检，今天上课的江川尧，我以前跟他一起吃过饭。"

白芒："噢，厉害了。"

何必害羞了，摸摸脑袋说："我本科是京大的，江川尧在京大读研时，我和他在一个食堂吃过饭。"

白芒不知道说什么，只好听着。

何必说上瘾了，继续八卦："陈薇薇也是京大的，读研的专业跟江川尧是同一个方向，两人可能是同学。"

白芒点头。噢，原来陈薇薇和江川尧真的认识呢。

她微笑地看向何必："原来你是京大毕业的？"

何必受伤地问："不像吗？"

白芒摇头，不是像，只是她以前不知道而已。

"白检，你真让人伤心，你一直没看我的简历吗？"何必委屈地质问。

白芒道歉："对不起。"

"算了，原谅您了，像您这种冷漠孤傲的美人，跟陈薇薇一样，是不会去关注别人的。"何必理解地说。

白芒却有点不理解，她承认自己美，却不承认自己的性格冷漠孤傲。

何必又说："你不会不知道吧，同事们私底下都说，咱们院里有两朵高山雪莲……"

白芒再次沉默，她只是话少而已。

何必瞧着白芒的反应，补救说："不过同事们说了，您比陈薇薇接地气多了。"

白芒笑了："怎么说？"

何必的理由很正经："您在食堂吃饭啊！"

白芒无语。

白芒从何必这里得知，江川尧还要在检察院调研一个月，因为未检科最闲，所以由未检科负责江专员的调研行程。

从重逢到现在，白芒第一次在心里问候江川尧本人。

下午，白芒要出外勤，提审最新案件的当事人，何必和她一起。

车里，白芒正准备发动车子，副驾驶的车窗被外头的某人敲了两下。

白芒往外看，明亮的光线被高大挺拔的身躯挡住了大半，对方弯着腰，低垂的眉眼有着说不出的熟悉温柔。白芒硬着头皮将车窗落下。

外面江川尧站在一片清亮透明的日光下，眉眼被照出一点光泽，他站在车外朝驾驶座的白芒笑了笑，出声请求："白检，方便带上我吗？"

白芒僵硬的面容停滞半秒，然后明晃晃地扬起一抹惊讶，用微表情表达疑惑，诧异他为什么要一起去。

后排的何必已经着急地出声提醒她："白检，是检察长让江专员跟着咱们的……"

白芒自然知道这个事，前面何必才在办公室说起，她就是故意不想带上江川尧。

"噢……江专员真的要一起吗？"她又问，语气带了点犀利。

江川尧明确地回答她："一起。"

白芒的下巴往后一抬："江专员坐后座吧。"

江川尧没听她的安排，直接坐进了副驾驶座。

何必坐在车的后座，前面还拘束紧张地整了整自己的制服，待江川尧上了车，脑袋探到前方，热情又巴结地在江川尧面前刷存在感："江专员您好，我叫何必。您今天真是讲得太好了，您能来我们未检科调研，我和白检都十分高兴。"

白芒表示拒绝，没事别带上她。

江川尧朝何必伸出手，态度很客气，语气很温和："很高兴加入你们。"

何必连忙伸手握住江川尧，一堆类似彩虹屁的话已经开始在肚子里酝酿。人一激动就容易乱说话，何必就是这样的典型。

"没想到江专员居然这么平易近人，我和白检察官在办公室聊起你，还以为你是比较高冷不好亲近的人呢。"

江川尧唇角的笑意不变，样子从容自然得很，即使他知道，白芒不会在办公室这样说他。

全程沉默的白芒将车驶出检察院，一个流畅的左转，车子汇入外面的车流。

"白检察官说我什么了？"江川尧又问。

何必的话匣子一打开，有点收不住："说江专员长得帅。"

白芒一脸黑线，真想用胶带封住何必的嘴。

前方有一辆逆行的面包车不尊重交通规则，白芒按了一下喇叭，适当提醒。终于，后座的何必安静了。

"你们白检应该不会这样说我。"江川尧笑了笑，突然出声否定了何必的话，口吻笃定且温和，仔细听，还有一丝明显的宠溺，仿佛他和白检有熟悉得不能再熟悉的关系，就算没有八分熟，也有五分熟。

何必瞬间愣住了，一动不动，眼皮不安地眨动两下。

江川尧不是绕弯子的人，视线扫过开车的白芒，主动介绍两人的关系："我和白检察官很多年前就认识了。"

何必反应很快，问了一句："我知道，你们本科都是澜大法学院的，是大学同学？"

江川尧不再多说，适当地终止了话题。

白芒踩了两下油门，车子似箭一样飞了出去。

白芒今天提审的是发生在上周的案件——少女用美工刀误伤父亲，因为女孩未满十八周岁，分到了未检科。

白芒和江川尧一起来到审讯室。何必在外记录案件审讯材料，看向走进去的两人略显生疏的样子，嘴上念叨："也不是很熟啊。"

可不是吗？必须承认，成年人有成年人的体面，成熟的体面可以装下年少所有的不良情绪。

进入工作状态，白芒表现出该有的沉静淡然，江川尧站在她的目光之外。白芒看着坐在透视玻璃对面的案件当事人，这是一个目光呆滞的女孩，白芒根本想象不到这个女孩会在情绪爆发的时候误伤自己的亲生父亲。

案件的大概情况，白芒已经从警方那边有了初步了解。女孩在家偷钱，正巧被回家的父亲撞见，两人争执并动手，推搡之间，女孩用美工刀误伤了父亲。家里人报了警，声称要让女孩受到惩罚。

问题的关键在于，女孩的父母离异了，她跟着父亲生活。

一般的检察官都会问女孩为什么要冲动伤害亲人，白芒只是望着女孩，问了一句："你有没有后悔伤害他？"

"后悔,当然后悔。"女孩抬起头,眼神中带着狠厉,突然话锋一转,"他受伤之后,家里更倒霉了,还要花钱救他。"

白芒没有被这个话吓到,继续:"你不喜欢他。"

"虚伪。不喜欢会这样吗?我是恨他。"女孩冷漠地纠正白芒的用词。

"嗯。"白芒的脸上仍然波澜不惊,"为什么恨他?"

女孩的眼睛直直地看向白芒,里面没有光,导致眼神看起来有些涣散,她似乎陷在无尽又麻木的思绪里。

白芒接住女孩的目光,过了许久,才用可靠且理性的语气开口:"如果你什么都不说,你的恨和厌恶就没有理由,那么这个案件就会定性成故意伤害,就算你未成年,也要接受法律的惩罚。"

女孩沉默。

白芒继续说:"你高中就读于城北高中,成绩优异,但你高二就退学了,是吗?"

"你的父亲虽然是你名义上的监护人,但你从小到大都跟着奶奶长大,你奶奶在你高二这年中风瘫痪,你因为在学校挑衅同学被叫了家长,但你父亲直接给你办了退学,你被迫在家照顾奶奶至今,直到误伤你父亲来到这里……"

女孩慢慢抬起头,面上表情恍惚,有点绷不住。

白芒的语气柔软了几分:"可以说说你的理由吗?"

"他是一个水电工,从来不管我,也不管自己。他总是干几天活就不干了,打牌喝酒,常常喝酒喝得烂醉耍酒疯,所以我只能跟着奶奶。奶奶虽然不喜欢我,但是会管我。我高二的时候,奶奶中风了,成了家里的累赘,没有人再管我。我有个姑姑嫌弃奶奶是累赘,怂恿我爸,让我爸找理由给我退学,让我在家照顾我奶奶,条件是每个月给我爸一千块,我爸同意了。他觉得我上学要花钱,而我退学了他可以每个月拿一千块!你说,我要不要恨他!我退学了,他很开心,带我去吃了一顿好吃的,然后从我这里拿走了奶奶的低保卡。"

"所以你偷钱是因为……"站在旁边的江川尧适时开口。

女孩视线看向旁边的男人,她不知道他的身份,但直觉告诉她,这个男人和她生活在不同的世界。可是人,往往对自己同类型的人没有倾诉欲,却会把伤口和痛苦展现给不同世界的人。

看看吧,这个世界是多么不公平,人和人之间的差异绝不是钱多钱少。

"我总要活着,我要钱给奶奶治病,我不能让他们害死我奶奶啊……

我们都没有错。错的是我爸!"

"你的想法倒是对的。"

白芒倏然瞧了江川尧一眼。

江川尧声音又一沉:"但是——行为错了。"

思想不能判刑,行为可以。

"那又怎么样!我进来挺好的,里面至少有吃有喝,比外面强。"女孩故作无所谓的样子。

白芒提醒道:"那你奶奶呢,她可能等不到你出来见她了。"

"那我也没办法……这就是命吧。我奶奶重男轻女,自食恶果。"

江川尧否认:"如果你说的是实话,真心话,你就不会进来了。"

女孩缓缓地陷入沉默,露出一点破防的表情。是啊,如果她不在乎奶奶的死活,她怎么会跟那个男人起争执,又怎么会误伤他进来。

她想起一件事,小时候奶奶喜欢把糖藏起来,藏到过期了再给她吃,她总是等她表现好了奖励给她一颗糖,而不是把糖全部都给她。奶奶对她的爱是有克扣的,但她唯一感受到的爱,就是奶奶给的那些过期的糖了。

因为留着糖的人,还想长期对她好。

女孩突然灵机一动,激动地看着白芒和江川尧:"要不这样,你们把我的事情发到网上,找个话题发酵一下,到时候肯定有不少热心人给我奶奶捐款。求求你了,帮帮我吧。"

审讯那么久,女孩说到这里,眼睛才亮起来。

白芒不想拒绝这份希望,但她必须把话说明白:"你没有成年,你的案件是不公开审理的,这是对你的保护。"

"别保护我啊,我不需要保护。"女孩一脸抗拒。

"但你有没有想过——舆论也会杀人。"江川尧开口。

女孩沉默。白芒也在心里沉默,以前的她似乎也是这样……对什么都满不在乎,也是旁边的这个人告诉她,不管什么时候,不管发生什么事都要保护自己。保护自己,就是保护了希望。

警局那边提审结束,白芒回了一趟办公室,就到了下班的时间。

白芒随便收拾了一下,准备下班。

周一,她基本都去健身房,白芒利落地提上放在办公室的运动包,走出里间的办公室,又在办公室外面看到还未离开的江川尧。

今天她和江川尧全程公事公办，以至于何必都有点弄不清楚，她和江川尧到底是五分熟，还是七分熟。反正……肯定不是十分熟。

江川尧一双长腿站在房间内，漫不经心地参观着未检科办公室，宽阔的背被衣衫遮住，相比较七年前的他，从背影上来看，现在的江川尧不仅多了一分从容，更有了其他男人身上十分稀缺的阅历沉淀。

难怪挑剔如陈薇薇都对他刮目相看。

待白芒走出来，江川尧转过身，两人终于单独相处了。他脸上的那份客气的礼貌荡然无存，只有昔日对她独特的注视。

白芒选择无视，抬起头，用客气得不能再客气的语气，问上一句："江专家……还不走啊。"

江……专家……呵！

之前，她对他的奚落和讥讽一直明显地挂在眼里，现在白芒终于可以明明白白地用称呼表现出来了。

江川尧单手放在裤子口袋，一如既往，温柔地看向她，回她一句："依你对我的称呼，我有权利怀疑你在奚落我。"

她不奚落他，奚落谁！白芒不回应，淡淡地抿住唇，提着灰色的运动包走到江川尧前面。江川尧两次伸出手，都被她擦身而过。

直到，她继续昂着脑袋往前走，手被他强硬地抓住。

他的行为霸道，语气却是极其卑微的商量口吻。浅浅的嗓音像是秋风从外头推窗而入，他拉着她的手，目光伴随着思念落下来："可以跟白检一起吃个饭，说说话吗？"

白芒倏然回头："吃什么饭，说什么话？"

江川尧："吃两个人的饭，说两个人的话。"

白芒更冷漠了："不好意思，我不接受你的邀请。"说罢，白芒抬起手，目光扫向江川尧，示意他松手。

江川尧不为难她，克制地松开手，又卑微地请求："这周，别的时间……可以吗？"

"这周我都有安排了。"白芒回答得理直气壮，事实上，她的安排，可能就是安排自己回家一个人待着。

江川尧点点头，成熟、帅气的面容多了一丝沮丧，白芒本以为他会就此放弃，结果下一秒，江川尧扯扯嘴巴，熟悉的声音再次落在她的耳畔。

"我现在住在白银公寓3幢1201。"

白芒一瞬不瞬地盯着江川尧。

江川尧:"随时随地等你。"

白芒仍是震惊到无以复加,话像是卡在喉咙里,无法出声。江川尧说什么?他住白银公寓1201?真是好巧不巧,她就住白银公寓3幢1202,所以,他到底是以什么方式成了她的邻居?

面对她的诧异,江川尧又恢复了一点昔日无赖的模样。

"三年前我就买了1201,上周六刚搬进去。"江川尧对她的解释,口吻笃定,又带着一种抱歉式的温柔。

上周六,白芒在玫瑰园,的确不知道自己搬来了新邻居。她是三年前买的现在住的房子,在那之后,1201也很快就被人买了。

白芒的嘴巴紧紧抿着,生气也好,震惊也罢,白芒克制不住的怒火终于爆发出来,她将手中的运动款尼龙包狠狠地甩在江川尧的胸膛。

"我不欢迎你!"

落下的五个字,掷地有声,显示出主人异常的愤怒。

白银公寓位于白银公园的南边,白芒家客厅的落地窗刚好对着白银公园。白芒坐在窗户旁,俯视着近处公园的景色。

白银公园都是银杏树,清秋时节,画面渐入佳境,从高处看就是橙黄深绿一大片,清晰可见的候鸟一连串地从树林里冒出来,振翅高飞。

一个小时的运动结束,白芒全身的细胞都在扩散热气。今天她做了加强训练,从健身房回来时,天色已经昏暗,路上都是匆匆下班的人。

灯光亮堂,行人熙攘。

楼下新开了一家打边炉,她拎着包路过,门口迎客的老板递给她两张抵扣券,本想进去尝一尝,可惜,今天方子欣去了外地谈业务,大萌也被召回家里参加大家庭聚会。

手机嘟嘟响着,同事们在工作组群一个个回复"已阅,收到",白芒复制粘贴,跟着大家在群里回复:已阅,收到。

陈薇薇在群里加白芒的微信,白芒点了通过。

同事两年,她和陈薇薇居然还不是好友关系。

陈薇薇给白芒发了一个地址,邀请她:要来这里玩吗?给你介绍一个好玩的朋友。

白芒:不了,谢谢。

陈薇薇:不爱玩?

她回复:玩不动。

陈薇薇作罢:下次有其他好玩的活动,再找你。

白芒没有再回复。她很确定，她和陈薇薇不是同类人，硬凑一起也很难玩到一起。

白芒并不好奇陈薇薇为什么突然靠近她，她对蹦迪式的酒吧一直兴趣不大。陈薇薇又发了几张照片过来，其中的一张照片里面有个正在玩骰子的男人，男人手骨微突，流畅的下颚线条跟江川尧如出一辙。

只是光线过于昏暗，镜头里的男人露出半张脸，看起来像江川尧又不像，但是那双手拍得十分清晰。男人手骨上有一道伤痕，狰狞地在手背上蜿蜒，十分明显，相似的半张脸或许是巧合，可手背的伤疤怎么会一样！

白芒的心猛地一抽，身体里再次爆发出熊熊怒火，下班之前还约她吃饭、说话，约不到她就跟陈薇薇一起泡吧了！虚伪！恶劣！

白芒心里的火越烧越旺。

白芒在自己的客厅来回走了走，等发现自己情绪失控时，她已经趿着拖鞋走出了屋子，整个人正气咻咻地杵在江川尧的房间门口。

"我现在住白银公寓3幢1201。"

江川尧前面说的话又响在耳边，白芒冷眼瞧着面前的门牌号，握了握拳头，今天的愤怒和过去的七年里堆积的委屈，一股脑地全冒了出来。

胸腔里的怒火突突地往外蹿，很好，她今天的下劈腿和正蹬练得不错，正好可以再试试力道如何。

白芒对着1201的房门，直接来了一个正蹬！不够，又来个下劈腿。

啪——啪——啪——哒！门被踢开了，只见江川尧单手把着门框，身体往后一侧，躲过了白芒的一记蹬腿，但她却由于身体重心往前，失去了支撑力，收脚时有些不稳地落在了江川尧的门厅。

更不幸的是，白芒脚上的拖鞋飞得更远，一下飞进了江川尧的客厅。

白芒无语望天，要命，让她原地消失吧。

白芒收回腿，脑海中把这两年最负面的案件都想完了，面色还是没能恢复之前半分的严肃高冷。那只飞甩出去的拖鞋，孤零零地留在里面空旷的客厅，像极了她此时的境地，孤立无援、四面楚歌！

而江川尧只是不动声色地看着她，脸上的表情微微松动。他折回身，弯着腰将她飞到客厅的拖鞋捡回来，然后，以单膝跪地的方式，将拖鞋给她穿上。她翘在空中的脚，终于得以落地。

然后，她总要说点什么解释一下吧。

江川尧重新站直，近在咫尺地站在她的面前，温和地出声："白检察官，这是你跟新邻居打招呼的方式吗？"

白芒的大脑卡顿，保持沉默的倔强，这是她最后一丝的体面了。江川尧眼底冒出一点笑，笑意是纯粹的愉快，没有任何的嘲弄。

尴尬变成了更复杂微妙的情绪，卡顿的大脑开始运行，直到手机的嘀嘀声响起。白芒连忙看了眼手机，结果又是陈薇薇发来的两条消息。

第一条：上面那个角度是不是很像江川尧？

第二条消息是一张照片。前面的照片中男人只露着半张脸，这张照片，男人露出了完整的脸，发型和眉眼都跟江川尧不一样。

江川尧是典型的长眉凤眼，眼睛是宽阔的内双，眼神更显专注深刻。但是照片里的男人，淡眉，却长有一双熠熠生辉的桃花眼，完全给人一种花心多情的既视感。

白芒第一次很想问候陈薇薇的祖宗。

陈薇薇又发来一行字：如果你想要代餐，我给你介绍。

代餐个鬼啊，正餐就在她的面前……

"楼下新开了一家打边炉，我想找个人陪我，有时间吗？"白芒以一种"壮烈"的口吻发出邀请。

请江川尧吃个饭，总比因为误会他去泡吧感到愤怒踢了他家的门好……

"没空就算了。"白芒紧接着又添了一句。

"有。"江川尧极快地答应了邀请，明明他已经换上了居家服，显然是吃过了晚饭，只是一切都渐入佳境，他乐意奉陪。

"等会儿，我换个衣服。"

江川尧折回屋里，白芒也回到1202。她家入门处就有一个洗手台，她站在洗手台，看向镜子里的自己，唾弃地瞥了一眼，原来所有的冷淡、高冷都是表象，只要一个眼神，就荡然无存了。

白芒收拾打扮很快，不到五分钟就走出了房间。江川尧比她还快，等她再次出来，他已经站在外面的长廊等她。

他站在夜色笼罩的长廊一隅，背对着她，高大的身形仿佛劈开了黯淡的夜空和熠熠生辉的灯火。看向她时，一张面容有着温和的坚定。

"走吧。"江川尧走在她旁边。

七年了，她和他都没有携手相伴，此时走在一起，恍然有一种时光未走的错觉。

小区里新开的打边炉在傍晚十分热闹，入夜之后店里逐渐空下来，现在只剩下两桌客人边吃边聊着。

老板站在外面迎客，给她和江川尧安排了楼上的桌位。

老板下楼。

白芒和江川尧双双落座，墙壁上方悬挂着一盏莹莹发亮的小灯，光线温暖地倾泻下来，将她和他圈在一个"小世界"里。她看了一眼江川尧手背上的伤，时过境迁，现在只有一道清浅的痕迹了。半个小时之前，她居然因为那只伤疤相似的手，对他感到愤怒……

白芒觉得自己有点好笑，她对江川尧的记忆也好，情感也好，好像一直都停留在七年前。

江川尧出声问："当检察官的感觉怎么样？"

白芒反问："你呢，没有当成检察官的感觉怎么样？"

江川尧一笑，坦诚无比地说："很遗憾，所以这次调研活动我报名了，也算过个瘾。"

白芒没想到江川尧会是这个回答，扯动嘴巴，所以他偏偏选择了她所在的检察院。她脸上的表情仿佛将她的心理活动都呈现出来了，江川尧望着她，淡淡地笑了笑。

在微薄的灯光的映衬下，他的整张面容显得熟稔又温柔。火炉里的白汤已经咕噜噜冒泡，空气之中氤氲着乳白色的热气。

"你来城北检察院，是巧合吗？"白芒还是问了出来。

"不是巧合。"江川尧明确地回答她，"是因为你。"

后面的几个字，声音极其温和，却带着一种庄重感，仿佛隔着千山万水，他只为她奔赴。

如果要白芒说出此时心里的真实感受，她感觉有些复杂，有一点暖、有一点胀，还有一点心酸，就像当年江川尧和她提分手，明明相爱却不能在一起的心酸感。不同的是，她现在已经不会再落泪了。

白芒扯开嘴角轻笑起来，逻辑清晰地说出一个可能性："你现在坐在我面前，所以我已经彻底安全了，是吗？"

江川尧提起了那天和她在寺庙相遇的事："上周六，他去寺庙，是去忏悔。"

白芒猛地抬头，慢慢地，她的身体往后一靠，手离开了餐桌，十指紧紧相扣在一起。这是这些年她产生极其复杂的心理时才有的动作。

"是被调查了啊。"白芒轻飘飘地回了一句，眼皮一抬。

"这个事情，你应该会比我更快知道，白检。"江川尧对她称呼以检察官。

心里像是突然有了一丝裂痕，上面是光芒，下面是黑洞。不管是以前，还是现在，她的眼里都只有他，可偏偏她和他隔着一片海，两个人的身份相差极大，他和那个可能伤害了她最亲的人存在血缘关系。

"江川尧，你相信他是清白的吗？"她换了一个问题。

江川尧目光明亮，坦然地回答她这个问题："正义没有绝对，一个人的好坏也没有绝对，用清白定义一个政客过于苛刻了……他对于过去的有些事、有些人充满愧疚是真的，但他没有伤害过白老师，这一点我可以跟你保证。如果真的存在伤害，大概是他不害伯仁，伯仁却因他而死。"

话都说到这个份上，在白蕙自杀这件事上，江川尧算是跟她透底了。

"江家的纵火案呢，和他有关吗？"白芒又问。

江川尧看向她，忽地笑了笑，自嘲地问："原来你请我吃饭，是公务。"

白芒面色一僵，没有解释。

江川尧双手相握，目光越过热气腾腾的边炉，温柔地落在她身上，继续说："当年江鹤鸣被立案调查，恐吓威胁了不少人，江鹤鸣的书房里藏了很多秘密，被调查出来会牵连很多人，有人铤而走险烧了整个江家。他在那个位置上，没必要冒这个险，他不需要。"

白芒低下头，好一会儿，抬头问："江川尧，我可以信你吗？"

时间改变了很多，曾经的她始终如一地相信他，然而，现在她已经不相信任何语言上的解释了。即使她心里还爱他。

"你可以慢慢相信我。"江川尧说。

"我的确要慢慢才能相信你。"

第十四章
四季·清明

在爱和被爱这件事上，
他一直希望白芒
是被爱得更多的那个人。
不管是以前，还是现在。

七年前，春节。

这是白芒第一次跟方玉环一起过年。那个白蕙刚离去的春节，从小年到正月初七都是阴雨天气，直到过完年才开始出太阳。

从年前到元宵节，每到入夜时分，树上挂着的一串串红灯笼都会被点亮，为春节增添一份合家欢的喜庆。为了让丁景凯在监狱里面也感受到家里过年的氛围，方玉环想了一个办法，让家里的人分别录制一段春节视频，搞一个云过年。告别过去最好的方式，就是开始新的生活。

在白芒真正加入了方玉环的家庭后，方玉环也把她看作是家里的成员之一，没有优待，也没有任何不同，该使唤就使唤，该训斥就训斥。在这样的氛围中，白蕙的离开并没有让她感受到撕心裂肺的痛苦，更多的像是春节的那场雨，淋湿了她心里所有的情绪。

白蕙给她买的红色斗篷新衣，她一直没有舍得穿，而是将衣服仔细熨烫，用收纳袋收藏起来。

年后，肖嵘也来找她，建议白芒跟她到国外生活，申请国外的大学。白芒谢绝了肖嵘的提议，她一点儿也不想出国。

"是因为江川尧吗？"肖嵘问。

白芒没有否认，江川尧是原因之一，但除此之外，她还有一个必须要留在国内的原因。

肖崚端着咖啡浅浅抿着，见她没有反驳，放下咖啡杯双手相握，望着她道："你妈妈应该跟你说过，她不希望你跟江川尧在一起。"

"那又如何，她已经不在了。她的感受也不重要了。"

肖崚无奈一笑，似乎很能理解她的"薄情"，解释："她有她的考虑。"

白芒说："她就是考虑太多，才生病的。"

肖崚轻轻地叹了一口气，没有再反驳白芒。

白芒见肖崚是在元宵节前夕，等她回到玫瑰园，江川尧给她发来了一条约见面的信息，约她元宵节一起看灯。

白芒：好。

江川尧：那我明天晚饭后，过来接你。

"孩子们，下楼捏汤圆了！"从外面回来的方玉环，进厨房看了一圈，冲着楼上发出热情的呼喊，方子欣和丁龙泽赶紧下楼。

每年元宵节，方玉环都会让王阿姨做咸味的汤圆，原因是方子欣不喜欢吃甜汤圆，而超市卖的咸汤圆又不好吃，所以特意在家里买了肉馅制作咸味汤圆。可偏偏丁龙泽爱吃甜的芝麻汤圆。

"白芒，你喜欢吃甜汤圆还是咸汤圆？"方玉环问她。

"咸的。"

方子欣用沾了糯米粉的手揩了一下白芒的脸，说："我们真是注定的姐妹欸！我就爱吃咸味汤圆。"

白芒也用糯米粉在方子欣鼻子上点了点。

方子欣朝她扮鬼脸，桌上的手机滴滴答答地响起。

晚上6点半，江川尧在玫瑰园的南门等白芒。

小区里的别墅挨家挨户亮起了过节的灯笼，颜色不一，有橘红、红、殷红的……造型也各式各样，空气里萦绕着一股淡淡的烟火味。

走到小区的南门，江川尧站在靠近南门的门厅处。穿上红毛衣的他格外醒目，不知道是因为红毛衣，还是因为周遭的红灯笼的映衬，他的脸庞不仅帅气还温柔生动。他目光灼灼地朝她看过来，手臂上松弛地挽着一件对折的外套，身姿轻松随意。看见这样的江川尧，白芒有一种错觉，仿佛以前的他又回来了，她和他之间什么都没有变，什么都还在。

从宁市驱车到康庄小镇，道路拥挤堵塞，车辆都是停一停又开一开。幸好，江川尧没有开车来接她，而是骑了摩托车过来。两人朝着明亮的月亮和遥远的灯火，一路飞驰，两具身体贴近，心跳同频共振。风声在耳畔呼啸,迷离的月光像是冷霜凝在路的前方,路的前头有点看不清方向。

这是白芒第二次坐江川尧的摩托车。第一次,她和他相互挑衅试探,她问他对自己有没有兴趣,他说没有。那时候她对他还有偏见,他对她也一样充满怀疑。这一次,她和他明明心意相通,坚定清晰,却仿佛隔了一段漫长的时间。

江家发生变故,江川尧的身上发生任何变化她都能理解,两人之间仿佛顷刻间隔了一片难以跨越的海。只是白芒一向自信,她觉得她和他一起坠入过深海,一起走过最黑暗的时刻,还一起分享过最光明、最坦诚的内心,他们之间的经历无可取代。

白芒突然觉得法律有点讨厌,她现在只有十九周岁,江川尧也没有满二十二周岁,如果年纪符合,她想跟他直接成为法律上的夫妻。因为,在法律上,她已经没有亲人了。

从清冷的空地到热闹的主街,拥挤的人流让她和他越靠越近,她伸出手,紧紧牵住他的手。江川尧手一顿,很快握住她的手。两人挤过一波又一波人群,到处都是年轻的情侣,其中有一半女孩的脑袋上都戴着猫耳朵头箍,一闪一闪的,格外惹眼。江川尧不知道什么时候付钱买了一个,面对面给她戴上。如果说,刚开始她还没有感受到他的情绪,那么这一刻,她已经很清楚,江川尧轻松随意的表情底下,有一种复杂的沉默。

"应该给你买一个小老虎款式的。"他给她戴好,轻笑地评价一番。

她面庞微仰,说:"有些猫也很厉害,不一定比老虎差劲,让它们打一架不一定谁输谁赢。"

江川尧笑了笑,回她一句:"真是三句离不了打架。打赢了就代表厉害吗,有时候赢了并不是真的赢了。"

"弱者对战强者的方式,只有打架最公正。"她回得理直气壮。

"对。"江川尧"嗯"了声,他明明没有被她说服,却还是认可了她的话。

"这里太挤了,我们往外面走吧。"她一个转身,拉上江川尧直接往外走。主街着实过于热闹,直到走到河岸的桥上,汹涌聒噪的人流才逐渐远离他们。

桥上的风刮在脸上,生疼。

白芒发现,每当她看江川尧时,他的视线就看向别处,一旦她故意不看他,他的视线又落她的身上。

这段时间,江川尧瘦了不少,裸露在外的手腕骨节十分明显,他原本的骨架子就优越出众,增加的骨骼感更突显了一份力量感。

过了桥，是镇上的居民区，宽阔的道路中间汇聚着一群熊孩子。他们玩鞭炮，不停地把摔炮砸在地上，地面噼里啪啦地炸开了花。其中一个大胆的熊孩子，把一个摔炮砸在白芒的脚上。她抬脚，往上一踩。

熊孩子准备跑路。江川尧长腿一迈，逮住熊孩子的衣领："怎么办，你欺负了我的女朋友，是不是要道个歉？"语气淡淡的，又倦倦的，是不算欺负也不算好商量的语调。

熊孩子脑袋一撇，倔强地拒绝："你怎么证明她是你女朋友啊？"

现在的熊孩子，真是人小鬼大。

"不需要证明。"江川尧的手掌上突然多了两块巧克力，他换个方式和熊孩子商量："我用它跟你换你手上的火炮，可以吗？"

像江川尧这种高大又气场分明的大帅哥，一旦以这样的语气和口吻说话，简直男女老少通吃。小屁孩犹豫片刻，主动上缴了自己的摔炮："巧克力不用了，送给你。"

江川尧低低一笑，小声地跟小孩说："能不能帮我一个忙，你帮我把这个送给她，顺便帮我跟她说一句话，可以吗？"

"你在追她吧？"小孩看起来一副很懂的样子，咧嘴笑了。

江川尧的眼眸浮现出淡淡的落寞，他笑了笑："是啊。"

"你要说什么？"

江川尧想了想，声线清冽："你跟她说……"

白芒静静地站在桥头，不远处，是耸立在空中的巨型摩天轮，灯火通明。

就在这时，一个小男孩朝她走来，双手奉上火炮，扬着一张黑乎乎勉强还算秀气的脸，紧张地说："白芒小朋友，我把这个给你，你愿意跟我们一起玩吗？"

她怔了怔，下意识看向前方的江川尧。

"谢谢。"

原本小孩还紧张着，因为白芒这句谢谢，双手一摆，直接往桥的另一侧跑了。

幼稚。白芒在心里吐槽江川尧，又觉得再次刮在脸上的风不那么刺人了。小孩说的是江川尧交代他的话，但江川尧为什么要这样说呢？

她突然想到，以前跟江川尧提过自己小时候的一件往事，她孤零零地来到幼儿园门口，看着里面相互嬉笑玩闹的小朋友，可惜没有一个人走在她的旁边，跟她玩。终于，好不容易来了一个，却用石头恶狠狠地砸向她。

她童年的成长经历有点倒霉，她从未得到过善意，得到的只有恶意和嘲笑。不知道为什么，江川尧今晚的善意并没有让她感到温暖，更多的反而是心酸。

今晚的她没有精心打扮，但穿得温暖可人，里面是一件彩色条纹毛衣，外面是一件牛角扣大衣，脚上穿着小短靴，脖颈处还围着江川尧那天送给她的围巾，头上戴着一顶贝雷帽。

在白蕙离开后，白芒这段时间最大的变化是容易怕冷，不是手脚冰冷，而是心脏由内往外滋生冷意，这种冷，是那种犹如深海刺骨的冷。包裹严实的好处就是，只要她脑袋往下一抵，就可以把半张脸都藏匿在温暖的围巾里。

"白芒，我给你画一张人像吧。"江川尧突然出声对白芒说。

两人走进一家画室，画室的名字有点俗气，叫吾爱归来，里面的布置很雅致，还有一只伯利亚猫，懒散地蜷缩在沙发上打呵欠。

经营画室的老板是一个文艺范的小哥哥，他里面穿着白衬衫，外套是毛衣马甲。听完江川尧的请求，他开始准备颜料画板，本想指导江川尧，没想到江川尧自己已经熟练地上手了。

白芒作为模特，江川尧却根本不需要她安静地坐在一旁，他用铅笔草草地起了底稿，一个站在桥上望着圆月的少女已经出现在画纸上。

少女的脸被围巾和帽子挡住大半，她仰着脑袋，只露出一双清亮的眼眸和秀挺的鼻子，下颚线流畅地藏匿在围巾里。

周遭清冷静寂，少女脚下踩住零星的小火花，是之前那位小朋友将摔炮摔在了她脚下……很随意的一个画面，江川尧居然将它还原了。画里的白芒双手都放在口袋里，桀骜而孤单。

江川尧画了两个小时，她也看了两个小时。完成的时候，江川尧在画的右下方写了一句话：凛冬散尽，希望你我终会得偿所愿。

这句话是白芒送给他的，他又将它送给了她。

白芒把这幅画裱起来收藏，额外收费一百块，其中包括寄给她的运费。白芒在寄件信息单上写了澜市大学城的地址。后天，她就要开学了。

两人从画室出来，外面的夜和街道都沉了下来，热闹已经散去，天际的圆月更显得清冷。她快速地往前走了两步，然后笑容灿烂地回过头："走吧，我们坐摩天轮去。"

江川尧沉默地站在两米外，白芒主动拉上他的手，快步走向游乐场。

这个时间点的游乐场没有之前那么喧哗。游乐场大门处写着的营业时间是晚上12点关园，她和江川尧进来时都过了12点，居然还开着，江川尧解释:"今天过节,延迟关园。"

她"噢"了声。江川尧一直是一个很用心的人,不管做什么事,都会有真诚又温柔的态度。今天他特意带她来游乐场,她却开心不起来。

两人一起坐摩天轮,他弯下腰轻轻地吻他,她没有拒绝他。两个人吻得深入又细致,摩天轮上升到最高空,圆月像是悬挂在两人的正前方一般。

明明那么近又距离那么远。

白芒装傻了五个小时,终于开口问出:"江川尧,你是不是有什么事情要对我说?"

江川尧的眼睛淬着一片深情和温柔,说出来的话却斩钉截铁,丝毫不留余地。

他温柔地说了分手。

"白芒,我们分手吧。"

白芒的双眼渐渐湿润,她微微扯了扯嘴角,僵硬的面容才显现出真实的情绪。

"可以不分吗?"

江川尧没有说不能,他拿起她的手,垂下头吻上她的手,缓缓地。她感觉眼中有湿润的东西流淌下来。

真讨厌,她和他就连分手的这一刻都保持了理智,没有任何感性的猜测,只有清晰而准确的判断。

"你是要回到他那边吗?"她问。

这个人,白芒和江川尧都心知肚明,白芒也终于知道,为什么白蕙会让她和江川尧分手。聪明如白蕙,已经料到了一切。

江川尧微微地垂着头,温柔帅气又好看的一张脸终于呈现出了今晚真实的情绪——复杂的沉默。

答案已经不用说,为什么要分手,白芒的心底也很明白,她也知道,为什么她和江川尧之间隔了一片海。江家不能拦他们,但那个人可以。

不远处,夜空绽放出了烟火,一下子点亮了即将落幕的夜晚。

白芒的眼眶含着泪,又因为映衬了烟火的光泽,眼瞳光芒湛湛,脸庞斑驳生动,她一直仰着头,一动不动地看着绽放在天际的烟火。

好一会儿,一个低沉的音从少女的喉咙滚上来:"噢。"

救命之恩,生死之交,深刻初恋,她和他之间的经历确实没办法取代,但是两个人也没有办法继续在一起了。

"江川尧,你爱我吗?"白芒出声问。

江川尧唇角一动,目光明亮又深刻,然后无比诚实地回答她说:"我很爱你,白芒。"

"你爱我。"

江川尧的唇角轻轻张开,却没有冒出任何的话,好一会儿,他喉咙间才滚出一个简单的音,他说:"是。"

白芒一向自信,在江川尧没说出分手之前,她一直很自负地认为,别说两个人之间只是隔着一片海,就算隔着万顷波涛,也阻止不了她和江川尧。

可,当年的他还是坚定地选择了离开。

饭没有吃完,白芒就提前走了。临走前,她忘了使用老板发给她的优惠券,因为江川尧买了单。然后,江川尧送她回家,不对,是两个人各回各家,只不过一直顺路到了家门口。

江川尧目送白芒离去,看着她关上门,白芒没有回头。走进房间,白芒打开了总开关,点亮了屋子里所有的灯。

这些年,每当独处的时候,她就喜欢打开所有的灯,让家里的每一个角落都充斥着光亮,任何边边角角都不允许被阴影压着。

白芒来到书房。

她回了一趟云城,把白蕙留在云城的所有东西,包括书籍和文件都带了过来。现在书桌上的电脑和显示屏,都是七年前白蕙用的。

桌上堆叠的书籍,也都是白蕙的。白芒抽出一本书,是白蕙的代表作《千鸟》,翻到最后一页主角的内心独白:不要害怕揭开一些丑陋,懦弱只会滋长罪恶,也不要觉得反抗无用,不反抗才会显得无用。

她把《千鸟》这本书放进公文包里。这些年,白芒一直都知道,白蕙当年的离开是她自己安排的归宿,只是她仍然不解其中因果,如果可以,她宁愿相信,白蕙当年是被迫离开她的。

成熟真好,虽然心里很低落,却比十九岁的时候,更容易接受这样的真相。白芒拿起手机,在联系人中找到一个许久没联系的人——邹瑞泽。

邹瑞泽这些年一直待在京市,不过,在白芒与江川尧分手后,她和邹瑞泽的碰面机会也少了。接到白芒的电话时,邹瑞泽没有任何诧异,还是一贯清朗愉快的说话方式:"白检察官,很高兴你还存着我的手机号码。"

"你现在在京市?"

"找我有事吗?我今天在宁市。不过,明天早上10点的航班飞京市。"

"你晚上有时间吗？"白芒看了一眼电脑显示屏右下方的时间。

邹瑞泽略带为难的声线从听筒传出来。

"我晚上有点事儿，要不这样吧，我家住在荷月公馆，南门附近有一家早餐店特别好吃。明天早上7点，你过来这里，我请你吃早餐。你一个人来，别带上江川尧那个讨厌的家伙。"

"我肯定不会带他。"

"哈……他还没追回你啊？"邹瑞泽夸张地问了一句。

白芒没说话。

"我和他这几年聚得比较多，知道你们之间的一些事。"邹瑞泽解释，顿了顿，"我知道，他现在住在你的隔壁。"

"明天早上7点，我会准时过来的。"她保证道。她不是真的在向邹瑞泽保证自己不会迟到，而是希望他可以准时准点到。

"明天见。"说完，邹瑞泽挂了电话。

翌日清早，生物钟在早上5点30分准时将白芒叫醒。白芒吸了吸鼻子，发现鼻子堵住了。她本来要撑着床起来，一个不留神，整个人都从床上掉了下来。

幸好反应足够快，她堪堪地半落在地板上，侧着身从地板上站起来，去卫生间洗漱。临走前，她在保温杯里灌了热开水，戴上口罩走出了门。

电梯缓缓停在地下室，白芒从电梯走出来，刚好另一边，江川尧也正从电梯里迈步出来。

他看向她，白芒不想看他，提着公文包，头也不回地走向自己的车。

"白检。"江川尧的声音从后面传来。

习惯就像性格一样难以改变，江川尧如果叫白芒，她一定不会回头，但他叫白检，公事公办的口吻，她无论如何都要应付一下他。谁让检察长亲自点名让她招待他。

白芒转过身，礼貌问候："早啊，江专员。"

她今天早上起来不仅鼻子堵，嗓子也有点干涩，说出来的话夹着鼻音，又低又沙哑，完全没有之前说话的劲儿。

江川尧敏锐地察觉了怪异，询问一句："感冒了？"

"还好。"白芒低声道，"我有事，先走了。"她急着上车。

"我今天要去一趟四越山，下午才能赶回院里，跟你请个假。"江川尧跟她交代。

他一个外人还需要跟她请假啊？搞笑。

白芒上车，将车开出地下车库。她的车子后面，跟着一辆车，是江川尧的车。

清晨的道路已经有了车流，江川尧的车一直尾随着她，在后面的路口拐了进去。他要去四越山，好像走错了路。白芒径直往前行驶，大概开了十几分钟，江川尧的车又停在了她行驶道路的左边。

两人的车子贴着，他按下车窗，扬手，用动作暗示她放下后车窗。白芒放下后车窗，江川尧从副驾驶座上提起一袋药，随手一投，一袋药穿过车流，准确地抛进了她的车后座。白芒撇了撇目光，看着前方的车流，情绪莫名有些复杂……单身久了，不太适应男人的示好，即使这个人是她的前男友。

早上7点，白芒准时把车停好，来到邹瑞泽指定的早餐店。白芒下车，看到后座的药，拿了一包冲剂走进早餐店。

邹瑞泽已经坐在最靠窗的一张餐桌等她。她和邹瑞泽真的有好几年没见了，她读研的那几年，邹瑞泽还时常回宁市，偶尔组织小伙伴聚会，每次都让干依萌叫上她。

后面毕业大家都忙了，邹瑞泽也不再出现。再出现的方式，就是一直活跃在她和她朋友包括方玉环的朋友圈下方，给她和他们点赞。

所以，对于邹瑞泽，她并没有感觉两人的关系生疏了，同样的，邹瑞泽脸上的笑容还是十分帅气亲和，待她坐下来，他就向她推荐这家早餐店的经典套餐。

白芒听了邹瑞泽的推荐，一如既往地给自己点了白粥和馒头。

邹瑞泽露出打趣的笑容，直截了当地说："白芒，你今天找我，是不是想让我帮你联络我堂叔？"

白芒握着杯子，停顿了一下，问："你都知道？"

邹瑞泽爽朗道："比起顾言锡那个重色轻友的家伙，这些年我和阿尧的联系最多，你们的一些事我都知道。"

白芒缄口不言，双唇轻轻闭着。

邹瑞泽神色自若，乌黑的眼中闪出一丝可以称之为乐观的光泽，他把一盒小笼包推到她面前，说："不要老是吃馒头和白粥，你和阿尧一个样，都对生活没要求。两个人太相似了，有时候也不好，容易没趣儿。"

白芒温声开口："你改行当情感专家了吗？"

邹瑞泽没有任何被她奚落的难堪，好脾气道："能给你和阿尧当情感专家，是我的荣幸。"

白芒有点想笑,但眼神还是落在邹瑞泽的脸上。

邹瑞泽放下筷子,有点感动地开腔:"白芒,可能你不知道,见到你们这些朋友,我很感动。

"你一定奇怪,我为什么知道你和阿尧的事。阿尧跟我讲述这些事的时候,他觉得我可能活不久了,就对我说了很多他和你之间的事,可能是为了安慰我,也可能是想分散我被病魔支配的痛苦,可结果我发现,他比我这个病人还痛苦。"

"你……怎么了?"白芒问。

邹瑞泽没有消息的这两年,是在京市治病?

邹瑞泽摊手,满脸笑容:"还是之前的老地方,又复发了。不过上半年我做了一次手术,手术结果特别理想,还可以多活十年。"

十年,对于一个老人来说,可能是很长的时间,但对于一个青年来说,十年可能都不够他干出一番事业,或是好好地爱上一个人……难怪邹瑞泽一直都是单身。

"别同情我,我已经很感谢命运了。"邹瑞泽又重新拿起筷子,说,"白芒啊,昨晚阿尧给我打了电话,让我一定不要告诉你一件事。我想了想,还是决定告诉你,这些年阿尧一直忍着没跟你联系的原因。

"一方面是江家前几年树敌太多,江家倒了之后他随时会遭遇危险,你已经遇到过一次致命的危险,他不想再连累你落入旋涡。还有就是,关于乔女士……也就是阿尧的亲生母亲,阿尧从那个人手里得到了一份乔白的陈年病历报告。"

邹瑞泽把病历报告从包里取出来递给白芒,温和地说:"你看了,大概就知道阿尧矛盾、逃避的心情。"说着,他又顿了顿,"这份是复印件,原版我没有。"

"阿尧唯一瞒着你的,就是这件事情。其他的,无论是关于你的母亲,还是关于那个人的事,他应该都不会骗你。我不是帮阿尧说话,他这些年为你做了很多事情,他学心理学,成为我堂叔的学生,当犯罪心理研究员,一切都是为了你。不然他做点什么不好呢,江家留给他的财富可以让他几辈子衣食无忧,但他没有。这些年他投资的行业,也跟你一样,大多是社会公益事业,或者就是科技创新行业,他和你一样,一直为理想活着。

"他也是最了解你的人,他知道你一定会想办法查清楚当年的真相,又怕你追溯过去遭受二次伤害,就替你完成你想做的事,就算你不相信他调查出来的结果,他也希望你可以慢慢去信任他这个人……

"我觉得他唯一做得不好的地方,就是觉得你不够爱他,或者觉得你压根不爱他。他好几次猜测说,你对他的感情可能是因为救命之恩,或者是特定条件里产生的宿命感。

"他那么强大勇敢的人,遇到你之后都开始不自信了。你说,他是不是爱惨了你?"

邹瑞泽说着,笑了,眼睛里像是有小星星在闪烁。

白芒有些无言以对,她着实被邹瑞泽揶揄了一把。

白芒翻阅了乔白当年的病历报告,原本清亮明锐的眼睛逐渐变得深沉。这是关于乔白精神分裂症的病历报告。

乔白有 AB 两个人格。白蕙和乔白是好朋友,但她仅仅是乔白 A 人格的朋友。B 人格的乔白与 A 人格完全不同,这个乔白爱着姜啸信,两人也确实存在过一段亲昵关系。

她要的答案,的确在这里全部找到了。以白蕙的性格,最后一定是知道了乔白是心甘情愿地留在那幢红房子里的,信仰崩塌了。

"因为我学医的关系,当时阿尧找我分析过这份病历报告,让我判断遗传概率。"邹瑞泽认真地讲述一件事时,少了一点嬉皮笑脸的表情,"他想知道乔白携带疾病的遗传概率以及多久会被诱发出来。"

"白芒,如果有一半的概率,你赌不赌?"邹瑞泽的目光突然变得锐利,定在白芒的脸上。

白芒站了起来,面对邹瑞泽渐渐失望的面孔,她眉眼中的情绪恬淡而平和,她又恢复了散漫轻松,脸上没有一点被这份病例报告影响的阴霾。

得到了明确的答案,白芒的心底就如同迷雾散尽,云开见月明。

"我爱他,所以,只有一个概率。"白芒缓缓开口,"我不需要赌。"

邹瑞泽先是一愣,然后笑了笑。

"我要去上班了。"白芒跟着一笑,唇边勾起一个微小的弧度,"下次见,谢谢你帮我解决了我心里的困惑……祝你健康。"

邹瑞泽点头,眉宇间全是热忱:"那我祝你幸福。"

邹瑞泽要飞回京市,临走前他又告诉了白芒一件事:"我前面跟你说的话,算是出卖了我的爸爸。"

爸爸?

邹瑞泽:"我现在开的那家创业公司,江川尧是第一个投资者,他也是大股东。因为我身体的缘故,前几年一直拉不到投资。比起项目本身,经营人一旦去世,什么都没了。但阿尧很相信我……他觉得我能活下来。"

"双星？"

邹瑞泽："是的，双星。"

白芒大概知道所有真相了，包括江川尧现在的身份。她曾在朋友圈看到过邹瑞泽转发的双星科创公司的文章，双星虽然没有上市，但已经算是一家中型科创公司，只是没想到，背后的人会是江川尧。

"对了，周樾你也认识吧？他毕业之后也来了我这里。"

她知道周樾进了双星，只是一直不知道双星背后的投资人是江川尧。

自从江家出事后，江家的产业拍卖的拍卖，规整的规整，原先霸占市场的几家公司都改了经营属性。

她本以为江川尧不会再从商了，哪怕江家只留了一半的产业在手，江川尧也拥有可以任性挥霍的资本。

按照邹瑞泽所说，江川尧不仅没有挥霍，还正当地分配了手上的财富。以前的江川尧就不喜欢江鹤鸣野蛮掠夺市场的经营方式，现在的他，也如愿成了跟江鹤鸣完全不一样的人。

成为完全不同的人，意味着他已经彻底地摆脱了江家。虽然他还是姓江，但对江川尧而言，姓只是符号而已。

未检科办公室，何必接完一个电话，神情略显沮丧，见白芒回来立马大倒苦水："胡晓美的母亲以精神疾病为由拒绝出庭！"

白芒眉头微蹙。

"现在怎么办？"

白芒想了想："我再联系一下。"

胡晓美就是上周案件被告人的名字。因为未成年案件的特殊性，开庭审理前，应当通知未成年被告人的法定代理人出庭，或是其他成年近亲亲属。这位十七岁女孩的案件过于特别，奶奶重病住院不能出庭，也不适合出庭，只能联系女孩的亲生母亲。然而，母亲早已经改嫁，又生了一双儿女，新家庭的生活很不错。

"对了，你帮我把这本书送到看守所，给胡晓美。"说着，白芒从公文包里递出一本书，交给何必。

"好！"

白芒联系了胡晓美的亲生母亲，约在附近的一家茶室见面。茶室里，胡晓美的亲生母亲泪如雨下，却对女儿的事只字不提，只讲自己的不容易，第一次婚姻不幸，第二次婚姻仍然不幸以及她和胡晓美早就没关系了。

"即便是亲生的，但是没有放在身边养，感情也就那样。"中年女人的脸上露出难堪的表情，看起来像是在跟白芒笑，又像是哭。

白芒见了很多未成年当事人的家属，他们并不是面目可憎的，而是面目模糊的，敷衍、没有能力、没有责任心，浑浑噩噩只满足于当下的利益。

白芒从公文包里拿出一个笔记本，递过去："你看看，这是晓美之前的周记本，里面写的很多都是想对你说的心里话。"

对方犹犹豫豫地接到手中。

白芒安静地喝着茶，给了对方充分的阅读时间，她知道，自己说再多都没有女儿的内心独白更能触动一位母亲的良知。何况，她不仅仅只是胡晓美的母亲，她还是另外两个孩子的母亲。

果然，看完了周记本，女人趴在桌上呜咽地哭了起来。

白芒再次开口："我们不公开审理，我可以保证，你出庭对你没有任何不良影响，更影响不了你现在的家庭。"

"你不知道……我……"

茶室的门被推开，一个凶悍的男人突然闯进来，进来就拽着女人往外拖，仿佛他拖的不是人，而是一条"狗"。女人连连叫着，十分惊恐。

"你还嫌不够丢人！让你不要管那赔钱货的事儿，你非要管！"男人一边拖女人一边还重重地在女人的脑袋上挥了两拳。

女人痛苦地大叫。白芒握住拳头，松开，又握住。松开，握住。

最后，她一个箭步上前，重重地挥了这个男人一拳。

在茶室打的这一架，白芒已经很克制了，可她没想到上午打的架，下午就上热搜了。下班之前，白芒被检察长叫上去谈话。

"白检察官啊，你觉得你今天的英勇行为很帅吗？你知道你这样做会造成多大的社会影响吗？"

检察长是一个即将退休的老头，说话风格很像教导主任，语重心长又气急败坏。

白芒穿着检查服，耷拉着脑袋，此情此景像是在澜大上学那年，她跟林直打架，然后她站在学生处办公室的一隅面壁思过。

"你今年几岁了？"

"二十五岁。"

"还以为自己很小？"

白芒敛了一口气："没有。"

"胡肖美的案件移交给吕检察官了，你不用再负责了。"

白芒抬起头，说出自己的诉求："那我申请转调未检科。"

"为什么？"

"不适合。"

"扯淡，怎么不合适啊，都能拉着当事人的母亲当场出手打人，没有比你更合适的人了。"检察长讲着反话。

白芒："我错了。"

"还想转调，检察服能不能保住都不一定。"检察长撂了狠话，抿嘴瞪眼，再和蔼的脸都显得严厉非常。

这些年，白芒不管是上学、入伍还是工作，遇到的领导都很好，非常照顾她，工作上把她当优秀干部培养，生活上也像是对自己孩子一样关心她。以至于她参加工作这两年，的确有点忘了规矩。虽说，她向来也不是一个遵守规矩的人。

"你今天就走人。"

白芒眨眼，有点不信。

"停职一个月，月度考核奖没了。"

白芒眨眨眼，没说话。

检察长咳嗽："我这是给你放长假呢！"

白芒心想：那还真是谢谢您嘞。

检察长敲了一下桌子，眼睛直瞅着白芒："我要给上面一个交代，对你的处理我已经很偏心了，交代好手上的工作，回家吧。"

"噢。检察长再见。"

白芒回到办公室，何必一脸高兴地迎接他，迫不及待地跟她说："白检，你那一架打得真帅啊！因为你那一架，胡晓美的母亲答应出庭了。"

还真是一个好消息。她也想告诉何必一个好消息，她要休假一个月了，她后面一个月的工作都会交到他的手里。

"噢，很好。"白芒保持冷漠地点头。

半个小时后，何必难以接受的声音响彻整个办公室："怎么能这样！"

白芒驱车回到白银公寓，心情是说不出来的复杂，有点放松的愉快又有点微妙的异样。以这样的方式突然迎来长假，还真有点不适应。

停好车，白芒仍在车里坐了一会儿，手机里，大萌给她发了两条语音消息。

"有空吗？晚上一起吃个饭，然后一起玩密室逃脱？"

"我一个学生介绍了一个超好玩、超刺激的密室逃脱，如果你不陪我，我不敢进去啊。智商、胆量和好奇心，我出好奇心，芒芒你出胆量和智商，可不可以呀？"

她的假期来了，就怕拒绝了这次，没了下次。

白芒答应了，也不问大萌那边有什么人，反正大萌肯定能叫来人。已经参加工作的大萌还是昔日的圆脸女孩的模样，进入职高工作，她每天和学生们混在一起，大多时候也很难分清楚她是学生还是老师。

白芒不服输，上楼进屋换了一套最显年轻的衣服。反正停职休假了，怎么有范儿怎么穿！

她在衣帽间找了一件棋盘格针织套头衫，这件衣服买了还从未穿过。又找了找，搭了一条黑色阔腿牛仔裤。上下两件配一块效果还挺好，随性好看又具有潮流范儿。

前段时间，她在玫瑰园陪方子欣、贵妃和老丁打麻将，赢了方子欣不少，因为她没收钱，方子欣就仗着自己"品位"好承包了她一个秋季的新衣，这几天正一套套地寄过来。

白芒拎了一个方子欣买给她的水桶包，出门了。临走前，从置物台上拿了一支口红放在包里。

长廊吹来一阵风，轻轻柔柔很撩人，白芒视线一偏，目光随意地往江川尧的房门瞧了一眼。白芒来到大萌约她的新潮广场，大萌已经坐在一家粤式餐厅等她，只有她一个人。看到白芒进来，大萌朝她招手，待她走近，盯着她棋盘格的小衫："想在你胸上玩五子棋。"

白芒今天穿的这件小衫是修身款，本就不小的胸部被衬得更有起伏感，看起来确实有点吸引人。

"怎么突然变了风格……"大萌逐渐从赞叹变为怀疑。

"我一直是这个风格的。"白芒死鸭子嘴硬，没脸没皮，绷不住唇角笑笑说，"之前在单位上班要注意影响，现在没这个烦恼了。"

大萌送过来一个"你以为我能信你这鬼话"的表情包，顿了顿，开口："我今天在本地热搜看到你了，怎么样了？没影响你吧。"

白芒摊手："影响。喜提一个月长假。"

"哇！"大萌一脸羡慕，抿住嘴，"有一技之长就是好，打架打得好，也是技能。"

白芒头疼，这反应和她想的也太不一样了。今天她过来时，接到了不下三个电话，老丁、贵妃，方子欣和阿龙都给她打电话了，她已经不想解释事情原委了，他们得知领导对她的处理是停薪留职，没有任何忧心，反而还为她开心，仿佛……他们根本不担心她因此被革职。

"你这辈子吃穿不愁,玩一辈子都没人说你。"大萌咧着嘴说。

"难道你就吃穿发愁了?"白芒语气轻软。

大萌摇头,做了一个苦哈哈的表情。

"发愁不至于,就这样吧!你和欣子都有钱,我呢,闺蜜有钱,跟着沾光。"

白芒微笑:"嗯,这顿我请。"

大萌笑得很满足,不知想到什么,她打开一个测算软件,把自己的生日信息输入进去,页面跳出对她的命运分析。

"被上天眷顾的锦鲤女孩,说的就是我。从小到大,我的所有考试都是低分通过,实力完全匹配不了我的运气,所以有时候我也有点慌,一旦运气没了,可能就惨喽!"

白芒眉眼都在笑,问:"哪方面惨啊?"

大萌:"婚姻。"

白芒听了,有些无言以对。

"我最近自我怀疑,我以后可能会婚姻不幸福,老公要么出轨,要么家暴,要么冷暴力。"

白芒虽然很想安慰大萌,但还是问了一句:"你最近是不是社会新闻看多了?"

大萌咬唇,十分烦恼地点头:"是啊,越来越慌,偏偏家里人都在逼婚。我跟你不一样,我家里的情况决定了我必须要结婚,以前我真的觉得爱人是老天分配下来的,每个女孩都有,现在我很怀疑,这个世界上真的会有真心实意爱我的男人吗?"

"顾言锡呢,他不是你的相亲对象吗?"

"就是因为他,我才恐慌。"大萌两手一摊,"顾言锡是什么人?我们九高最受女孩欢迎的男孩,这样的男人就不应该结婚。上次我们两家人见面,他居然当着家里人说可以试试……他根本对我不感兴趣,还可以那么说,说明他这个人就是不靠谱。"

"你怎么确定他对你不感兴趣?"

"他单独找我聊过,我问他为什么要答应长辈的撮合,你猜他怎么说?他说我很适合当他老婆。"

白芒没说话。

"白芒,你说呀?"

白芒:"你们现在的关系进展如何了?"

大萌："就是……接触中。"

白芒终于知道大萌为什么约她了，吃饭、玩密室逃脱是假，就是想要找她出来聊聊情感问题。

大萌摇头："密室逃脱是真的，顾言锡约了我。"

白芒的目光凝视着大萌，不怕朋友别有用心，就怕朋友别有用心还实诚无比。

"你和顾言锡……介意再多个电灯泡吗？"白芒突然一问。

"欣子不是在外地吗？"

"不是子欣。"

江川尧收到白芒发来的短信时，已经从四越山回来。

白芒：顾言锡和大萌约了今晚8点一起玩密室逃脱，他们拉我当电灯泡。

这是一条只有陈述性质的信息。江川尧坐在驾驶座，望了望前方拥堵的车流，修长的手指来回在九宫格键盘输入又删除，最后回：我方便过来吗？

今天，顾言锡本来是想约大萌一起吃晚饭的，但大萌以白芒约了自己为由拒绝了他，顾言锡就直接饭后来找大萌了。他觉得大萌应该是一个善解人意的女孩，两人的约会不可能留白芒一起，结果，他停好车，第一眼看到的人不是王依萌，而是等在前方的白芒。

"依萌呢？"顾言锡穿得很有型，一开口说话就可以看出，他是一个地道的社交型的男人，"白检察官，我们不会是凑巧遇上的吧？"

"不凑巧。"白芒笑吟吟，"我和你们一起。"

顾言锡不情不愿地点头，道："可以，人多好玩。"

白芒笑："是的，等会儿还有一个人来。"

还有一个人啊？顾言锡一转身，前方走来一个熟悉的身影。

周边的霓虹灯齐齐亮着，红橙黄绿各种颜色勾兑出大片暧昧不清的颜色，江川尧越走越近，整个人仿佛从混沌里走来，一张英气十足的面目越发明亮。

他这一副肩宽腿长的身形，不管走在哪儿都是引人瞩目的。

双人成行的爱情密室，被迫改成了四人玩的惊悚游戏。

从小到大，顾言锡不喜欢一切惊悚主题的娱乐活动，只是，得知王依萌现在最喜欢的娱乐活动是密室逃脱后，顾言锡在网上考察了宁市的几百家密室，最终选了一个评价十分好玩的爱情主题密室游戏，结果……

四人进场，顾言锡拉了一下王依萌，对王依萌使了一个眼色，看向前面那对般配的人说:"让白芒和阿尧先吧。"

王依萌脑袋一撇,心想:顾言锡不会是一个胆小鬼吧?她眼神复杂地望向顾言锡,提醒道:"NPC(非玩家角色)都喜欢从后面袭击。"

"所以我们勇敢的人更要守在后面。"

听完这句话,王依萌基本可以确定顾言锡一定是个胆小鬼了。

突然,黑暗的、弥漫着恐怖气氛的房间响起一段画外音,原本还在说话的顾言锡瞬间诱发惊跳反射,颤抖地抱住了身边的人。

王依萌试图挣脱顾言锡。

还有白芒呢?怎么突然消失了?

"白……人呢!"顾言锡不停转头,看一眼王依萌又看江川尧,进来时四个人怎么少了一个人。

王依萌的手都要被顾言锡攥疼了。

"我在这儿。"白芒突然从一个冰箱造型的箱子里探出脑袋,她的手放的位置还有血淋淋的手指印。

顾言锡顿时头皮发麻。

白芒贴心地问外面的人:"这里面有个东西,软软的、冰冰的,像是什么人的手指,你们要过来摸一下吗?"

顾言锡表示拒绝。如果可以,他希望把白芒丢出这个密室。什么胆子,居然比NPC还可怕……

王依萌胆量还可以,但也没有白芒这样勇猛。如果白芒不做描述,或许可以上去摸一摸。

"我来。"江川尧走近,站在白芒的面前,因为冰箱空间有限,人没办法进去,他只能贴在门外往里面伸手,一探,也摸到了白芒描述的东西……有人可真坏,只是一副橡胶手套而已。

江川尧咳嗽了一声,手放在上面没拿下来。

白芒不解地抬头,眼底分明写着一句"你在表演什么"?

江川尧低头,看向她:"它抓住我了。"

白芒撇嘴,心想:无聊。

什么?

"什么抓住你了?"

顾言锡发出了控制不住的尖叫,江川尧的"演技"没有吓到白芒,却对顾言锡造成了严重的身心摧残。

江川尧随手将手里的橡胶手套丢向顾言锡,顾言锡接住手套,整个人

311

快晕了。同时,第二次恐怖画外音响起,顾言锡抱住了身边的王依萌。

王依萌心想:说好的勇敢呢?

后面基本都靠白芒和江川尧,两人解密一关又一关。其中一个关卡,需要一个人躺到棺材里才能完成,两人也都默契十足地推荐顾言锡躺进去。

等四人从密室出来,顾言锡脸上发白,明显是惊吓过度。大萌真是一个善良的女孩,看着顾言锡被吓坏了的模样,又开始抱歉自己选了这个吓人的主题游戏,眼巴巴地望向顾言锡。

"顾老师,你腿软的话要不要先找个地方坐一坐?"

顾言锡谢绝了大萌的提议,看了看前面的江川尧,心想:今天真是被江川尧装到了,什么帅的都是他来,什么丢人现眼的都是自己来……难怪,某人第一时间赶过来秀存在感。

江川尧已经恢复了清爽自如的样儿,弯腰从饮料贩卖机里买了两瓶水。在今天的俱乐部里,江川尧的身型和颜值都很显眼,正是因为这份显眼,一个坐在桌子前的女孩举着手机朝江川尧偷拍了几张照片。

江川尧很反感这样的行为,只是他这个年纪的男人,也不好上前对一个十五六岁的小女孩发出严厉的责备。

白芒也看到了女孩偷拍江川尧。她接过两瓶江川尧递给她的水,走向玩桌游的女孩旁边,把一瓶水放在女孩的面前,微微一笑:"请你喝水。"

女孩脸上满是狐疑。

白芒好声好气地商量:"可以把前面拍的照片删掉吗?"

女孩脸上多了一丝窘迫,本要打开相册删除照片,结果坐在她旁边的另一个化浓妆的女孩站了起来:"凭什么删啊,我们拍的是环境,谁让他站在那儿,有本事别来这里玩啊!"

真是一个泼辣的人儿。

白芒在未检科干了两年,能用心理分析控制犯罪的未成年人,更别说一个暴脾气的女孩了。白芒微微一笑,亲切又无耻开口:"的确是他不对,不应该跟我出来玩。他长得太帅了,出来就招惹小女孩惦记,我应该把他好好藏起来。"

她这样一说,脸皮薄的女孩立马打开手机相册,删除了前面偷拍的三张照片。

"对不起,我以为他是演员……"女孩虚心地解释。

白芒随口问:"眼光不错吧?"

"凑合。"暴脾气女孩回一句,"你男朋友?"

白芒口气遗憾："还在追。"

暴脾气女孩说："我看你跟他根本没什么关系，你没权利让我们删照片。"

"对，我是没权利。"白芒露出更亲切迷人的笑容，"所以抱歉了。"

白芒面色如常地回到江川尧旁边："已经删了。"

"怎么协商的？"

"我告诉她们，她们的行为侵犯了你的肖像权，她们得知我是检察官，就很配合地删除了照片。"

江川尧唇边蓦地扯起一丝笑意，淡淡的，看着十分开心，从而显得这份笑容有点意味深长。

"白芒，我们是一起来做电灯泡的，是不是要提前撤了？"江川尧突然看向旁边的人。

白芒眨眼，虽然是这样，但……

江川尧已经拉着她往出口的方向走，路过桌游区的两个女孩，两人脑袋缓缓地跟着偏转方向。光明正大的，江川尧提前行使了被爱的人的权利。

"白芒，接下来让我来吧。"回去的路上，江川尧突然冒出这样一句话。

白芒的唇齿间低低地"嗯"了一声，目光轻盈地落在江川尧的侧脸上。帅气的面容一如既往的沉静，好看，又温柔。

好一会儿，她才反应过来，明白了他的意思，心间情绪交杂，又觉得天地雪亮洞明一片，仿佛什么都明了了，不再有任何质疑。

江川尧放柔嗓音，把话说明白："重新在一起这件事，你不需要表现心意，让我来。"

爱一个人，在爱和被爱这件事上，他一直希望白芒才是被爱得更多的那个人。不管是以前，还是现在。

好一会儿，江川尧略微遗憾地补充一句："前提是，你不嫌弃我。"

白芒的心像是一团发酵的面，终于经过漫长的等待与发酵，空气进入厚实的面团，开始变得松软，蓬松。

白芒安静了好一会儿，许久，从喉咙间滚出一道轻哼，丢出四个字："嫌弃死了。"

第十五章
四季·一生

你是我唯一愿意听命运这的理由。

    白芒把车子停入玫瑰园地下室的车位上。

    车辆驶入地库，方子欣的香槟色跑车已经停在里面，待她下车，驾驶座上下来一个人——谢思邈。

    方子欣推开副驾驶座的门，解释："别误会，他是我请的代驾。"

    白芒没说话。

    听方子欣这样说，谢思邈也不解释，扬长而去。

    方子欣熬不住白芒凝视她的目光，举手说："我说我说……谢思邈跟我去了一趟夏市，他在夏市认识一个对我做生意比较有帮助的人，我就资源利用一下，其他没什么的。"

    "哦。"

    这几年，白芒的情感世界可以说是平淡至极，一对比，方子欣的简直是跌宕起伏。

    她和谢思邈分手又复合，又分手再复合，其中有一次都见家长了，那天白芒也在。谢思邈的父母都是九高的老师，家境中等偏上，姐姐名校毕业后留在华艺出版公司当二把手，家境算不上特别优越，但因为九高是全国重点高中，父母又是全国知名教师，难免有点心高气傲。同样的，这样的父母最讲究门当户对，他们也不是看不上方子欣，只是觉得无论是方玉环还是丁景凯，都是历经风浪的生意人，坦白地说，自己是普通文化家庭，很难适应做生意的人的家庭氛围。

这还没什么，饭局中间，谢思邈父母还有意打探丁景凯坐牢的事，明显对丁景凯坐牢的事情心存芥蒂。

那是一次不太愉快的饭局，两人彻底闹掰，谢家父母那边还给谢思邈介绍了一个女孩，女孩工作稳定，是某个小学的老师。刚好这个小学语文老师方玉环也认识，一打听，是谢家父母主动上去巴结的，顿时气到不行。说什么不适应生意人家的氛围，就是托词而已。

父母爱子女，则为之计深远，两方谈不拢也不是谁的问题，是树不羡慕鸟儿高飞，鸟儿也不羡慕树能在土壤里扎根。

白芒和方子欣去了大萌家的天台。白芒还记得，她们一起堆雪人的那年，那时的大家意气风发、充满希望，现在大家各自有了烦人的思绪。方子欣和大萌面露愁容，白芒则一副清清爽爽、无牵无挂的模样，偶尔玩一会儿手机，偶尔仰着头看着宁市的夜空。

今天头顶的星星都比较隐晦，找了好久才看到一颗幽微的小星星。

难得这次休假那么久，是不是可以回云城一趟？白芒在心里琢磨回云城的事，方子欣和王依萌各拿着一瓶酒，喝一口聊一句。

这几天，方子欣的心里一直藏了一个秘密，她不是不想说，而是没脸说。在她和谢思邈彻底断了之后，她邂逅了一个男人，偏偏好巧不巧，这个男人是谢思邈的堂哥。

这次，方子欣的确是生意上的事需要找人牵线搭桥，谢思邈主动帮了她这个忙，他也不是为了要跟她言归于好，而是纯粹当她是多年的朋友。这些年，两人分分合合，真的难舍难分、情到深处早就结婚了，归根到底。两个人还是差了点意思。

然后，有意思的来了，谢思邈帮方子欣牵线搭桥的那个人，就是他的堂哥。

回来之后，方子欣手机里收到了那个人发来的消息：*是彻底算账，还是彻底算了。*

方子欣伸手抱住白芒，呜呜了两声："芒儿，我可能惹上情债了……"

了解事情的来龙去脉后，白芒再次确定一件事：男人的便宜，不能随便占。

下午，何必给白芒发来消息交代今天下午出庭的情况，胡晓美的宣判结果在白芒的预判范围之内。胡晓美的本性并不坏，如果在监狱里好好改造，她以后的人生还是有机会的。

当检察官,有一点不好,就是总能接触到社会阴暗的地方,那里是阳光没有照到的潮湿阴冷之地。黑暗里,各种阴暗总能紧密地发酵缠绕,如果不幸被黑暗击败倒下,就会轻易闻到腐烂或死亡的气味。

最要命的是,她曾经以为阳光总会照到每个角落,现在她只能说,这世上存在很多死角,没办法等待阳光,只能自己走出去。

白芒按了对面屋子的门铃,站在房内的江川尧样子随意,开门之际,手上还拿着锅铲。

"很准时。"他说。

白芒进屋,发现餐桌上已经有六个菜了,荤素搭配、卖相完美……那么多菜,她立马在客厅环视一圈,以为会有其他人来见证江川尧的手艺。

没想到,只有她一个人。

"我们两个人吃,怎么做那么多菜?"

江川尧笑笑。

"拿不准哪道菜做得好,索性把会做的菜都做了一份。"

白芒的话中透着点揶揄。

"有点道理。"江川尧眉目诱人地回望着她。

白芒安静了一下。

男女之间的气氛就是这样,分秒之内可能因为对方的一个眼神就有了极大不同。

"你以前跟我说,庆祝好事的方式就是一起吃一顿丰盛的饭。"江川尧目光灼灼地看着她,眼里的情绪很认真,他郑重地说,"既然我们决定重新在一起,总要丰盛一点,有仪式感一点。"

"那今天是要庆祝什么好事?"她问。

江川尧低下头,俯身在她的唇上温柔地碰了一下。很绅士的吻,像是一颗石子投入了心湖。

"庆祝你重新回到我身边。"江川尧说。

是啊,她重新回到了他的身边,他也回到她身边了。就在昨天,她收到了白蕙寄过来的一封信,这封信是白蕙死前,委托律师七年后寄给她的。

这封信,时隔七年之久,以迟来的爱意和隐晦的方式送到了她这里。

原来这才是七年前的真相,一直以来,她都误会白蕙了。

信的内容白芒反反复复地看,几乎能背下来,她不再怀疑白蕙的爱,才放下这封信。

白芒吾女：

如果你看到这封信之前，还在质疑我的离去是一场阴谋，那你此刻可以停止怀疑了。我的离开，是我自己的选择。

人类天生惧怕死亡，但是对我来说，死亡是一味治疗痛苦的药。按道理来说，我不应该成为任何人的母亲，是我的自私让我拥有了你。只是，如果没有你的存在，我可能更早地离开了这个世界，我对你没有履行一个妈妈的责任，可你偏偏是一个需求感极强的孩子。正常人可以轻易地表达母爱，但这件事对我来说有点为难。

我只能尽我所能，养你长大、教你强大、教你独立。你强大了、独立了，就不会再需要也不会再依赖我了。我实在扮演不好母亲这个角色，这是我天性的缺陷，没办法补救。

你十分聪明，知我心意，也慢慢地适应了离开我的生活，我很欣慰。

人和人之间，注定存在分离，不要过于依赖任何一段情感关系。你对我是这样，对江川尧也是这样。

作为母亲，我对你充满抱歉，为了抚平我内心的伤害，我做了一件又一件伤害你的事情。你是一个温暖的人，你不曾因为我的任性而失望，也不曾因为我的一意孤行而离开。

我自以为阻碍你和江川尧在一起，就可以让你避开危险，可我不曾想到的是，你最终还是因我陷入险境。而我，面对威胁，却不曾选择你。

你很聪明，一定可以猜到我的计划，是的，我计划了一切，包括自己的结局，我唯一没想到的是，你会误打误撞被迫变成我计划中的一环。

你是一个很好的女儿，而我却是一个不合格的母亲。

这近二十年来，有你的陪伴是我的运气，我为你感到骄傲。但我的存在对你而言，不是运气。所以不要因为我的离开感到难过，而是要感到幸运。我猜，你看到这句话一定非常不以为然，但你仔细想想，事实就是这样。

我的离开，对你是幸运，对我自己也是幸运……

如果最终，你还是需要妈妈安慰你一句：我很抱歉，但我爱你。

你是我唯一感谢命运的理由。

希望你看到这封信时，已经获得内心的平静，获得安宁。我更希望你历经风浪仍然具备一路向前的勇气。

如果有一天，你发现坚持光明很难，那就放弃，没有人会怪你。

我相信我留给你的钱可以让你做任何你想做的事，没有人会苛责你不够光芒不够正义，但一定有人质疑你为何与众不同。

如果你要坚持,那我祝你好运。坚持光明和正义的人,需要那么一点运气。希望我的离开,能给你换来一生好运。

人生永远有差错,就像生活很难一直跟着计划走。

白芒本来计划今天回云城,结果又临时接到了检察长打来的电话,让她回检察院一趟。

"你的假期结束了。"检察长用非常干脆的一句话,结束了她一个月的停薪留职处分。

白芒站在检察长的办公室,身上还穿着日常的服装,一脸无奈:"好突然。"

检察长深沉的目光落在白芒身上,也不兜圈子,直接说出上面领导的话:"有人点名要你负责他的案件调查。"

白芒沉了沉思绪,问:"是姜啸信吗?"

检察长颔首:"对。"

片刻之后,又补充一句:"你可以拒绝。"

白芒眸光清澈,反问:"我为什么要拒绝?"

检察长把笔丢在桌上,双手撑在桌面上,语重心长:"江川尧和姜啸信是撇不开的亲人,你一旦负责姜的案件,多少会影响你和他的感情,以后能不能公开都不一定……你是检察官,你头上的荣耀和责任,你也清楚!关键是,你有自信吗?确保江川尧真的万无一失?能够以全身而退?"

白芒安静下来,老检察长真的是很偏爱她了,把话说得这样明白。

"我和江川尧……"

"别说了,我这双老眼还看不清楚你们两人的关系,江川尧从京大来我这个小庙调研,难不成是因为我啊?"

"我相信他。"白芒突然抬起头,说出的话比前面还要坚定一分,"即使他不能全身而退,也不影响我的选择。如果他现在在这里,肯定也会尊重我的选择。"

检察长右手一抬:"行。下楼去办手续吧。"

因为调查姜啸信的案件,她和江川尧没办法在一起,至少,在形式上,她和他要再次分手。

分手吧。

白芒在办公室托着脑袋,从微信里发出这条消息。

江川尧很快回复,他不知道也不了解她面临的事情,直接干脆地答应了她:好。

再次分手在所难免，只是没想到案件调查如此快。

江川尧回完白芒的分手消息，走出房屋，对着等在外面的一拨人礼貌地点头，将手机放在其中一个人的手上。白芒给他发来消息前，他也准备给她打电话来着。她这条突如其来的短信，反而令他安心了。她做了无比正确的选择。

白芒被借调到一级检察院反贪局，江川尧则因为同姜啸信近亲的身份关系，暂时被限制人身自由……

作为检察官，白芒很了解这里面的程序，她不担心江川尧那边的情况，他不是被管制，只是暂时失去自由，其他的负面影响几乎没有。

只是在姜啸信的情况没调查清楚之前，她暂时不能和他见面。

办好借调的程序流程，白芒拿到了自己新检察证。回到办公室，何必手持文件包正要外出，见到白芒突然回来了，脑袋一抬，笑得眼睛都快没了。

何必没有半分犹豫，屁颠屁颠地跟着白芒进了里间办公室。

"白检……你可终于回来了！"

何必扒拉一张椅子坐下，叽叽喳喳地说："你知不知道，你休假之后未检科忙成一团，你看，我是不是瘦多了？"

白芒算了算自己休假时间，礼貌地抬眸看了看何必这张略微方正的脸，说："有个好消息和一个不太好的消息，先听哪个？"

何必眼睛一闭，嘴皮动了动："好消息。"

白芒微微一笑："我结束休假了。"

何必眼珠子滚了滚，预感不太好地问："不太好的消息是？"

白芒轻松道："我要借调市一级检察院。"

"所以？"

"暂时也没办法给你分摊工作。"

何必两眼一晕。不要啊。

白芒收拾办公桌，拉开抽屉，里面放着一只手表，好像是前几年她参加工作收到的一份礼物，没有署名。这份礼物，以前她不确定是谁送的，现在她很明确地知道是谁送给她的礼物。

何必是一个对品牌钻研比较到位的小资青年，看到她拿在手上的女款手表，咂舌道："白检，这手表就那么随意放办公室啊？"

白芒将手表扣上手腕，回答何必："谁敢来检察院偷东西？"

"的确，但是……"

白芒办公室还藏着不少好东西，因为何必还蛮喜欢牌子货，白芒从里面找出一支名牌钢笔,送给何必。

何必那个百感交集。那么贵的东西,说给就给,看来白检真的要调走了,连分别礼物都送给他了。

前两天,陈薇薇也在办理离职手续,高调宴请了同部门的同事。

何必也参加了陈薇薇的散场宴,虽然他和陈薇薇部门不同,但谁让他和陈薇薇都是京大毕业生呢。

那天聚会散场,有个同事私下聊起一个市侩的话题:"陈薇薇和白检两个人,谁家里更有钱?"

何必当时插上一嘴:"白检不是云城人吗?"言下之意,他真的不知道白检察官居然有钱到成了同事私下好奇的话题。

"你不知道啊,白检进检察院前,是几家公司的股东,因为在职人员不能经营公司的这个规定,白检纳了八位数的税退出股东分红……这事是老检察长处理的,还问她为什么要来当检察官?一辈子工资都不够她当时缴税的钱……啧啧!"

何必家境一般,本以为白检察官跟他的家庭情况差不多,没想到是一个隐形富婆。他认识的白检,不仅兢兢业业工作,还很节约,准点上下班生怕扣季度奖金,每天吃单位食堂……

何必刚听完白芒的事,有点兴奋,再想想又有点郁闷。

人和人……之间的差距还真大啊。

"白检,你为什么要当检察官啊?"何必瞄了一眼正在整理文件的白芒,问出这个问题。

白芒手一落,说:"我还在读书的时候,身边有一个人想当检察官,没当成。"

何必年轻的脑子还有点不切实际:"您是替谁完成心愿吗?"

白芒弯弯嘴角:"有没有听过一句话,好奇心害死猫。"

何必愣了愣,一时无法理解。

白芒幽默开口:"我当时很好奇他为什么要当检察官,结果一不小心……就栽进来了。"

何必不可思议地扯了扯嘴角:"您这好奇的代价也太大了。"

"可不是,这行风险大,也不知道能干多久。"

何必终于明白过来!为什么他第一次上班进未检科,就有人跟他说白检察官是一位传奇人物了。本以为传奇点就是白芒长得漂亮,追的人多,事实证明,他还真是年轻,眼力见不够。得知白芒的一些经历和身份,再研究她的性情和方式……他发现,她真的很神奇。

那天,在陈薇薇的分别宴上,关于陈薇薇和白芒两个人,有人做了这样的分析:陈薇薇是渴望体验风雨的富贵牡丹,白芒则是经历过风暴的烈日玫瑰。

"好好干,干好这一行也很有成就感的。"白芒整理好重要物件,扬起一个明亮的笑容,"有缘再见。"

迈着长腿,白芒走出了未检科办公室。

下午,白芒就来到了市检察院报到,加入姜啸信案件调查工作组。

翌日,她以检察官的身份见到了姜啸信。

姜啸信的头发全白了,一丝不苟地梳成大背头,人看起来还算精神整齐,只是面容苍老了不少,跟那天她在寺庙见到他的样子没太大区别,但跟在澜大演讲的那年差别就大了。

那年的他意气风发,英姿勃勃,演讲时口若悬河,是一位很有个人色彩的人。现在的他,平静而缓和地坐在她面前,虽然谈不上如何落魄沮丧,但整个人完全没了昔日的风采。

"我以前见过您。"白芒微笑从容地开口,讲起当年的一件小事,"在我入学那年的澜大新生欢迎会上,我非常感谢您当时提出的优惠政策,让我享受了四年的大学食堂补贴。"

"哈哈……"姜啸信的目光清淡,"那我也知道你。还有你不知道的事,是我跟检查组提了一点要求,希望你能亲自参与这次检查……你知道我为什么要这样做吗?"

不管两个人的身份如何转变,姜啸信位高权重多年,问话的神态和语气仍是充满气势的。

白芒抬起眼皮,眸光清亮地回应姜啸信夹带审视的目光。

江川尧的眼睛和姜啸信的眼睛十分相似,只是两人性格不同、经历不同,即使眼型相似,但眼神给人的感受很不一样。江川尧的眼神清而正,明光烁亮,看一个人的时候眉目逼人,也能见里面星点波澜,令人渴望回应。姜啸信的一双眼睛则像深冬的黑夜,深沉又笼罩着一层看不清的浓雾,盯着一个人的时候,令人不敢回视。

白芒身体里的锐气锋芒一下子回来了,她倏然地接住了姜啸信的目光,冷淡开口:"我没必要猜测你的用意,跟我无关。"

"怎么会跟你无关?"姜啸信淡笑反问,收起思忖,直接说出原因,"有些事,只有你参与了才会真的打消怀疑。"

白芒抿上嘴巴,双手握紧。

姜啸信缓缓说话:"这些年我一直在关注你,因为阿尧请求我,他希望能用我的力量保护你。在你母亲的事情上,他一直相信我,不是因为我和他在血缘上存在联系,才无条件地信任我,而是因为他会判断,他认识我的时间也久,也了解我。

"你不一样,不认识我,也不了解我,对我有误解很正常。所以我希望你能参与我的调查,往事也好,功罪也好,等你清楚了一切,就能真的放下芥蒂了。"

白芒真没想到会是这样出。

"我这样做,不是为了你,是我欠那个孩子的。"

今天白芒和姜啸信的两人谈话,是姜啸信额外要求的。

她前面进来单独会谈姜啸信的时候,新组长对她千叮咛万嘱咐:"问话态度一定要礼貌。"

如果说,做人是一场修炼,那么姜啸信虽在做事的过程中犯下了许多错误,被收押在这里,但从做人而论,他也是到了登峰造极的地步。跟这样的人聊天,尽管她以前对他充满恨意、误解,但此时此刻,听他说话,她的心情依然平静且舒畅。

一片血橙色的夕阳从窗户框中沉下来……

房间里的光线顿时晦暗起来,导致脸上的神情都有点看不分明。

白芒离开的时候,姜啸信最后对她说了一句:"等你了解了我的一生,你对他也会更欣赏的。"

白芒的两颗虎牙默默地顶着下颚,一张因为沉思变得冷凝疏离的脸,让姜啸信多看了几眼。

姜啸信深沉静寂的眼中缓缓地涌上一丝遗憾。

白芒将双手收在身后,今天的姜啸信必然感到遗憾,而同样遗憾的事情还有很多。人生最大的遗憾,就是遗憾已经过去的遗憾……

她心里有句话,没有说出来。她对江川尧的感情,从来都是跟他的家庭分割开来的。同样,江川尧也是这样对她的。

莫道浮云终蔽日,总有云开雾散时。皎洁的明月都有被乌云遮盖的时候,别说本就容易惹尘埃的人心。

白芒新来市检察院,下班后,新同事带她到附近的饭馆吃饭,没想到,遇到了一个熟人——林木森。

林木森的目光频频望向她，就是不敢吱声打招呼。

白芒主动上前打招呼："林木森。"

"真是你啊，白芒！"林木森依旧温和的眉眼堆上惊喜，跟他那桌的同事打了个招呼，来到她这边。

"林检也认识我们新来的美女检察官？"带她的杜组长是一个老检察官，又油又正，油腻的是外表，内心则一腔正气。

林木森弯腰，给老杜递了一根烟："我和……白检都是澜大的，白芒在我们澜大可是很有名的人。"

林木森的话完全避开了两人恋爱的那段时间。那段算不上谈恋爱的交往，对林木森也好，白芒也好，只是一段有趣又短暂的青春记忆。

"你怎么在这儿？"白芒问。她记得林木森是鹿城人，当年大学毕业就考回了鹿城的检察院。

"我过来交流学习两个月。"林木森指了指坐着两位同事，"他们都是跟我从鹿城一起来的同事。"

白芒冲他们点头致意。

晚饭这一桌，都是重油重辣的川菜，白芒这几年口味比较清淡，晚饭就陪同大伙吃一点，为了避免尴尬，筷子拿在手里没下来。白芒突然……想起江川尧给她做的那一桌宁城菜，他怎么会那么准确了解她这些年口味的改变？

白芒瞥了眼手腕上戴的手表，还有一刻钟就7点整了。

聚会散场，巷子里罩着一盏昏暗的灯，给整个夜晚增加了一分迷离。空气里起了雾，裸露在外的脖子感受到一点夜间的冷意。

白芒开车有听收音机的习惯，本地新闻重新播报了早间新闻，在无关紧要的本地新闻里带了一则关于姜啸信的消息。

白芒将车停好，下车的时候看了眼停在她对面的一辆黑色跑车，径直走到电梯间，上了电梯。

她没有回自己住的1202，而是来到对面，站在门前，输入她的生日。

打开总开关，明耀的光线立马充斥整个空荡的屋子。

白芒脱掉鞋子，裸脚来到江川尧的主卧，人往床上一倒，整个人陷入大床中间。

闭眼，停止思考。半个小时，休息够了。

白芒从床上摸索起身，打开床头柜的抽屉，试着找一找江川尧在房间里有没有藏烟。

"白芒，你在找什么？"一个声音从房间的一角传来。

白芒猛地抬起头，看向对角的摄像头，眼睛一瞪，难以置信，江川尧居然打开了手机摄像。

白芒："江川尧，你吓到我了。"

手机中声音略有不同，比江川尧原本的声音更沉更倦。

"我找……你啊。"她厚颜无耻地回话，仰着头。

"信了。"

如果说，前面白芒心里还有最后一点不安，那么，此时两人以这样的方式对上话，那些不安和忐忑已经完全烟消云散了。

"你可以使用手机？"白芒问。

江川尧的声音又从手机中传出来："案件查清楚以后，还给我了。"

"嗯。"白芒说了件事，"我……加入了调查组。"

"挺好。"

白芒一时静默，今天做出加入调查组的这个决定，她在心里无数遍告诉自己——她相信他。只是天上的月亮都存在阴影，一个出身商贾之家的年轻男人真的能完全经得起调查吗？更别说江川尧现在还投资了不少风口行业，万一他不小心被牵连其中，她作为检察官要把最爱的人送进去？

白天，白芒的大脑还清明无比，只是一回到这个屋里，她就有些混沌了。她逃避地闭眼了半个小时，就是想安静一下，结果江川尧以这种方式跟她对话，心再次定下来。

"我什么时候能见到你？"她问。

江川尧："这个问题，我也想问问你，白检察官。"

白芒："检查工作才刚开始。"

江川尧："我知道，检查组应该不会留我太久的。"

白芒有点想笑："你那么有把握？"

江川尧声音清晰有力，真真切切地透着轻松的自信："不是有把握，白芒，你忘了我也是法律科班出身的吗？违背道德的事我不会做，违法的事我也不会做。"

"我差点忘了，你还是我的法学引路人。"

"好好工作，不要有任何心理负担。"江川尧叮嘱她。

回去前，白芒带走了江川尧书房里的一本手绘画册。

画册里的主角是一个小女孩，留着齐刘海短发，脑袋大大的，脸蛋圆圆的，看不出像谁。直到她看完画册，才发现，女主角正是自己。

小女孩一个人蹲着玩蜗牛，小女孩做出咏春拳的经典动作，小女孩独自站在山头的一棵树下……

白芒目不转睛地盯在画册上小女孩，产生疑问，江川尧居然把她小时候的样子想象得这样圆、胖、矮？

江川尧擅长画画她知道，分手那天他就在她面前展现了自己的画技，将她的样子描绘得生动真切。没想到江川尧画这种简易卡通画，人物更加活灵活现。可是，他为什么要画这个？还把她画得那么……愚蠢！

这些年，她和江川尧分手期间，不管是她第一次参加工作，还是她每年生日，都会收到一份匿名礼物。大概是因为一直保持着某种意义上的"联络"，所以两个人的关系恢复才可以这样迅速，又自然。

她和邹瑞泽最后告别时，邹瑞泽说了一句："不知道你知道不知道，对他而言，他从没有跟你分开过。"

翌日上班之前，白芒又到江川尧家里秀了一波存在感。

避免浪费，她在他家冰箱找到了一份早饭。客厅摄像头适时地传来熟悉的声音："这个不新鲜了，丢了它。

"冰箱有鸡蛋、牛奶，还有培根火腿。"

白芒挥手道别，不劳烦江川尧操心。

今天上班，她显然比昨天状态更好，心无旁骛地投入了调查组的工作。作为一个检察人，她必须保持客观、冷静，从旁观者视角了解姜啸信长达四十多年的在职工作史。

根据江川尧的年纪，姜啸信和乔白认识的时候还在澜大法学院工作。他是舍弃了乔白，娶了后面的妻子后扶摇直上的。能力和手腕固然要有，但对姜啸信而言，人生机遇更是不能错过的必选项。

只是有些事真是应了一句话：命运的馈赠早已在暗中标好了价格。

姜啸信因为当年错误为江家安排的一切，现在到了算总账的时候。有专门经济科的前辈分析了江鹤鸣之后江家的商业重组，不可思议地说："江家留下的产业都是干净没有问题的，有问题都退出经营了……有些不良资产早就主动上缴或无偿捐赠给基金会……"

"处理江家资产的人，真是一个又懂法律又懂经济的人！"

"有人说他是姜的亲生儿子？"

"这个不重要……重要的是，他有没有在这里面谋私。"

"也许是江家这个独生子早知道江家会完蛋，提早做到了风险规避而明哲保身?"

因为调查姜啸信,检查组对江家当年的经济账目也再次清查了一遍,有些看似巧合的经济账目似乎是有意而为。在江家还风光鼎盛的时候,江川尧已经冷眼旁观江家的沉浮,完全将自己从江家抽离了出来。

这是怎么做到的?江川尧可是江家唯一的继承人啊!

调查组的同事都身经百战,处理过不少类似案件,对人性和利益的了解都到了眼明心亮的地步,但江川尧还是让他们感到诧异,江川尧在舍和得之间,几乎做到了平衡。

"江川尧还真不赖啊。"老杜抽着烟说,"本来以为是一摊烂账,结果江川尧的公私分明还真的大大减少了我们的工作量,他是怎么做到这种平衡的?"

"难不成因为他是天秤座?"一个平头男检察官摸了下鼻子,以玩笑活跃一下调查氛围。

"江川尧不仅是澜大的法学生,还是京大的心理学博士。"有人客观地提了一嘴江川尧的学历和专业。

"看来脑子和知识真的很重要……处理资产的时候,稍微一个不小心就会把自己扯进泥潭里,或者稍微贪婪一点,现在留在他手里的就不是财富而是炸弹啊!"

"真厉害!他这样的人,心机肯定也很深啊。"

"那样家庭养出来的人,怎么会没心机!"

有关江川尧的点评和分析,白芒一概不参与。有些事情她做不到客观,就保持沉默。

江川尧的确是很会计划和安排的一个人,用他们的话来说,心机深不可测,但他和她相处的时候,他在她面前展现的样子都是真诚细致的,甚至是温柔和正义的。正因为如此,她不参与江川尧的话题讨论,对他,她无论如何都做不到客观。

下午,白芒穿着制服见到了姜啸信从海外回来的妻子和女儿,她们常年在国外,与姜啸信在国内的一切行为没有任何牵扯,可以说,姜啸信很好地保护了他最亲、最爱的人。

白芒终于明白……为什么江川尧可以早早地布局保护自己,因为从来没有人保护他。他是江家的棋子,谁会保护一颗棋子?必要的时候,棋子只会被舍弃。

"等你了解我的人生之后,你会更加欣赏他。"姜啸信昨天的话还挂在耳边。

江鹤鸣、姜啸信、钟天耀、钟灵……这些人一个个逐渐沉沦和被腐化的时候,只有江川尧这颗"棋子"从江家的虚假浮华里走出来,最终,他还操控了江家的资本和财富,以及他自己的本心和人生。

嗯……真是厉害。她的男人,她自然万分欣赏。

对姜啸信的调查取证持续了半个月,还没有结束。月底这天,白芒的手机收到了各种生日祝福,有人工机器人发来的,也有亲友真挚的祝福。

这半个月的调查取证工作过于繁忙,早上起来,白芒都忘了今天是她的生日,也是江川尧的生日。

下班开车回去的路上,她接到了贵妃打来的电话。她的生日已经有了安排,心底仍冒出一丝遗憾,因为今年她和江川尧又不能一起过生日了。

手机突然嘟嘟响起,一个陌生电话打进来,白芒直接按掉,陌生号码又来了。

她……接听了。

"你好。"

"生日快乐,白芒。"熟悉的声线像是秋后的清霜簌簌地从手机听筒里传出来。

"生日快乐,江川尧。"白芒慢了半拍,回他。

白芒先回到了玫瑰园。

丁龙泽也回家了,此刻正等在台阶上。他上衣是一件连帽的卫衣,下面是运动裤,帽子盖住脑袋,看起来身形板正,四肢发达。一张清秀的脸不知道为什么绷着,眼睛却十分闪烁,似乎早就准备好了,等她走过去。

白芒下意识升起不太好的预感,面容仍挂着浅淡自然的笑意,脾气很好的样儿。

如果问丁龙泽和方子欣他们,从最开始认识白芒到现在,最大的改变是什么?丁龙泽的回答是:以前的芒芒冰笑着都不敢得罪,现在的白芒像是那种天天扶老奶奶过马路的热心市民。

白芒走到大门的台阶上时,丁龙泽突然从身后变出一个礼炮,然后打开。嘭!

"Happy birthday(生日快乐)!"丁龙泽营造了一下气氛,下一秒解释,"她们一定要搞这个。"

白芒停顿一秒,同样也是一秒之后,她咧出一个大大的笑脸:"好惊喜,谢谢！"

白芒走进别墅客厅，餐桌旁已经热热闹闹地坐了一桌。

王依萌和顾言锡也来了，他们还带来了白芒的狗子，正不停地朝她吐舌头。今天方贵妃一直催她晚上回来吃饭，也没有点出要给她庆生，她琢磨，大概是回来过个普普通通的生日，没想到还是热闹的聚会。

点蜡烛、许愿、吹蜡烛、切蛋糕……

白芒的脸上全程都扬着配合的微笑，朋友之中，她的性格算不上活泼，不像方子欣那样大大咧咧，也不像大萌是气氛能手，但是白芒就算安静地存在于她们中间，整个人依然保持着阳光洒脱的情绪，让目光落在她身上的人心情也跟着愉悦起来。

所以，丁龙泽觉得白芒越来越像一个好市民了。

"好市民"白芒过完了生日，本要找个理由离开，没想到被方子欣强行带上了她的跑车。

"哪有人过生日就吃个蛋糕的，小朋友都还有派对游戏。"

白芒坐在车上，看了看手机，打开微信对话框，停留在她和江川尧两人最后对话的页面，忍住没有发去任何消息。

方子欣找了一个轰趴馆，顾言锡的车早就到了，她的车子停在了顾言锡的后面。在他们前面已经停着数辆车。

白芒踏着月光进来，外面迷离里面辉煌，夜风轻轻过耳，居然有一种莫名期待的悸动。仿佛有预感般，白芒仰着头，皎洁的月光照满了露台，夜色浪漫而辉煌，数米之高的露台站着一个人，那人身形高大颀长，眸光明亮地朝她看过来，映着清辉和明灯，眼神中流露出来的温柔像是昙花缓缓开放。

两人对视。突然，整个轰趴馆外围的花草树木瞬间被点亮一样，仿佛点缀了数万萤火围绕其中，本来平淡无奇的一栋小楼，马上变成梦幻神奇的童话之地。

白芒的童年没有任何童话色彩，可是在这一刻，她眼底所有的色彩都被点亮。

她站在中间，看着江川尧。他也看着她，张扬着只想给她制造惊喜的少年意气。她真的很喜欢这样的惊喜。

"生日快乐，白芒。"江川尧对她说。

"生日快乐，江川尧。"

"等会儿……许个愿。"江川尧眉眼一动，有她熟悉的感觉。

哗的一声，整个天空再次明亮起来，烟花骤然在天幕绽放，像是从深空里散落的钻石，散发着令人怦然心动的巨大光芒，汇聚在她眼里，如同星光瞬间齐齐下坠。

十九岁的生日礼物，二十五岁生日的礼物，都是同样的惊喜。比起十九岁相对平静而好奇的她，此时此刻的白芒，更多了几分感动。

因为给她惊喜的还是同一个人。当时，她以为江川尧多少有点浪子的不正经在身上，可偏偏是他给了她最大的期待和安全感。

二楼露台出现了不少人，有些前不久刚见过，比如邹瑞泽，有些真的好久不见了，比如现在操持着整个俱乐部团队的老板詹宇。詹宇已经不打电竞，而是变成了老板。江川尧不太出现的七年，她和詹宇依然保持着联系，看着詹宇从带队成功出圈到转行当了经营人。今天詹宇带了俱乐部所有的人一起给江老板庆生。惊喜过后，这是一个众人放松的夜晚。

姜啸信的调查持续到了10月底，白芒离开调查组时已是11月份，这中间她和江川尧只保持着邻居关系。这次调查工作顺利，她可以一直留在市检察院，只不过，白芒原本一直都想从未检科转到反贪局。这次的调查经历，让她反而改变了留在反贪局的念想。

"你还是要回城北的未检科？"老杜第一次用正经严肃的口吻问她。

白芒："未检待习惯了。"

"那你前几年还一直提交申请过来，怎么回事啊？"

白芒："前几年脑子糊涂，这个月完全清醒了。"

清醒是一个对外的说辞，更具体的说法是她放下了对当年事件的真相的追查，她的不甘心终于得到了释怀。外界的伤害可以用法律解决，内心的伤害只有靠自己治愈，白蕙就是没有治愈好内心，才一直沉溺在痛苦中。

"这是一次升调的好机会啊。"老杜算把话说明白了，主要是经过这一个半月的接触，他觉得白芒是一个有思路、办事又果决的好苗子，很适合反贪工作。最重要的是，她的内心坚定又磊落。

白芒感激老杜的挽留，说："如果真的有一天来市检察院，我也希望靠着自己的工作履历和能力上来。"

大家都勤勤恳恳地工作，她没兴趣做一个引人议论的话题人物。

白芒走下市检察院的一级级台阶，初冬的太阳照在她胸前的检查徽章上，闪着一点光。

她回过头看了眼检察大院的门厅，突然想明白了一个问题——为什么白蕙当年不想让她上政法学院。追求正义太需要保持纯然的信念了，不管是高山低谷，还是一路荆棘，都需要克制欲望、遵守本心、保持强大。

白芒再次回来，老检察长自然高兴，只有基层才能培养出最好的苗子。这是老检察长一直以来培养人才的理念。

趁着老检察长高兴，白芒提出继续休假的请求。前面允诺她的假期，才休息几天被召回实在太违背人性了。

老检察长沉默片刻，行吧。

何必也终于等到了他的白检回来，结果空欢喜一场，又唉声叹气地把白芒送到车上，扒着车门求白芒一个事："白检，你周围没有适合我的女孩，帮我介绍介绍吧。"

白芒认真端详何必的脸，提醒他："你哪有时间谈对象，嗯？"

何必望天半秒，甩上车门。

前方的车流汇聚成长龙，车灯穿过挡风玻璃照进白芒眼睛，她眯了一下眼，看到前面十字路口的路牌，显示左转就是南山路。

突然心生念头，白芒左转驶入南山路，沿着南山公园一路朝前开着，曾经牵连她和江川尧命运的江家，已经消失在那片层层叠叠的梧桐树林里。

她是什么时候爱上江川尧的？她已经都忘了。只是，人在面临黑暗的时候，很容易跟黑暗一起沉沦，在她快要闻到死亡腐朽的味道时，是他跪下来吻了垂下脑袋的她。

大萌之前说过这样的话："现实里的爱情从来不是雪中送炭，而是锦上添花。"可是，她和江川尧还是拥有了一份雪中送炭的爱情。

因为多了二十多天的假期，白芒决定回一趟云城，江川尧在微信里回复她，他和她一起，就像当年他送她回云城一样。

第十六章
四季·坚定

他和她都不再是当年的白芒和江川尧，可他和她还相互欣赏着，喜欢着。

初冬的天，是澄明透光的。

白芒和江川尧回到云城之后，打扫了两天的房子，这座位于半山腰的小楼，外墙重新修葺粉刷，换了颜色，不再是昔日的红房子，而是一幢通体纯白的现代风小楼房。外观改变了，但里面几乎没有动。

昨天回来，江川尧仔细检查了一遍房子里里外外的设施。真是应了一句话，再好的房子都需要有人住，一番精细检查后发现：灯泡坏了三个、两条电路被小动物咬断，总电闸也失灵了。

江川尧高中物理知识学得过硬，动手能力也不错，花了半天时间搞好了老房子的基础设备。

这幢老房子给了白芒太多记忆，她一直舍不得将这幢小楼出售。这些年，云城旅游业发展很好，四周建起了一栋栋民宿，夜里亮灯的时候，大半座山都是亮的，壮观又浩大。

江川尧最后检查了一遍电路，确认没问题后，长腿落地，利落地从步梯上下来。他把工具箱整理好，将步梯搬回小院的杂物间。

白芒很享受当监工的感觉，小院里野草丛生，白芒心血来潮地拿了一把小锄头除草，轮到江川尧当监工，休闲地站在台阶上一边喝水一边看她。

白芒突然想起退休以后，她和江川尧在这里过上种菜养狗的生活会如何。

"江川尧，你会种菜吗？"白芒蹲着，问近处的江某人。

江川尧看看她："你会浇水，我就会种菜。"

她又问:"你以后会养猪吗?"

江川尧站姿随意,瞧着她:"不是正养着吗?"

白芒指了指自己,她哪像啊?

江川尧笑笑,说:"猪确实比你能吃很多。"

"比我能吃太多好不好!"白芒麻利地站起,三步并作两步地朝江川尧那边走。

江川尧伸手拿掉粘在白芒衣服上的杂草,明明只是一个简单的动作,可他看向她的眼神,有一份珍重的情感。

此时此刻,简单平淡,无拘无束,对她和他而言都过于难得。所以,如果前面白芒那个问题直接问出来:愿不愿意跟她过平淡而乏味的晚年生活?江川尧不仅愿意,还非常甘心。和她在一起,又怎么会乏味?

修好屋里的基础设备,还需要采购日常用的食材和生活用品。

这几年,下山的路已经加宽拉直,云城周边的男女老少都会趁着周末带家人来这里休闲娱乐。

时间总能改变很多事,改变了人和事,还改变了一座小城的样子。这几年云城的变化比宁市更大,原本只是偏僻的山城,因为这两年大力发展文化旅游产业,推广山间民宿,云城在外面的名气越来越大。

前几年她还在澜大读研时,有同学不知道她的老家在云城,还来云城打卡网红民宿,她看她们朋友圈里晒出来的照片,在最老旧的地方找到了一点熟悉感。

"云城现在的书记是他之前的学生。"江川尧提到一件事,不贬不褒地说,"这个小城很多细节上的改造,都可以看出他的做事风格。"

结束前面的调查,白芒对姜啸信也没有原先的偏见了,更不会用纯善纯恶去定义那个人。他做过很多好事,也犯过错误。

以前她上课时,一个法官跟她说过这样的话:"用人性去推敲一个人,永远经不起推敲,所以只能用法律定义事件,用对和错去定义人。我们需要这样的正义,来守住这个世间的真诚、善良、温暖和爱意。"

"他让我跟你说一声,对不起。"白芒转述姜啸信要带给江川尧的话,"他犯的错得到了应有的惩罚,但对你的亏欠,这辈子都没办法补偿。他希望你过得好,这样他的愧疚就少一点。"

江川尧眸子静若止水,里面蕴藏一点清明,一点温柔,他眨了下眼说:"白芒,在一件事上,我是感激他的。"

白芒转过头,回应江川尧的这份认真。

江川尧："感激他当初没有放弃我,也感激他把我留在江家,感激他坚守了底线没有让事情变得更糟糕。"

白芒沉默。

江川尧再说："你不觉得,很多事情是牵一发而动全身的吗?你我之间看似冥冥之中自有安排,其实都是他们在推波助澜。你会跟我提出交往,也是因为我和江家的牵连。你会爱上我,也是因为我和你一起陷入了他们的牵连里。"

白芒无法反驳江川尧的话,她亦明白了江川尧为什么磊落而强大,因为他对往事做到了既往不咎,对她和他在一起的时光又充满感激。

云城分为新城、老城,老城已经变成文旅产品推销地,白芒和江川尧走在狭窄低矮的楼房小巷之间,四周时不时传来轻柔的摇滚乐,女歌手的歌声,听得人心情舒畅。

对面是一家卖各种乐器的店,白芒参观的时候,江川尧已经谈好了一把木吉他的价格。这把挂在店中间最上方的吉他,是这家店最贵的镇店之宝,两年都没卖出去的五位数吉他,被江川尧两句话拿下了。

"老板,它多少钱?"

"这个……是我店的镇店之宝,我一个朋友放我这里的珍藏品,我拿来展示的……主要是,它价格有点贵,一般人也不会买它。"老板说话的时候,眼睛不停地瞅着江川尧,似乎要通过他的衣着判断他的消费能力。

"多少?"

老板报了五位数。

对江川尧来说,这个价格实在不能说贵,但在这个小城里确实价值不菲了。

"好,我买了。"江川尧很爽快。

白芒还在研究最前排放着的 150 元一个的彩色手拍鼓,没想到江川尧那边已经做了一单五位数的大生意。

他是大佬她承认,但他能不能不要做冤大头。

江川尧准备付款之际,白芒伸手拦下,微笑地对老板说了句云城土话:"这把吉他吧,成色也旧了,根本不值这个价。我朋友从大城市过来,脑子不清楚,你作为本地人不能这样宰人吧?"

白芒流畅地说着云城本地的方言,江川尧一愣一愣地看向她,尤其当她说他是大城市里来的脑子不清楚的时候,细致浓长的睫毛微微眨动,似乎想出声质疑她又不好开口,瞧着有一种帅气十足的委屈感。

"姑娘，你是本地人啊，我是真没看出来。"老板也用云县土话回她，"我真没有宰你，这把吉他确实贵，是名家之作……我朋友缺钱才寄放在我这里卖的。你朋友能看上它，也是一个有眼光的人，我只能给你再少几百，良心价了。"

"几百是几百？"白芒谈价钱时语气温和又充满底气，"这样，我的冤大头朋友已经谈好了价格，我也不多砍——少800元，我们要了。"

白芒直砍800元，老板眉头一皱一松："我问问我朋友。"

完蛋了，不问还有戏，一问准要心痛地赚江川尧一半的钱了。

老板打了一个电话，回来果然同意让价，白芒面上露出一点微笑："谢谢。"

她再看向江川尧，无奈又好笑，做了一个请付款的手势——感谢他为云城本地旅游业的发展做出贡献！

江川尧风度颇佳地付了钱，一点也不像冤大头。

"姑娘，你们住哪儿啊，我真的没在云城见过你。"老板追着白芒问。

白芒回："我不常在云城住。"

白芒和江川尧从乐器店出来，正经八百的食材和生活用品没有买，反而入手了一把最没用的吉他。偏偏这把吉他背在身上，衬托出两人与众不同的身姿气质。

今天白芒身上穿的是长款燕麦色羊绒大衣，里面是颜色浅一点的米色打底衫，贴身牛仔裤底下是一双棕色长靴。

江川尧同样穿着落拓的大衣，黑色高领衫，户外短靴。两人走在一起，像是文艺又温暖的……流浪歌手。

"你这把吉他，买的可真不便宜啊。"白芒云淡风轻地提了一嘴。

江川尧好脾气地回她："毕竟我来自大城市，脑子不清楚。"

白芒："你听得懂云县话？"

江川尧含笑的眸子对着她，提醒她："白芒，我来过一次。"

来过一次就听得懂？

江川尧用温和的语气说着过分的话："不要把你家乡的方言想得太高深了，你初次来宁市时，还用宁市话忽悠过我。"

打扰了！白芒以为，只有她的语言学习能力这般强。

江川尧背着吉他一路走着，同时开口说："这把吉他的确是名师之作，我以前在拍卖会上见过类似的吉他拍出更高的价格，所以，会收藏这种吉他的人肯定是专业的音乐人，他会将自己的吉他出售肯定是遇到了为难的事，我买下它可能对吉他原先的主人也是一种无形的帮助。"

白芒有点被江川尧的话给……感动了。

她问："拍卖会上的价格是多少？"

江川尧想了想："还要贵上十几倍。"

白芒默默地收回了前面的感动。看来还是她见过的市面太少，想事情太单纯了，觉得江川尧人傻钱多，结果，明明是低价收进来的珍藏品吉他，还成了江川尧话里的"助人为乐"。

高！真是高明极了！

"不过我买下它，是要送给你的。"江川尧话锋一转，又冒出一句情话，"用来换你一首歌，可以吗？"

白芒毫不犹豫答应："换啊。"顿了顿，又补充，"我又不傻，这样划算的生意肯定做。"

云城民宿驻唱的歌手，一个晚上大概也就赚五百块，她用一首歌换江川尧买下的五位数吉他，不要太划算！

江川尧前面看到这把吉他时，就想到很多年前的夏日音乐会，白芒抱着吉他，唱的老派情歌，一首老掉牙的歌被她唱得婉转悠扬。

当时的她还是一个桀骜又犀利的女孩儿，现在的她，还是他的大女孩，只是身上的光芒不再刺人，变得更温暖了。

夜里，晚餐之后，白芒点了壁炉，整个房子变得温暖而浪漫。

江川尧调好许久不用的钢琴，然后坐在钢琴旁边弹起了前奏，仍然是那首老掉牙的《恰似你的温柔》。

白芒好久没有拨动琴弦，有些生疏，江川尧弹到一半时，她才跟上节奏。

两个人都是风华正茂，又有同样过尽千帆的经历，他们心里都有一样的感激，一样的情感。

白芒从轻轻哼唱到声线越来越清晰，江川尧偶尔回头看她，目光从容又宠溺。

"让它淡淡地来，
让它好好地去……"

夜很长，很静。

壁炉旁边有一张躺椅，两人共同拢了一床厚毯子，搂抱地躺在还算宽敞的躺椅上休息。一摇一晃，直到逐渐平静。壁炉里跳动的火光闪烁着，似乎在害羞，才不停眨眼。

夜深之时，江川尧搂着白芒不小心下滑的身体说："白芒，有个事我需要明确地跟你说一说我的想法……我不想生孩子。"

白芒没有立马回答，她缓缓地打了一个犯困的哈欠，许久，嗓子里冒出一句不屑的话："谁喜欢小孩，烦死了。"

清晨，江川尧在厨房做简易的早餐，白芒闲来无事在院子里练早功。

不练不知道，一练才知道，这几年她有多疏于练拳，一不注意的下场是，右手手腕韧带拉伤了。白芒无脸陈述自己受伤的过程，吃早饭时只能遮掩自己的"伤势"。

习武之人，跌打损伤就是日常。偏偏，江川尧煮了两碗米粉，米粉煮得顺滑绵软，必须用筷子夹着吃。

白芒小时候一直是左手拿筷，上了初中才改回右手吃饭，因而她左手也能自如地拿筷子夹菜。

因为右手受伤，白芒用左手吃米粉，为了装作什么事都没发生，她还往米粉里倒了一点香油。江川尧放下筷子，朝她伸出手，一把抓住她拿着香油瓶的手，轻轻一捏，目光关心地定格在她脸庞上，看她反应。

白芒轻轻抽了一口气，卖乖地喊了喊："疼。"

"怎么回事？"

白芒不好意思说在江川尧给她做早饭的时候，她挂在后院的练功杠上翻了好几圈，最后一圈没顺利下来，手都要被掰断了。然后，江川尧语重心长地丢给她一句话："白芒，你也要服老。"

白芒差点喷了江川尧一口米粉汤。

服老……个头……她这个年纪都不能算大龄少女，而是妙龄少女！他才需要服老……奔三的人！

白芒一肚子腹诽，触碰到江川尧的视线，硬是一个字也没有回击，眼波一闪一闪，完全不服气。

江川尧："等会儿去医院看看。"

江川尧态度明确，白芒拒绝也没用……

他要小题大做，她也只能配合。

结果，来了医院，虽然手暂时不需要打石膏，但还是被系上了绑带。活动十分受限。

医院洗手间外面，江川尧杵在白芒面前，反复问她："自己一个人真的可以？"

白芒点头："不然呢。"他跟她一起进去？

白芒正准备转身往里面走时，一道不太确定的声音从身后传来，像是一记招呼敲在她脑后。

"白芒？"

白芒转过头，看向近处一个身型高大的女人，正朝她露出万分欣喜的笑容，性格含蓄别扭的高胖女孩形象再次清晰地浮现在白芒的脑海中。

"白荷？"

她们两个人的名字听起来像是亲姐妹，但其实就是普通同学关系，只是比普通同学又亲近一点，还当过同桌。在云城，姓白的人挺多，白家祠堂现在都成了云城这几年的热门旅游打卡点。

"真的是你！我真的太惊讶了，能在云城见到你。"白荷将要牵上白芒的手时，见她手上有伤，"你现在还在练咏春吗？"

白芒不想说，她的手就是练咏春伤到的。

白荷瞧瞧她，又瞧瞧江川尧，一眼就看出他们之间的关系，非常八卦地问："老公还是男朋友呀？"

白芒："男朋友。"

江川尧颔首，冷静自持地充当起了背景板。

背景板这样帅，白荷被惊艳了好几秒。小地方，帅哥少见，能被帅哥礼貌地对待，白荷兴高采烈地低了低头。

白芒开口："我去一趟洗手间。"

"快去吧……我在外面等你呀。"

白芒有些心累，所以等会儿她出来还要尬聊寒暄？

"要不我跟进去帮帮你？"白荷看看她的手，又热情地主动帮忙。

"不用，我自己可以。"白芒快速转身，不给对方进去帮忙的机会。

白芒发现自己有一个问题，就是她在面对许久不见的人时会有一点社恐，尤其是云城的老同学。她在云城上学时，没什么特别亲近的朋友和同学。

可，她曾经是想拥有朋友的。如果当年她能邀请白荷来她山上的家中做客，白荷可能就成了她在云城唯一的好朋友。只是，之后白芒在学校里发生了一件事，转了班级，两人的联系就淡了。白荷给她写了一封信，最后一句话是：*我相信你是干净而正直的白芒。*

白芒在盥洗台前站了一会儿，她从镜子里看到……不远处的江川尧旁边还站着翘首以盼的白荷。

"这几年都在哪儿工作？

"你在做什么工作啊？

"这次为什么回云城?"

"我们真的好久没有见了……"

白荷一句接着一句,完全不给白芒回话的机会。

白芒耐心地等到白荷停下来,才慢条斯理地说:"我大部分时间在宁市,从事司法工作。这次回云城休息一段时间。"

"真好呀。可以加一下微信吗?"

白芒用没有受伤的左手从包里找手机……没找到。一旁的江川尧从容地把她的手机递过来。

噢,忘了。检查的时候,她的手机就递给江川尧保管了。

白芒坐在江川尧车里的副驾驶位上,一脸遐思地靠着座椅靠背,手机里,白荷的荷花头像不停闪烁,发来一条条新消息。

白荷:白芒呀,明天刚好高中同学聚会,你要不要过来呀?就我们以前一班留在本地的同学一起聚聚。

白芒放下手机,微微有些犯难。她回云城是来缅怀过去的,可真碰到过去的人,又有点介意。

"江川尧,我想跟你聊聊天。"白芒脑袋一撇,对江川尧说。

"聊吧。"

白芒轻轻地"嗯"了声,在很多方面,江川尧都比她成熟,他的话可能会让她放下芥蒂。白芒讲了一下,上中学的时候同学们对她的看法,倒也不是校园霸凌,毕竟也没有人敢霸凌她,而是一种相互疏离的感觉。唯有白荷给了她一份真诚温暖的回忆,却因她转班的关系,两人也没有保持长久的来往。今天在医院碰到,她真的很欢喜,可……

"我不知道要不要见见她们。"白芒说出内心的顾虑。

江川尧听完笑了,不是奚落的笑,而是一种理解的笑意,他用一句话总结:"白芒,你对成长期的自己不满意吧。"

白芒瞬间沉默。

江川尧:"你知不知道,十八岁之前的你,其实也是非常可爱的。"

"我建议你去一去,时间已经过去那么久了,大家的心态都在改变,彼此看问题的角度也会发生变化,说不定明天见面之后,你会对以前的自己更接受,更欣赏。"

"也许,你的内心对过去也没那么排斥,只是自尊心作祟,觉得自己经历的事情不会被理解,还要被议论。"

白芒思忖一会儿,内心已是一片清朗如风。

第二天下午，白芒参加了同学茶话会。过来的同学大概也就十来个，都是昔日的女同学。

组织人白荷毕业后就回了云城，在云城一中的图书馆当图书馆老师，日子清闲无聊就组织同学聚会，今天白荷在茶话会也是言笑晏晏。另一个女同学现在也在云城当律师，不过，白芒忘了她的名字。

"我前几年帮一个人起诉了蓝盛元。"赵乐意开口，看向白芒的时候，不知该讲不该讲。

白芒的眼神纯净又明朗，给了赵乐意说下去的勇气。

白芒是不会忘记蓝盛元的，她高一的那位班主任。她带江川尧第一次来云城时，她还在那条小巷里见过蓝盛元，他投过来的油腻又令人恶心的目光永远让她唾弃。

"因为什么事？"白芒问。她心里其实多少能猜到原因。

赵乐意望着她："性侵，不过起诉的时候，蓝盛元已经丢了工作，倒霉很多年了。"

"七年前，他都要升副校长了，突然被撤，不仅丢了饭碗，其他工作也没得干。"

白芒抿着嘴，面朝昔日同学，没有发话。

她们也看向她，赵乐意继续发言："白芒，当年的你真的很勇敢。白荷后来跟我们说，你去校长办公室举报了蓝盛元，可惜当时……"

"没什么可惜的。"白芒丝毫不逃避聊这个话题，"他也没得逞，我不想有其他女生受到伤害，才到校长室举报。"

"我之前的那位当事人让我转告你，如果当年她能像你那么勇敢，就不会等那么多年了。"

白芒想，她大概知道那位当事人的经历。

"她后来能用法律武器解决，更勇敢。"白芒的态度像她说话的口气，带着一种温和的肯定。

赵乐意没有说出来的是，当年那个女生也是散播谣言的人，她在陈述事实的时候，诚实地讲了自己当时的心态："我只是想拉一个人下水，白芒是一个家里没人管的女孩，没有家长撑腰，最合适不过了。"

"时间能证明一切，真相总会被揭露出来的。"

白芒微笑，她终于明白江川尧为什么让她来参加这个茶话会了，她心底存在的不平早已都被磨平了。她和白蕙最像的地方，是同样以正义为信仰。

"对不起啊,白芒,我替我爸爸对你说一声对不起,他后来知道了蓝盛元做的那些事,一直很后悔。"白荷替自己的父亲道歉,还邀请她晚上到家里吃晚饭。白芒对这个道歉无所谓,也婉拒了上门做客的邀请。

她和白荷告别,上车之前,回过身问:"白荷,昨天我们在医院遇到,应该不是偶然吧。"

白荷不是很会撒谎的人,眼睛频频眨动,支支吾吾。

白芒吐槽:"他可真烦。"

带她回云城,安排那么多,就是为了填平她心里的沟壑。

白荷拼命摇头:"当然是偶遇了,只是凑巧又遇上同学会。"

好吧,她接受一切都是凑巧。

驱车回来时,夕阳一点点坠到半山腰,屋顶被染得金灿灿的,白芒踩着油门,居然有一种归家的快乐。

晚上,她和江川尧在楼顶烧了一个火炉,一边用火炉煮茶一边看着冬夜里的星星。

两个人身上都披了一床毛毯,只是江川尧随意地将毯子放在膝盖处,白芒则将毛毯披在肩膀,让毛毯更温暖地拢着自己。

猫着身,白芒剥开一个橘子,指尖感到微微发冷,她把橘子放在火炉上烤了烤,顺带暖了暖手。

江川尧笑着看她:"今天见了老同学,感觉怎么样?"

白芒:"云城的女孩就是好!"

江川尧的眼眸划过一丝带着趣味的温柔:"最好的,坐在我面前。"

白芒把烤得暖烘烘的一瓣瓣橘子送到江川尧嘴里,当江川尧的嘴巴被橘子塞得完全说不出话来时,白芒问他:"蓝盛元的事,是你做的吗?"

江川尧不否认。

白芒:"谢谢。"

今天赵乐意跟白芒说,蓝盛元七年前就被处理了……江川尧到底是什么时候回过云城?他还处理过这样的事。

每个人都存在秘密,江川尧的秘密就是,七年前,他和白芒分手之后的很长一段时间里,他都住在云城。所以,前天买吉他时,他可以如此轻松地听懂云城话。云城偏僻,方言不比宁市话,要难懂得多。

他当年之所以来云城,除了解决蓝盛元的事情,主要还是见当年负责白蕙案件的心理研究员邹教授。邹教授跟他说:"白蕙有着严重的心理疾病,跟这样的母亲生活在一起，一般的小孩都会在成长过程出现难以控制的情绪问题，成长过程中，一定会留下严重的心理创伤。"

"她没有问题。"江川尧明确地告诉邹教授，"她虽然不是无忧无虑、非常纯真的女孩，但她的内心仍然坚持且热爱正义。"

邹教授问："你了解她的成长吗？"

"我不能说百分百了解她，但我一直像认识自己一样去认识她。"

因为有些问题根本不需要治愈，也治愈不了，只需要去了解和理解。

遗憾就是遗憾，伤害就是伤害，缺陷可以被温柔包容，阴影可以被明亮驱赶。他无比清楚如何去包容她的缺陷，驱赶她的阴影……

乳黄色的灯光和冬夜的星光月色全交错映在白芒脸上，白芒微微仰着头，直映得一双眸子流光溢彩，在这个冬夜又透着感动的暖意。

"江川尧，你那么爱我，怎么还能做到那么酷啊！"她问他，清亮的眸子不经意冒出一层雾气。

江川尧笑："可能是爱你很苦，就酷起来了。"

白芒开始反思。

为了让江川尧感觉甜一点，她又喂了江川尧一瓣橘子。

"甜一点了吗？"

"酸。"

白芒自己也吃了一瓣橘子，发现这个橘子的确不够甜。这袋橘子是在回来的路上买来的，卖橘子的人是一个老太太，她还保证，橘子甜过初恋。

"江川尧，你的初恋是谁？"气氛如此美妙，白芒还问了一个大煞风景的问题。

江川尧说："这个答案，不能告诉你。"

"为什么不能说？"

江川尧给了她理由："如果我回答是别人，你一定愤愤不平；如果回答是你，你会更兴致索然。"

"只要我一直不予回答，等你八十岁还会继续问我这个问题。"

白芒跟着一笑："你确定你的魅力可以保持到八十岁？"

江川尧从容自得的样子流露出讨人喜欢的自信，他点点头说："对你应该可以。"

白芒不服气："我又不喜欢老头。"

江川尧笑得更肆意："放心，以后会有白老太太喜欢我这个江老头子的。"

白芒气到哼哼唧唧，双眸直瞅着江川尧："我才不会变成白老太太。"

江川尧微微侧着脸，脸上有了一丝夜色的静寂深幽，却不见冷意。银色的月光洒在他的肩头，上空那片深蓝色的夜空没有一丝云影，漫天的星光仿佛都融入了此时的恬静。

从白芒的这个角度看，好像有扑面而至的万顷星火落进了她的眼眸，可都不及江川尧望向她的动人双眼。

白芒歪着脑袋琢磨一番，想出了一句自认为很甜的话，开口说："等你老了，我会好好照顾你的。"

江川尧保持微笑，眼眸情意不减，缓缓地多了一份无奈的感动。真好啊，他有了一个孝顺的大女儿了。

白芒自我肯定地点点头，低下头，抿住嘴巴笑了笑，心满意足极了。她可真厉害啊，情话张口就来。

江川尧的心，今夜的确被熨烫平整了。

他和她都不再是当年的白芒和江川尧，可他和她还相互欣赏着，喜欢着。

夜里，白芒跟江川尧说了一个决定：她想把这个房子长期转租给民宿经营者，一起加入云县山区民宿的旅游开发。

房子需要人定期维护，加上师父离开云城去养老了，她在云城也没有其他亲朋好友，以后也不会常常回来住，不如把房子交给专业的人经营。民宿创造的收入可以捐给云城贫困儿童基金会。

白芒知道，白蕙在的时候，会定期给云城的贫困儿童基金会捐款。她不是为了延续白蕙的善意，白蕙压根不需要她这样做。只是人活在世上，留着一座空荡荡的房子作纪念，不如将这份纪念变得更有意义。

江川尧搂着白芒，下颚抵着她的脑袋，淳厚的声音不紧不慢地进入她的耳朵。

"那我帮你找一位值得信赖的老板。"

白芒黑灯瞎火说瞎话："江总路子就是广。"

江川尧揉揉她头发，回她："尽我所能满足白检察官的任何需求。"

江川尧做事的速度很快，没几天就找到了一位相对合适的合作者。

经营者是一对从澜市过来的姐妹，她们的经营方式与理念和白芒十分契合，她们希望用这个房子寻找到以后人生的乐园。

签完合同，白芒的心里有些空落落的，她站在餐厅的窗户旁可以看到遥遥相对的琉璃瓦屋顶。最后，夕阳完全吞噬了视线里的房顶，只留下一片模糊的光芒。

因为房子长期租给了对方,白芒要清理这间屋子里的所有东西。

江川尧找了一辆卡车和两位搬家师傅。

搬运和整理花费了好几天时间,待全部清空,白芒又上上下下地在每个房间打转,最后来到白蕙曾经的工作间。

在这里,她找到一幅被藏在角落里的画。这幅画,她和江川尧曾在云莱酒店见过。时隔七年,他们再次见到了它,两个人都有些许唏嘘之感。至此,当年的疑问已经全然明朗。云莱酒店,就是白蕙复仇计划的起点。

不过……那也是他们爱情的起点。至于其他的一切,都不重要了。

两个人默契地将这幅画搬出去,没有说话。

房间里的东西都清空后,白芒发现,这里还有一块大黑板,贴在白墙上。

"这黑板……不要了吧。"

白芒看向这个大黑板,一个念头一闪而过,转头商量地看向搬家师傅说:"我要这块黑板,需要你们帮我取下来,要完好无损地整块取下来。"

"这个不太好取啊。"搬家大叔敲出一根烟递给江川尧,顿了顿,跟白芒和江川尧如实说,"需要加钱。"

白芒答应:"没问题,只要你能取下来,多付给你两倍的报酬。"

黑板比较老旧,又长期贴在墙上,要完整取下来可能要废掉一面墙。江川尧给他们出了一个主意,从底下往上撬,耐心操作。终于,在江川尧的监督和帮助下,黑板被完整地取了下来。

这块黑板,自白芒记事就有了,她小时候很喜欢在黑板上画画,每次白蕙都将她丢在外面。等她长大了,习惯了白蕙的生活规则,便很少进入这里。但黑板,一直存于她的记忆之中。

当黑板被完整地取下来时,所有人都震惊了,里面完整地保留着一幅壁画:一对母女走在乡间的小路上,女人的身形颀长,旁边跟着一个蹦蹦跳跳的小不点……她们牵着手,背对夕阳遥望远方。

白蕙会画画,而且画得很好,小时候她让白蕙教她画画,白蕙只让她学钢琴、学吉他,像白蕙这样极其厌恶自己的人,她所擅长的事都不会让白芒去做。

白芒看向江川尧:"我想把这幅画也带走。"

江川尧:"好,我来想办法。"

翌日,江川尧请了一位专门修复壁画的专家过来取画。

白芒重返检察官的岗位,每天的生活作息非常规律,也非常忙碌,她把所有的休息时间都留给了与江川尧的独处时光。

从云城回来的路上,白芒还对江川尧说了自己职业上的安排。

"我打算再当两年检察官,等累积了足够的调查和程序经验,就去做一位公益律师。"

江川尧对她的职业安排不支持也不反对,只有信任和包容,他故意挤对她一句:"你的职业安排跟一般人反着来。"

白芒一点也不在意她在某个领域会爬到什么位置,得到什么身份。有些事永远不会变,就像高考结束方玉环给她办酒宴那天她的发言,她对窥见天光没有兴趣,她要成为自己的光。每个时期找到想做的事情,然后将它做好。

"等律师干不动了,我就去读博,毕业后找个高校当一个犀利又不缺温柔的女教师,把我的毕生经验传授给年轻的下一代。"

"未成年人犯罪和青少年心理学有很大的关联,有机会,我还要当一位作者。我想象力匮乏应该当不了小说作者,那我就撰写青少年犯罪心理和法学类型的专业书吧。"

"所以……需要我的帮助吗?"

终于,白芒厚颜无耻地把目的说出来:"嗯……我需要一个心理学专家,一起帮我完成我的宏伟巨作。"

江川尧温柔地笑了笑:"有好处吗?"

白芒:"我可以写个三千字前言,感谢你。"

不错。江川尧没有多想,答应下来:"行!"

两个人终于有了共同要做的一件事,对未来也有了初步的规划。

转眼,时间到了12月底,单位发了新的冬装制服。

今天是九高的名誉校友归来日,也是白芒到九高宣讲法律知识的日子。两人一同来到九高,白芒穿着一身笔挺的制服,站在一堆名誉校友中间,着实有点突兀,却让人移不开眼。她样子精干,表情严肃,一举一动均体现了一位司法工作者的刚正不阿。

在今天到场的九高的名誉校友中,白芒见到了不少熟人,除了江川尧,还有邹瑞泽、焦扬、林直、林笙。何荔嘉也来了,身边还跟着助理。许久不见的故友,以这样的方式重聚在一起。

白芒的宣讲地点安排在学生礼堂,没想到九高的邹校长将她今天的宣讲也作为校友归来的一项活动。故友们坐在底下,白芒再次走上台。

台下,江川尧雅正从容地坐着,面带笑意。台上的白芒比昔日的她更自信，更光芒万丈。他和她缘分天定，白芒的两次上台发言，他都赶上了。

第一次是高考之后的筵席，她站在台上用自己的方式对偏见和优越感做出回应。这一次是九高邹校长特意邀请白芒，她以法律宣讲人的身份参加九高的荣誉校友日。

正义其实是一个非常难讲的话题，就算从事法律研究的人，也很难精准把握。

"对白芒今天的出场还满意吗？"旁边的邹瑞泽整了整衣领，凑过来问江川尧，眸光瞥见某人，捎着一分不经意的揶揄。

江川尧的口气有点招人恨："一贯如此。"

邹瑞泽笑叹，继而整了整自己的西装外套。他不太习惯穿得这样正经，不过他妈妈一定要给他捯饬得非常精神才让他出门。他说不用，他妈妈还拿以前的九高三男神的梗来挤对他，不希望他在顾言锡和江川尧他们这里输掉一截。

今天顾言锡没来，倒是不爱露面的江川尧来了——因为白芒要来。如果不提前告诉他白芒今天来宣讲，江川尧应该也是不来的。

关于江川尧和白芒两个人的爱情，邹瑞泽想到一句话来形容："仿佛望入彼此灵魂深处。"

江川尧的嘴角微抿，目光持久地落在台上的人身上，白芒正对着他，身穿严肃挺括的深蓝色制服，一张平静淡然的脸比场内的大多数笑脸更生动。

她的讲述不急不缓，明明只是一夜工夫写出来的演讲稿，可今日宣讲几乎到了脱稿的水平。该强调的强调，该解释的解释，该表达的深度就字字如珠玑。

她之前说，以后要当个大学教师。他觉得很好，等她以后当上法学院的教师，一定是课堂满座，没有学生会逃课。

演讲即将收尾，白芒微笑从容地看向前面，目光轻轻扫了一圈，底下的学生看似乌泱泱一片，其实仔细看，每个人都有一张朝气蓬勃的脸。坐在前面的荣誉校友，各自载着一身荣誉和骄傲回来，有了社会身份的他们，面容大多冷静自持，甚至有点淡漠。追逐名利的人很难越来越温厚、踏实和心态年轻。

大多人在追逐表面的光鲜亮丽的过程中改头换面。可……有人却不一样。

今天的宣讲主题是成长过程中的正义，白芒讲到最后，停了下来，修改了原本写好的发言稿。

她的目光流露出坦诚与直白的善意,还有跟自己握手言和的笃定。

白芒也有了很大的变化,跟以前的自己比起来。

六年前,她靠着一段筵席上的发言在这圈人中成为话题人物,这几年大家各有话题、各有经历,都明白了一件事,没有谁是永远的话题人物。但白芒觉得自己最大的骄傲是,她一直清晰地看世界、看周围、看上方的天、看脚下的地。她的人生话题,永远由她自己把握。

"以前的我,很爱下定义,描述我理解的人性和世界,可人生往往就是,你描述出来的世界就是你的世界,定义的人性,就是你感受到的人性。这世上真正的公正和正义又是什么?我想,某种程度上应该是理解他人的世界,接受不同的人性。

"我的母亲是一个一直在追求正义的女性,甚至为了所谓的正义,可以以死亡为代价。我曾经不明白,为什么一定要追求正义,它的意义又是什么?

"直到我在未检科干了快三年,我才明白,我们追求正义的意义很简单,就是希望正义永远不是只属于强者和成年人。

"自然,它也不是弱者捍卫利益的绝对武器。

"它应该是一个信念,是我们身处黑暗,也在心里向往并希望早日到来的光明。

"谢谢大家。我叫白芒,来自城北未成年人犯罪检察科。"

宣讲结束,白芒站起来,朝着礼堂下的人群微微鞠躬,目光轻松愉悦地看向台下。

江川尧举起手,骄傲地朝她鼓掌,一下又一下。

随后,台下掌声越来越热烈,鼓掌的人有真挚激动的,也有不屑一顾的。如今的白芒,通通都能接受。

翌日,白芒和江川尧回了一趟澜大,白芒仍是受邀的校园法律宣讲人,江川尧则帮忙……拎包。

宣讲结束,待学生们陆陆续续离开,白芒站在昔日法学院阶梯教室最前面的讲台上,望着最后一个等在教室不曾离开的人。她看着他,他也看着她。

冬日,温暖的阳光从窗外透进来照在两人的面庞上,仿佛给她和他都镀上了一层浅浅的光芒。真幸运啊,她和他终将坦荡无畏地站在光明里。

任务结束后,两人决定一块去食堂吃饭,两人的脚步不疾不徐,走在澜大昔日的银杏树下，周身被太阳晒得暖洋洋的。

"江川尧，我……我对你一直挺自信的。"白芒突然打开话匣。

"自信什么。"

"自信你爱我这件事。"

"嗯？"江川尧故作不明白。

"你再次出现在我面前时，我就知道这件事了。"白芒说得更明确。

"什么事？"他问得愉快，显然已经猜到了。

"你自己想，你肯定知道。"白芒不愿意多说。

江川尧只是笑，嘴角勾着的笑意，越发明显。

白芒脚步加快，拉着江川尧的手走得招摇而快乐。

白芒心里无数次因为那七年的分开而不甘，可在他带她回云城之后，所有的不甘都被填补，所有的遗憾都被化解。所有的爱，又全都被保留。

所以，早在重逢那刻，她就知道，她和他还会走在一起。

这就是，她心里一直知道的事。

（正文完）

番外一
人间.妄想

爱和糖的滋味一样,都是甜的。

如果说婚姻是两个人的约定,那么婚礼就是一帮人的聚会。

陆陆续续,白芒身边结婚的朋友多了。

昔日圈子里,总能以不同的方式传来喜讯,林笙是最早结婚的一个,然后是林直、焦扬……

林笙嫁给了自己读研究生时的同学,林直娶了一位姓郑的女孩。而焦扬,没有和何荔嘉破镜重圆,而是跟陈薇薇走在了一起。

宁市的圈子说小不小,说大也不大。条件好的未婚男女像是数列排列组合,但有时候也会出现跌破眼镜的一对。

白芒参加过林直的婚礼,是标准的五星级酒店大堂婚礼,现场布置得美轮美奂,新郎新娘像是嵌在华丽背景里的一对摆设。双方父母上台,丁明薇穿着一身明艳的红色长裙,妆容高贵,下巴高昂。

如果某人的一生都以孩子是否成功来定义自己,那么,丁明薇今天也算是站在了人生的领奖台上了。

可,人的遗憾是不能永远停留在最风光的时候。因为婚礼现场出现了一点差错,后面新娘新郎没有出来敬酒,丁明薇和林春生替林直和新娘敬酒。

白芒近距离看了下丁明薇,丁明薇的脸色远谈不上好看,甚至有点难以遮掩的愤怒和灰败。

关于新娘郑琦琦，白芒了解不多，方子欣倒知道不少郑琦琦的事，圈子里带着点旖旎色彩的事总是很容易一传十、十传百。

郑琦琦曾经介入过已婚教授的家庭，和林直结婚是父母安排的，她无法反抗。林直的性格那般骄傲，白芒很奇怪为什么他会跟郑琦琦在一起。

不愉快的婚礼似乎注定了后面的婚姻会产生问题，婚礼不到三个月，林直和郑琦琦就宣布离婚，几乎可以说是速战速决。因此，比他们的婚礼更引人的讨论是两人的离婚大战，一度在网络上引起议论纷纷。

生活有时候就是就这样，委屈难以言说，放大了只有纠纷。

林直和郑琦琦的婚姻，方子欣了解比较多，两个人在一起的原因很简单，双方父母撮合。

分开的原因相对复杂，两个人前面的感情基础就很薄弱，婚后两人也没有好好相处培养感情，时不时大吵大闹，两个亲家相互心生嫌隙，最后相互诋毁。因利而结，因利而散。

白芒全程观礼了林直的婚礼。林直离婚后，她和他也见过一面，在国际机场的休息厅。

那时，她到德国参加一个国际法学交流会，林直则是被公司派遣到国外。两人寒暄两句，白芒本以为她和林直一直保持着不算熟人的客气，直到林直突然感慨地奚落起来，不是奚落她，而是奚落他自己。

"白芒，我现在才知道，我以前在你们眼里是什么样子了。"

白芒不接茬儿，怎么说呢，以前的林直在她眼里确实不怎么样。

"我以前也是，看你怎么都不顺眼，觉得你有什么了不起的。"林直越说越直白，少了以前的装腔作势，干脆直接得令人诧异。

白芒淡淡一笑："我也一样。"

"事实证明，你确实比我厉害得多。"林直坦然地承认了这一点。

"重要吗？"白芒的眉头一动。

林直望着她："以前……对我很重要。"

白芒也说起了大实话："我一直不想跟你比，就是觉得以前的你真的招人烦。"

林直点点头，认可白芒的话。白芒自然一笑。

林直想了想，眼里的犹豫完全消失，然后认真地对白芒说了一句话："白芒，我为我父母当年的偏见和自大向你道歉。"

"不用。"白芒回答得很快，"我没有受到任何伤害，你无须道歉。"

林直笑笑："也是，如果从这个角度来说，应该是你跟我们道歉。"

白芒莞尔，目光清明，话语温和："不要跟一个律师讨价还价。"

林直伸出手，在形式上和白芒握手言和："成功对你不重要，我就祝你一直幸福。"

白芒坦荡磊落地接住林直的祝福："我也祝你幸福。"

"谢谢。"

"不客气，我也谢谢你。"

白芒在德国的交流行程安排得很轻松，不仅没有任务压力，时间安排也很充裕，她的行程表原本只是发给江川尧看一看，但没想到江川尧也会跑过来。

两人在一起，总会分享很多有的没的。所以，来柏林的第一天，第二天……白芒几乎把自己的柏林交流会日常都跟江川尧交代完了。

第三天，白芒结束会议，独自骑车穿过菩提树大街，阳光慷慨地洒落在路人的肩头，如清泉般流淌。菩提树的两边，婆娑成行的绿荫如冠，白芒骑得优哉游哉。

前方冒出一个熟悉的背影，白芒定眼一看，只觉得自己是不是思念成疾，仔细想一想又不太可能，她和江川尧在一起又不是没分开过，不至于分开两天就产生这种幻觉。

她又想到一种可能性，那就是江川尧的身材比例比较像欧洲人，她在柏林看到跟他背影相似的男人太正常了。

然而，即使在欧洲，同江川尧背影相似的男人仍有着惹眼的帅气。

菩提树大街有收费租赁的自行车，来往都是骑车的人，自由舒适的风迎面吹来，天空澄清碧蓝，远处的庄严建筑像是被岁月永远停留在某个时间里，凝视着路上的人来人往。

前面的身影在前方停驻，长腿落地，似乎正拿着手机发消息。出于好奇，白芒路过对方时，瞧了一眼。

"Hallo,GutenTag！（你好，你好！）"对方抬起头，用德语跟她问好两声。

她差点从自行车摔下来，笔直的长腿落地，她扭转车把，忍不住笑了，顿了顿，也学着某人用德语回以问候："GutenTag！（你好！）"

白芒刚来柏林两天，又是以商务会议的方式过来参加活动的，因而没有做任何旅游攻略，会议举办方安排的食宿都在举行会议的酒店里。

今天没有会议安排，而是参观浏览，结束之后的时间都是自己安排。江川尧要了她的行程表，真是选好了时间过来的。

"不知道请你吃什么，你特意为我奔赴而来，总应该我请你，只是我真不知道这里哪家餐厅最值得消费。"

白芒犯难，决定问一问一起参加会议的一个德国男人，每次参会他都坐在她旁边，性格十分热情开朗，多次表达要以本地导游的身份带她游玩柏林。

如果不是对方明确地表明了自己已有女友，白芒差点以为自己在异国他乡遇到了追求者。

江川尧阻止了她向柏林本地人询问美食店的主意，帅气地瞧着她，笑道："柏林有句谚语叫 Auch ein blindes Huhn findet mal ein Korn，直译过来就是瞎眼的鸡也能找到一颗谷粒。"

江川尧会说一些德语，很大原因是他之前就读的封闭式管理学校是典型的双语国际学校，除了英语，德语也是备选语言。

所以，某人可以说出瞎眼的鸡也能找到一颗谷粒这样的德国谚语。如果让她说，大概就是瞎猫也能碰到死耗子。既然江川尧不挑餐厅，他恰好又能说德语，的确不需要本地人推荐了。

异国的有趣体验就在于发现，发现不错的餐厅，发现好玩的事。这样一想，白芒觉得江川尧这次的突然到来影响她的"发现"了，因为他一来，她"发现"的目光就被他吸走了一半。

餐厅是随便选的，幸运的是，这两天白芒吃到了最好吃的德国菜，有淋上了番茄酱汁和咖喱粉的 Curry Wurst（咖喱香肠），还有清爽不油腻的柏林烤猪肘，以及当地的名菜——醋焖牛肉，搭配乳酸菌发酵的柏林白啤，口感丰富美妙。

但是，一顿风味浓郁、口感丰富的德国美食，仍比不上国内的美食令人大快朵颐，哪怕它毫不吝啬对于食材的选择和发挥。

只是，刚好眼前的人是为她千里过来的江川尧，今日的天气又晴朗怡人，窗外的风景充满了异域风情，路过的行人又面带舒适轻快的笑意，一切都是那般的自然美好，让白芒觉得单纯享受美食带来的满足是如此的纯粹。

偏偏运气还这般好，白芒选的这家餐厅在举办店庆活动，用餐之际为每一桌送上一束矢车菊。

矢车菊，白芒在白蕙的小说里看到过，白蕙也曾来德国某小镇居住过一段时间，回来的时候她让白蕙给她带礼物，求了很久，白蕙给她带回一袋巧克力糖和一套玩具。

当时她已经十多岁了，对积木玩具和棋牌玩具已经不感兴趣，同样的，她也不爱吃七彩的巧克力糖。

当时白蕙带回来的两样不走心的礼物让她十分难过，现在回想却有一点甜。可能那两样礼物不是给十多岁的她带的，而是带给还在幼年的她。

活在自己的世界里的白蕙，不知道时间会行走，孩子会长大。

对大多数人来说，痛苦可以通过时间来遗忘，但对一直活在过去的人来说，痛苦或许只能用死亡来结束。

白芒突然感到前所未有的释怀，路过一家超市，站在糖果货架旁看着琳琅满目的巧克力糖，实在难以选择。

最后，从超市出来时，江川尧拎着一袋糖走在她的旁边，他戴着宽边的蛤蟆墨镜，身穿皮衣西装裤，有型又帅气，大大方方的，一手牵着她，一手拎着巧克力糖。爱和糖的滋味一样，都是甜的。

白芒一直认为，江川尧来德国一定是为她而来，没想到他是过来参加婚礼的。

因为安排比较突然，白芒没有跟着交流组一起回国，而是推迟了一周回宁市。

婚礼安排在新天鹅堡，位于德国巴伐利亚州的西南方，从柏林驾车过去不到二十公里。

她和江川尧在婚礼前一天到达，提前游玩了国王湖，然后在菲森小镇住了一晚。

翌日，两人参加了一场严肃而庄重的西式婚礼。新郎深情表达，中间引用了古希腊哲学家伊壁鸠鲁的一句话："无论拥有多么巨大的财产，赢得多么广泛的名声，或是多么无限制的欲望，都无法解决灵魂的紊乱，也无法产生真正意义上的快乐。"

他深情地望着新娘，继续说："但是，只要跟你在一起，我就能始终克制我的欲望，获得真正意义上的快乐。"

在白芒参加的那么多场的婚礼中，这场婚礼显然是让她印象最深刻的。

婚礼结束后，她问江川尧："你获得真正意义上的快乐了吗？"

江川尧："这个问题，我应该更在意你的答案。"

如果说，年轻男孩的爱是热情霸气的，那么成熟男性的爱，一定是专注温柔的。

参加完婚礼，白芒又跟着江川尧换了一个地方，去了梅尔斯堡，一个藏匿在茂密森林中、面朝清澄湖泊的漂亮城堡。这里有着不输新天鹅堡的童话般的美景，四周城墙环绕，古堡傲然矗立，红色的屋檐时不时飞过停歇的白色鸽子，蔚蓝的天空仿佛如水般澄净。

"我们在这里住几天吧。"江川尧显然也喜欢这里。

白芒用笔记本电脑发送邮件，在线上完成工作。对了，她已经正式从检察院辞职，转行当了一名公益律师。

绝不是当检察官不好，如果一定要说，那么唯一的不好大概是工作形式过于程序化，不太符合她略微锋锐的做事风格，而做一个公益律师恰好需要她性格里的特质，去保护弱者，去和不公平较量。

白芒本以为来到梅尔斯堡会像在菲森小镇那样住在家庭旅馆中，没想到江川尧已经选好了一处酒庄庄园。

白芒没来梅尔斯堡之前就知道这里红酒十分有名，却没想到会入住在酒庄庄园里。绿草如茵的草坪，古朴庄严的室外建筑，穿着黑色燕尾服西装的管家……种种都符合欧洲电影里的场景。

白芒带着新奇体验着江川尧的所有安排，一天即将过去，窗外的太阳一分一分地从对面的红色屋顶沉下去。

一直以来，对于享受美好这件事，白芒都有点陌生，甚至是抗拒。认识江川尧以后，她开始喜欢看美好的夕阳，开始尝试不同美味的食物，她也开始体验爱上一个人的心动感觉。

窗外的夕阳涂抹了整片天际，天空是浪漫至极的灰粉色。

底下的草坪多了几个手捧乐器、衣着正式的演奏者，他们是在排练节目吗？白芒心里下意识冒出这个想法。

等回过神，她才发现江川尧要和她求婚了！原来，从入住庄园开始，到陪她欣赏窗外的夕阳，都是早有准备啊。

"跟我来。"江川尧微微低下头，注视着她，然后牵上她的手，带她来到外面的圆形露台，在夕阳和微风里，他单膝跪下。

情深意切，心满意足的……白芒的脸庞晕上了一分柔和的红。

江川尧似乎也有点紧张，他看向她的眼睛，像是深空落下来的一抹星辉，沉静温柔的眉眼在夕阳的晕染里多了一分深情，面上的神情像是古城堡一样庄重。

后面，江川尧说的每一个字，白芒都觉得自己轻飘飘的，不是她听得不专心，而是她觉得自己现在就像是天上的晚霞，浪漫地飘浮在天际。

江川尧："所以，你愿意跟我建立法律和情感上的唯一的关系吗？"

她本要伸出手，偏偏天生反骨，下意识脱口而出："就这？"

咳……误会大了！白芒已经看到了江川尧手上的钻戒，着实又大又华丽，就算眼光再高的女性都没办法说出嫌弃的话。她刚刚脱口而出的话，想表达的是，江川尧说的求婚誓言有点短，而不是钻戒不够大。

江川尧轻轻地呵了一声，既然被嫌弃了，他只能说更具体的内容："结婚之后，我给你盖一个像这样的庄园，等我们老了以后一起养花种菜，如若我们还有多余的精力，我就带你出去环游世界。婚姻或许会束缚你一部分自由，舒适的爱却能让身心保持自由，我会给你这样的自由。对了，如果你答应跟我结婚，我会给你十个亿，让你自由又富有。"

白芒真的震惊了！当江川尧说出十个亿的时候。没错，他的诚意、他的诚实，完全体现了出来。

"钱我自己有，不缺你的十个亿。"她骄傲又底气十足地回答他。

"那就让我也成为你的运气吧。"太阳最后落下去时，江川尧开口道，"一直成为你的运气，就算以后还会出现困倦和烦恼，当雨水再次落在你的身上时，让我为你撑伞；当黑夜过于漫长时，让我陪你说话。"

为什么要在夕阳之下求婚，因为他和她都一样，熟悉夕阳落下之后的黑夜。

有人惧怕黑夜，她和他却习惯了黑夜的消沉。好运气像是好天气，总是让人难以预测。最好的爱人，却可以变成对方的好运气，让他变成她的好运气吧，不管以后她是否还会面临挑战，至少他都在她身边。

"好了。"她轻声道。

"那我可以为白律师戴上钻戒了吗？"江川尧再次绅士地征求她的意见。

"嗯。"

"谢谢。"江川尧的眼眶都有点泛红。

白芒弯下腰，方便江川尧将钻戒戴在她的无名指上，她笑了笑，轻轻地凑上去，温柔地吻上了江川尧的眼角。

噢，难忘的婚礼又变成难忘的求婚了。

番外二
人间·春和

他们默契地向佛祈求，
同时又默契地对所求闭口不言。

Summer Romance

　　当检察官，白芒一直奉行低调行事和规矩做人，从事律师这一行，白芒更像以前的自己。

　　白芒目前所在的律所是一家由黎明基金会出资设立的公益律所，大名叫黎明律师事务所。

　　黎明律师事务所并不是传统意义上的律师合作经营性质，律师费收得便宜，负责的也大多是公益诉讼案件。

　　律师们赚得少，必要时还要出差打官司，有时候来不及报销还需自垫差旅费，实在不是什么钱多活少的好单位。基本上，能在这个律所留下来的人，要么是为爱发电的公益人士，要么是不缺钱想找个事儿做的富贵闲人。

　　在这里挂名的大律师都有自己的独立律所，只有遇上轰动社会的案件才请得动他们。他们之所以来这里挂名，也是图个好名声。

　　大多累死累活又不讨好的案件，都是底下的小律师们分一分。像白芒这种放弃检察官的职务来干这个活的人，几个新同事都觉得她脑子进水了。

　　就算白芒很快被提拔为黎明律所负责人，他们也并不羡慕。干活累，拿的钱还不一定多，这个老大谁愿意干谁干，偏偏白芒这个老大干得斗志昂扬。

　　方子欣说她结婚以后，很有一家之主的气势。每次方子欣说这句话，白芒心里只觉得方子欣在酸她。

　　因为有人结婚以后，只能在嘴上嚣张了。

她可不一样,婚前婚后一个样。

婚后,白芒、大萌、方子欣几人住得比较近,三人依次走入婚姻,大萌第一,她第二,方子欣最后,因为她终于熬不住了,答应了谢鉴城的求婚。

谢鉴城是谢思邈的堂哥,好在谢家虽然人丁兴旺,但也不是大家族聚一堂的生活方式,婚后的方子欣和谢鉴城一起打拼事业,都可以称他们为"互卷夫妇"了。

她们这三对,方子欣和谢鉴城最拼事业,大萌和顾言锡最滋润,她和江川尧劳逸结合。

爱人在身边,好朋友住旁边,还有可以用一生去奋斗的法学事业。

白芒开始相信自己是有福之人,她现在的生活也像极了白蕙所希望的那样,在俗世生活里热气腾腾又厚颜无耻地活着。

早上起床,白芒和江川尧一起洗漱,她会站在镜子前面拉一拉江川尧厚实的耳垂。

"我们一定可以长命百岁的。"

"你以前天不怕地不怕,还不怕死,现在怎么越来越胆小了。"江川尧笑她。

她说:"我是不怕死,我是怕离开你。"

"这话我喜欢。"江川尧伸手搂住她,用还没有剃胡楂的下巴上下蹭她的脸蛋,跟她商量说:"那等我努力活到一百零四岁,等你到一百岁。"

她不贪心,一百岁就够了。

"那你加油啊,一定要活到一百零四岁。"她仰着头,眼睛里堆满笑意,闪烁的光比清早的晨光还明亮。

有时候啊,经营幸福这件事,要有说大话的自信。

离开检察官队伍两年后,白芒逐渐成为一名业内的知名律师。

名气都是靠实力和努力付出换来的。

同行之间,谈论她的声音和当年上学时期同学背地里一起议论她的声音比起来,只多不少,可谓是人言籍籍。

只不过,成熟得体的议论,要么是客观理性的,要么是老道刻薄的。这些话听着公允温和,但又透着一点自以为是的分析。

比如,有人说白律师家庭条件好,是因为不差钱才能义无反顾地投入到公益事业中来。她胆子大是因为背后有人给她兜底,命里有人罩。她永远光鲜亮丽、神采飞扬,是因为……保持运动。至于极少应酬……她的性格就那样,我行我素。

不管大家说什么，白芒都不在意，也无所谓，毕竟他们也没有说错，无论是物质还是情感，或是做人的态度方面，她现在有选择的自由。

大概是因为自由随心都写在脸上，白芒的状态比一般的同龄人好上太多。外加气质优雅持重，状态给人一种年轻感，却没有一点年轻人的轻浮和稚嫩。

白芒目前的体重比读书时要重上十多斤，相比以前较为消瘦的身材，现在的身材更显匀称纤长，面部轮廓也比昔日更加柔润，皮肤变得白腻紧致，五官仍是以前那样，以至于她公事公办、不苟言笑时，看起来很有原则性。

但……只要一笑，白芒又给人一种眉眼弯弯、脾气温和的感觉。

关键是，白律师入行多年没有一点市侩气息。即使她在法庭上恩怨分明、精明计较，大家也只觉得她是胜券在握，从不咄咄逼人。

"白律师今年多大了？"

"我有一次偷看过白律师的身份证，三十出头。"

"那……白律师到底结婚了没有？"

"你眼瞎啊，白律师的无名指上一直戴着钻戒！即使没有结婚，也有交往对象。"

"呵……你们居然不知道，白律师已经结婚五年了！"

"什么！白律师居然结婚了，白律师的老公是什么身份？"八卦的女孩是新来的实习生，她看到白芒手上的钻戒，觉得白芒找的对象一定不是普通人。

"白律师家的那位……还真不普通。"对方朝着实习生桌上的手机昂头，"今年双星芯片的发布会，咱们白律师出席了，坐在第一排的投资位上。"

"双星！我的天……白律师真是人生赢家！她陪她的丈夫出席吗？"

"好像不是，她就是双星的投资人。"

原来她自己就是隐形富豪！原本羡慕到发晕的实习生又冷静下来，果然，能相爱结婚的人都要实力匹配。

又打赢了一场难打的公益诉讼案，白芒迎来了两周假期。本来她和某人已经出现在航站楼的贵宾休息室了，然而，准备登机前她发现有一份重要的诉讼文件落在律所了。

白芒抱歉地看了一眼旁边的人。

"要不你先飞？"

"你觉得这是一个好主意吗？"旁边的人合上无聊才浏览的旅游杂志，

站起身来。

白芒又回到了黎明律所,陪同回来的还有一直被她强行要求不准来律所接她下班的江川尧。以至于某人虽然活跃在办公室同事的闲聊和八卦里,但一直是只闻其人不见其身。

白芒上楼,发现几个实习律师三三两两地站在窗户旁,全是一副八卦状,朝着楼下看。

律所的露天公共停车区多了一辆低调的黑色轿车,车子挨着一棵茂盛的银杏树,站在树下观察四周环境的男人就是传说中的白律师的爱人?真帅!真酷啊!

大概真的是从机场突然奔回来的旅游夫妇。白律师平时都是优雅得体的精英穿搭,急匆匆赶回来取文件的她,打扮随意休闲,头上还戴着鸭舌帽。至于楼下的男人,皮夹克、工装裤、短靴……

脸庞硬朗帅气,穿着年轻利落,却没有年轻人的轻浮和随意,还散发着一种深藏的温柔。

之前有人说,白律师的丈夫是好几家科技公司的幕后投资人,妥妥的年轻富豪。也有人说,白律师的丈夫曾经是江家那位身世引人八卦的公子,江家虽然倒了但瘦死的骆驼比马大。但这些都不是重点。重点是,这个世界上,俊男靓女总能引人关注,况且还是有身份、有实力的人。

全律所里,只有白律师的徒弟姜菓清楚地知道白芒和江川尧的婚姻状况,真实情况远比他们猜测的更刺激。

那已经是两年前了,白芒带着徒弟出差,车子行驶在浓雾重重的城市。最为拥堵的市区中心,商务车停停开开,坐在车上,白芒和徒弟都有些无聊了。

两人随意聊天,姜菓打开了话匣子,斗胆问了白芒:"师父,你真的是双星的投资人吗?"

白芒不是喜欢隐瞒的人,只是有些事没必要让给同事知道,只不过,她对徒弟一向比较偏爱,也不介意分享自己的真实情况:"是啊,不过……不是我自己投资双星。我丈夫才是双星的原始大股东。我们结婚以后,他将自己手上持有的股份转让给我了。"

咳……没想到……独立优秀的白律师,居然靠着男人上位!

白芒眉眼生动,笑眯眯地说:"他欠我十个亿,用双星来还我了。"

姜菓深深吸了一口气,所以,白律师本来就是女大佬。

"师父,我的膝盖都要朝你跪下来。"

"倒也不必，有钱也不是什么了不起的优点。"

这话真的……也只有白律师说出来才让人心服口服啊。

白芒不再当检察官而是改行做公益律师这件事，很多人不理解。家人、朋友虽不理解，但也支持她；外人的不理解，就变成了闲言碎语。两年之后还有声音。

上周，白芒带江川尧回方玉环和老丁那边吃饭，方玉环转述了从丁明微口中听来的气话。

"有些人就喜欢看别人倒大霉，认为你是犯了事。"

白芒耸肩，无所谓："我有什么事可以犯，倒是她事儿多。"

"可不是，以前我羡慕她福气好、孩子争气，现在还是觉得我福气好！子女争气不争气不重要，重要的是他们过得好！"

"好了好了，嘴上的话就让别人说去吧。"老丁打断方玉环的发言，用公筷给江川尧夹菜，不停地让江川尧多吃点。

对于这个女婿，老丁非常满意。比起那位风度翩翩、事事到位的谢鉴城，丁景凯更喜欢江川尧这种跟他保持距离相处的人。

他不是不喜欢女婿跟自己亲近，而是心里面，他更认可江川尧。

偏心眼。

如果方子欣知道老丁心里的想法，真的只能用偏心眼来定义了。老丁不喜欢谢鉴城，唯一的理由就是：谢鉴城挖了自己堂弟的墙脚。结婚之后，又耍了心机让方子欣不再管理家里的农牧生意，跟着他一起搞夫妻事业。

方子欣一步步被谢鉴城攻陷，家里人都看在眼里，方子欣嘴上说不喜欢这个男人，偏偏最喜欢谢鉴城跟她耍花样。

方玉环明白女儿的性子，也收回了方子欣的总经理职务。

"时间会长眼，我的总少不了她。"

对于事业和婚姻，方玉环的观点是：两者都需要靠女人自己的本事。

白芒认可，也不认可。就像方子欣最后选择谢鉴城，与其说她是在选择吸引她的男性，不如说，她是选择了一种吸引她的新生活。

两周的假期，白芒和江川尧去了大西北，这里有她的一些产业，游玩的同时顺带考察一番。

这里天宽地阔，入眼都是连片的山脊，皑皑雪山，明明遥不可及又仿佛就矗立在眼前。

在本地最神圣的寺庙里，无神论者白芒三跪九叩地上香许愿。江川尧仿佛明白她为何这般虔诚，因为比她更没有信仰的他，也在这座寺庙里恭敬真诚地参佛礼佛。

他们默契地向佛所求，同时又默契地对所求闭口不言。

从檀香缭绕的厢房出来，江川尧单手拿着外套伫立在暗红色的木围栏旁，他腿长肩阔，就像远处的山一样高大。

头顶是大片纯净的蓝，高山的风和刺眼的日头齐齐落在他的头发上，竟有一份端庄古朴的温柔感。

与曾经的江川尧相比，现在的江川尧变化很大，这个昔日清贵桀骜的男人，身上已经没有了任何的桀骜气息，但他的气质，却越发清贵了。

当初，两人结婚时，她和江川尧都非常明确，不准备要属于他们两个人的孩子。

今天在寺庙参佛的时候，她听着大师讲轮回，突然想，如果这辈子有机会的话，她和白蕙换着做母女也好。

所以刚刚她许的愿就是这样。

日月如梭，转眼，白芒和江川尧的婚姻已经到了第十年。

大家似乎完全接受了两人的丁克婚姻，无论周遭的声音是遗憾还是羡慕，他们始终是他们，和旁人的闲言碎语没有关系。

"始终如一"这个词可以准确地形容两人的婚姻。

不然呢，谁能像这两个人一样？一个始终热爱明亮，一个强大深沉、越发包容。岁月稍稍给彼此的面容增添了温柔，却没有改变两个人相爱的方式。

十周年纪念日，白芒问了江川尧一个问题："一直都是两个人，腻吗？"

江川尧笑着问："你腻了？"

白芒理所当然："你那么好，我怎么会腻？"

江川尧的眼眸被温柔堆满。

白芒没有撒谎，她怎么会腻？

她想要追求新鲜感，江川尧陪她；她想要挑战自我，江川尧也支持她；她希望事业更上一层楼，江川尧也做到了力所能及。他对她的爱，几乎没有私心。哦，不是几乎，而是完全没有私心。

他像爱他自己一样在爱她，不，他爱她胜过爱自己。

"谢谢你，还那么爱我。"白芒眨眨眼，突然认真地道谢。

江川尧的眉眼明亮，坦然的目光露出一点浪漫诗人的柔情蜜意："那我也谢谢白律师，一直不嫌弃我的爱。"

结婚十年的纪念日,总要庆祝一番。

原本两人约定到长白山去滑雪、泡温泉,结果,临走前白芒肠胃不适,无奈取消了原先的计划,改成去南市。

白芒小时候的咏春师傅一直住在这个常年四季如春的城市,年纪大的人不管身体如何,都十分依赖好天气。

待在南市,就算冬夜在室外,也能惬意地欣赏头顶的星光月色。

庭院里,白芒和师傅围坐在一个暖炉旁,因为她想吃附近的网红糕点,江川尧暂时被她支开了。

"都结婚那么久了,你们还有单独的秘密啊?"师傅笑她。

白芒点头,从容道:"暂时有一个。"

师傅猜了猜,随后笑笑不点破,自顾自说:"我和你妈妈认识的时候,你还在她的肚子里。她那个人跟一般人不一样,大概天妒英才,她拥有他人追求一生都没有的才华和天赋,却没有感受世间最普通感情的能力。她天生缺这个,你觉得她不爱你,很正常,但别怪她。"

白芒也笑了。

师傅望着她,眼中闪着亮光:"幸运的是,你们不一样。"

"她一直也希望,我和她不一样。"白芒安静地说。

"阿蕙总觉得自己不幸,你是幸运的。白芒要相信,自己还可以更幸运。"

四周只亮着一盏廊灯,师傅养护极好的一盆昙花仿佛要在莹莹月光下盛开,某个瞬间,白芒有点失神,回过神察觉是她看花了眼。

清浅地打了一个哈欠,她点了下头。

"我相信的。"

深夜,江川尧把糕点买回来时,她已经洗漱好在房间跟方子欣的小女儿"小心眼"打视频电话。

视频电话是小心眼自己打过来的,今年三岁的小心眼有一个哥哥和一个姐姐。为什么给女儿取名"小心眼",白芒也不太懂方子欣的脑回路,或许跟方子欣和谢鉴城那段时间的感情状态有关。

方子欣的前男友是谢鉴城的亲堂弟,家里家外发生的事总归会复杂一点。

小心眼和小时候的方子欣长得几乎一模一样,小鼻子小眼,能说会道,小嘴叽叽地讲个不停,白芒只需要回应"嗯""啊""好棒"等简单词汇。

白芒一直不是一个对小朋友特别有耐心的人,只是今晚格外有耐心,不知不觉地跟方子欣的女儿打了十几分钟视频电话。

实在没耐心了,她转换摄像头,对准江川尧。

江川尧的面庞立马吸引了"小心眼"的注意,咿咿呀呀地吵着要见帅气姨夫。

"姨姨,我要和姨夫说话话!"

白芒像解脱一般把手机丢给江川尧,让江川尧对付这个小人儿。

方子欣的三个小孩,最小的女儿最像她自己,才两岁就古灵精怪的,唯有每次面对江川尧时乖得不行,一口一个姨夫抱抱。

江川尧去应付谢小妞了,白芒半卧在摇椅上看书,偶尔用余光扫向江川尧,他还在非常耐心地对待谢小妞,笑容温柔,语气迷人,三言两语哄得小屁孩发出一连串的笑声。

白芒偏过头继续看书,嘴角悄悄一翘。

即便是困了,但书看入迷了,到半夜都停不下来,白芒最后连人带书一块上了床……完全不知道自己是什么时候睡着的。

看来,最近白芒的身体已经有了变化……江川尧抱着她放在床上,小心翼翼地从她手上抽走书本,她睁开了眼。

唔……好困。

"睡啦……"

"白芒……你是不是有事瞒着我?"江川尧问她。

"没啊。"

白芒打了一个哈欠,脑袋往江川尧怀里一搁,像是一个耍赖的大女孩。

两个人的婚姻,她不需要有任何成长,就算她在外面风风火火,在江川尧面前,她也一样小孩子气。

他给她的爱,像是给她带来一个理想的童年,所以,如果他和她有个孩子会怎样?这是白芒结婚以来第一次思考这个问题。

夜里,白芒翻了个身,江川尧放在她腰上的手习惯一揽,重新将她抱入怀里。

隆冬很快过去,新的一年,春天来得比往年更快,拂面的春风一阵比一阵暖,院子里的樱花已经开了,一团团粉白色的小花相互簇拥,盛开到最灿烂的样子。树干的枝芽仿佛刷上一层青,冒出了生命的绿。

白芒的"秘密"最终被江川尧发现,白芒拿出手机拍下了院子里樱花盛开的照片,上楼发现一向成熟从容的江川尧背对着她,他的手上拿着一份检验单,肩膀微微颤动。

他应该在哭……白芒没有打扰他。

检验单她是故意让江川尧看到的，时间已经三个月了，她又偷偷做了一个决定，无论江川尧同意还是不同意，她都要把孩子生下来。

今天，孕检三个月的检验单出来，她在上面写了一句话：Do you love me?（你爱我吗？）Daddy?（爸爸？）

卧室晶亮的玻璃窗罩住了外面的春意和生机。

白芒温柔又大气地站在旁边，许久才出声说："江川尧，如果你不爱她的话，那很抱歉了，我要带球跑了。"

江川尧快速伸出手弹泪，回过身时，又是一副成熟持重的样子了，两人的目光对视，他说："别闹。"

如果这份检验单是她的秘密，那么，他早就知道了这个秘密。

她要面对幸福再次冒险，他陪她。

（全文完）

图书在版编目（CIP）数据

夏日陷情 / 随侯珠著.—武汉：长江出版社，
2024.4
ISBN 978-7-5492-9410-7

Ⅰ.①夏… Ⅱ.①随… Ⅲ.①长篇小说-中国-当代
Ⅳ.①I247.5

中国国家版本馆CIP数据核字(2024)第068301号

夏日陷情/随侯珠 著
XIARIXIANQING

出　　　版	长江出版社
	（武汉市解放大道1863号　邮政编码：430010）
策　　　划	力潮文创-虎芽少女工作室
市 场 发 行	长江出版社发行部
网　　　址	http://www.cjpress.cn
责 任 编 辑	陈　辉
特 约 编 辑	唐沐白　段丽
封 面 设 计	苏　萦
印　　　刷	北京盛通印刷股份有限公司
版　　　次	2024年4月第1版
印　　　次	2024年6月第1次印刷
开　　　本	880mm×1230mm　1/32
印　　　张	11.75
字　　　数	400千字
书　　　号	ISBN 978-7-5492-9410-7
定　　　价	49.80元

版权所有，翻版必究。如有质量问题，请联系本社退换。
电话：027-82926557（总编室）　027-82926806（市场营销部）